蒲公英领航员

万代南梦宫(上海)娱乐有限公司　著

新华出版社

图书在版编目（CIP）数据

蒲公英领航员 / 万代南梦宫（上海）娱乐有限公司著. ——北京：新华出版社，2023.2
ISBN 978-7-5166-6726-2
Ⅰ.①蒲… Ⅱ.①万… Ⅲ.①幻想小说—中国—当代 Ⅳ.①I247.5
中国国家版本馆CIP数据核字（2023）第029552号

蒲公英领航员

作者：万代南梦宫（上海）娱乐有限公司

出 版 人：匡乐成	特约策划：肖　博
责任编辑：樊文睿	特邀编辑：卢　毅
责任校对：刘保利	

出版发行：新华出版社	
地　　址：北京石景山区京原路8号　邮　　编：100040	
网　　址：http://www.xinhuapub.com	
经　　销：新华书店、新华出版社天猫旗舰店、京东旗舰店及各大网店	
购书热线：010—63077122　中国新闻书店购书热线：010—63072012	
照　　排：董海召	
印　　刷：固安创彩印刷有限公司	
成品尺寸：130mm×185mm　1/32	
印　　张：12	字　　数：260千字
版　　次：2023年5月第一版	印　　次：2023年5月第一次印刷
书　　号：ISBN 978-7-5166-6726-2	
定　　价：46.00元	

版权专有，侵权必究。如有质量问题，请与出版社联系调换：010—63077124

目　录

引子 / 001

章一　魔女之香 / 005

章二　风之羽 / 016

章三　紫石英学院 / 033

章四　以罪人之名 / 057

章五　渣滓世界 / 079

章六　起航，"灰烬之羽号"！ / 097

章七　灭罪之力 / 118

章八　逐战云间 / 139

章九　石牙山谷 / 159

章十　天下遗声 / 187

章十一　万仞峰峡 / 211

章十二　飞绝雪冰 / 237

章十三　峡谷与遗迹 / 260

章十四　行走于荒古传说之间 / 281

章十五　苍穹之底，大地之顶 / 293

章十六　我们都曾听见风神的歌唱 / 310

章十七　谁握苍穹 / 334

章十八　枯萎的七日之花 / 352

章十九　万古之风的低语 / 370

引 子

风永不停息。

一条雄伟的双体飞船飘浮风中,向东航行。血红的实木制成飞船船体,船壳上敷设着钢铁装甲。鎏金花叶纹饰雕在装甲上,金纹间漆着血色,金与红的光彩在阳光下熠熠流动。

飞船的舰桥上,一位身披铠甲的男青年站在主观察窗前,注视窗外大地,一动不动,仿佛亘古的磐岩。

"领主!船艏观察哨报告,已经瞭望到天灾!"青年身后有人汇报道。

青年望向前方。

风永不停息。红赫星的大地上赤红一片,铺满血红的锈尘。风吹过大地,从南向北,从这颗潮汐锁定星球的夜半球吹向昼半球,吹携推动着星球上的一切:锈尘的飞舞、生命演化、飞船的航行、蒲公英的飘浮……以及,天灾。

青年极目远望。在这条昼夜半球之间的宜居带的前方尽头，一团巨大的赤红风暴横贯宜居带。风暴直径约有十几千米，高万米，仿佛血红的磨盘，一路向西，碾过地面上的一切。

"保持航线，继续向东航行。"青年说。

"是！"

双体飞船朝赤红风暴飞去。随着距离接近，那团风暴在视野中越来越大。赤红的锈尘被风暴卷起，旋转着汇入一股股气流中，缠汇进入风暴。这些卷起锈尘的气流像是风暴团探出的触手，扫过大地。在风暴前，双体飞船渺小如一片细弱的树叶。

"领主，船舶观察哨报告，距离天灾只有五公里了。"

"继续前进。"青年一动不动，痴迷地看着风暴，试图看尽风暴中的一切细节。风暴下可见一些木制营寨，那是生活在地面上的锈族蛮人们的据点。风暴碾过这些营寨，木篱拔起，木屋破碎，碎木被气流卷入风暴中，飘飞旋转起来。

"领主，距离天灾只有——"

"继续前进。"

"再靠近的话，我们的船会被卷进去——"

"前进。"青年巍峨不动，"好好看着这团逼着我们不断大迁徙的天灾。看见它，记住它，超越它。我们会终结它，但在这之前，我们必须直面它，不能退缩。"

风暴团在视野中越来越大，云气与锈尘缠绕飞舞的痕迹愈发清晰。接着，双体飞船船舶传来了木板碎裂的吱呀响声。

"领主！船舶装甲因为风压而受损！"

"天灾的运行速度如何？"青年问道。

"比平时快,正在提速移动。"

"大迁徙要开始了。"青年仰视着面前的血色风暴,"这一次,我们要直面它,同时直面圣殿。我们,要终结它。"

船艏传来的异响越来越多,风暴撕裂、掀起片片装甲板,扬入风中。

"领主!船艏碎裂,十三个舱室暴露在外!"

"继续前进!"

"领主,要进入天灾的范围了!"

双体飞船侵入风暴的边缘,刚烈的气流刺入船艏破裂的装甲板间,撕开板下保护的船体结构。船艏咔嚓裂开一道缝隙,向着主观察窗蔓延而来。

青年注视着遮天蔽日、无穷无尽的锈尘,默然不语。

"领主!船艏结构损毁!四十七号到五十一号舱室暴露!船艏要坚持不住了!"

"掉头。"青年说,"给船艏安排损管。"

双体飞船旋转着,但狂风的力量正沿裂隙侵彻船体,撕裂船艏。裂痕骤然扩大,撕开一米余宽,木板碎片被卷出,吸入风暴中。

"风太大了,损管无法作业!领主,机械师建议放弃船艏。"

"让损管队伍撤下,我来。"青年朝着前方伸出手。

"……领主?您要使用锈尘能力?可是——"

"闭嘴。"青年缓缓握拳。

狂风萧萧。在主观察窗前,风中的锈尘汇聚起来,在青年的操控下聚合成血红的丝线,在船艏缝隙间穿梭,粘连缝隙两侧,绷紧、固化,限制缝隙的进一步扩大。很快,锈尘红线密密麻麻织满裂隙,凝固成红色的临时船壳。

青年松开手掌。"可以了,继续航行。"

双体飞船向西驶离风暴。返航的路上,青年依然站在观察窗前,沉默思考。忽然,他看见远处的地面上竖立着一株蒲公英城邦,正好在风暴移动的路径上。"那里是哪个城邦?"

"旅风角,我的领主。要提醒他们天灾已经来了吗?"

"不用,红赫星不需要活不下来的废物。"青年摇摇头,"让他们自生自灭。"

章一　魔女之香

[**逐星旅团**] 红赫星第二十六次大迁徙即将开始
主题：[官方] 预热：城邦旅风角能否逃出天灾？
赔率：是（4.6）：否（1.21）
[回复：]
#1：旅风角是哪个地方？我怎么从来没听说过？
#2:Re#1：追踪3418d直播节点就能看见旅风角的情况，那里是个小城邦。

风永不停息，正如太阳永不落下。

丹笛扶正防风镜，收紧袖口，踏上台阶，走入停泊港。旅风角的停泊港是半开放式的，一半暴露在蒲公英之外。狂风吹拂不止，港口上只有几位工人在卸货。一条老旧货船"白尾号"浮在泊位中，船体的木板朽烂而多补修痕迹，收系货船的缆绳在风中绷紧、颤动，防止货船被风吹跑。太阳挂在北方的地平线上，蒲公英之外的荒莽大地上翻滚着血红的尘浪，那是沉降在大地上、被永不停息的风吹滚起来的锈尘。

港口的办事厅嵌在蒲公英厚实的壁面中。大厅门口高挂着机械时钟，气压导管从时钟之后连出，和港口其他设备的气压导管汇合，延伸到蒲公英内部。这些机械设备全都依靠高压气体驱动、运作。

现在的时间是清晨，丹笛看了眼时钟。在太阳永不落下的红赫星，区分时间的唯一方法就是看时钟。

他顶着风快步走上停泊港的十七号码头。码头上停靠着一条形如长剑的细长飞船，这是他的单人飞船"赤霄号"。"赤霄号"一旁站着一位身形壮硕的男青年，青年上半身赤裸着，上衣做腰带扎在腰上，似乎并不畏惧港口所在高空的寒风。他的双手上戴着厚实的臂铠，臂铠上嵌着钳锤等多套工具。臂铠末梢伸出一条软管，和青年腰后背着的小气压瓶相连，获取动力。

"我来晚了。"丹笛走入码头一旁竖着的挡风板下，站稳身体，"莱恩，修得怎么样了？"

"引擎还有问题，但勉强能飞起来。"名为莱恩的男青年说。他轻轻举手，在"赤霄号"的驾驶舱玻璃盖上拍了拍，机械臂铠轻轻一颤，发出气压满溢的"嘶嘶"声。

"又麻烦你了。"丹笛绕着飞船走了两圈，检查船体。在前天的飞行中，他又一次驾驶飞船撞上了蒲公英外墙，差点儿坠毁。"要不是你帮忙，我连飞船都修不起。"

"哈哈哈！"莱恩大笑起来，"修船也是一种锻炼，总有一天，我要造出红赫星最强、最快的飞船！"

"大清早的刚从南边绕到北边上班，就听到你这个锈化鬼在这里号叫。"忽然，一个尖细的声音从码头外传来，"港口禁止露出锈痕！"

丹笛循声望去，一位穿着草绿色大衣的年轻男子正走过码头，手上拿着货物登记板。

"罗兹尔。"丹笛平和地说，"这里是私人码头，不归你管。"

"丹笛，系好你的安全绳！你还想做领航员？安全绳都不系吗？"罗兹尔放高声音，尖细的嗓音在风中锐利地射来。

"我刚刚才进入码头——"丹笛弯腰捡起安全绳，系在腰带上。这条和码头相连的绳子可以保护他不从码头坠落，跌入空中。旅风角的停泊港位于四千米的高空，一旦坠落，必定死亡。

"哎呀？你的小破船又坏了？"罗兹尔坏笑起来，"'赤霄号'？你看见隔壁那条'白尾号'没？从喀山来的，飞了五十年了都没出过事故。你怎么这么小一个船，动不动就出事故？就你这样，还能当领航员？带领我们在天灾里面送死吗？你还在这里天天锻炼、锻炼，天灾才过去几年，你锻炼啥？我们城邦又不是只有你一个领航员，阿瓦达大叔不比你强？丹笛，我看你还是滚到蒲公英里面去当个扫锈尘的贱奴隶才合适！"

"你！"莱恩忽然往前一步踏出，整个码头地面随着他沉重的步伐微微一颤，"你别没事找事！"

"莱恩。"丹笛伸手拦住莱恩，"别跟他一般见识。"

"锈化鬼，你闭嘴。"罗兹尔昂起头，蔑视着莱恩，"谁知道你身子什么时候被锈尘侵蚀烂完？看看你的胸口，那么大的锈石，你也不遮一下？也就丹笛这种人会和你在一起混着了。"

天风呼啸。丹笛站到莱恩身前，说："我在这里练习飞行，不需要你来管。我没有违反港口的任何管理规定。"

"哦，是这样没错。'没有违反任何管理规定'。"罗兹尔仰起头，弹了弹手上的货物单，"但你占用了一个码头，就为了练习你的飞行技术？要不是你爸是上一次大迁徙的领航员，镇长怎么可能一直借你这个码头？——呦，你脖子下还带着你爸的羽毛呢？你配吗？"

"算了，丹笛，别跟他见识。"莱恩走上前，打开"赤霄号"的驾驶舱盖，"你去试飞一下，检查飞船状态。"

"好。"丹笛不再理会暴躁的罗兹尔，而是跨入驾驶舱，解开安全绳。检查飞船仪表与操控杆状态无误后，丹笛朝莱恩比画了一个"一切正常"的手势。

"飞行愉快，丹笛。"莱恩帮他盖上了驾驶舱盖，隔开了罗兹尔聒噪的声音。"罗兹尔，你给我闭嘴！"莱恩的咆哮声模模糊糊传来，"丹笛要为天灾做准备！"

丹笛叹了口气，一推操纵杆，"赤霄号"飘飞浮起，驶离码头。须臾，他将引擎功率推至最大，飞船骤然加速，直刺天霄。

四周安静下来，只剩风声。丹笛长舒一口气，享受着独自飞行的小小安宁时光，把方才罗兹尔的挑衅甩在脑后。他是来练习飞行的，不是来吵架的。

他倾听着引擎运作的声音，确认尚未完全修好的引擎没有大问题。随后，他推动操纵杆，飞船滚转风中，仿佛乘风的轻叶。苍穹，大地，血色的锈尘，天地在视野中翻滚。

丹笛心情倏尔畅快。他正在广大的空间内自由飘飞，没有什么能束缚住他——

东方的地平线上，似乎有什么东西。

丹笛一惊，轻收右手侧的操纵杆，让飞船两侧的小襟翼探出，稳定住飞船的滚转。

他极目望去，大地锈红，平野空阔。永不停息的风自南向北，吹拂不止。地面的锈尘如浅淡的红浪一般被风吹着往北方涌去。大地上偶有几点绿色，那是风速较慢的沟壑山谷中生长着的植物。北方，永不落下的太阳挂在地平线上方，露出一半，橘黄色的黯淡光芒扫过大地，高大的山脉在原野上投下极长的影子。阴影之中，几点白色的细线挺拔在大地上，那是远处的其他蒲公英城邦，是人类在大地上的根据地。

在东方，一团暗红色的风暴气团缓缓滚动在大地上，朝西方涌来。气团高度近万米，正滚过高大的西陲山脉。山脉隘口之间喷涌出红色的锈尘瀑布，倾泻而下、流注平地，又翻腾涌起，卷起一圈圈的锈尘浪花。

丹笛吸吸鼻子，他嗅到了若有若无的幽香，气味微甜，细腻而幽远，如同柔细的丝绒拂过鼻腔。那是传说中"魔女缇娜的香气"，是锈尘的气味。

唯有海量的锈尘聚在一起，香气才会如此浓烈。

"是天灾……"丹笛一愣，全身颤抖着。那团正朝旅风角碾来的风暴，是会摧毁一切的天灾！

"糟了。"他立刻朝码头返航，停稳在泊位上，推开驾驶舱盖。泊位上，莱恩和罗兹尔还在吵着架。

"别放屁了锈化鬼！天灾至少还要四五年才来！"罗兹尔在泊位上高声说，"你让丹笛应对天灾？而且，他练了这么久，又练出啥了？不停地坠机？我们旅风角，难道要靠他来领航？他会害死我们！"

"罗兹尔，你闭嘴！"莱恩大吼一声，"要不是八年前大迁徙的时候丹笛受了伤，感知能力受损，他现在会坠机吗？他小时候的领航能力比阿瓦达厉害多了！你是不是忘了他为什么受伤了——丹笛，你怎么这么快就飞回来了？"

"你们闻到魔女的香气了吗？"丹笛说，"天灾来了。"

警报声沿着旅风角的传声管道传遍整个城邦。五个小时后，城邦内的人已聚齐，准备迁徙离开——天灾还有三小时就要到达旅风角，到时候锈尘淹没城邦，所有人都会被侵蚀，蒲公英也会凋零、死亡。

"让一下，让一下。"在将"赤霄号"吊挂进"白尾号"的机舱后，丹笛带着莱恩走入"白尾号"的舰桥。这条货船已经被城邦征用，用于紧急逃难。

作为小型城邦，旅风角只有不过三百多人，货船"白尾号"能一次将所有人带走。但天灾降临突然，大家毫无准备，船上已经乱作一团，哭喊声、叫骂声此起彼伏。走廊上堆满行李杂物，甚至，丹笛还看见了一场突发的小小火灾。

通常，天灾——一团成因不明的巨大锈尘风暴团——在地面上缓慢移动，十五年到二十年左右才会光顾人类的居住地，摧毁一切。而每次天灾降临，人们都必须踏上飞船，向西方迁徙，远离天灾，直到找到下个可以生长出蒲公英的水源地为止。

但不论如何，这次天灾，来得太快了。丹笛心中思考着。上次天灾才过去不过八年而已。

"往阳谷的信使呢？已经出发了？好！"镇长塔利亚的声音在前方传来，"然后，阿瓦达？阿瓦达呢！"

丹笛往四周看去，舰桥上已经聚集了旅风角所有的水手和有大型船只飞行经验的人。唯独不见领航员阿瓦达。七十多岁高龄的塔利亚奶奶正拄着拐杖，高呼阿瓦达的名字。

"镇长……"有人站了出来，小声说，"阿瓦达昨天开着小船离开，去榕山了。"

"榕山？"塔利亚额上皱纹蹙紧，声音苍老而虚弱，"他去那里干什么？"

"……去赌钱。"那人小声回答。

"咳！咳！"塔利亚大声咳嗽着，拐杖颤抖不止，"赌钱？去赌钱？他不知道领航员对我们有多重要吗？"

"没人知道天灾会来得这么快……"周围有人小声议论。

"'白尾号'原来的领航员呢？"塔利亚问。

"'白尾号'在我们这里修了几个月了，驾驶员去阳谷办事了。"有人回答说。

"没有领航员，我们怎么出发？"塔利亚颤声说。

"我们再往阳谷派一个信使，雇一个领航员回来……"

"阳谷？去阳谷？天灾再过三小时就要把我们淹没了！"塔利亚沙哑吼着，又重重咳了几声，衰朽的身子死死扶着拐杖。

"镇长,我们还有一位领航员。"莱恩忽然站出来,"他是上一次大迁徙中带领我们来到旅风角的英雄领航员罗吉尔特的儿子。"

舰桥上沉默下来。

"莱恩!"丹笛拉住莱恩的臂铠,小声说,"我现在能力还不够。"

"你每天练习飞行,不就是为了这一刻?"莱恩瞪着他,"而且,现在这舰桥之上,除了你,谁还会领航?"

"可是……"丹笛沉默不语。驾驶大飞船是复杂而艰巨的任务。只要受过一定的训练,人人都能学会驾驶小飞船。但驾驶大飞船不同,大飞船的领航员要能时刻感受到几百米大的飞船之外的风场的变化,控制飞船平稳飞行,不至失稳解体甚至坠落。小时候丹笛就随父亲罗吉尔特接受严苛的飞行训练,但后来,因为一次意外,他丧失了感知风场的锈尘能力——再也无法很好地操控飞船。

这几年,他一直在努力恢复自己的感知能力,但收效甚微。

"丹笛。"塔利亚看向他这边,"你有信心吗?"

"镇长,我的锈尘感知能力还没恢复。"

"你是我们仅剩的领航员了,我们没时间等阿瓦达回来。"塔利亚说,"你有信心吗?"

"我的能力……"

"我问你有信心吗?"

丹笛紧咬牙关,看着镇长。这几年来的刻苦练习,他一直在等待着这一刻;就算他的感知能力退化了,他也相信自己凭借着刻苦练习,足以操控"白尾号"飞起来。

"我有信心。"丹笛说。他伸手轻轻握着自己胸前挂着的羽毛项链,这支血红的"风之羽"是领航员的象征,也是父亲留给他的遗物。

"那就站上来,下达命令。"镇长让出了本应该是领航员站立的平台,"好了,所有人就位,我们准备起航!"

丹笛缓缓走上指挥台,目光扫视过整个舰桥。这是一间约十几平方米的房间,房间一端是指挥台,直面宽大的玻璃窗,可见船外的景色。指挥台两侧分列着导航、机械两个台位,已经有两位船员入驻。其他人则分立在更后方,转动阀门、操控各个气压管道、搬运物资。丹笛看见莱恩正在帮忙搬运大号的气压罐,在他一旁,罗兹尔拿着清单,高声清点着进出舰桥的物资。

看见丹笛目光扫过,罗兹尔也望向了高站指挥台上的丹笛,目光中全是不信任。

"汇报情况!"丹笛大声说。

"燃料已加注完毕!"机械台汇报着,"浮力种子工作良好,引擎工况良好,各个气压罐加满了九成。各舵面操作良好。有三处气压管道破裂,引擎操控会受轻微影响,正在安排损管。"

"风脉图正在校订中,航线已确定。"导航台说。

"目标:城邦阳谷,准备起航。"丹笛说,"校准时钟,制订航线,引擎预热。"

"计算完毕。"两分钟后,导航台反馈道,"航向284,升14度,先进入风脉'红絮04'。"

"解缆绳,最后检查。"丹笛下着命令。他的呼吸逐渐粗重,这将是他第一次指挥大船,他已经准备好了。

他将感知能力扩散出去,试着感知飞船之外风的流向。在身体被锈尘侵蚀,轻度锈化之后,他可以利用锈尘的力量和风中飘舞的微量锈尘共鸣,感知风的状态。但现在,他的这一能力弱化了不少,感知模糊不清,常常出错。

"缆绳已脱离。"机械台说,"我船已自由。"

丹笛看着面前的指南针和高度计,又稍稍抬头,望着面前的舷窗。指挥台前的观察舷窗有一米来宽,视野向下,可以看见下方的天空与大地的情况。一排黄铜的操纵杆和舵盘分列在左右手两侧,他迅速认清上面的标识,确认它们操作的舵面各是什么。

"导航员丹笛已就位。"丹笛坐入椅子中,"很荣幸与大家同行,我们准备出发。"

他拉下浮力挡位,飞船开始上升。接着,他又拉下了引擎挡位至前进一,静待飞船驶出泊位。

"白尾号"平稳飘飞,离开泊位。丹笛感知到了风。这些风无处不在,狂暴、凛冽,他必须根据风的情况调整舵面和引擎功率,保证飞船不会失控甚至倾覆。只有驶入风脉——稳定的长距离风流——他才能松一口气。

"白尾号"顺利驶出上百米远,高度逐渐上升。下方,他的家乡旅风角正在视野中慢慢变小,这棵白色的细高蒲公英只有一条主茎,主茎的最高处是膨大的花冠,花冠表面密布着白色的囊泡,囊泡中包裹着蒲公英的种子。这些种子内蕴着神秘力量,可以提供浮力,能让蒲公英细高的结构得以悬挂支撑。在红赫星人的飞船中也装置了蒲公英的种子,以提供浮力与动力,向远方航行。

"航向正确。"导航台汇报着,"根据风脉图,前方两公里就是风脉。"

"收到。"丹笛调整舵面,保持笔直向前航行。船周围的风流状况虽然在感知中有些模糊,但似乎一切正常——

"轰"。整个"白尾号"忽然震颤了一下。

章二　风之羽

[逐星旅团] 红赫星第二十六次大迁徙即将开始

主题：有人关注旅风角吗？我昨天还以为他们飞不出来了。

赔率：无（NaN）：无（NaN）

[回复：]

#1：阳谷有人来救他们了，不然以他们的实力，飞不出来。整体来说，以后碰到和旅风角这些人相关的盘，推荐押他们无法度过大迁徙。

#2：阳谷的人为什么要去救旅风角？大迁徙不是开始了吗？他们不应该打起来吗？

异常风流从左舷切来，"白尾号"剧烈颤动着。

丹笛感知着风流，但风的脉络模糊一团，如浑沙之水，无法窥视清晰。他只能凭感觉调整水平舵面，试着让船昂头上升。

"白尾号"突然巨震,船体右倾十五度,众人尖叫着抓紧座位。还没等丹笛反应过来,狂暴的风流再次袭来,如巨拳般轰向"白尾号"。

完了。丹笛心中一片空白。他感知不清飞船周围的风流,不知该如何操控飞船。若是熟练的领航员,此时多半可以顺着风流调整舵面,让飞船保持平稳航行,直到进入风脉。"当你操控飞船时,飞船就是你身体的一部分。你感知到风,舞动身体,和风相配,向前航行。这就是领航的艺术。"丹笛想起了父亲的话。

但他做不到。

"白尾号"骤然失控,翻滚半圈,被风卷来抛去。舰桥中各种东西——墨水、笔、尺子、水杯与望远镜,全都震跳着飘浮;墨水泼出,因失重散成飘浮的黑雾,几秒后又淋洒在刚跳起的地毯上。人们被安全带固定在椅子上,尖叫着,全身紧绷,胡乱挥手,拨开迎面冲来的杂物。

丹笛调控舵面,试着让"白尾号"重回正轨,但徒劳无功。颤动加剧,在种子浮力、引擎动力和外界风力三个错开的巨力的作用下,木头船体嘎吱开裂。舰桥上一排气压管道弯扭裂开,喷射出高压气体。气压管道破裂后,丹笛手上的部分操纵杆失去气压助力,僵硬而难以拉动。

"分支动力管道五号、十三号破损!"机械台前,机械技师大吼着,声音却被舰桥上的重重尖叫遮蔽。

"丹笛!"塔利亚喊道,"快控稳飞船!"

"我在努力!"丹笛心中慌乱。他想冷静下来感知风流,但恐惧与紧张如同暗无边际的雾气涌起,遮蔽他的心灵。恐惧之雾化为玄黑的巨手,将他攥紧,让他无法动弹、思考,浑身冷汗涔涔。

他内心崩溃,只能凭着感觉、猜测与经验胡乱拨动操纵杆。"白尾号"的失控愈发严重,在空中上下翻滚,周身开裂。

"主动力管道受损!锅炉出力下降!"机械台报告道。

"收到旗语,前方有一条阳谷的船,请求登上本船!"导航台说。

丹笛按着椅子,艰难抬着头,望着正前方的舷窗。舷窗外的天与地快速旋转着,在西方,一条约五十米长的中型舰船正在靠近。那条舰船摇着表示前来援助的旗语,且已放出一条小船向他们靠来。

"让他们登船!"塔利亚喊道。

几分钟后,舰桥门口传来争吵声。"让开!让开!你们这些乡野贱民,谁是你们的领航员?"一位佝偻身子的老妇人健步走入舰桥。她抓紧墙壁上的栏杆,快步向丹笛的位置走来,旋转晃动的地面对她来说似乎如履平地,"你就是领航员?哪有你这么开船的?船都要散架了!谁给你发的风之羽!"

丹笛迷茫地抬着头。老妇人握紧黄铜栏杆,站在他身边两米远处。她身穿红绿间杂的鲜艳大衣,一头白发精细地梳成盘于脑后的发髻,额上皱纹纵横,一双眸子陷在眼眶中,目光精亮。她的脖子上斜生出一块大约十厘米长的血红锈石,正因这颗锈尘结晶而成的石头侵蚀脊柱,才迫使老妇人弯腰佝偻,如同地面上被狂风吹弯的离蓑树。老妇人的脖子下也挂着一枚风之羽，血红的羽毛上鎏烫金丝，飞舞曲绕成飞行的蒲公英图案。

"你脖子上的不是罗吉尔特的风之羽吗？你是谁！罗吉尔特呢？算了——你快站起来！"老妇人高声道。

丹笛连忙抓住座椅边缘，解开安全带，在摇晃中起身让开座位。老妇人快步冲上，坐入座位，系紧安全带，目光缓缓扫过面前的操作台，随后大吼道："机械师？尽量给我恢复两成的操控助力！导航？报坐标！"

"咔嚓"。一阵断裂声传遍舰桥，几块木板随之断裂，露出一米宽的缝隙，缝隙之外即是天空。风声呼啸，纸张和零碎的小物件被气压差吸飞，射出船外。舰桥上诸人再次尖叫起来，和破损高压气管的锐利泄气声相互交鸣。

导航师慌乱看着航图："航向310，升30米，进风脉'红絮04'！"

"坐稳了！"老妇人拨弄操纵杆，控制着飞船的舵面。只见她双手左右翻飞，十几秒后，"白尾号"仿佛从狂暴的凶兽变化为温驯的猫咪，颤动停息，航行平稳。老妇人操纵着飞船行驶了几分钟，驶入风流稳定的风脉，稳定航行。

"你差点儿害了这船人。"老妇人站起身，看着丹笛，"谁给你发的风之羽？不，你怎么会带着罗吉尔特的风之羽？"

"他是我父亲。"丹笛说。

老妇人皱起眉，神色缓和了些。"那他人呢？"

丹笛沉默着。舰桥上混乱不堪，气压管道爆裂、扭断了数十条，气流断断续续从管道破口上喷出，阵阵哀鸣。好几只气压表破损垂落，指针随着泄气而轻颤，仿佛凋零委顿的野生蒲公英。墨水、纸张、衣服、计算尺、六分仪、望远镜，各种小物件杂乱摊在地上，地毯亦翻滚着皱起，将杂物裹住。整个屋子中唯一没有移动的事物是钉在墙上的地图。众人正打扫、整理着舰桥，偶尔有人看向丹笛，眼神中全是恐惧、不信任与恨意。

"几年前，他带几个占星术士去南边，遇到了冰雪暴，没有回来。"丹笛说，"回来的人……只给我带回了这个。"

丹笛握紧了胸口的风之羽。

老妇人叹了口气："我叫苦婆，是你父亲罗吉尔特的老师。你们旅风角的信使到了阳谷后，我就跟船出发，做个接应，要是来得慢一点儿，你们就死在这儿了。没有合格的领航员，你们也敢出发？没见识过红赫星的风吗？上一次大迁徙你们是怎么熬过来的？"

"我们的另一个领航员不在。而且，天灾已经追上我们了。"镇长塔利亚说，"这一次的天灾，来得太快。"

"那还不如等阿瓦达回来，反正都是死。"罗兹尔的声音从下方传来。他衣衫凌乱，正拿着货单，重新清点物资，"刚才这一颠簸，我们的物资坏掉了大半。让他来领航，我们死得更快。"

丹笛涨红了脸，一时无法反驳。

塔利亚说："我们那时也没有别的选择。"

"不能再让他领航了。到了阳谷，一定要把阿瓦达大叔找回来。"罗兹尔尖声说着，"而且，丹笛，你也佩戴着风之羽吗？那是属于你父亲的领航员荣誉，不是你的。你不配。"

丹笛没有说话。

"罗兹尔,"莱恩从一旁站出,站在丹笛和罗兹尔之间,"丹笛是合格的领航员,只是感知风的能力缺失了。"

"感知风的能力缺失了?这还能叫合格的领航员?他不配!"罗兹尔冷笑着说。

"那你配?你又为我们旅风角做了什么?天天在港口清点货物?拿着阳谷水手的贿赂去赌场里博彩?"莱恩扬起手,手上的钢铁臂铠喷出高压气体,驱动着白钢钳"砰砰"夹在一起。

罗兹尔脸色白了一下:"你胡说什么!"

"如果不是上次大迁徙的时候为了救你的妹妹而受伤,丹笛不会失去他的感知能力。"莱恩说。

"是,他是救了泰丝。"罗兹尔忽然高声激动起来,"然后呢?泰丝为了给丹笛找治疗锈化的药,一个人跑到地面上去采药,被锈尘侵蚀,去世了。那个时候丹笛在哪里?在天上练习飞行?他为什么不劝劝我妹妹?"

莱恩说:"丹笛劝过——"

"好了。"丹笛忽然说,"莱恩,别说了。我确实不是合格的领航员,而且,大概……一辈子也无法成为合格的领航员。"

他走到舰桥舱壁的破洞前,摘下胸前的风之羽,捧在手中。寒风从破损的木板裂口上迎面吹来,如寒刀射脸。"我差点儿害死了大家。而真正的领航员,是能带领大家在天灾中活下去的人……我不配拥有这枚风之羽。"

丹笛回头,人们正看着他,或怨恨,或后悔,或同情。他轻轻叹气,低头仔细观察着掌中的风之羽。这枚羽毛长十厘米,是从一种罕见的鸟类血乌鸦身上所采摘。羽毛血红的绒丝光泽微微有些灰暗,羽丝之间勾着银线,嵌着一颗小小的蓝宝石。

绝望与自卑淹没丹笛。他缓缓将羽毛伸出洞口,松手,任其坠入风间。

忽然,一只苍老的手从一旁伸来,稳稳接住风之羽。

"你不是这支羽毛的主人,你不能丢弃它。"苦婆将风之羽攥在手心,又递给丹笛,"你真想就这么放弃,不成为领航员了?"

丹笛看着掌心的风之羽,没有说话。

"马上就到阳谷了。要是你还想努力一把,欢迎来找我。"苦婆往后走去,"我可以教你飞行的艺术。"

丹笛把自己关在船舱中,呆坐着。莱恩来敲过几次门,他没有回应。

他小心捧起父亲的风之羽,收纳在木盒中。绝望与空虚蔓延过他的内心。曾经,他一直认为自己会继承父亲的天赋与才华,成为伟大的领航员,保护、带领亲朋在天灾中迁徙远航;现在,他终于意识到,他没有那个能力。

他刻苦练习,熟练掌握领航技能,但他无法感知风。这就像一位猎人熟悉精妙的打猎技术,但肌肉瘦弱,拉不开猎弓。

他缓缓叹气,肩靠舷窗,呆然不语。舷窗外大地锈红一片,狂风北注,锈尘如浪。横贯东西的红垩山脉高耸在北方,挡住了地平线上永不下落的太阳。红垩山脉的南麓上蜿蜒着数条河谷,河谷之旁生长着几株野生蒲公英,一线洁白,直刺天空。

野生蒲公英旁隐约能看见一两黑点,那是漫游在大地上的锈族蛮人们的营寨。南方的夜空中,明月孤悬,群星随之黯淡。

在红赫星,星球被太阳潮汐锁定,太阳永远悬在北方的地平线上,日与夜的变换早已成为神明时代的传说。据说,那时人们还居住在地球,万物和谐。后来,罪恶蔓延大地,山崩海枯,生灵凋亡,风与光明之神安娜才将人类救出被罪恶所毁灭的地球,迁移到红赫星。因为潮汐锁定,红赫星的北面半球永远是白昼,南边半球永远是黑夜。红赫星人只能生存在南北半球之间的环带上,这里太阳挂在地平线的尽头,气温适宜。也因为潮汐锁定,昼夜半球之间的气压差催动着红赫星地表永不停息的狂风。

"白尾号"在风脉中稳定航行,几分钟后,一株蒲公英出现在前方的地平线上。蒲公英主茎高七八千米,茎旁分出两枝略矮的次茎,在狂风中轻微摇摆。三条茎顶着巨大的洁白花冠,花冠由数十个向四面八方支开的洁白杯盘组成。杯盘们以圆润柔和的曲线错综连接,每枝杯盘的末梢上簇生着灰白的囊泡,囊泡中埋着蒲公英的种子——正是这些种子的神秘浮力托起了蒲公英,让其维持住几千米高的挺拔状态,不至弯曲倒塌。数十条大型货船正进出蒲公英的三四个停泊港,更多的小飞船则密密麻麻,四处绕飞,或拖动引导大船,或渡人送货,仿佛盘绕着蒲公英飞舞的蜂群。这是蒲公英城邦阳谷。阳谷的蒲公英高度远高于旅风角,城邦内有近万人,也是方圆几百公里内最大的蒲公英城邦与商业中心。

片刻,"白尾号"在拖船的指引下泊入阳谷主茎上的港口。

周围传来收拾行李的喧哗，夹杂孩子们的哭喊。

丹笛静静坐着，等待周围声响平息，所有人都离开飞船后，他才拖着木行李箱离开客船，走入港口。

港口上泊着数十条商船与移民船，卸货工拖着货箱往来在泊位、货物库房之间。"天灾""备货""准备迁徙"，丹笛不断听见往来的人在讨论这些。他麻木地摇摇头，抬头看向挂在泊位一旁的气压时钟。细长的黄铜指针指向下午三点。阳谷的这一停泊港修建在蒲公英主茎外的凌空平台——偶尔，蒲公英上会生长出这样的短小的枝干状突起——之上，以一条横生的约四十米长、十米直径的细枝连回蒲公英主茎。丹笛随着人流走向细枝入口。

三位工人推着一辆小车走在丹笛前面。小车上方飘浮着六米直径的巨大蒲公英种子，种子通体淡绿，表面密生绒毛。轻风吹过，绒毛摇荡，仿佛青绿色的水波一圈圈环绕在种子表面。一组绳索捆系着蒲公英种子，将它固定在运货小车上。丹笛估计这颗种子将被运到某条飞船上，替换飞船上用完的种子。在红赫星，所有的飞船都使用这些种子浮空，并提供动力。

"让一下，让一下——滚开，你这个锈化鬼！"工人们忽然嚷嚷起来。

丹笛一愣。

前方，人流绕开了半径三米的半圆，似是撞上了无形的障碍。在半圆中心，一位披着斗篷的少女孤零零站着，紧张四望。少女衣裳单薄，斗篷之下隐约可见面容上生长着一簇簇锈石，被锈石侵蚀刺穿的皮肤溃烂红肿。少女的身体时不时颤动着，似是因全身严重锈化而致的痛楚。她的目光在人群中来回扫掠，正在寻人。

"哪里来的锈化鬼？"人群小声咕哝着绕开少女，纷纷面露嫌弃的表情。一位牵着社猫宠物的贵妇人甚至一拉牵引绳，拖着社猫离少女远些。推着种子的工人们朝少女啐出口水，拉着货运车绕开少女。

少女身子一抖，畏缩地低下头，不敢正视贵妇人和工人们。

"唉……"丹笛径直往前走去，并不避让少女。

"等等……先生？先生？您是丹笛吗？"少女忽然怯生生地伸出手，拦住丹笛。

丹笛一愣："你认识我？"

"我是苦婆的财务秘书艾比。苦婆让我等您，也告知了您的相貌。我看'白尾号'的人都下完了还没等到您，生怕漏过去了。"少女长舒一口气，收回手，忽而又紧张起来，"哎！您不用站得离我这么近，我身上锈石多……"

"没事，锈石不脱落变成锈尘，就不会诱发锈化。"丹笛说。

艾比一愣，眼眶中忽而湿润了一圈，有些哽咽道："谢……谢谢。您是第一个不嫌弃我的人。还好等到您了，不然回头还要挨苦婆的鞭子。"

丹笛这才注意到，艾比拉扯着斗篷的手腕上交错着三五道浅红的疤痕，似是被藤鞭抽打所留。"你找我干什么？不，苦婆找我干什么？"

"苦婆邀请您去学校，上她的飞行课程。"

丹笛浑身一僵，攥紧拳头，咬着嘴唇，不发一言。

"哎？我做错什么了吗？"艾比身子往后一缩，双手紧张地捏着斗篷，声音发颤，"我是不是说错话了？您、您不要生气……"

"不，没什么。只是我不想去学习飞行。"话说出口，丹笛如释重负，全身一阵轻松。

"哎？为什么？苦婆可是我们阳谷——"艾比摇摇头，"不，是整个白川平原十几个城邦之中，最好的领航员导师。咦，是因为学费吗？苦婆特意说了，帮你垫学费。"

"不是钱的问题。"

"那是什么？谁不想成为领航员呢？天灾还有几个月就到了，成为领航员，哪怕只是预备的领航员，都很容易混上一条移民船，撑过天灾。"艾比说。

丹笛目光稍稍移开，不敢直视艾比。"我不可能学会领航。"他说，"我没有那个天赋。"

"不，求求您，您还是去一下吧。"艾比忽然哀求起来，"苦婆叫我一定要带您过去，不然，我又要吃鞭子了。"她颤抖着将手伸出斗篷，挽起衣袖，露出手臂上锈尘侵蚀痕迹与鞭痕。鞭痕交错，如经纬密织的丝线。

看着鞭痕，丹笛心有不忍，说："只要我去见一下苦婆就行？"

"只要我带您过去就行，您学不学飞行，和我无关。"

第二天，丹笛如约跟着艾比走出居所。这是丹笛第一次行走在七千米高的巨大蒲公英内部。和阳谷相比，他以前居住的旅风角蒲公英实在是太小，只有一条矮矮的主茎。阳谷蒲公英由三条细长的茎组成，每一条茎内都上下修筑房屋建筑，分出百千楼层。丹笛跟随着艾比沿着一条贯通主茎的竖直管道往下走去。管道的壁面上盘旋着楼梯与吊在壁面上的房屋，一盏盏燃气灯照亮昏暗的蒲公英内部，防坠网挂在楼梯与房屋之间，兜住那些不慎坠落的人。

丹笛一路上看见不少赌场，哪怕是天灾即将到来之时，赌场中也不乏赌客往来。在一间名为"星轮"的赌场门前，他还看见两位壮汉正为了对哪一赌注下注而争吵不息，差点儿打起来。

"苦婆的学校在哪里？"丹笛一面好奇地打量四周，一面问道。

艾比死死拉住斗篷，裹紧自己。"紫石英学院不是苦婆的学校，是整个阳谷的学校。在主茎和第二茎分叉那里。"

"你……"丹笛注意到艾比一路上都裹紧了斗篷，"不想让周围的人看见你？"

"丹笛先生，"艾比小心撩起兜帽的前沿，看了眼丹笛，又慌忙拉下帽檐，怯生生地说，"这里是阳谷的上层城区，我身上锈化太严重了，不想给你添麻烦。"

"没事，我不在乎……"丹笛欲言又止，摇了摇头。锈尘——血红色的结晶粉尘弥散在红赫星的大地上。人类一旦吸入锈尘，锈尘就会在身体中增殖、扩散、凝结成锈石，穿刺内脏与肌肤，最终破坏人体。这一过程被称为锈化。因为锈化的人体表的锈石会磨损掉落锈尘，大部分人都厌恶锈化严重的人，将他们视为行走的瘟疫与灾祸。

就算丹笛不讨厌艾比，艾比露出身上密密麻麻的锈石，恐怕也会被周围的居民嫌弃甚至打骂。他们现在所在的上层城区属于阳谷的高层，居住的都是锈化轻微的普通人；艾比这样锈化严重的人，大多居住在底层城区。

"没事，我习惯了。"艾比带着丹笛继续往下走去，登上竖直运行的缆车，一路向下，穿过一百多层，来到主茎与第二茎的分叉位置。他们穿过一道洞穿蒲公英壁面的隧道，进入紫石英学院的大厅。

大厅面积约有四五百平方米，天花板上铺着燃气管道，管道旁横生出一支支黄铜雕花灯，弯垂向下，托起灯盘，燃着熏黄的火光，照亮大厅。大厅北墙上，两条粗木管刺入蒲公英的纤维壁面，清水从木管中汩汩流出，泻落下方的一泓水池。丹笛猜测这木管刺入了蒲公英壁面中的汲水层——蒲公英会依靠汲水层抽取地下的净水，滋养自身。寄居于蒲公英中的红赫星人也依靠汲水层抽取生活用水。

木管下方，池水则沿渠道流出，从西侧绕流到大厅中央，折成东西流向，一路东流，最终汇入暗渠，流入排水管道。这条东西向的"人工河"将大厅分为南北两部分。北岸的面积略小，驾着一片木架子高台，台上铺着红毯，竖着扩声用的铜管道。南岸面积稍宽，铺排着上百张凳子，已经快坐满了人。丹笛一眼望去，南岸坐着的多是他这样的年轻人。衣着光鲜亮丽，身上不见锈石的贵族子弟们坐在最前排，中间则是平民，最后几排坐着锈化严重的底层人。

丹笛往人群之中走去，移到靠近中间的空位旁，说："我不是和苦婆学飞行吗？苦婆呢？这些人全都是苦婆的学生？"

"苦婆是学院的飞行导师。"艾比小声说，"但学院本身是给大迁徙培养人才的：医生、机械师、战士，不只是培养领航员。现在是天灾到来之前学院最后一轮开课了，苦婆给你和我都办了学费，她希望我们都能顺利熬过去。"

"对不起。"刚想坐下的丹笛身子一僵，"可是，我只想见苦婆一面，向她说明我不想学飞行。"

离开"白尾号"后，丹笛一直沉湎在自责之中。失去感知能力的他已经完全不适合成为领航员。他来操控移民飞船，只会害死船上的人。

"丹笛先生，紫石英学院名额很珍贵，"艾比焦急地说，"您先坐下，要是实在想离开，后面你再和苦婆打招呼。"

"……好。"丹笛拗不过艾比，坐入椅子。他稍稍侧身绕开一点距离，示意艾比走进去，坐到他身边。

艾比惊慌地连连摇头。"不……不了，我坐后面去。"

"你不坐吗？"丹笛疑惑地问。

"哪里来的锈化鬼？滚后面去。"忽然，前面传来冷峻的男声。一位一身黑衣的瘦高男青年踱步走来，冷冰冰扫视过艾比和丹笛。男青年面无表情，脖颈的皮肤上绘着血红的蜘蛛图案刺青。"原来这里也会有贱民吗？我一直都以为紫石英学院是优秀人才的聚集地。"男青年质疑道。

周围不少人的目光转向丹笛和艾比。丹笛说："你要干什么？"

"莱西！"一旁坐着的一位火红色头发的女青年瞪了黑衣男人一眼，"收起你的破脾气！别嚣张！"

"肃静！"人工河北岸的高台上传来声音，"开学仪式马上开始！"

"算了，丹笛先生，我去后面。"艾比小心拉紧斗篷，往后走去，"我锈化太严重，你不用管我。"

"可是——"丹笛还没来得及挽留，艾比已经小步跑开了。

"哼。"名为莱西的黑衣男子冷哼着往前排坐去。坐在丹笛身边的红发女子耸耸肩，说："别理他，他背后有星轮赌场，猖狂惯了。"

丹笛朝红发女子点点头。

北岸的高台上走上七人。丹笛一眼扫视过去，苦婆拄着拐杖，站在七人中。他猜测这七人应该是学院的教师或管理人员。

七人正中站着一名身披黄金盔甲的青年男子。男子往前一步，站在扩声管道前，朗声说："欢迎各位朋友来到紫石英学院。我是你们的领主德拉克索斯。就在昨日，天灾已经迫近东方的旅风角，根据估算，大约还有三个月——最长三个月——就会来到阳谷。我们红赫星新一轮的大迁徙即将开启。而学院，将在这里培养最后一轮人才，只要你们努力学习，成为飞行、导航、机械或是战斗的人才，就有可能被各个移民船选中，登船。"

南岸的人群骚动起来，人人难掩兴奋之色。丹笛沉默思考着，心情低郁。大迁徙是每次天灾临近之后红赫星人的迁徙行动。天灾——巨大的锈尘风暴——在环带大地上巡行，大约每二十年会突然加速，奔向红赫星人的聚居地。这时，人们会数百人一组，同乘一条船，飞离蒲公英，向西迁徙，离开天灾的范围，寻找水源地，种植新的蒲公英家园，以远离地面的锈尘。因为水源地有限，并非所有移民船都能存活到最后——红赫星人的大迁徙，就是一场酷烈的生存竞争。

在红赫星人的传统中，大迁徙途中所有的移民船相互都是敌人，会为了争夺生存机会大打出手。哪怕是同一个城邦中的兄弟，只要登上了不同的移民船，就是敌人。

以前，丹笛总想着自己能成为领航员，和阿瓦达大叔一起带着旅风角的人们登上一条船，寻找到下一个家园。但现在，阿瓦达大叔不在，他又因为感知能力缺失，变成了废物。过去几年一直苦练领航与飞行技术，现在却仿佛都成了无用的泡影。他帮助不了亲友，甚至差点儿在驾驶"白尾号"的时候害死了所有人。

丹笛茫然坐着，神思枯槁。

"……大迁徙是风神安娜的旨意。唯有通过残酷的竞争活下来的人，才会得到风神的眷顾，在锈尘与永不停息的风之中活下去。而且，这次大迁徙和以前的历次不同，西方的天屏山脉隔断了我们所有的去路，想翻越山脉，想活命，我们必须拼尽全力。"台上，德拉克索斯缓缓说，"为了活命，我希望你们——每一个人——都要拼尽全力。学院给你们配置了最好的老师。锈尘技艺——吉迪恩，领航与飞行——苦婆，机械工程——阿德亚……"

德拉克索斯介绍着身边的六名教师，六人随之稍稍欠身致意。

"那么,天灾将临,我不希望你们死在天灾里,或者掉队,掉到地上,被锈族杀死。"德拉克索斯顿了顿,"最后一轮紫石英学院的教学就此开始,万古之风与大家同在。"

章三　紫石英学院

[**逐星旅团**]红赫星第二十六次大迁徙即将开始

主题：[官方]活动预告：圣诞活动，充值筹码享一比一积分返还！

赔率：无（NaN）：无（NaN）

[回复：]

#1：你们逐星旅团官方不管管阳谷插手旅风角的事情吗？不违规吗？

#2：这个帖子应该没人讨论阳谷，可以去隔壁发言投诉。

下午，丹笛来到飞行课程的训练场地——一片暴露在蒲公英外的平台。

在细问过艾比之后，丹笛理解了紫石英学院的运作模式。学院五年前成立，用于给阳谷培养大迁徙的人才——飞船驾驶员、领航员、战士、医生、机械技师,等等。每一轮的优秀学员都会被阳谷上层的贵族们选走,安排在贵族们的移民船上。相对而言,贵族们的移民船装甲坚固,火力充沛,在大迁徙中存活下来的可能性更高;而中下层民众的移民船大多只是商船、货船改造而成,航速迟缓,装甲薄弱,难以存活。于是,能进入学院学习并混入上层的移民船,是不少阳谷中下层青年的目标。

但丹笛并不想学习领航。他只想和苦婆打个招呼,就此退出学院。

苦婆的飞行训练场地修建在蒲公英外,是一片用支架与木板撑起的上百平方米平台,搭在主茎和第二茎的分叉处。平台上建着三栋低矮木屋,屋外架设着一排丹笛从未见过的领航员训练设备。两条梭形的小船浮系在平台一侧,多半是训练用的教练船。

平台上站着两列青年学生——参加领航员课程的学生只是这一期学生中的一小部分。那位名为莱西的黑衣青年也站在队列中,脖子上文着的红蜘蛛鲜艳刺眼。

苦婆站在队列前,拄着拐杖,瞪着丹笛:"你迟到了。"

丹笛连忙走到苦婆身前:"苦婆,我并不想——"

"别废话,就你这样浪费时间还怎么成为领航员?靠冥想吗?罗吉尔特怎么教你的?"苦婆躬腰咳嗽着,脖颈上斜生的巨大锈石随之颤动,"好了,快入队。我们现在、马上、立刻开始上课!你们这些新人,大声告诉我,你们来到学校的目标是什么?"

"成为领航员！"周围的学生们齐声喊道。

"丹笛，你的声音呢！"苦婆喊道。

"我不想成为领航员。"丹笛孤零零站在队列前面。

"你说什么？"

"我……"丹笛犹豫一会儿，"我不想成为领航员。"

"再大声一点儿！"

丹笛迟疑着。天风呼啸吹过，周围的学生们都用戏谑的目光看着他，仿佛在看表演马戏的小丑。"苦婆，我只是跟着艾比来的而已。"丹笛说。

"来了就是学生！怎么，"苦婆在丹笛面前踱步，"你不是罗吉尔特的儿子吗？昨天你还戴着你父亲的风之羽，才过了一天，你就变成这样了？你敢戴起风之羽吗？"

"可是……我真的能力不够……"

周围的学生们小声讥笑起来。"这人是傻子吧，苦婆的课都不学？""估计是上面哪个狗贵族的儿子，学成领航员镀个金。""废物就不要在这里丢人现眼了。"讥讽声不断传入丹笛耳中。黑衣青年莱西沉默地站着，瞪视丹笛。

丹笛低头看着地面。在红赫星，从不缺少小飞船的驾驶员，只有大飞船的领航员永远稀缺。操作小飞船要求驾驶员能感知飞船周围大约十米之内的风流变化，及时调整飞船的状态。而领航员不同，领航员是对大型飞船——至少一百米长——的驾驶员的特称，他们需要极其宽广的锈尘感知能力，能感知到周围半径上百米范围内的锈尘，并借由这些锈尘感知风的情况，操作大型飞船安全飞过紊乱的风场。对感知能力的苛刻要求筛掉了不少普通驾驶员；此外，领航员对驾驶技术的要求也比普通驾驶员高出许多。在许多小型城邦（例如旅风角），整个城邦可能只有一位领航员，甚至没有。

对于普通人而言，成为领航员就意味着成为人中龙凤，会被任何城邦当成宝贝供起来。此时，站在丹笛周围的这些苦婆的新学员们，都怀揣着成为领航员的梦想；但丹笛却已经心灰意懒。

"能力不够？所以才需要我来教你。"苦婆回头盯着丹笛，"任何问题，我都能帮你解决。"

"任何问题？"丹笛并不相信苦婆所说的话。他曾经尝试过很多方法恢复自己的感知能力，无一次成功。

"如果是罗吉尔特，他一定会大声说出'我要成为领航员'的。"苦婆转身离开队列，"算了，你滚，滚远点儿。我不拦你。"

"你真的可以解决任何问题吗？"丹笛心中忽然涌起希望。

"说大声点儿，我听不见！"苦婆大喊道。

"我……"丹笛攥紧拳头，"我可以试一试。"

"试什么？大声点儿！"

"我要成为领航员！"丹笛大声喊道。

"好了，入列，我们开始上课！"苦婆说，"我们的课程会持续三个月——如果天灾不加速赶过来——三个月后会有一次飞行考试。考试合格的人就能成为领航员，甚至是被邀请上那些大人物的移民船！如果，你们不能学到合格，登不上移民船，就会被天灾吞噬，被卷入锈尘风暴，死在这里！"

学员们人人眼中放光。

"所有人,给我往西边看!"苦婆突然往西一指,"你们看见了什么!"

丹笛朝西望去。西方的荒野尽头,一道高大山脉雄立地平线尽头,沿南北方向延伸。山脉距离阳谷极远,在视野中看着却并不低矮,仿佛一线城墙,截断了东西方向的通路。

"天屏山脉。"学员中有人说。

"不错。"苦婆咳嗽两声,"天屏山脉,平均高度超过一万米,斩断了我们在宜居环带上的东西航道。往北,昼半球,炎热的大海;往南,夜半球,严寒的冰原。我们被潮汐锁定困在日夜之间的环带上。因此,我们只能走天屏山脉,哪怕它高一万米,高山之上全是严寒与低气压。这次的大迁徙,可能是我们历史上最难的大迁徙。因此,我希望你们都给我好好听课,这不是为我好。"

苦婆顿了顿,扫视所有人:"是为了你们能活下去,看见山脉西边的样子。"

接着,苦婆开始讲授领航基础知识:风流辨析、舵面操控、飞船配重等。这些丹笛早已熟悉。在他幼时,父亲就拿着藤鞭教育他,将驳杂的飞行知识塞进他的脑袋。

"进入领航员课程的所有人应该都会飞行——我指的是驾驶小飞船。所以,你们这些傻瓜们!全都先来实践一下如何根据风流来调整舵面。让我看看你们的水平,排队,一个个去平衡训练器上试试!"苦婆带着队列走向一台训练机器。这台机器长约二十米,钢铁底座托起两条相互垂直的圆轨道,一台大约十米长的小飞船嵌在两个圆轨道之间,以滑槽和圆轨道连接,借助滑槽自由地随意滑动、翻滚。圆轨道外侧布设着数十条气压管道,末梢连接着制动器,闭锁着飞船,不让其随意滑动。

丹笛注意到飞船拆除了大量的附属设备,驾驶舱中只有几个控制着舵面的操纵杆。他仔细观察船身,船身两侧各插着一对水平小翼,船尾则伸出一块垂直的翼面。各翼面后铰连着可上下偏折约三十度的舵面。这就是这条训练船所有的可操控部件了。

苦婆简单说明了平衡训练器的使用后,一位女孩爬上了训练船,坐入船舱,系好安全带,向苦婆比画出一个"确认"的手势。苦婆轻轻拉下机器操控面板上的拉杆,拉动一处锁着气压管道的阀门。阀门解开,高压气体冲入管道,压锁着滑轨的制动器松开,训练飞船随之开始在圆轨道上自由滑动。

狂风吹过,飞船在风中摇摆不定。女孩操作着飞船舵面,不断变换着偏移角度,适应附近变化迅速而无端的风流,保持飞船水平。两分钟后,风流逐渐变得混乱而往复不定,女孩操作失误,飞船歪斜角度陡增,继而失控,在圆轨道上翻滚起来。

"停。"苦婆推上操纵杆,制动器夹紧了滑槽,让飞船闭锁着不再转动,"给我滚下来!这才两分钟你就不行了?你是猪吗?遇到多湍流风流就先夹紧舵面,朝主要迎风方向下五度,锁死,你忘了?之前你和谁学的飞行!"

女孩被吓得声音怯弱:"我跟——"

苦婆一挥手:"算了,下一位!"

女孩灰溜溜爬下训练器,另一位学生又钻入飞船,开始测试。丹笛逐渐理解这台平衡训练器的作用：训练器修建在蒲公英主茎和分茎之间，这里恰是风流狂乱多变之地，如此，机器上的训练船就暴露在最复杂狂暴的风流环境中，可以训练领航员在复杂风流下操控舵面、保持飞船平衡的能力。

接下来的学生大都能坚持几分钟，极少数可以坚持十分钟以上，让飞船持续保持平衡。丹笛看出这些学生在操控中犯的不少错误，他估计自己能在上面坚持十分钟——如果他能感知清楚风的情况的话。而那位黑衣青年莱西，则坚持得最久——他在训练船上足足坚持了十五分钟。

"你就是那个莱西？水平还算过得去，星轮赌场没捧错人。不过，你比起以前的小德拉和罗吉尔特还是差远了。"苦婆冷冷地说，"滚下来。下一位，丹笛！"

虽被苦婆莫名骂了几句，但莱西冷如铁石的脸上还是露出些微得意。他跳下训练器，冷哼一声，鄙夷地斜视了一眼丹笛。

丹笛无视莱西的挑衅，平静地爬入飞船，系好安全带，检查面前操作台上的按钮与操纵杆的功能。需要他把控的操纵杆只有两个，一个控制水平舵面，一个控制垂直舵面。他轻轻拉了拉操纵杆，感受着杆上的反馈力。

我一定要坚持十分钟。丹笛坐正身子，全神贯注于周围的风向感知，然后向苦婆比画"可以开始"的手势。

高压气体"嘭"地胀开，制动器松弛，飞船自由晃动起来。丹笛拉动舵面，控制飞船的平衡。最初的几秒中，他模模糊糊感知着风流的方向和速度，灵活拉动操纵杆，保持飞船稳定；突然，风速骤然变快，他感知中的风模糊起来，仿佛隔着尘雾观察远处的蒲公英，什么都看不清。

慌乱轰然将他击溃。他茫然呆坐，双手恐惧发颤，只能凭长久训练出来的本能操控着舵面，但这些操控根本无法匹配飞船外风场的变化。飞船剧烈晃动，被风吹得在圆轨道上来回打滚。

"十七秒！"苦婆将机器锁至制动锁定状态，飞船不再旋转，"你可是刷新了学院的新纪录！——最差纪录！"

人群"哈哈哈"哄笑起来。丹笛颜面涨红，爬出飞船，不敢看向周围的学生与苦婆。

我果然还是不适合飞行，他心里想着。"苦婆，"他小声说，"我还是不行。我感知不了风的情况。"

"好了，回去！"苦婆没有理会丹笛，"我们继续上课！"

接下来的两小时中，苦婆继续讲授飞行原理，并让每个人都在各类训练机器上锻炼技能。虽然心灰意懒，但听着听着，丹笛发现苦婆论述的飞行原理精辟深刻，一句句全都说在了往常他所迷茫不解或是理解并不深刻的知识点上。于是，他沉浸在授课中，内心抑郁稍减。

他曾跟着父亲学习飞行技术。但那时年幼，他囫囵吞枣了这些知识，没能完全领悟；几年前父亲离开后，他再也找不到人请教飞行与领航之术。现在，他在苦婆这里理解了许多当年未解的问题。他越听越专心，逐渐沉浸在课堂之中。虽然爬上各种机器实操之时他都表现极差，频遭嘲笑，但他不在乎。

下课后，学生们各自离开，学校只剩下丹笛与苦婆。艾比给苦婆端来一壶热茶，苦婆饮过之后，放下杯子。"你是什么情况?"她指着第一台训练机器,"再上来试试。"

"我没法感知风。"丹笛爬上圆轨道之间的训练飞船。在苦婆松开制动器后,他坚持了二十秒。

"怎么可能?没有感知能力,罗吉尔特应该不会教你领航技术。"苦婆说。

"我曾经是有的。"丹笛说,"在八年前,上一次大迁徙时,我受了一次伤。一枚尖利锈石刺穿了胸口。那次之后,我就无法再借着感应电感知风中的锈尘,继而感知风的情况了。"

"这是锈尘阻塞。"苦婆说,"你没有去找人治疗?"

"原来这个能治疗?"丹笛心中忽而燃起希望之火。

"锈尘阻塞只是进入身体的新锈尘阻断了原来的锈尘与我们精神的连接。"苦婆缓缓踱步到丹笛面前,梳得整整齐齐的白发在风中轻轻晃颤。"早一点儿治疗可以治愈并恢复锈尘能力。现在……治起来可能就不容易了。"

本已重拾希望的丹笛身子一颤,叹了口气。"那还是没办法。"

"你可以问问负责医学的芙蓉老师。"苦婆说,"另外,我也会帮你想想办法。治总是能治的,大不了去找圣殿,找他们要'安娜之泪'这样的万能灵药。只是,相信你也知道……"

苦婆沉默一会儿,语气苦涩:"和圣殿打交道很麻烦。"

两日后。

讲授锈尘技艺的导师走入教室,抡起一把巨剑,拍上讲桌。"轰轰"的振动晃过教室,惊醒正在沉思的丹笛。

此时，丹笛正在思考自己的锈尘阻塞。上次见过苦婆之后，他又燃起希望。他继续和苦婆学习飞行和领航，同时兼顾紫石英学院中的其他课程，尤其是锈尘技艺和医学两个方向，希望能找到治疗锈尘阻塞的方法。

站在讲台上的导师是一名火红头发的男子，眼眶深陷，目光阴郁如夜半球的风雪。他扫视过教室，又单手抓起那把巨剑，手腕一转，当空抡了一圈，像是旋转一截小树枝般轻松。"教室里坐了二十五人，只有一位锈骸级的锈尘能力者。很好——"

"轰。"巨剑再次砸在桌上，震响隆隆。"我是你们的导师吉迪恩，锈心级锈尘能力者。"火红头发的男子漠然说着，"我希望课程结束后，你们之中至少出现五名锈骸级锈尘能力者。那么，我们开始上课。谁来回答第一个问题，什么是锈尘技艺？"

受迫于吉迪恩的气势，一时教室中无人说话。吉迪恩轻轻抚过巨剑宽大的锋面，然后随手指着坐在教室一角的一位红发女子，说："你叫什么？"

"呃——朱亚丝。"红发女子说。

丹笛望向朱亚丝，他想了起来，这是在开学仪式上帮他说话、拦住莱西的那位红发女子。

"你来回答，什么是锈尘技艺？"吉迪恩问道。

朱亚丝说："锈化的人因为体内存在锈尘，可以和世界上的其他锈尘相联系，并实现超出人类身体的能力，这种能力一般被称作锈尘技艺。"

"没错，也可以叫锈尘能力。"吉迪恩说，"你的能力是什么？"

"身体强化。"朱亚丝说,"呃,能扛很重的东西。"

"不错。"吉迪恩点点头,继续讲述道,"锈尘技艺通常可以分为三类:感知、念力、身体强化。此外还有其他一些零零散散的神秘能力,比如和锈化生物交流……"

三个小时后,课程结束。丹笛找上吉迪恩,询问锈尘阻塞的治疗方法。

吉迪恩将巨剑挂在背后,阴郁的目光盯过丹笛。"你的胸口可能是锈尘的感知点,八年前的受伤使得感知点闭塞,无法清晰感知锈尘。陈年的阻塞很难治疗,就算是芙蓉也不一定有方法。最好,还是去找圣殿。只是……"

"找圣殿很麻烦。"丹笛苦笑着说。

一日后,医学课下课后,丹笛找到了教授医学的芙蓉。芙蓉是一位优雅随和的中年女子,戴着厚石英眼镜,手中捧着厚厚的解剖图册,图册上以细线绘出锈石刺穿人类内部的剖面图。

丹笛简单陈述了自己的病情。

芙蓉推了推眼镜,望着丹笛胸口。"孩子。"她将图册收拢,"我只擅长治疗寻常病症和简单的锈石相关病症。锈尘是魔女的罪恶,是魔女缇娜和光明之神安娜战斗的遗痕,我这样的普通医生很难处理。你只能去找侍奉安娜的圣殿。"

"没有别的方法?"丹笛问。

"可以找找别的医生。"芙蓉给丹笛列了一些阳谷内部医生的名单,"但基本很难治好。"

接下来的一段时日中,丹笛晚上和旅风角的众人生活在一起,白天在紫石英学院学习。苦婆依旧脾气暴躁,频频骂人,从不顾及学生的情绪。像是不知道丹笛的感知能力有异常一般，她还是频频喊丹笛登上各种训练机器训练，练出"破纪录"的低分。丹笛也因此总被其他学员嘲笑，但他并不在乎。

苦婆的课上，实在是能学到太多东西了。

下课之后，丹笛常留下来向苦婆请教。艾比会为他们沏上茶，但他们这一老一少讨论飞行问题时全神倾注其中，不分心于外物，以致热茶未动已而冰凉。

学习之外，丹笛寻找着治疗锈尘阻塞的方法，毫无所获。他踏遍阳谷上下，从底层的渣滓城区到顶层的贵族区，找过了大大小小的医生，尝试了数十种草药与理疗方法，全都无效。他在市场上淘到了据说是产自无冕者学会——一个神秘的学者组织——秘制的特效药，但也毫无效果，甚至还害他腹泻了两天。本已经重燃希望的丹笛再次冷静下来，悲凉与绝望笼罩着内心。他意识到自己多半是无法恢复锈尘感知能力，也无法驾驶大飞船了。

夜晚，返回旅风角众人在阳谷的安置区后，丹笛没少遭人鄙夷嫌弃。周围的人嫌弃他无法驾驶大型飞船，带领他们在天灾中迁徙。镇长派人去城邦喀山寻找旅风角的领航员阿瓦达，但信使最终带回消息，说阿瓦达已经被喀山扣押留下，禁止离开。于是，众人对待丹笛的态度又有了微妙的变化——丹笛成了旅风角最后的希望。

"丹笛先生。"两个月后，艾比找到丹笛，"苦婆找你。"

"找我？"丹笛一愣。

"她说是很重要的事。"

丹笛来到飞行训练平台。苦婆正坐在小屋前，面前摆着一方木桌，桌上放着茶水，热气腾起，又被风吹散。一架赤红色的小型飞船停泊在平台边缘，看见这架飞船的一瞬，丹笛的目光就再也无法移开了。

这架小飞船实在是太"完美"。整架飞船长二十米，造型厚实笨重，是空战中用于近距离炮击的重炮船。飞船周身铺着赤红色的装甲，装甲片如龙鳞一般细细层叠，分毫不差，在北方照来的阳光下熠熠流光。飞船的武器与引擎喷口都隐藏在装甲之下，整条飞船就像是飞行的血红磐岩。

"苦婆，这是……"丹笛走到苦婆身边，目光依旧望着飞船。这条飞船的做工、造型都昭示它的强劲性能与高昂价格。相比之下，他的"赤霄号"就像是简陋玩具。

苦婆竖起手指，示意丹笛噤声。"待会儿再说你的事情。"

"这条船叫什么？"丹笛问。

"红罡号。"苦婆说。

"红罡号"表面的赤粼装甲忽然如波浪涌开，露出舱门。舱门滑下，搭在飞行训练平台边缘，一位穿着金色铠甲的男青年缓缓走下，踏上平台。

丹笛一愣，认出了男青年——是在开学仪式上致辞的阳谷领主德拉克索斯。

德拉克索斯大步走来，面上保持若有若无的温和笑容，仿佛象牙雕刻出的一般不见变化。"好久不见，老师。"他在木桌前站稳，瞄了眼丹笛，"他是谁？"

"我最后的学生。"苦婆佝偻着腰，抬头望了德拉克索斯一眼,"你又有长进了。"

"在希尔尼娅的帮助下,锈尘能力进阶到锈心级了。"德拉克索斯在苦婆面前坐下。

苦婆点点头,说:"'红垩号'好像被你改造了一下。"

"我找到了血石大师,让他帮我打造了飞船的装甲。"德拉克索斯说。

"血石?他愿意帮你?"

"我答应他,让他的女儿登上我的移民船。"德拉克索斯说,"本来我是邀请他本人的,但他不愿意来。"

"血石肯定不愿意。"苦婆捧起茶杯,慢慢喝了口茶,"希尔尼娅呢?"

"她……"德拉克索斯的笑容微妙地僵硬了一瞬,"情况不太好,安娜之泪的效果对她很差。但圣殿会给我一对灭罪武装,能建立我和她的锈尘连接,用我的身体,来分担一些她的痛苦。"

苦婆点点头。"那么,你是来邀请我的。"

"我希望老师能来我的船帮忙。"德拉克索斯说,"往年,我们合作愉快。"

"不了。"苦婆摇摇头。

"为什么?老师你准备去哪条船参加大迁徙?"

"我不参加大迁徙了。"

丹笛一愣。德拉克索斯也疑惑地皱起眉,说:"老师……?"

"我已经八十岁,经历了四次大迁徙,每次都侥幸活了下来……"苦婆咳了两声,"我见惯了我们红赫星人之间的相互杀戮。前一刻还是同一个城邦的兄弟，下一刻在天灾的逼迫下登上不同的移民船，就为了争夺蒲公英水源地而大打出手。我见多了，也累了。这一次，我决定就留在阳谷，等死。"

"这次我会想办法满足圣殿的需求，想办法带着全船的人升格。"德拉克索斯说，"我会想办法去看见圣殿的秘密，想办法消弭大迁徙的自相残杀……我需要您的帮助。圣殿比我所想象的要强大、恐怖，但我必须战胜它。"

苦婆忽然两眼放光，却又叹了口气。"年轻人总是想干一番大事业。我支持你，但我实在是太老，跟不上你们的行动。如果你真的能成功，能让我们从大迁徙的残杀中解脱，最好不过。"

"我明白了。"德拉克索斯站起身，朝苦婆一鞠躬，转身朝"红芏号"走去，"老师保重。"

"小心圣殿。"苦婆说。

没走出几步，德拉克索斯忽然回过头，望着丹笛，说："你是苦婆最后的学生？"

丹笛点点头。

"愿意来我的船吗？"德拉克索斯温和一笑，"'赤锈之翼号'，阳谷最为强大的战舰。我们不仅为了生存而战，也为了所有红赫星人而战。"

丹笛心中一动。如果能加入德拉克索斯的迁徙移民船，那么在大迁徙中存活下来的概率可以说几乎是百分之百。但是，他还有朋友，他无法放下旅风角的众人，无法放下莱恩。

"谢谢。"丹笛微微躬身致谢，"但恕我拒绝。"

"很好。"德拉克索斯爽朗一笑,"你叫什么?"

"丹笛。"

德拉克索斯说:"接下来直到大迁徙开始,你如果找不到移民船,欢迎来'赤锈之翼号'。这是我的令牌,凭此来找我。"

德拉克索斯抛给丹笛一小块黄金令牌,登上"红罂号",离开了。丹笛低头看着掌心中的令牌,令牌上刻着金黄色的雄鹰头像,鹰眼炯炯。

"他就是领主。"苦婆说,"好了,收好你的令牌。这次找你来,我有重要的事。"

"老师,你不参加这次大迁徙了?"丹笛焦急地问。

"臭小子别管我的事。"苦婆瞪着丹笛,又从桌下掏出一瓶药剂,递给丹笛,"喝下去。"

"这是什么?"丹笛接过药剂瓶。球形玻璃药瓶上积着灰尘,他伸指拭过,抹去一行灰迹,看见瓶中装着淡蓝色微黏稠的液体。

"喝下去,等五分钟,然后你再爬上平衡训练器,试试你的感知能力。"苦婆站起身,带着丹笛走上训练器。

见苦婆不愿解释,丹笛也不多问。他爬上平衡训练器,一口饮尽药剂。药剂味道咸苦,入嘴后弥散出魔女之香——锈尘的香气。静坐五分钟后,他胸口忽而一热,重新感知到位于胸口的锈尘。接着,他敏锐察觉到周围大约三四十米空间中其他锈尘的存在。锈尘之间的相互连接的神秘力量正刻印在他的感知之中:苦婆脖子上那块巨大的锈石,还有周围风中所弥散着的、无边无际、无处不在的细微锈尘。这些锈尘被风吹起、流动、四处游移，勾勒出风的流向与痕迹，又被风吹卷，舞动出复杂、曼妙的痕迹。

丹笛兴奋地喊道："我感觉到了——"

"开始！"苦婆突然拉下制动器。

还未等丹笛准备好，训练船已在圆轨道上自由滑动起来。丹笛一惊，连忙拉动操纵杆，调控舵面，让风压在舵面上，施加给船以摆回平稳位置的力量。这一次，他清晰感知到风的状态：正在吹来的风、尚未吹来的风、前后左右即将改变的风，全都清清楚楚，无一遗漏。他能感觉到每一缕极细微的风的变化与转机，以及它们所卷起、脱落、分裂出的微细涡旋。他判断着风吹在飞船船体上的影响，分析它们将如何对飞船的舵面施加力，并提前偏转舵面，修正飞船姿态。

训练飞船在风中轻微摇晃，却始终平稳。水平舵面和垂直舵面在丹笛的操控下快速偏转，适应着风流。

丹笛全身心沉浸在操控飞船的流畅感中。受伤之后的八年来，这是他第一次重新感知到风的存在，第一次重新娴熟地操控飞船——哪怕只是固定在轨道上的训练飞船。他从未如此畅快、如此舒心。此时此刻，他仿佛身化巨鹰，展翅翱翔于高天的长风之中。

"好了好了！停！"苦婆拉下制动器，闭锁住飞船和圆轨道的相对移动，"不错，有效。"

飞船不再晃动，但丹笛仍下意识操控着舵面，几秒后才意犹未尽地停手，跳下训练器，兴奋地朝苦婆猛一鞠躬："感谢您治好了我的病。"

"治好？不。"苦婆拿着空药剂瓶，"这个药剂来自圣殿，只能暂时恢复你的锈尘感知，时间大概只有十分钟上下。"

丹笛惊愕着呆愣住："我还以为治好了……"

"我去找了找圣殿的祭司。虽然没有找到治好你的锈尘阻塞的方法，但是——"苦婆眯起眼睛，"他们跟我说，圣殿会在两周后来到阳谷，给小德拉——我们的领主——赠送灭罪武装。那个时候，圣殿的一位大祭司也会过来。"

"是要我去找大祭司治病？"丹笛问。

苦婆点点头。"大祭司不会轻易见我们这种凡人。不过，那时候这一轮紫石英学院的结业飞行比赛也会开始，胜利者会接受领主的授奖。在授奖仪式上，大祭司也会出席。"

"我会赢下那个比赛。"丹笛说。

苦婆忧虑地看着丹笛："你能胜过莱西吗？你的飞船修好了吗？"

"飞船我马上就去想办法修。"丹笛说，"至于莱西……"

莱西是学院中最强劲、最抢眼的飞船驾驶员。丹笛并不认为自己弱于莱西，他只是感知能力阻塞，无法发挥出实力。"如果我的锈尘感知能力恢复了，我想我能和他一较高下。"

"这个药剂我还有最后一瓶，你到时候拿走。"苦婆又掏出一瓶蓝色药剂，"记住，药剂只有十分钟有效时间，一定要在比赛中使用。"

"谢谢。"

"没什么事就走吧。"苦婆往屋子中走去。

"等一下——"丹笛说，"老师，你真的不参加大迁徙了？"

"老了。"苦婆头也不回,"再经历一次残酷的迁徙,还不如就在阳谷待着等死。"

丹笛不再说话,只是一鞠躬,转身离开。

"罗吉尔特是我最好的学生。"苦婆的声音从后面传来,"你也会是的。相信风的力量,风能将我们带往远方与未来。万古之风,与我们同在。"

"这里就是磐石市场,"艾比走在前面,灵巧地钻过通道口,"血石师傅的工坊在市场东边。为什么丹笛先生不来呢?不是要修理他的飞船吗?"

"他有点儿事,一会儿就到。"莱恩躬下身子,钻入管道口。他身形魁梧,穿过这直径只有一米的管道圆口有些费劲儿。圆口后是阳谷底层城区最大的市场——磐石市场,空间宽大,数十根人工修建的立柱上下贯通,占据市场的大部分空间。店铺与货舱挂在立柱周围,楼梯盘立柱而上,运货的吊索横贯各个立柱之间,织成复杂的网络。

"我们先过去。"艾比说。

"如果血石不帮忙,怎么办?"莱恩问道。

"那也没办法。"艾比在前方带着路,"'神赐之手'血石是我们阳谷最优秀的精细技师,不管怎么样,我都建议去找他试试运气。如果他愿意维修丹笛先生的'赤霄号',那就再好不过。如果他不愿意帮忙也很正常……他脾气很差,所以,待会儿务必让我去询问,你不要说话。"

莱恩点点头。

走了几步路,艾比忽然又停了下来。"莱恩先生,我一直有个问题想私下问你。"

"怎么了?"莱恩疑惑地稍稍抬起右手,小臂臂铠上装设的气动大钳"砰砰"夹响。

"丹笛先生为什么是这样的人?"

"什么?是什么样的人?"莱恩问。

艾比沉吟着。"好人。不在乎我身上的锈化……我可是锈化最严重的那类人。但他一点都不讨厌我,而且也不像是装的。"

"他就是这样的人。"莱恩回忆了一会儿,"和罗吉尔特大叔一样,对所有人都有仁爱之心,甚至有点善良过度。"

艾比一惊:"你认识罗吉尔特?他不是苦婆最优秀的学生吗?"

"大叔是丹笛的父亲。"

"啊!"艾比说,"原来是这样……"

"你怎么脸上有点红?"莱恩说。

"啊?啊!什么?"

"你不会是看上丹笛了吧?"莱恩哈哈笑了起来。

"没有!"

两人继续往前走去。莱恩望向四周,磐石市场中气氛颇有些紧张,行人神色匆匆,无人维持秩序,四处可见争吵与斗殴。在天灾临近的时日,阳谷内部的秩序正缓慢崩溃,尤其是底层城区——大部分人都在为找到容身的移民船而明争暗斗。

"到了。"艾比带着莱恩走入市场最东面的一扇铁门,"血石大师的工坊就嵌在阳谷蒲公英的东面壁面上。"

莱恩走入铁门。门后是一片宽广、开放的露台，向东可望极遥远的西陲山脉与地平线，以及正缓缓移来的锈尘风暴团——天灾。整个露台是在蒲公英东侧的外壁上往内挖了一处约二十米深的空洞而修成，露台之外还搭着延伸向外的平台泊位，正泊着三艘小飞船。延伸平台一旁，一台十米半径的风车搭建在从蒲公英外壁横生出去的梁臂上，在风中"呼呼"转动着。其动力驱动着气泵，压缩出高压气体，沿着梁臂上的管道向露台传输动力。

露台上则是一整片机械工坊。熔炉、车床、气压管线交织排满了整个露台上大部分的空间，莱恩瞪眼看着四周，心中激动不已——他一直幻想着自己也能有这样一间完整的工坊，可以完成从熔铸铁锭到加工微零件的所有工序。

工坊中央站着两人。其中一人是身材魁梧的中年工匠，全身血红。莱恩仔细看去，工匠身上的锈化并不严重，这种血红只是古铜色皮肤在昏暗炉火下反射出的光泽，而非锈石的反光。

这应该就是精细技师——"神赐之手"血石。莱恩想着。精细机械技师们非常稀有，他们拥有特殊的锈尘能力，能精细、稳定地控制身体运动，甚至能稳定在几十微米的精细度上。他们能制造精度惊人的机械，尤其是各类车床。

工坊中的另一人是一名火红头发的青年女子，身材瘦高，握着一支有些歪扭的大铁棍。"我不去。"青年女子大喊道，"父亲，你去登上领主的船，不用管我。"

"朱亚丝！"血石扬起铁锤，猛砸身边的铁砧，"你知道我给领主的重炮飞船打了多少装甲，才换到你的登船名额吗？"

红发女子朱亚丝摇摇头："父亲，我不可能留下你一个人。"

"你好……？"艾比小心翼翼地往前走出几步，"我们来请血石——"

"滚。"血石怒目盯着艾比和莱恩，"我血石现在不接活。"

艾比吓得一缩身子。她犹豫片刻，胆怯地说："……血石师傅——"

"我叫你们滚。"血石又愤怒地一砸铁锤。

"那么，星轮赌场也需要滚吗？"忽然，工坊门口传来冷漠的男声。

"莱西！"艾比惊呼一声。

莱恩望向工坊门口。门口站着一位瘦高的黑衣男青年，脖子上文着一只红蜘蛛。黑衣青年后面站着三五位手持棍棒的打手，打手身上都穿着绣着星轮赌场——阳谷一间大型赌场——标志的衣袍。

"朱亚丝，你怎么会和这种锈化鬼混在一起？"黑衣青年莱西斜眼瞄了艾比一眼，"叫你爸来给我改造飞船。"

"莱西？你也给我滚！"血石大吼道，"我现在不想给你们这些乱七八糟的人干活，都给我滚出去！我今天不接待外客！"

"血石大师，"莱西平和地说，"天灾来了，谁都知道你没去领主的船，领主也不会保护你。在赌场面前，你没有什么可以逞强的了。"

莱西身后的赌场打手们往两旁迈开步子，隐隐包围住血石和朱亚丝。

"你们要干什么!都滚出去!"朱亚丝一横铁棍,挡在血石身前。

"朱亚丝?你才和吉迪恩学了多久的锈尘技艺?"莱西缓缓呼出一口气,"锈尘级的锈尘技艺,你打不过我身后的两位锈骸级锈尘能力者。"

"我不知道你是谁,"莱恩忽然往前踏出一步,站在朱亚丝身边,举起臂铠,"但我觉得你不能平白无故欺压他人!"

方才站在一旁,莱恩早已觉得这位突然出现的黑衣青年莱西四处欺人,面目可憎。见莱西欺压朱亚丝和血石,莱恩意气上头,站了出来。

"你又是什么人?锈化鬼的朋友?看看你胸口的锈石,哼。"莱西斜眼扫视过莱恩,"又一个锈化鬼。阳谷底层的这片渣滓世界真的是太乱了。"

"那么,你又是什么人呢?"丹笛忽然从门口走入工坊。

"这不是只能在平衡训练器上坚持十七秒的丹笛吗?"莱西说,"怎么,你也要找血石修飞船?你不是说不参加飞行比赛吗?"

"我会参加。"丹笛说。

莱西咧嘴笑了起来:"你?就你——"

"我会击败你。"丹笛说。

"空口说大话没有任何用处。"莱西冷哼一声,"好了,血石,如果你不给我改造飞船,那么我们赌场就会把你的破工坊拆了。"

"你可以试试。"丹笛从怀中摸出一枚黄金令牌,"现在,我代表着阳谷领主德拉克索斯。你可以试试当着我的面把这里拆了。"

看见德拉克索斯送给丹笛的令牌后,莱西面色阴晴不定,冷哼一声,一挥手转身离去。"……我们先撤!"

星轮赌场的人离开了,工坊中只剩下丹笛、莱恩、艾比、朱亚丝和血石。血石面色柔和了些,说:"感谢你们帮忙赶走了赌场的人,你们找我血石,有什么事?"

章四　以罪人之名

[**逐星旅团**] 红赫星第二十六次大迁徙即将开始

主题：[官方]"西陲雷电"莱西会赢得阳谷的临时飞行赛吗？

赔率：是（1.21）；否（2.0）

[**回复：**]

#1：德拉克索斯不亲自下场，那么多半是莱西赢了。

#2：主要要看星轮赌场的作弊会不会成功吧。

#3：居然还有人关注莱西这种小角色？

#4：天霜后援会招人！欢迎关注我们，我们将带来关于天霜小可爱的第一手新闻！

十日后，飞行竞速赛即将开始。

丹笛坐在"赤霄号"的驾驶舱中，静待出发铃响起。他将父亲的风之羽放在驾驶面板下的小抽屉中,如果顺利,他能在这次比赛之后面见圣殿的大祭司,治好锈尘阻塞,成为领航员,戴上这枚风之羽。

"赤霄号"和另外十五条飞船平齐停靠在赛扬斯港口的一排十六个泊位中。过去十天里,血石修好了"赤霄号"的引擎故障,改造升级了引擎的进排气模块。丹笛和莱恩又一起彻底检修一遍,更换失压的阀门、填满润滑油、检查蒲公英种子、换掉有裂痕的橡胶密封圈。在这期间,星轮赌场的人没有骚扰血石和朱亚丝,也许是震慑于那时丹笛拿出的领主令牌。

在赛扬斯港口的泊位前,丹笛和莱西在准备区域碰了面。他们相互冷冷对视几眼,擦肩而过,各赴飞船。

"赤霄号"在泊位的风流中轻轻晃动,丹笛检查仪表盘和操纵杆,确认飞船的状态。比赛所使用的赛扬斯港口是阳谷最高的港口,位于主茎靠近顶端的位置,距离地面约七千米。从港口下望,两条次生的蒲公英茎隐没在黯淡的云气间,修建在主茎外壁上的风车组们仿佛趴伏在外壁上的群蚁,而位于主茎和第二次茎上的紫石英学院的飞行训练平台从这个高度看下去,也不过米粒大小,看不清晰。

赛扬斯港口的其他泊位中,客货船依旧在进出,为即将到来的天灾做准备。根据不断侦测天灾位置的信使回报,天灾还有半月到达阳谷。一条披着耀眼金色装甲的战船浮在最宽大的泊位中,泊位旁的吊架下挂着直径十米的蒲公英种子,正往战舰上吊装、更换种子。丹笛猜测这条船是阳谷领主德拉克索斯的那条战船"赤锈之翼号",与德拉克索斯的绰号同名。传说中，这条船在上次大迁徙中名叫"黄金之鹰"，在迁徙胜利、建立城邦阳谷后，德拉克索斯认为这一名称太过平凡，改名为"赤锈之翼号"，并将船壳原有的金色装饰上漆上血红花纹。曾有人反对，称名字中带有"锈"不吉利，不合传统，但德拉克索斯力排众议，强行改了名。

好几条造型奇异的小型截击飞船正在飞入"赤锈之翼号"的停机坪。这些小型截击飞船尾部翘起，向前伸出长长的细针。丹笛曾见过这种奇特的小飞船，它们被人称为"影蝎级"，应是空战中有特殊的战斗方法，但他并不了解。

在丹笛前方，一座近两三百米方圆的石岛浮在高空中。石岛上宽下窄，仿佛倒立的山峰，底部的"山巅"下倒挂着一棵向下生长的枯树。那是圣殿的浮空方舟"圣树号"。此时，德拉克索斯和圣殿大祭司应该在上面对谈。圣殿要在其上举行仪式，赐予德拉克索斯"灭罪武装"——某种圣殿制造的强大物资。丹笛这样的小人物的飞行竞速赛，只是这些大人物交谈时的话题佐料。

丹笛对那些大人物们讨论的事并无兴趣，他只想赢得比赛，胜过莱西，治好锈尘阻塞，成为领航员。

在圣殿方舟"圣树号"和赛扬斯港之间的空间中，数十条古老的小帆船正在航行、飞舞，向"圣树号"上的大人物们表演着古老的祭神飞行表演。据说，这些表演可以追溯到几百年前大迁徙尚未开始之前，是人们为了愉悦、感谢风神而作。

几分钟后，飞行表演停止，丹笛泊位前吊着的信号牌翻转成黄色，表示比赛预备开始。这场临时竞速比赛没有普通观众，只有那些阳谷的贵族与圣殿祭司们站在"圣树号"上,俯观比赛。

丹笛打开阀门。高压气体在"赤霄号"的管线中膨胀、飞驰,推动着活塞移动,解锁飞船各子模块的运转。动力炉从种子中抽出能量,引擎预热,只待出发信号亮起。

丹笛饮下苦婆赠送给他的那瓶药水。借助药水的力量,他能在接下来的十分钟内恢复锈尘感知能力。十分钟的时间,应当能完成竞速的航线。

他放下喝空的药水瓶。

信号牌翻成绿色。

丹笛轻轻一推功率操纵杆,将引擎出力推至最大。指示引擎喷气速度的指针猛地跳至表盘最右侧,"赤霄号"呼啸着直刺向前,冲出泊位。丹笛被加速度压在座位中,面前挡风玻璃上吊着的羽毛挂饰被拉扯向后。

十六架小型飞船一齐扑入天空。这次比赛的赛道从赛扬斯港口出发,延伸到五公里外地面上的白潮湖一角的野生蒲公英处,再绕飞返回赛扬斯港口。第一位返回者即是胜者。

飞出港口后,丹笛浑身绷紧,全力感知风流、操控飞船。十六艘飞船虽同时出发,但每位驾驶员对空中风场的判断、预测不同,选择的航线不同,采取的飞船机动动作不同,最终的飞行速度就有了差异。这种差异主要取决于驾驶员的能力,取决于驾驶员对风的解读理解。飞船本身的性能反而是其次,无关大局。

左前方风速较慢,正前方风向正在突变,右侧的风平稳而快速——丹笛飞快检查周围风场、分析出顺风的风流，顺风飘入，急速向下方刺去。"赤霄号"势若疾电，乘着同向之风借力航行，长剑形的船身刺破气障，船身嗡鸣着。

大地扑面而来，荒野锈红色，间杂少数绿色的斑点，那是数棵抗风的离蓑树聚成的小绿洲。不出一分钟，丹笛一路领先，把其他飞船甩在身后，只剩另一条蜘蛛形的飞船飞行在他前方。

那就是莱西和他的飞船"雷蛛号"了。丹笛一脚踩在左蹬上，拉开左舷的减速襟翼。"赤霄号"微微向左翻滚，避开一大团狂风乱流。前方的"雷蛛号"生长着八条弯折的细长机翼，机翼根部吊着驾驶舱与引擎。驾驶舱和引擎之间鼓起一圈球形的凸起，包覆装甲，应该是安装种子的位置。八条弯折机翼上缀着多组舵面，辅助这架造型奇特的飞船飞行。

丹笛仔细研究过莱西的情报。在进入紫石英学院前，莱西是一位"野生"的飞船驾驶员，绰号"西陲雷电"。传说莱西曾驾驶着飞船在西陲山脉附近航行，遭遇高空雷暴，飞船被雷电击中，大部分设施损毁。但莱西依靠飞船剩余的滑翔性能一路"飘"着返航阳谷。从此之后，莱西便被人称为"西陲雷电"，他所驾驶的这条小飞船也称作"雷蛛号"。

此时距离地面的高度尚有三千米。丹笛跟着莱西飞行半分钟，观察莱西的飞行习惯。和他一样，莱西也操控飞船借风力快速下滑。丹笛尽量展开感知能力的范围，仔细分析周围近两百米范围内的风况，思考着要如何超越莱西。

很快，他寻见一线捷径。这条路线一路向下，风速极快，足以助他越过莱西，率先到达地面的白潮湖。

丹笛一收动力挡，再下压操纵杆。"赤霄号"在空中一顿，长剑形的机身飘摇向下，直刺地面。剧烈的姿态变换中，机体发出一连串"嘎吱、嘎吱"的绷紧声。

突然，两条飞船出现在"赤霄号"左右，向丹笛夹击。丹笛一惊，连忙减速滚转，闪过两船逼攻。但这一瞬之后，那一线风速极快的捷径也随风场变换而消失。

他追不上莱西了。

这两条船在干什么！丹笛气得浑身发抖，皱眉望向两侧。两条飞船并无意追逐丹笛，只是伴飞周围。但每当丹笛试着加速超越莱西时，两船就迫近飞来，逼他改变航向。

两条飞船在保护莱西第一的位置，阻止他超过莱西。丹笛猛地醒悟。有人在操控比赛，让莱西胜利。

是莱西隶属的星轮赌场。丹笛反应了过来。阳谷所有的飞行比赛都有赌场开盘博彩，而星轮赌场应该是想暗保莱西的胜利，以操控博彩。

"哼。"丹笛深吸一口气，思考策略。哪怕是有人暗中操控比赛，有两条飞船在给莱西护航，他也要想办法赢得胜利。

从方才的飞行中观察，丹笛断定莱西的飞行技术略逊自己一筹。他决定在白潮湖附近提速超车。地面的风速慢于高空，这使得在近地面几百米的高度范围内风速变化极大，风场凌乱，也使丹笛更有机会发挥技术优势。

"赤霄号"飞近地面，白潮湖上浪花卷起。因红赫星地面风向始终保持着由南向北，浪花亦排成东西展开的条纹。在斜挂北方太阳照射之下，浪花展成一列列橘黄的线条。

白潮湖旁的沟壑谷地中蔓延着大地上少见的绿色,那是阳谷的农田,其中种植着抗风的刻刻果。那株标志着赛道返航点的野生蒲公英伫立在白潮湖和农田之间。蒲公英高度只有百米,已经枯萎,只剩下少量种子以浮力吊着蒲公英,不致坠落于地。蒲公英的外壁上吊挂着几排农人房屋。除了必要的劳作,农夫不会长期待在地面上,避免高浓度的锈尘侵蚀身体。

一架风车凭靠蒲公英修建。风车略矮于蒲公英,巨大的扇叶徐徐转动,抽汲白潮湖水灌溉农田。丹笛观察着风况,试着找出超越莱西的航路。那两条保护莱西的飞船依然在他身后伴飞,其他参赛飞船已被他和莱西甩在身后,不用考虑。

"就走风车。"丹笛控制"赤霄号"冲向风车。风车附近充斥着湍流,风场极其混乱,且从扇叶之间高速穿行危险异常,撞上扇叶就是机毁人亡。莱西多半不敢走风车附近的航路。

果然,莱西绕开了风车。丹笛微微一笑,直接向风车冲去。在他身后,两架伴飞的飞机也不敢跟飞或是夹击丹笛,而是乖乖拉开距离,绕过风车。

丹笛集中精神,穿入风车附近混乱的风场中。风在风车的扇叶上碎裂,推动风车旋转,又在风车后脱落出无数的涡旋。涡旋或是分裂,或是相互融合,风场也随之起伏不定,难以捉摸。

"一、二、三……"丹笛默念着计时,计算着风车扇叶的转动速度。"就是现在!"

他关小种子浮力,同时偏转舵面。失去部分浮力的"赤霄号"轻轻往下一沉,擦着下旋的风车扇叶下缘飘过,在风中一个回转，绕过风车。完成这一极限动作后，丹笛恢复速度，飞船昂首上冲，加速朝着阳谷顶端的赛扬斯港飞去。

莱西和那两条飞船已被他甩在身后，丹笛已领先于所有人。

丹笛扫视过仪表盘，又看向时钟。比赛已经过六分钟，苦婆赠予他的神秘药剂还有约四分钟效力。这四分钟勉强够他返航，他只需将领先优势保持下去。

"赤霄号"仰头向上，借着风势直冲向前。丹笛的感知能力开始衰退，感知半径从一百米慢慢萎缩变小——药剂正在失效。

"赤霄号"从"圣树号"下飞过，"圣树号"山体下方倒吊的枯萎巨树在狂风间枝丫震颤。风声呼啸，引擎喷气"嗡嗡"作响。丹笛忽而身心舒畅，自从八年前受伤失去锈尘感知能力，他久未酣畅飞行。风仿佛与他一体，他能听见风中的一切，听见风的吟唱诗篇，听见风神安娜的耳语——风将带领他飞向前方，无论何时，无论何地。

突然，丹笛看见一粒黑点从"圣树号"上飘下、坠落。隔着挡风窗，黑点有些模糊。起初，他以为那是一块从浮空山体剥离、脱落的岩石。很快，他发现异常，黑点周围有柔带飘动——那是衣服在被风撕扯。

有人从"圣树号"上坠落了！

丹笛一惊，下意识偏转舵面，想去试着接住坠落之人。忽然，他意识到自己尚在竞速比赛之中，如果去救下那位坠落的人——

他估算着自己和坠落的人之间的距离。若绕飞过去救人，他必然会被莱西超越，失去第一。

他迟疑了。

丹笛操控"赤霄号"减速下来。望着不断下坠的人,他心中纠结起来。他梦想着成为领航员,梦想着恢复锈尘感知能力,梦想着带领周围的人飞越天空与长风,超越天灾,迁徙到新的生存之地;此时,他如果去救下坠落之人,以上梦想皆成泡影。

但是……丹笛咬住牙关。他之所以想恢复感知能力,之所以想成为领航员,是为了保护他人。他无法看着无辜的人坠落大地,在锈尘中摔成碎肉——就在他面前。

他不忍心。

丹笛偏转操纵杆。"赤霄号"舵面轻旋,船体优雅地划过弧线,朝着圣殿底部飞去。他估测坠落之人的下落轨迹——那人正被狂风吹着有些向北飘移——向其下方直插而去。十几秒后,他飞至坠落者正下方。微调着运动速度,等到和坠落者在水平方向上保持一致后,丹笛拉开驾驶舱的上舱门,往上方看去。

长风凛冽。一位昏迷的少女正朝他坠来。少女穿着黑白双色的圣殿祭司服,怀中紧紧抱着一只皮革小箱。少女翻滚着,衣裳猎猎,在斜阳下摇摆出金黄色的光芒残影。

丹笛看清少女下坠的路线,解开安全带,小心站起,俯身微调"赤霄号"的空中姿态,随后站正身体。少女笔直坠入驾驶舱,丹笛伸手接住,而后因下坠之力而摔倒。昏迷少女也身子一软,倒在驾驶舱狭窄的甲板上。

丹笛低头看着少女。少女面色苍白如枯萎蒲公英一般的凋敝灰色,不见丝毫血色。她身上黑白的祭司服下裙摆被剪短了一圈——原本的圣殿祭司服都是长裙,少女身上穿着的却是短裙。祭司服上泼溅着殷红的血迹，顺着血迹望去，丹笛看见少女嘴角犹有血痕，这些血液多半是她受伤呕出。

空气中弥散着炽烈的魔女之香，这股锈尘气味源自少女。但少女的体表并不见多少锈石，看着锈化并不严重，不像是会有如此浓烈锈尘气息之人。那这股锈尘香气是从哪儿来的？丹笛不解。最终，他的目光落在了少女右手上——她右手上的细小锈石刺穿皮肤，连成细长的锈痕线条，勾勒出纹路图案——是代表着锈与黑暗的魔女缇娜的纹章。

丹笛一惊。魔女纹章又被称为罪纹，是圣殿给十恶不赦之人刻印的标记符号。他救下的这个少女，恐怕是"圣树号"上的罪人逃犯，犯过诸如滥杀无辜之类的恶罪。

"麻烦。"丹笛钻回座位上，顺手拉上驾驶舱盖。"赤霄号"已经下坠了太多高度，无论是为了竞速比赛，还是为了急救这位少女，他都需要赶快返回赛扬斯港口。

他望向上方。其他竞赛选手全冲到了他前面，莱西更是一马当先，领先于所有人。

丹笛一推操纵杆，让引擎全力输出，飞船猛地加速向上冲去。但他的锈尘感知能力萎缩到只有六十米半径了——药剂的力量已褪去过半。

他还有最后两分钟的机会。

"赤霄号"疾驰如电，直刺苍穹。丹笛已顾不上引擎损坏，直接将引擎出力长时间锁死在最大位置。他的感知半径虽缩小不少，但因刻苦磨炼过技艺，又被苦婆特训过，他操控飞船的能力已远超普通驾驶员。

"赤霄号"灵动迅捷，飞越一个个对手。

一分钟后，赛扬斯港已在眼前。丹笛前方的对手，只剩下了莱西和莱西的两位"保镖"飞船。

"还有机会。"丹笛轻声说。两架保镖飞船正张开襟翼减速，朝丹笛迫近，逼他改换航向，不至威胁莱西的领先地位。

"滚开。"丹笛感知到一条短暂形成、即将散去的顺风风流。他稍稍偏转主翼舵面，朝左侧方一飘，滚入顺风风流中，再摆正舵面，乘风疾行，绕过两条保镖船，超至前方。就在两条保镖船想沿路追上时，风流已紊乱散去，不复存在。

只剩下莱西了。丹笛默想。赛扬斯港口在视野中正逐渐变大，比赛路线只剩最后一千米。

似乎是意识到了技术比不过丹笛，莱西略微减速，朝丹笛靠近，然后左右移动，封堵住所有可利用的超车风流。丹笛皱起眉，微感不妙。若是莱西一直全速猛冲，丹笛或许还有机会凭借着技术超越；但莱西铁了心减速堵截他，以莱西的技术，可以堵截住丹笛所有的可能超越路线。

距离赛扬斯港还有八百米，而丹笛的感知半径已萎缩到四十米范围。

"往左边，两百米……"虚弱的声音在丹笛身后响起，是那位罪人少女。

丹笛一愣，两百米已经远超他的感知范围，他压根儿不知道那里是什么情况——就算之前苦婆的药剂还在生效的时候，两百米也是他感知的最极限距离。如果先往左飞两百米，他怎么都追不上莱西。

但是，就算继续飞行，他也追不上莱西。

丹笛一咬牙关，拉下动力挡减速，再一偏操作盘，往左飞去。前方，"雷蛛号"见丹笛偏开航线，便不再跟来，继续沿着航线前进——大概在莱西眼中，丹笛这样绕远路就是放弃了。

十几秒后，丹笛飞过两百米远，感知到一股稳定而极速的风流。风流朝着斜上方运行，直指赛扬斯港的方向。

丹笛立刻驶入风流。这股风流偏离航线太多，大部分驾驶员的感知能力都无法到达这里，那这个受伤的罪人少女又是怎么发现的？她的锈尘感知能力，难道能覆盖超过两百米的半径？丹笛不敢相信。

"赤霄号"在风流中急速航行，十几秒后追上"雷蛛号"，此时，距离终点泊位只有一百米远了。

突然，"雷蛛号"往旁一摆，移动到丹笛正前方。

莱西要干什么？他这不是让出了风速最快的航线？丹笛心中疑惑。就在他准备从一旁择路超过时，"雷蛛号"两条机翼尾部弹开一片黑乎乎的铁片，露出两个弹舱。一团暗红色的弩箭被高压气体炸出，铺天盖地般喷来！

丹笛一惊，连忙减速侧滚，避让开来，但还是有不少弩箭擦着射过，"叮叮叮"地撕裂"赤霄号"的外壁。一道弩箭射在丹笛挡风玻璃上，"砰"地炸开，化成粉红色的锈尘。

莱西在作弊！丹笛心中愠怒，却见"雷蛛号"尾部的两个弹舱自动脱落，朝着阳谷下方的蒲公英次茎坠去。

在这一瞬之间，借着偷袭，"雷蛛号"也以第一的位置冲过终点线，赢得比赛。

丹笛将"赤霄号"停入泊位,心中又气又怒。他攥紧拳头,思考着如何处理当下的情况。他先往后看了一眼,罪人少女依然半昏迷着,没有清醒。他本想先把少女交给阳谷和圣殿处置,但现在莱西靠作弊赢了自己,他必须先把属于自己的第一名争夺回来。

"可以出舱了。"站在泊位上的工作人员敲了敲丹笛的驾驶舱盖。丹笛爬出驾驶舱,接过工作人员递来的安全绳系在腰上,往赛扬斯港内部走去。

赛扬斯港口是典型的"贵族港口"。它开辟于阳谷靠近顶端的位置,专门服务那些居住在高层、远离地面锈尘的贵族。蒲公英的纤维被引导生长成港口上的建筑,造型流畅自然。与比赛开始前相比,港口上停泊着的大型移民船数量更多了。它们大多宽大厚实,侧舷塞满弩炮,船旁各种物资垒成小山。一枚十米直径的巨型蒲公英种子浮在空中,被绳索缚住,正准备安装到一条移民船内。

丹笛走入泊位后百米远的一间半开放厅室。厅室原本是港口的敞篷库房,被临时收拾一番,用作这次比赛的颁奖场地。进入厅室的一瞬,高空的狂风声响立刻消失,周围安静了许多。

厅室内铺着简陋的红毯,红毯上立着天星木雕刻的安娜神像。数十盆鲜花盖在留有气孔的玻璃罩中,分列神像之旁。神像后摆着两排座位,坐着阳谷的大贵族与圣殿的祭司们。在厅室的最后坐着两排乐队,手捧月山琴的琴手弹拨着古老的祭神歌谣，抱着红鼓的鼓手一下下打着鼓点，落在拍子上。贵族们穿着淡绿色的礼服，一串长长的勋带斜挂身前，上面缀满各种标志着他们在历史上历次大迁徙中取得的功绩的勋章。祭司们穿着黑白大袍，衣着朴素，仿佛大地上亘古而立的玄岩般端坐着。贵族们大多在和身旁的祭司交谈，讨论着天灾运行、"内部情报"、迁徙的准备，言辞谄媚，试着从祭司口中套出更多情报，赢得大迁徙的先机。

唯一让丹笛意外的是，这里不见阳谷的领主德拉克索斯。在他们比赛的时候，德拉克索斯应该正在"圣树号"上接受圣殿赐予他的灭罪武装；然后，现在应该出现在这里，参加飞行竞速赛的颁奖。但在贵族之中，他只看见了一位熟人——学院中教锈尘技艺的红发男子吉迪恩。

主持人站起身，屋后坐着的乐队随之噤声，余响散去。贵族和祭司们的交谈也慢慢停下，都望向主持人。

"……那么，我们这次比赛的胜利者是，"主持人宣布道，"'雷蛛号'和它的驾驶员，西陲的荣耀电光，莱西！"

掌声响起，莱西缓缓走到神像之前。丹笛往前踏出一步，说道："等一下。"

掌声安静下来。

"他作弊。"丹笛说。

"丹笛。"莱西微笑着，"我钦佩你的驾驶技术，但很遗憾，我还是技高一筹。"

"有两条飞船在帮你干扰他人，而且，"丹笛指着莱西，一字一顿道，"你的飞船安装武器，偷袭了我。"

"证据。"莱西保持着微笑,"拿出证据。"

"你用锈石做成的弩箭,打中后就分解,不留痕迹;而且你船尾部的弩箭台发射后就自动脱落了!"

"哦——也就是说,你没有证据。"莱西平和地耸耸肩,"那么,我有理由认定,你在诬陷我。"

"你——"丹笛怒发冲冠,指着莱西的手颤抖着。莱西偷袭用的武器已经自动从机翼上脱落——这显然是故意设计的。而且,那偷袭的弩炮射出的全是锈石弩箭,砸中"赤霄号"后全都碎裂成了小的锈石晶片与锈尘,不留下一点痕迹。莱西早就规划好了一切,甚至能反手说丹笛诬陷。"那个偷袭用的弩炮自动掉下去了,只要下去找,一定能找到。"

"下去找?"莱西冷笑一声,"你确定一定能找到?"

"一定能!"

"圣殿的祭司们,各位我城的大人们,"莱西转身说,"我怀疑这位名叫丹笛的选手诬陷我。他很可能在下面的底层城区伪造了什么'武器坠落的证据',来诬陷我在飞船上安装作弊装备。他可能还买通了下面那些锈化鬼和贱民,协助伪造这些证据——总之,我希望能派人下去调查,好好去调查武器坠落的所谓'证据'。"

"你——你还反过来——"丹笛怒道。

"丹笛选手,"主持人说,"你有明确的证据说明莱西选手作弊了吗?"

"我……没有。"丹笛攥紧拳头,"不,只要下去调查——"

"好了!"下方,一位胖贵族一挥手,"调查?哪有时间调查？尊贵的蒙丘大祭司没时间等你们胡闹！而且，谁知道是不是你诬陷莱西！"

"不，我不是……"丹笛小步后退，心中有些慌乱。这是他赢得比赛、治好锈尘阻塞，成为领航员的最后机会了。

"好了。"主持人一清嗓子，"我宣布，本次临时表演比赛的胜利者是——"

"蒙丘大祭司。"几位圣殿的黑袍武士突然冲了过来，走到坐在前排中间一位衣装尊荣的圣殿祭司之前，小声说："抢走灭罪武装的罪人找到了，她跌落后被人救了下来。"

"被人救了下来？"名叫蒙丘的祭司一皱眉，"从'圣树号'上掉下去，怎么救的？"

"有个比赛选手接住了罪人……"报告的黑袍武士指着丹笛，"就是他。"

丹笛一愣。"什么？"

"你居然敢包庇罪人？"蒙丘站起身，直视丹笛。

"不，不是——"丹笛喊道，但几位黑袍武士已经将他围住，"我准备比赛结束就把那个罪人交出来——"

"抓住他。"蒙丘命令道，"押回去！"

丹笛大喊着："放开我！我不是——"

"哎呀呀，听说有人要抓我？"忽然，一线甜柔的女声从厅室外飘来。屋外凛冽的狂风揉碎了声音，让它模糊不清，但声音中细细柔柔的甜美可爱却仿佛渗入风中，缠着每一线细弱的风流气息，流遍屋内每一角落，萦萦不散。

丹笛回过头。

厅室外视野辽阔。北方的地平线漫着一层锈尘雾气，挂在地平线上的太阳光平射而来，透过雾气，染出赤紫的晕晕天光。那位罪人少女正朝着厅室走来，被截断下裙摆的黑白祭司袍飘舞风中。几位守在室外的圣殿武士们纷纷拔刀，围住少女，朝她攻去。

罪人少女盈盈一笑，缓缓朝前伸手，握拳。

几道粗壮的锈石晶体忽然在武士们的躯干中生长、破穿皮肤、撕裂躯体。武士们扑倒在地，变成挂在突生的赤红巨大锈石上的肉块。

鲜血漫出从锈石上淋下，魔女之香逸散四方。

"鳞萝呢！她人呢！"蒙丘大吼道，"雷山大人呢？"

"刚才鳞萝大人听从您的命令，在'圣树号'上保护阳谷领主……"武士答道，"雷山大人也还在'圣树号'上和阳谷领主密谈。"

少女走入厅室，留下一串鲜血脚印。她面色枯白，虚弱得似乎一阵柔风就能吹倒；但她却从室外凛冽的风中稳步走来，轻描淡写地以锈尘之力杀死了一众圣殿武士。她的身材不高，逆着红紫色的晦淡天光，苍白的容颜染着一圈浅紫柔光，仿佛夜空下一泓将枯之池水，虽无活水汇入，却也清澈莹然。而毫无血色的容颜上的双眸却灿灿有神，如辰星升夜，华彩流空。

混着血腥气的魔女之香郁积四周，阳谷贵族和飞船驾驶员们都面露恐慌，往后退缩。在大众认知中，被圣殿刻下魔女缇娜的罪纹的罪人都是力量强大、杀人不眨眼的恶魔，是除了天灾之外最恐怖的存在，是让小儿止啼的恐怖传说。满室贵族，只有吉迪恩挺身坐着，镇定自若，阴沉的目光不见波澜。

一时间，只剩下丹笛和少女站在安娜神像之旁。

丹笛准备立刻和少女甩脱关系："我不认识她，我只是看她掉了下来——"

"嗯哼！"少女咯咯一笑，眼眸柔柔一转，看着丹笛，又拉住他的手，"合作愉快，搭档。要不是你在，我肯定摔死啦。"

"不，我不认识你！"丹笛惊慌地甩开少女的手。这个罪人为什么要声称他是同伙？

"抓住罪人和她的这个同伙！"蒙丘祭司命令道，"罪人在'圣树号'上已经被鳞萝打成重伤，她撑不住的！"

"我不是她的同伙。"丹笛往后退。他如果被圣殿认定为罪人的同伙，那就是死罪。就算他逃走了，以红赫星人对罪人的恐惧，他走到哪儿都会被抓住、杀死。

两位圣殿武士抵住后退的丹笛，一左一右抓住他的肩头，按着他跪在地上。"放开我！"丹笛大喊。

"请放开他哦。"少女温柔笑着，朝丹笛柔步走来。接着，丹笛耳边响起一阵锈尘凝结为晶石的清响，无数细长的锈石晶体从旁边两位武士身体中刺穿，将他们裂为几大块。

鲜血淋漓。在武士们短暂的痛苦哀号中，碎裂的内脏与血肉淋洒在丹笛身上，锈尘之香郁郁不散。

少女走到他面前，伸手拉着他站起。"我们快走。"她轻轻以三指夹起挂在丹笛手上的心脏碎块。

"我不认识你……"丹笛浑身颤抖。他既害怕自己被当成罪人的同伙,又害怕这个少女一念之间将她杀了。少女身上似乎有着某种神秘型的锈尘能力,怪异而强大。

"快上!你们快上!"蒙丘祭司躲在了厅室最后,其他贵族亦缩在最后一排座椅后,瑟瑟发抖,围在少女周围的武士们也没一个敢再冲上来。屋后的乐队惊慌着四散,月山琴和红鼓掉落在地,发出"咚咚"的共鸣声。

少女搓着心脏碎肉,目光扫过周围。在她的操控下,一小簇锈石从心脏碎肉中生成,将碎肉胀开,刺穿成肉沫儿。接着,锈石簇崩裂,散为锈尘,与肉屑一同飘落。

"哼。"吉迪恩从座位上站起,抓起放在座位后的黑铁巨剑,"魔女余孽,不得嚣张!"

"吉迪恩伯爵!您别冲动,那可是圣殿的罪人!"躲在角落的主持人惊慌地叫道。

吉迪恩跳过两排座椅,一挥大剑,朴实无华地朝少女头顶劈下。

"锈心级能力者?"少女面色凝重,"那我该撤了。"她忽然捧腹呕吐着,吐出一块锈石。锈石裂开、崩散,只见锈石中埋着一截刀柄。少女握紧刀柄,刀柄上漫出一片水蓝色的刀光。她一挥这把奇异的武器,迎上吉迪恩的巨剑。

巨剑"轰"地砸在刀光上,巨响沉沉,刀光晃漾出波纹,黯淡下去。一阵惊人的震动传遍房间,丹笛脚下一歪,摔倒在地。地面余震不断,天星木神像旁的一圈鲜花的玻璃罩随之碎裂。丹笛甚至怀疑吉迪恩的这一刀是不是把整个阳谷都砍得震动了一下。

少女退了一大步,身子一震,呕出大口鲜血,原本有些神光的容貌再次黯淡下去。

"你的灭罪武装吃了这一剑,但终究还是你的肉身扛下了这一击。"吉迪恩重新高高举剑,"与魔女同行,即是此世之恶。为了安娜,为了风与光明!"

吉迪恩又一剑砸下!

"跑。"少女收起刀光,往后跑去,"我操控不了他体内的锈尘!"

吉迪恩一剑砸在空地上,地面上"咔咔"蔓延出裂纹,所有东西都震跳起来。"抓住罪人!抓住罪人同谋!"蒙丘站起来大声喊道,"抓住他们!"

完了,都完了。丹笛连忙追着少女冲出去。本来他是表演赛第一名,本来他有机会治好锈尘阻塞,本来他能成为领航员,继续自己充满希望的生活。

只要他没有去救这个坠落的少女。

而现在,他被诬陷成了罪人的同伙,被人抓捕。

丹笛看见莱恩正站在远处的警戒区域外,焦急地看着他。但他无法和莱恩解释发生了什么,无法和莱恩碰面,他不能让莱恩也变成罪人的同伙。

圣殿武士们追着他冲出厅室。

那么,他还有什么地方可去呢?天风呼啸,丹笛精神恍惚起来。如果逃跑,他不擅长战斗相关的锈尘技艺,逃不过圣殿和阳谷的追杀。不过,接下来就是大迁徙,天灾之下,没有人会费神来抓捕他；天灾过后，也不会有人记得他是什么罪人同伙。

他需要立刻返回"赤霄号"，先逃走，熬到天灾到来、大迁徙开始为止。

思虑清楚去向的丹笛快步跑到"赤霄号"的泊位前，却看见罪人少女已站在飞船旁，笑盈盈看着他。

"你要干什么！"丹笛大骂道，"我重申一遍，我和你没有任何关系。"

"我需要一个人帮我开船逃走。"少女嫣然一笑，"我不会驾驶这种小飞船。如果不把你拉成同伙，你会愿意带我这个罪人逃跑吗？不，不会。你只会把我交给圣殿。"

"你害死了我！"丹笛吼道。

"怎么，害死了你，和我又有什么关系？"少女说，"你？你以为你是谁？你对我很重要吗？"

"如果我不带你走呢！"

少女汇聚锈尘，包裹住手上握着的奇异刀柄，形成锈石，然后一仰头将这颗细长的锈石吞下。"第一，你没有讨价还价的能力……"吞下刀柄后，少女虚弱地咳了咳，呕出大口鲜血，血中混着小小的锈尘晶石，"我可以现在就杀了你。第二，你不和我走的话，接下来圣殿来追杀你，你跑得掉？——而我，可以保护你。"

"保护我？"丹笛惨笑着，"你肯定会一走了之！"

"啊，你说的没错，我本来就不想管你，为什么要保护你呢？"少女捧着自己呕血中的锈石，狡黠笑着，"为什么呢？不过，我可能会保护你——只要你——"

锈石在少女手中散为锈尘，又聚成血红的蝴蝶、繁花、飞羽之形，轮流变换。终于，万形皆灭，少女五指一握，锈尘从指缝之间逸散奔流，汇入永不停息的风中。北方，尘雾散去，阳光照来，照亮她清丽的侧颜，笑靥明媚，如同涓滴之流，明莹可爱。

"只要你好好哀求哦。"

章五　渣滓世界

[逐星旅团] 红赫星第二十六次大迁徙即将开始
主题：这个心锈是什么情况？
赔率：无（NaN）：无（NaN）
[回复：]
#1：[警告]：涉嫌违规，此主题无法被浏览。

连续三天，艾比一无所获。

无论是废弃的铸铁气压管道，还是原本很常见的减压阀，她都没有找到，没卖出一点点收入。

此时，她正漫步在阳谷的底层。只有在这片渣滓世界中，她才不需要披着斗篷。

蒲公英城邦阳谷高逾七千米，社会阶层在这高度方向上泾渭分明地层层划分开来。在一千米往上的正常世界中，艾比这样的全身锈化严重的"锈化鬼"只能披着斗篷,不暴露出体表的锈石。而在高度一千米,也就是蒲公英主茎大约第二百层往下是不需要斗篷的。这里是锈尘浓度极高的渣滓世界,每个人都锈化严重。

阳谷的地下埋藏着罕见的地下燃气源。在上一次大迁徙结束,阳谷的蒲公英种植于此开始,燃气就沿着蒲公英的内脉管上冲。阳谷利用燃气在城邦底层发展冶铁工业,这里随之成为重工业基地。两年前,燃气逐渐枯竭,底层工业区也随之衰退、失去维护,铁渣与废弃机械崩颓一地。这里于是被上层的普通人和贵族们称作"渣滓世界",甚至被侮辱作"三渣世界"——锈尘渣滓、钢铁渣滓,还有锈化严重的"贱民"渣滓。

艾比行走在垃圾堆中,淌过没过脚踝的恶臭污水。路旁倒着一具锈化严重的尸体,已经半腐烂,尸臭弥散,仿佛挂在锈石上的烂肉堆。

一群大苍蝇绕飞周围,她挥手将苍蝇驱走,又看了眼垃圾堆。垃圾堆中还是没有值钱的东西,值钱的都被人搜捡完了。现在,所有渣滓世界的底层人都在努力挣扎、攒钱,想换取登上一条移民船的机会。

艾比继续往前行走。前方不远处是一号风车,那里曾是阳谷最大的风力源,但随着冶铁工业的衰落而废弃了。一个小时前,她在上面几层看见有两块黑乎乎的铁块从天而降,砸在风车上。她想趁着还没人发现之时将铁块回收卖掉。

她需要换钱或值钱的物资,去换到一张移民船的船票。

八年前上一次大迁徙中她只有六岁,跟着父母从城邦吉拉克斯出发，乘移民船熬过大迁徙，来到阳谷。那时，她和父母都是吉拉克斯的底层贱民，拼死拼活挤进移民船最阴暗的底层货舱。在迁徙空战中，货舱中弹，父母被轰入空中，只有她活了下来。

这条移民船熬过了大迁徙，其领航员也随即被圣殿赐予荣耀的称号："赤锈之翼号"。艾比在阳谷的底层居住下来，后来被苦婆发现，成为苦婆的财务秘书与仆人。在这次大迁徙来临前，苦婆安排艾比进入紫石英学院学习。但一轮课程结束之后，根本没有一条移民船愿意让艾比登船，哪怕她成绩优异，名列前茅。

因为她是锈化的贱民渣滓。

最终，艾比只能和其他底层人一样，去买登船的昂贵船票，换取登上某条船的机会。她需要钱，从苦婆那里积攒的工资根本不够。

艾比走到一号风车的动力房之前。一号风车修建在蒲公英外壁之外，直径两百米。它的动力房则嵌在蒲公英壁面内部，和主茎内的居住区相连。动力房门口躺着一颗枯萎的蒲公英种子，堵住了一半的进门道路。种子干瘪，表面灰白，绒毛枯死僵直。这估计是从上面城区偷下来的种子，被底层的黑市或工坊抽干了能源，遗弃于此。

她爬上垃圾堆，从种子旁的缝隙进入动力房，举起燃气小灯往里照去。

那两只铁块就落在动力房的气压管道下。这次艾比终于看清了，那不是什么铁块，更像是弩箭发射器。她心跳加速，弩箭发射器价值远高于废铁，要是能偷偷卖了，距离她买到船票又近了一步。

她必须行动迅速。天灾迫近，渣滓世界的秩序崩坏得极快。所有人都知道天灾会在十天后摧毁阳谷，这些无可逃脱的人们已然疯狂，他们不管秩序、不管道德，疯狂地抢劫杀人，要么为了生前最后的尽兴，要么为了船票而挣扎——每张船票都可能会被抢劫、倒手，更换十几位主人，并搭上这些主人的性命。

"老乔治，你就别废话了。"忽然，后方传来响亮的争吵声，"就算领主的灭罪武装被那个罪人截掉了，你能找到那个武装？"

艾比一惊，连忙熄灭燃气灯，回头。借着动力房中黯淡的天光，她看见一老一少正朝她这走来。两人衣着破烂，大块锈石刺穿皮肤。年轻人断了一条手臂，老人胸口则被小锈石密密麻麻全覆盖，像是血红色的铠甲。

"万一刚才掉下来那两个黑东西就是呢？"老人说。

"得了吧。"断臂年轻人耸耸肩，"昨天在赌场我就听说了，他们为了保证莱西能赢，给他的飞船上装了作弊武器，用了就自动脱落——刚才掉下来的估计就是那个作弊武器。要是我们找到然后带回给赌场，那就发了。"

他们是星轮赌场的人，我必须躲起来。艾比小心地往动力房内走去。红赫星人沉迷博彩，赌场在各个城邦中都势力强大，她惹不起。

突然，她踩在一处脆弱断裂的木板上，脚下一滑，尖叫着摔倒下去。

"谁！"断臂的年轻人大喊着跑上来。

"别……别过来!"恐慌淹没了艾比。摔倒之时全身的锈石受震,牵动血肉,刺痛周身。

"是个快被锈石戳烂的烂货。"年轻人哈哈笑着,一脚踢在艾比肚子上,"呸!烂货,把你的好东西捧给本大爷!我们是星轮赌场的……的门卫!"

艾比腹中剧痛无比。方才年轻人那一脚踢中了她腹腔中内生的一颗细长锈石,斜着刺中肾脏和膀胱。她下腹抽动着阵阵撕裂痛,仿佛被一排细针密密戳过,疼得她蜷住双腿,苦声哀吟。

"放了我,我没钱……"艾比哀求着。尿液失禁,流出她的下体,原本污臭的空中又混入一股尿臊味。

"老头,你看看,你看看,"年轻人猖狂笑着,"她也没啥钱,那咋办?"

"哼,反正天灾都快来了,把这个小女人玩死在这里算了。"老人吼叫着扑倒,把艾比压在身下。

艾比尖叫着一脚踢在老人腿上。老人怒骂一声,狠狠按住她胸口,伸手握住她右手臂上刺出皮肤的一颗巨大锈石,硬生生拔出!

艾比手臂上的锈石原本和血肉缠生在一起,被拔出后,无数肌肉纤维被拽断,露出巨大的血窟窿。疼痛剧烈如潮,她张大嘴,但肺部肌肉被这剧痛麻痹,发不出哀号之声。她头脑中一片空白,视野蒙着一层灰,灰色之中闪着泛白的光点,随着疼痛的浪潮而跳跃、闪动。

"哼,贱女人,拔个石头就疼晕了。"老人丢下锈石,急躁地撕开艾比上衣，露出雪白的胸口。

艾比大口喘气，稍缓过来。她全身剧痛，嵌在身体中的每一颗锈石都仿佛在四处游移，穿刺筋肉脏器。这是严重锈化的晚期症状。她本已锈化严重，方才腹部被踢一脚，手上锈石又被老头拔出，使她原本就已经虚弱的身体终于崩溃，进入了锈化晚期。最终，她全身的锈石会脱落，血肉、内脏、骨骼相互错位，而后死亡。

悲怆与愤怒充溢着艾比的胸膛。反正我也活不过大迁徙，我就算死在这里，也要拉你们垫背！她在心中怒吼着。她侧过头，看见那颗被老头拔出的锈石，正躺在她右手边的不远处。

老头稍稍直起身，脱下裤子，又粗暴地压住艾比。

艾比抓起锈石，朝老头腰上捅去！

老人惨叫着翻滚到一边。"贱女人，你敢捅我！看我不把你全身锈石都拔了！"

艾比喘着粗气躺着，平静等待着最终的结局。方才这一下，估计还要不了老头的命，但足以让他重伤。

"你们放开她！"忽然，一个熟悉的声音从旁边传来。

艾比一惊，抬起头，看见一男一女走入了廊道这头。她连忙喊道："丹笛先生！救我！"

"赤霄号"贴着阳谷外壁飞速向下航行，甩脱追兵，钻入蒲公英主茎底部的一处空洞。洞内是废弃的冶炼工厂，丹笛将飞船停在一座十米高的钢渣小山上，跳出飞船。

"你的飞行能力怎么这么差？"罪人少女提着皮革小箱走出

"赤霄号","之前比赛时,我还觉得你技术不错。"

"我有锈尘阻塞,感知能力异常。"丹笛以视线余光瞄了眼少女。少女的身体虚弱无力,一直在颤抖。她身上的重伤依然存在,甚至还更重了。

丹笛担心少女的伤势,但又无比憎恨这个罪人无端将他诬为同谋。

"哦?"少女嫣然一笑,"我可以帮你治疗哦。"

"……只要我哀求你?"丹笛头也不回,勘察周围的情况。

"没错!"

"哼。"丹笛冷漠着往前走去。他的人生已被这位从天而降的罪人毁了,他只想甩开少女,躲避圣殿的抓捕。"请离我远点儿,你这个罪人"。

"我不叫罪人。"少女跟上丹笛,"我有名字,我叫心锈。"

丹笛闷头往前走。

"你叫什么?"少女问道,"喂?喂!"

"……丹笛。"

丹笛和心锈行走在昏暗的蒲公英底层世界中。他听说过阳谷这片被称作渣滓世界的底层工业区,混乱、阴暗,居民大多锈化严重。

空气混浊闷热,丹笛举着小灯,照亮前路。废弃冶铁炉倒在走廊两旁,墙壁上气压管道裂痕丛生,"噗噗"冒着白汽。上方的天花板烂出许多破洞,一段段缆绳从中垂下。几只野生社猫正在废墟中嬉戏,在缆绳间攀爬、荡跃、追逐。它们四肢矫健,脊柱上生长着血红的锈晶。看见灯光走来,社猫们左右窜开，钻入冶铁炉中，又在炉口探头回望，血红的眸子反着荧光。

丹笛走过尚在摇晃的缆绳。忽然，一滴污水从天花板滴落在他鼻梁上，恶臭无比。他皱着眉擦去，刚想提醒身后的心锈，又忍住了。

没必要提醒她。丹笛想。没必要对她那么好。

"啊！"心锈轻叫一声，"好臭！喂！你也被滴到了吧，怎么不说一声！"

"哼！"

几分钟后，他们走入另一条走廊。"现在我们安全了？"丹笛问。

"以鳞萝的能力，走到哪儿都会被追到。"心锈说。

"鳞萝？"

"等下，前面有人……"

丹笛往前望去，黑暗中他隐约看见有两人正将另一人压在身下。"三个锈化严重的人。"心锈说，"两个男的在欺负一个女的。"

"放开她！"丹笛往前冲去。

"丹笛先生！救我！"艾比的声音从前面传来。

"哪里来的挡道的！"断臂的年轻人朝丹笛走来。

"滚开！"丹笛说。他刚迎上去，心锈却拉住了他。

"我来。"她说。

心锈从丹笛手中接过小灯，柔柔迈步往前走去。断臂年轻人号叫着一拳挥来，她缓缓吹气，须臾，一串锈石从年轻人仅剩的手臂中爆发着生长破出，挤烂手臂，骨渣肉屑撒落一地。

"啊——"双臂全无的年轻人颤声尖叫,"你……你手背上这个是!——罪人,你是罪人!"

年轻人惊叫着跑开,因双臂全无而踉踉跄跄,跑出十几步就摔倒在地,以蚯蚓的姿态弓着爬行了十几下才站起身,朝外奔跑。

"罪人……"趴在艾比身上的老头慌忙站起,裤子也不提,飞快逃走。

"你居然没杀了他们。"丹笛说。

"我快没力量了。"心锈往艾比走去,"再滥用力量,我会昏迷,会被鳞萝抓住。"

"丹笛先生?"艾比缩在地上,怯生生拉好衣裳,声音虚弱,"非常感谢您救了我。您——您衣服上怎么全是血?你没事吧——咳——"

艾比剧烈咳嗽起来。

"艾比!"丹笛半跪在艾比身边。哪怕他锈尘感知能力孱弱,此时也察觉到艾比的异状——艾比体内的锈尘高度活化,四处侵蚀身体。这是锈化晚期的将死之兆。

"丹笛先生,您别管我了,快去找船,天灾要到了……那个罪人是怎么回事?您离她远点,罪人都很危险……"艾比的声音越来越虚弱。

"艾比……"丹笛不知所措。严重的锈化晚期无法治疗——他只能看着艾比死亡。

"你滚开。"心锈挤开丹笛,站在艾比面前。

"罪人!你离丹笛先生远一点!你想干什么……"艾比惊慌

叫着。

心锈俯身抓住艾比手腕。"闭嘴。"

"放开我!"艾比挣扎着。

丹笛感知到锈尘力量在心锈周围凝结、流动。这股力量融入艾比的身体,和艾比体内的锈尘们融合,把躁动活化的锈尘"抚摸"平和,让它们重回休眠状态。

"哼,你活不了多久了!"心锈狠狠甩下艾比手腕,转身往外走了几步。她浑身不住颤抖,步履飘浮,整个人如风中飘絮般柔软弱小。

"丹笛先生,别和那个罪人在一起。"艾比撑着地面坐起身。

"丹笛!"忽然,一声震山的巨吼从后方传来。丹笛转身回望,莱恩正高举燃气灯大步跑来。

"莱恩?莱恩!"丹笛喜不自禁,连忙迎上,"你怎么找到我的!"

莱恩走到丹笛面前。他穿着浅绿色的工装,露出胸口,胸口正中生长着一块锈石。他在丹笛肩上轻轻一拍,说:"还好你还活着!"

"疼——"丹笛连忙将莱恩穿着厚重臂铠的手臂从自己肩头挪开。

"快走。"莱恩说,"你到底是怎么回事?还有,这个……罪人,"他看见心锈,面露警惕,"刚才在港口,你怎么被她缠上了!快走!圣殿的人,阳谷的人,都在抓她,也在抓你!"

"丹笛先生,我们快走。"艾比也走到丹笛身边,"离开罪人。"

"等一下……我有话问她。"丹笛看着心锈。

心锈背对着所有人,一动不动。

"你刚才,"丹笛犹豫着,"……治好了艾比的锈化?"

"你没听见吗?"心锈说,"圣殿的人要追来了,你还不走?"

"你是不是救了艾比?"

"我就是个罪人,我坏透了。他们都叫你远离我,叫你快走。"心锈叹了口气,落寞地侧过头,"罪人怎么可能救人呢?罪人肯定只会杀人放火。你都看到了,死在我手上的,大都连全尸都不剩。"

丹笛愕然。心锈正望着他,纤长的睫毛一颤一颤,容色枯白。远处传来隐约的机械撞击声,抢劫、哭喊、杀人、咒骂,细微的声响在渣滓世界中回荡,仿佛纠缠在每一丝浓郁黑暗中的幽灵。

"算了。"心锈莞尔一笑,"我只是帮她理了一下锈尘,后续还需要治疗她才能活下来……这下,我的力量都用尽了。你快跑吧,圣殿会来抓你的。"

"丹笛!你干什么!别和她纠缠!"莱恩说。

"果然,罪人就是罪人,到哪儿都会被讨厌……"心锈身子一软,昏倒在地。

"快走!"莱恩拽住丹笛的手。

丹笛轻轻推开莱恩,捡起心锈的手提小箱,再将她背在背上。心锈的身体柔软、轻盈而冰冷,一股浓郁的锈尘香气氤氲周围。"我要带上她。"

"为什么?"莱恩问道,"她是罪人!"

"她救了艾比。"丹笛背着心锈往前走,"别说这事了——莱恩,你是怎么找到我的?"

"嗯?啊?"莱恩一愣,"刚才有个女孩带我找了过来,她叫……叫什么来着?"

"叫鳞萝。"突然,他们面前的黑暗中走出一位身披黑纱的女孩,"本想悄悄把罪人带回圣殿,既然你们要带罪人一起走,那我就只能把你们……"

鳞萝尖笑起来。"全杀了。"

丹笛背着心锈,沿蒲公英主茎中螺旋向上的廊道奔跑,莱恩和艾比跟在一旁。后方,圣殿的武士们穷追不舍,鳞萝步履缓缓,走在武士之后。

"丹笛,别管罪人了!"莱恩大步迈出,木台阶在他壮硕的身躯下咯吱作响,"那个女人能嗅到罪人的锈尘气味!"

一位圣殿武士怒吼着追上来,一刀朝莱恩劈下。莱恩滑步后撤,举起右手,用臂铠挡住刀击,再往外一推。武士踉跄后退,滑倒滚下楼梯,从楼梯边缘撞飞出去,跌向深不见底的下方——渣滓世界中的楼层地板多半朽坏,挡不住跌落的人或物。

突然,一道锈尘凝成的长索从一旁射出,缠住武士的脚踝,将他拖回楼梯上。长索倏尔收回,仿佛毒蛇后退,缩回到黑衣女孩鳞萝袍下。

"你们跑不掉的。"她轻轻笑着,又召唤凝出数道锈尘长索,朝莱恩射来!

"跑,跑!"莱恩狼狈躲过。每一道长索都轻松洞穿了楼梯与墙壁，击飞出无数木屑。

"她救了艾比。"丹笛摇摇头，"我不愿意放下她。"

"你总是太善良了！"莱恩骂道，"哼，算了，跑吧。"

"如果她靠嗅觉追人的话，"艾比喘着气，"那我们去磐石市场。"

"去市场？为什么？"丹笛喘着气。心锈虽不重，但他一路背来，体力有些不支。

"那里离得不远，我们可以走阿莱德管道的近路。"艾比说，"而且市场里人多，都是底层的人，锈化重，锈化的气味也重，应该可以掩盖……掩盖这个罪人身上的锈化气味。"

"就去那儿。"莱恩说。

他们钻入一条水平方向的小路，进入蒲公英主茎中的另一条上下贯通的主要管道——"阿莱德管道"中。艾比带着他们绕路，甩开追兵。"那个鳞萝好像倚仗她的锈尘能力，不会追得特别急。"艾比扶着墙大口喘气，汗珠绵密，洇湿衣裳，"市场就在上面了。"

他们登上最后一节楼梯，进入磐石市场。磐石市场还是前几日的样子，大约二三十条上下贯通的立柱竖立在市场中，立柱外缠绕着螺旋形的走道与房间。索道、木桥与气压管道交错连接在立柱间，织成空中网络。上方，阿莱德管道的圆柱壁面逐渐缩小到一百米的直径，缩成圆锥形穹顶。穹顶上铺着数十条燃气管道，管道下吊着燃气灯，照亮市场。每盏灯上方的穹顶都被炭灰熏得发黑。

和丹笛上次来到磐石市场寻找血石之时相比，市场已混乱不少。店铺被砸毁，货物撒落，肉眼可见的位置燃烧着三场小火灾。迫近的天灾正压垮市场最后残存的秩序。

"跟我上来。"艾比带着丹笛和莱恩走上一根立柱的旋转楼梯，躲入一间废弃空屋，"从这里可以看见楼梯上来的情况。"

丹笛悄悄往下面望去。圣殿武士们推搡着平民走出楼梯，在人潮中张望，失去了目标。在他们后面，鳞萝低头站着，迟迟不下命令。过了十几秒后，她才命令武士们往四周分散，地毯式搜索目标。

"看来她跟丢我们了。"丹笛半蹲于地，放下犹在昏迷的心锈，"这里的锈尘气味多而杂，她应该分不出我们的具体位置。我坐在门口望风，要是有异常，我们就跑。"

"我们歇一会儿。"艾比说，"市场很大，那个鳞萝带的士兵只有七八人，找不到我们的。"

丹笛望着屋外。对面的立柱上螺旋排着一圈店铺：诊所、飞行培训室、面包店、铁匠铺，还有信使小屋。诊所已经荒废，门口挂着大团干枯的草药，广告牌上"专业治疗恶性锈化"的字迹也磨损不清。一颗一米直径的死亡蒲公英种子被塞在诊所废弃的屋中，蛛网密布。右侧的另一根立柱上，星轮赌场——阳谷下层最大的博彩店铺——的店面占据了所有的空间。巨大的星空轮盘符号挂在半空，在燃灯下闪闪反光。

"丹笛。"莱恩在空屋的另一侧坐下，"放弃这个罪人。哪怕她救了艾比，她也是罪人。可能一回头，她就杀了我们所有人。"

丹笛收回目光，沉默不言。他们所在的这间空屋以前似乎是食品仓库，空中的吊绳上挂着几串长着绿毛的肉干和杜杜鼠干。

"你们先坐着，我溜出去找点吃的。"艾比往屋外走去。

"不会被发现吗？"莱恩问。

艾比摇摇头。"这里我熟悉，风神会保护我的。"

艾比走后，丹笛侧头看着躺在身边的心锈，说："你说的对，我不该带着罪人。"

"那就把她丢这儿，或者交给圣殿。"莱恩检视着臂铠。他的臂铠上有多道刀痕，是圣殿武士的刀锋所留下。

周围弥散着锈尘香气与油料泄漏的味道。丹笛攥紧拳头，轻轻叹气。"我还是想带她离开。"

"丹笛！"莱恩怒吼一声，臂铠往墙上一砸，屋中挂着的肉干来回摇摆，"你还是我认识的那个人吗？我一直觉得你是个冷静、靠谱的人！你现在在干什么？包庇罪人？包庇一个圣殿亲自刻下魔女罪纹的罪人？你知道她以前犯过什么事吗？她可能杀人如麻，可能毁掉了某个蒲公英小城邦，可能害死了成百上千人！没有一个罪人是无辜的！你呢？你被她诬陷了，你还带她逃跑！"

是啊，我为什么要带她逃跑？丹笛茫然呆坐。心锈是罪人，是魔女缇娜的皈依者，是所有红赫星人的敌人。她诬陷他是同谋，她害了他，让他不能在比赛中胜出。她还逼着丹笛带她逃跑。但不知道为什么，丹笛觉得，心锈似乎没有那么坏。

心锈做了什么？她残杀了圣殿武士，救了艾比。除此以外，她没有表现出任何罪行。她以前犯过什么事，才被圣殿刻下罪印？丹笛不知道。

艾比返回房间，将几枚刻刻果与煮鸡蛋分给丹笛和莱恩。"磐石市场乱套了。"她说，"只能找到这些吃的。"

丹笛接过刻刻果，胡乱啃了几口。刻刻果常被当作主食，种植在农田中，但这几颗似乎放了很久，有点蔫儿。但比赛之后，他好几个小时未曾进食饮水，身心俱疲，也顾不得刻刻果口感如何。"莱恩。"他说，"我还是决定带着她……罪人，名叫心锈——一起走。"

"为什么！"

"我觉得她是好人。"丹笛说，"虽然没有根据，但我们可以试着去相信她。她的力量极强。在重伤的情况下能挡住吉迪恩的攻击，说明她有锈心级，甚至超过锈心级的锈尘能力。在未来的大迁徙中，她的能力会对我们有所帮助。当然，我知道这是一个冒风险的决定，她也可能杀了我们所有人，我们没有一个人的战斗能力能压住她。你没有锈尘能力，我只有感知能力，我们都不是她的对手。"

"你疯了。"莱恩说，"我的父母，我的亲人，我们旅风角的乡亲，你不考虑一下？你带着罪人回去，所有人都要为你承担风险。"

"我知道。"丹笛缓缓剥开煮鸡蛋，"天灾还有十天左右才会到，我会先和心锈聊聊，问问她的底细。如果不合适，我们就远离她。"

"然后，我们要带着她乱跑？"莱恩质问着，"继续被圣殿追杀？"

"等她醒来，我们就问她。给她一次机会。"丹笛心平气和地说，"就这一次。"

忽然，周围传来惊闹之声。丹笛一惊，往屋外望去。人群正尖叫着四散奔突，拥挤着冲上各个立柱的螺旋楼梯，往上层逃跑。货物滚落，哀号和哭泣声四起，不少人当街扭打，甚至相互拔刀残杀。

"怎么了！"丹笛站起身。

一群人叫喊着从他们外面的螺旋楼梯上冲过。"天灾""快跑""没那么多船"，人群传来惊慌的话语。

"丹笛先生别急，我去问问。"艾比紧张地走出屋外，拦住了一位逃跑的路人。半分钟后，艾比走回屋中，浑身颤抖。

"怎么了？"莱恩问道。

"丹笛先生，"艾比声音越来越小，牙关打战，"天灾……来了。"

"什么！"丹笛和莱恩惊愕万分。丹笛连忙站起身，说："不可能！天灾不是还有十天才到吗？"

"据说，外面观测到天灾在两小时前突然加速，大概再过一小时就到阳谷。"艾比说，"所有人都在逃命，都在往上挤，都在找船逃走。"

"不……什么？"丹笛一时失措。他深呼吸着冷静下来，问道："艾比，等等，消息正确吗？天灾怎么可能就这么突然变快？"

"据说，贵族们已经坐船离开了，他们什么都没带——天灾是突然提速的。"艾比说，"最重要的是，他们说，圣殿已经宣布大迁徙开始了!"

"莱恩!"丹笛浑身一激灵,"先不说心锈,我们必须撤了!……莱恩?"

莱恩呆呆坐着,目光呆滞。

"莱恩!"丹笛大喊一声。

"丹笛,你忘了?"莱恩低声说,"'白尾号'还在维修,引擎还没装好,新种子也没安装……我们没船,没船!"

丹笛惊愕呆立着。几日前,旅风角众人正在维修"白尾号",引擎和种子的安装尚未完成。"我们必须先走,想办法总好过等死。"丹笛说。

"这次不会放过你们了。"忽然,鳞萝的声音娇娇柔柔飘入屋里,"市场的人都跑完了,我终于闻到了罪人的香气……啊——魔女之香……诱人,堕落的香气。"锈尘长索爬入屋中,接着,一条皎白瘦弱的腿探入门内,腿上生长着细小的锈尘鳞片。"我身归于魔女,我心奉于风神,我,堕风之人鳞萝,要将你们这些堕落者押回圣殿。"

章六　起航,"灰烬之羽号"!

[逐星旅团] 大迁徙正式开始

主题:[官方] 主要人物生存竞猜

赔率:天霜(1.09),德拉克索斯(1.02),罗贝斯特(1.28),希尔尼娅(1.34)……丹笛(12.11),莱恩(17.04),心锈(6.73)……

[回复:]

#1:天霜的赔率比德拉高?

#2:这是给天灾提高运动速度了吗?提速了要提前公告吧,不然我们怎么下注?

没有犹豫,丹笛背起心锈,提上她的小箱子,快步往屋子后门冲去。"跑!"

锈尘长索如蛇窜来,"啪"地发出破空疾响。在长索触及后背的一刹那，丹笛感知到了身后的锈尘，往旁一闪。

长索刺穿废屋木墙，木屑喷溅。

"不要跑哦。"鳞萝走入屋中，手中捧着一只刻刻果，"大哥哥大姐姐们，不来陪我玩玩吗？"

又是一道长索刺来。莱恩护着艾比冲出后门，避之不及，只能举起臂铠格挡。长索刺中臂铠，刺穿最外层的机械锤，划破气压管道。原本用于驱动臂铠中的机械工具的高压气体射出，冲散长索，使之化为锈尘的红雾。

"小心！"丹笛扶住被锈尘长索冲得失去平衡的莱恩。

丹笛、莱恩和艾比跑出后门，冲上螺旋楼梯。却见楼梯上下已被圣殿武士们包围。有不少逃跑的普通民众挤上楼梯，都被圣殿武士推搡着挤下去，或是当场砍杀。

"喂！他们都是无辜的！"丹笛大吼道，"你们不是圣殿吗！圣殿不是风神的护卫者吗？你们……你们——"

"我们，滥杀无辜？"鳞萝缓缓踱步，"反正这些人都会死在天灾里，你觉得他们谁能登上移民船？谁能活过大迁徙？他们就算死在这里，风神不会在乎，圣殿也不在乎。"

鳞萝轻轻拨开手上的刻刻果，露出果肉，用念力挑飞果子中生长着的少量锈石，一口啃下，果液飞溅，挂在她白嫩的嘴角。

又是数道长索射出，穿过挤在下方的逃难民众的身体，赤血飙溅。人群惊慌轰散，往下挤去，又和下方往上逃跑的人潮撞在一起。霎时人群跌倒，相互踩踏，哭号彻响。不少人被挤出楼梯外，跌落下去，在店铺屋顶和横联立柱的索道之间碰撞跌坠，摔成一摊血泥。

"味道不错。"鳞萝丢下刻刻果皮，吐出舌头，舔了舔指尖沾着的果液，笑盈盈看着丹笛。

丹笛死死攥着拳头，背负心锈，直面鳞萝。鳞萝身披一袭黑纱袍，面容冰冷，皎白的细腿从黑袍下探出，斜斜点在地面上，赤足上刻印着魔女的罪纹，纹路如血。细小锈石如鳞片一般覆盖着她的大腿，一直生长到黑袍之下。鳞萝的面上也覆生着细小的锈石鳞片，密密麻麻盖过她右脸的小半脸颊，奇诡可怖，却又有种异样的病态之美。

魔女的幽香在丹笛鼻尖萦绕。他无法相信，圣殿——风神安娜的追随者，安娜意志的传达者，所有红赫星人所信奉、崇拜的天上之城，会屠杀平民。

"那你也不能乱杀人！"莱恩挺起胸膛，"罪人我们可以给你，但你为什么要杀那些平民？"

"蝼蚁之死，于我何干？于你何干？你们和蒲公英外面的那些锈族蛮子有什么差别？不都是一群贱民！"鳞萝咧嘴一笑，脸颊上的锈尘鳞片随笑容而扭曲、流动，流淌着黯淡而诡异的血红之色。"而且，你以为风神安娜在乎我们的死活？要是在乎，她会忍心看着我们在大地上被天灾追着迁徙，还在迁徙中相互残杀？"

"不，神不在乎！"鳞萝一声疾呼。在她周身，锈尘凝为数十条长索，纠缠射出，直接刺向楼梯下方相互踩踏的人群。长索如蛇般扭杀穿刺过所有人的身躯，留下一地尸体。血流汩汩，蔓成沿楼梯流下的涓涓瀑布。

"疯子！魔女！"莱恩狂怒着朝鳞萝冲去，一拳砸下。

糟了，莱恩又冲动上头了！丹笛心中一惊，大喊："莱恩！"

"身体的力量再大——"鳞萝朝前踏出一步，锈尘倏忽变幻，凝聚成数十细绳，又编织成网，横张在前。

莱恩狠狠撞上锈尘之网，却被网阻拦、束缚，无论如何，拳头也无法再前进一点点，更够不到鳞萝的鼻尖。

"也不及魔女缇娜的锈尘之力的万分之一。"鳞萝又往前走了一小步，鼻尖才碰到莱恩的拳头。她咯咯一笑，以鼻尖在莱恩拳头上蹭了蹭。"你这拳头，力道太小了。"

"魔女！"莱恩向后退，锈尘之网骤然抱缠过来，收紧，将他捆住。无论莱恩如果挣扎，这些锈尘凝成的绳索都柔韧异常，难以挣脱。

地面忽然晃动起来，远处传来蒲公英内壁裂开的声响。"没时间了。"鳞萝走到莱恩身前，"天灾的前锋已经到了，阳谷的蒲公英种子全部被吹飞之后，这里就会崩塌——该速战速决了。"

她将锈尘汇聚成匕首，朝莱恩刺下！

"莱恩！"丹笛大惊，放下心锈，大步朝鳞萝扑去。

"你又有什么用？"鳞萝侧头一笑。锈尘汇聚为鲜红的巨拳，迎面撞上扑来的丹笛。丹笛只觉身子猛地一顿，被压迫着无法呼吸。接着，他倒飞出去，重重砸在楼梯上。

丹笛全身剧痛，眼前闪过黑白的光影，脑壳也嗡嗡鸣鸣。片刻，他喘着粗气睁开眼，发现自己正躺在螺旋楼梯上，周围全是被鳞萝残杀的无辜之人的尸体与半干涸的血泊。

一切都完了。他撑着身体站起来，望着周围，却找不到战胜鳞萝的方法。莱恩被鳞萝控制，艾比缩在楼梯一角瑟瑟发抖，心锈昏迷，自己更不是鳞萝对手。那些圣殿武士也在周围警戒，将他们围住。

蒲公英颤动加剧，磐石市场的穹顶裂开几条缝隙，穹顶下的燃气管道纷纷断裂，泄出燃气，喷涌出灼着穹顶的巨焰。远处，一条撑在市场的穹顶与地面之间的立柱已经断裂，立柱螺旋形楼梯上的店铺层叠跌落，垒成瓦砾，震起十几米高的烟尘。

突然，丹笛看见面前几米处躺着一只打开的皮革小箱——那是心锈从"圣树号"坠落时紧紧抱住、一直随身带着的箱子。方才他被鳞萝击飞后撞到箱子，蹭开了箱子的锁扣。皮革小箱翻倒过来，一对银色的手枪被压在箱盖下。

"咦，原来灭罪武装在这儿？"鳞萝讶异地说，"我还以为被罪人藏起来了。这下倒省事了，不用回头在阳谷的废墟里找。"

她一挥手，锈尘之索飘出射来，钩向箱子。

丹笛猛地意识到面前这把气枪武器并不简单。他大步前扑，抱住箱子，翻滚着躲过射来的锈尘长索，然后将气枪握在手中——"轰"。丹笛脑内忽然炸出一声巨响。他的手像被手枪牢牢吸住，无法再移开。一股怪异的力量从枪中传出，仿佛凝胶一般挤入他体内。他体内的锈石与锈尘都因这力量而活化、躁动，汇入力量之中。一瞬间，他全身酥酥麻麻，舒泰暖和。他想起了很久以前父亲曾带着他飞往南方，来到南方靠近红赫星夜半球的冰原上。冰原之上不见太阳，群星永悬于幽夜，冻土上分布着一孔孔热泉，泡在热泉中的感觉与他此时身体的感觉极为相似。

他感知到了这把手枪的力量。此时的手枪，仿佛像是活物一般，正在听从他的调遣。

"咦，你居然能和灭罪武装共鸣？"鳞萝说，"这明明是给你们领主定制的……不过这又怎么样呢？你会使用灭罪武装吗？"

丹笛站起身，将双枪握在手中。这对枪通体银色，手柄上雕镂着细密的花叶纹路，花叶间以金丝刻着雄鹰的图案。双枪的枪管末端留着接气压管的接口，这是以高压气体驱动弹丸的气枪。他看向皮革小箱，箱子中既没有弹丸，也没有提供动力的高压气瓶。

丹笛心中又绝望下去。他本以为凭借着这一神奇武器还能和鳞萝一战；但是，没有弹丸，这枪有何用？

"行了，大哥哥，你也该死了。"鳞萝笑着唤出锈尘之索，直刺丹笛胸口。

"丹笛！"艾比尖叫起来。

"你是傻吗？'银雕'不需要子弹。"突然，心锈虚弱的声音从一旁传来，"直接开枪！"

丹笛无暇细想，举枪瞄向鳞萝，一扣扳机！

一股力量从丹笛身体中涌出，奔向手枪。空间中的锈尘被手枪吸入，在枪管中凝聚成一粒锈石弹丸，激射而出。但锈石弹丸后发先至，在鳞萝的长索命中丹笛前，先射中了鳞萝腹部。

锈石弹丸并未洞穿鳞萝的身体，而是"砰"地散开，化为锈尘，崩散出一道无形之力，将鳞萝轰飞出去。她笔直撞上百米外的一处锈化治疗诊所的招牌上，一声惨叫，委顿着砸落废墟之中。

射向丹笛的锈尘长索随之失控,散洒为尘。

虚脱感淹没丹笛,方才那一击吸去了他大量的精力。他此时困意重重,只想闭眼休憩。然而前后还站着好几位圣殿的武士,他必须将他们击败。

丹笛举起枪,瞄向武士们,却见那些武士一个个怪叫着弃刀跑了。

"你们没事吧?"丹笛放下枪。莱恩的锈尘束缚已解开,艾比缩在楼梯栏杆下,全身发抖,但没有受伤。心锈坐在地上,面色苍白,无比虚弱。"你……"丹笛看着心锈,"没事吧?"

"力量耗尽了而已。"心锈说,"没想到'银雕'能和你共鸣。"

"银雕?"

"你手上的灭罪武装的名字。另外,"心锈顿了顿,"外面锈尘真多,难道,天灾已经到了阳谷门口了?"

周围的锈尘越来越浓,丹笛从未感知到过如此厚重的锈尘。天灾——裹挟、扬起锈尘的巨大风暴团已迫近阳谷。阳谷蒲公英顶端的种子们会在锈尘侵蚀下凋零死亡,失去浮力。随后七千米高的阳谷会被重力压垮、断裂、坍塌、倒下。

倒塌已经开始。磐石市场的地面正撕裂开来,裂缝纵横,露出下层的渣滓世界。蒲公英的纤维壁面变形、撕开、断裂。市场中的立柱摇晃欲坠,不少往上层逃跑的人都被甩出了楼梯。

"往上跑!"丹笛背起心锈。

"我不用你背。"心锈说。

丹笛并不理会她。楼梯震颤，他和莱恩交换一下眼神，莱恩快步往前，冲在前方；丹笛背着心锈殿后，艾比被他们护在中间。

忽然，地面震颤着，如浪潮般上下翻涌，丹笛失稳半跪下来。周围的气压管道与水管道纷纷断裂，无数商铺脱离立柱，下坠。不远处的星轮赌场也坍塌而下，巨大的星轮标志滚动几圈，砸落地面，又从地面的缝隙跌落下层。大火蔓延，血腥的味道与锈尘气息纠缠着，随硝烟四散。十几米宽的裂缝撕开蒲公英壁面，裂缝之外露出荒凉大地，阳光斜射进来，照亮了昏暗的市场。

阳谷正裂成两半。

"等一下——"丹笛喊住莱恩。

"等什么！再不跑柱子就要断了！"莱恩焦急地往上跑，"你还背着罪人！她就是个累赘！"

"阳谷要塌了。"汗珠从丹笛额上渗出，"倒塌时蒲公英的上面会先歪斜，然后倒下，我们爬上去也是死。"

"所以呢？"莱恩放慢步伐。

丹笛冷静下来。"我们应该往下跑。'赤霄号'还在下面，登上'赤霄号'，我们就能飞起来，再想办法登上一条移民船。"

莱恩咬咬牙关，扫视四方，又望望头顶，仔细观察蒲公英裂开的情况。"你说得对，我们下去。"

"但是……"丹笛犹豫起来，"我有锈尘阻塞。现在周围风场太乱了……我……"

他无法安全地驾驶"赤霄号"。丹笛心中低沉地想着。

"'银雕'呢?那对双枪呢?"心锈说,"给我。"

"你要这个干什么?"丹笛还没反应过来,自己腰上挂着的那对双枪已经被心锈摸去了。

"治疗你的锈尘阻塞。"心锈把玩着"银雕",握住其中一把,又将另一把抛回给丹笛。"灭罪武装'银雕'是圣殿给德拉克索斯特制的武器。这对双枪可以给两个人使用,让他们相互连接,平衡双方之间的锈尘力量。德拉克索斯希望用这件武装,连接他本人和他的妻子,以治疗他妻子身上的宿疾。"

"这和丹笛有什么关系!"莱恩焦急道,"你这个罪人到底想说什么!"

"很简单呐。"心锈轻轻一笑,指着丹笛,"你,和我连接,我可以'负担'你的锈尘阻塞,这样,你的感知能力就能恢复。"

丹笛皱眉迟疑起来。他不想和这个罪人"连接",他甚至不知道这种连接究竟是什么。一想到和罪人在锈尘力量上相连,他直觉不是好事。

"罪人,你到底想干什么!"莱恩站到丹笛面前,"和丹笛连接?然后呢?他会被你污染、侵蚀?"

"哼。"心锈直接把手上的"银雕"砸到莱恩身上,"你以为他是谁?和他连接?他不配。我凭什么要负担他的锈尘阻塞?喂!傻大个,你来连接怎么样?"

"我——"莱恩愣住了,然后握紧"银雕",大喊道,"我来就我来!"

地面震动。突然,那条撕开蒲公英的巨大裂缝骤然生长,上下贯通,撕出一道裂谷。楼板、地块、店铺、冶铁锅炉,无数杂物滚落磐石市场,朝裂谷奔涌。

楼梯摇晃起来,他们所站的立柱也歪斜着跌向裂谷。

"我们下不去了!"艾比尖叫着攀住栏杆,"而且,我们要掉下去了!"

"快点儿。"心锈一伸手拉住丹笛,又一伸手拉住莱恩,"我来激发'银雕'的力量,给你们建立锈尘连接。"

一股柔顺的力量从心锈手上流入丹笛体内,和他体内的锈尘相互连接。随后,丹笛的感知能力顺着这股力量流出,流入心锈体内,又顺流着流入莱恩体内,和莱恩身体中的锈尘纠缠、连接。他和莱恩体内的锈尘仿佛结为了一体。接着,他们两人的锈尘力量合并,聚集在他胸口。丹笛胸口郁结着一块顽固的锈石,在阻碍这股力量前进。

他想起来了。这块胸口的锈石,是他上次大迁徙时,为了救下罗兹尔的妹妹泰丝而受伤的位置,也是锈尘阻塞让他失去感知能力的位置。

这股力量将丹笛胸口的锈石冲出了一道开口。

忽然,他清晰地感知到了周围百米之内的锈尘分布状况。锈尘随着狂风舞动,在混乱的市场内盘旋,在蒲公英的裂缝间穿梭。

他的感知能力恢复了。

"好了。"心锈放下两人的手,"现在开始,你们各自拿双枪中的一把。只要你们距离不是很远——不超过大概几百米——锈尘连接就能持续生效。你的锈尘阻塞就能被这个傻大汉的锈尘力量分担一些，感知能力也能恢复。但这种连接只是临时措施，你的锈尘阻塞没有被完全治好。连接断裂，感知能力还是会消失。现在……靠近我。"心锈忽然说道，"快点儿。"

"你要干什么？"丹笛问。

"我来制造一条锈石的船，你来开船。"无数锈尘在心锈身边聚集，凝结成一只两米直径的碗形锈石小船，浮在半空。"就这个。待会儿，务必紧紧抓住我的手。"心锈看着丹笛，"坐进来！我们坐这个下去！"

丹笛扶着心锈和艾比爬入船中。莱恩站在船外，说："罪人，你这个船靠谱吗！"

"不想进来就算了。"心锈纤眉一扬。

"我不可能坐你的船——"莱恩话音未落，他们所在的立柱突然彻底倾倒下去，歪着滑入裂谷。莱恩立刻怪叫一声，攀住锈石之船的边缘。"丹笛！快！快拉我进来！"

丹笛忍不住一笑，将莱恩拉入船中。"你的力量还撑得住吗？"他小声问心锈。

"别废话，伸手！"心锈伸手握住了丹笛的手，"我不会开船，接下来，就看你的开船技术了。"

借助着心锈的力量，锈尘之船飘浮在半空，往下飞去。"我要怎么做？"丹笛问道。

他被心锈握着的手上忽然一阵刺痛。在他本能地想松开手时，心锈却死死握住。一颗细长如针的锈石在他们掌心间生长，刺破皮肉，让他们血肉相连。倏尔，丹笛精神猛地一震，只觉万物旋转，周围一切崩塌、断裂的轰响与莱恩焦急的呼喊都缥渺远去。一串破裂的图像冲入他的脑海：阴暗的石头房间、漫天飞舞的锈尘、断弦的月山琴、无数白骨、全是钢铁围成的神秘空间，以及飘浮在高空中的倒吊山峰。山峰之下的大地上，天灾横卷过红赫星人的居住地，无数蒲公英正在枯萎，移民船如同蒲公英的种子般起飞，被风吹散，飞往远方。

"怎么？我的回忆好看吗？"忽然，心锈的声音在丹笛耳边响起。他一惊，精神从幻境之中震出，接着感觉到他和心锈体内的锈尘似乎连在了一起。

"我该怎么做？"丹笛问。

"试着控制这个船。"心锈说，"现在我们精神相连，你的意志可以直接作用在我的锈尘能力上。"

丹笛试着想象锈尘之船向前航行的感觉。心念一起，锈尘之船向前突飞了一小段。他又尝试控制锈尘之船上下左右移动，数十秒后，他掌握了控制这条奇妙小船的方法。"坐稳了！"丹笛大吼一声，驾驶小船向下飞去。

天灾已进入阳谷，风中锈尘浓烈，四周晦暗而血红，能见度只有几米。店铺与楼板纷纷坠落，丹笛操控着锈尘之船，在掉落物间穿梭。他的感知能力已恢复大半，能清晰感知到半径百米内的锈尘，继而借锈尘分布感知到那些不断下坠的障碍物，及时避开。

星轮赌场巨大的博彩场地在他们左前方断成两截，断裂滑下，砸向他们。艾比尖叫起来。丹笛死死握紧心锈的手，让锈尘之船往下飘滑，从赌场残骸缝隙间窜过。店铺、人的尸体、锅炉炉渣、高压气瓶、饲养的猪和鸡，一切都在坠落。几只社猫在下坠的残骸中奋力往上跳跃，但被一堆滚落的气压表砸中，跌落下去。这些气压表撒落开来，和锈尘之船保持着相同的下坠速度，丹笛盯着那些表盘，感觉那是一群隐没在锈尘中的眼睛。

忽然，丹笛对锈尘之船的操控有些迟滞，他们撞上一团下坠的索桥，船身一震，差点儿倾覆。"心锈？"丹笛问道。

"快点儿，我支撑不住了……"心锈声音柔弱，丹笛掌心中心锈的手冷若寒冰，轻轻发颤。

"马上就到了！"丹笛控制着小船飞往他记忆中停泊着"赤霄号"的位置。在他们上空，阳谷彻底裂成两半，朝两侧倾倒。下方，"赤霄号"正停在一处因为蒲公英断裂崩毁而形成的悬崖边缘，情况良好。

锈尘小船猛地往下一沉，几秒后才恢复控制。"坚持住！"丹笛感觉到心锈已经力竭。他架着小船飘到"赤霄号"旁，停稳。"莱恩！我们快上去！"

锈尘之船崩解成锈尘，散开，四人跌坐在地，心锈又陷入昏迷。莱恩飞速爬起身，拉开"赤霄号"的驾驶舱，扶着艾比钻进去，再大步跑来，咬咬牙，还是扶住丹笛和心锈，爬进去。"看在她救了我们的份儿上，"莱恩面露嫌弃之色，"我们带上她。"

钻入"赤霄号"后，丹笛启动引擎，连接上飞船中段的蒲公英种子，拉起浮力，往外飞去。驾驶舱锈尘昏天黑地，风速急快，天灾已淹没阳谷。飞船向上飞行，侧滚避开障碍物。一些落物砸在船身上，震得船体晃动不止。

"去找'白尾号'!"莱恩说。

"莱恩。"丹笛摇摇头,"'白尾号'还在检修,没有安装引擎。"

"……我可以现在去装。"莱恩声音小了下去。

"我们只能随便找条起飞的移民船,蹭进去。"丹笛说,"阳谷塌了,'白尾号'修不好了。"

"可是,可是……"莱恩声音颤抖,"旅风角的所有人,我的父母,镇长,艾斯霖医生……他们,他们……"

丹笛沉默着。旅风角的众人多半会因为找不到移民船死在阳谷中。

"前面有条船!"艾比忽然说。

前方,一条大型商船正挣扎着起飞,它可能是停泊在蒲公英内部的修船厂中,天灾到来才被迫飞起。这条商船外形极为普通,形如长棍,大约有四层内甲板。商船底部可见停机坪入口,顶部外露着四颗蒲公英种子,以提供浮力。这是商船常见的配置——非常方便种子的更换、配装。

"那是'灰烬之羽号'。"艾比失望地说,"是磐石市场的商船,两个月前开始维修,现在可能还没完全维修好。它不是移民船,燃料和物资估计也没有……"

"我们没得选。"丹笛朝着"灰烬之羽号"飞去,片刻飞入"灰烬之羽号"底部的停机坪中。丹笛和莱恩爬出驾驶舱,将"赤霄号"固定在甲板上。

"走,去舰桥。"丹笛扶着艾比走出驾驶舱,又背起昏迷的心锈,"不知道这条飞船的领航员是谁——"

地面摇晃着倾斜了近三十度。丹笛连忙攀住"赤霄号",站稳身体。艾比惊叫着险些滑倒,被莱恩拉住。"看起来,这领航员驾驶技术不怎么样。"莱恩说。

待商船的侧倾摆正后,众人爬上楼梯,登入高层甲板。停机坪位于最底层甲板。周围安装着配重与供水用的水箱,蓄满清水。二层、三层甲板全是货舱,但无货物。甲板上挤着匆忙登上船的逃难人,无人携带行李,应是天灾突至后仓促登船。这不是一条有准备的移民船,船上空空如也,没有储备物资、没有武器,只有一群难民。

丹笛心中一沉。这条商船情况太差,他担忧着日后的迁徙,但眼下更重要的是飞出阳谷。在他走去舰桥的路上,"灰烬之羽号"起码歪斜了十几次,不断撞上空中的掉落物,还差点儿颠倒过来。正在驾驶的领航员技术不足,也就比丹笛操作"白尾号"飞出旅风角的情况稍好一点点。

丹笛拉开门,走入舰桥,新鲜的密封油蜡的气味扑面而来。舰桥四周分布着传递控制信号的气压管道,全都崭新锃亮,螺纹接口上抹着的密封油闪着亮光。舰桥的驾驶台前聚集着十几人,全都穿着星轮赌场的服饰——胸口上挂着大大的赌场星轮徽章。

"莱西!你到底会不会开船!"一位胖子站在众人之前,对着驾驶台上指指点点。胖子身穿翠绿的大衣,肚皮鼓鼓,绷紧大衣。衣襟上滚锈金丝,衣领、袖口俱是柔软的皮毛。

丹笛定睛看去,驾驶台上坐着的领航员正是莱西。莱西慌乱拨动着操纵杆,想让飞船在混乱中保持平衡。但他面容僵硬,不复往日的冷峻从容，额头上汗珠滚滚。莱西一拉舵面，飞船又开始大幅度滚转，撞上下坠的蒲公英残骸，船体开裂的声响"隆隆"回响着。

莱西的技术还不足以驾驶大飞船。丹笛心想。

"你是什么人！"守在舰桥门口的赌场护卫用力一推丹笛胸口，"贱民滚出去！"

"别碰他！"莱恩推开护卫，大吼道，"他是领航员！"

整个喧闹的舰桥突然寂静，所有人都回头盯着丹笛。

"你上去开船。"莱恩说。

"我？"丹笛忽然一阵紧张。他放下昏迷的心锈，交由艾比扶住。"你先照顾她一下。"

"丹笛先生？"艾比扶住心锈。

丹笛想起了上次驾驶"白尾号"的情况。那是他第一次操控大型飞船，差点儿让飞船解体、坠毁。若不是苦婆登船相救，他和旅风角城邦的众人早已身葬天空。

在连接了莱恩的锈尘后，他的锈尘阻塞被抑制，感知能力确实是恢复了。但他真的有操控大型飞船的能力与实力吗？丹笛心中怀疑。"不，我……我不适合。"

"啊，我想起来了！"胖子忽然热情地朝丹笛走来，"你叫丹笛，是之前飞行比赛的第二名——不不，是第一名！"

"你是？"丹笛疑惑地盯着胖子。

"他是我们赌场的老板！"一旁的护卫大喊道，"你给我放尊重点儿！"

"不不不，"胖子走过来搂住丹笛肩膀，亲密如同老友，"我叫拉提斯,只是个普通人。在比赛的时候,我已经关注到你了。你,显然是现在最合适的领航员人选——"

"灰烬之羽号"猛地震颤,失重下坠。"船被一段蒲公英砸中了!"莱西大吼道。

丹笛看着舰桥上的观察窗。头顶,一截巨大的蒲公英外壁压在"灰烬之羽号"上,像一只巨手将整条船按向地面。莱西吓得浑身发抖,无力控制飞船。再不控制飞船,他们就要坠毁了。

"我来。"丹笛顾不得自己是否实力足够,大步踏上驾驶台,"我来!"

"你、你给我下去!"莱西满头大汗,胡乱推动操纵杆,"我才是领航员!我才是第一名!我是西陲雷电!我不会输!"

"呵。"胖子拉提斯微微一笑,"你还真以为自己是什么西陲雷电?要不是我们赌场为了捧你出名,你能有现在的成就?西陲雷电?那是我们从无冕者学会买的雷电发生器弄出来的效果罢了!大部分时候你赢的比赛,都离不开赌场给你作弊!而且,莱西,要不是你刚才赢比赛赢得不利索耽误了时间,我们也不至于错过了自己的移民船,登上这条啥都没有的破船!"

"我不信!"莱西面如死灰。

"冰傀儡,把他扔下来。"拉提斯说。

一道黑影忽然窜上驾驶台,解开驾驶座上的安全带,把莱西像小鸡一样提起,丢到台下。丹笛只觉眼前一花,眨眼之间,莱西已摔下驾驶台。

丢下莱西的是一位冰冷男子。那男子冰冷得犹如实质——丹笛只觉周围气温骤降,仿佛在开飞船时直接打开驾驶舱盖吹天风。男子一身黑袍，袍的下沿染着深蓝的色彩。他头发蓬松散乱，脖子上锈化严重，锈石刺出皮肤，但这锈石却非常见的血红色，而是泛着诡异的深蓝色。

"冰傀儡，你回来。"拉提斯说，"丹笛，可以开始了。"

黑衣男子走下驾驶台。丹笛快步走上，坐入驾驶座，拉好安全带，目光扫过操作面板，确认操纵杆、脚蹬和各个挡位的位置。他又往后看了一眼，没有导航员、没有机械师，只有他一人操控。

"灰烬之羽号"，出发。丹笛默念一声，展开感知能力，感知飞船周围的风向。风中的锈尘浓郁异常，天灾已将阳谷遮蔽，失去浮力的蒲公英正一节节折断、萎缩、倒下。他稍稍调整舵面，让飞船平稳摆正，然后规划着飞出头顶这片蒲公英外壁的航线。

他看了眼高度表，"灰烬之羽号"被这片蒲公英外壁碎片压着下坠到了一千五百米的高度，下方不远处就是阳谷的废墟。一旦被埋进废墟，一切即结束。

丹笛将飞船浮力挡位调小，让飞船自由下坠，先远离上方下坠的壁面，然后加速朝侧方航行，飞离下坠壁面的威胁范围。

"呼。"丹笛松了一口气——他有能力驾驶大型飞船在混乱的空中飞行。很快，他再次紧张起来。

头顶的世界依然危机重重。无数蒲公英破片正在坠落，混杂着蒲公英内部的建筑、机械与飞船碎块。上方，一块大约一千米长、两百米的蒲公英壁面正向他们砸来，壁面遮天蔽日，距"灰烬之羽号"只有大约五百米的高度差。

丹笛倒吸一口凉气。从壁面的巨大遮蔽范围看,"灰烬之羽号"很难飞出;好在壁面和上方正在崩解的蒲公英本体并未完全分离,而是以几股粗壮的纤维连接着,壁面下坠,拉扯着纤维撕开蒲公英,也因此减缓了下坠速度。

冷静,冷静!丹笛深呼吸着。他操控飞船避开周围的障碍物,同时注视上方,以视觉和感知能力共同检视坠落的巨大壁面。昏暗的锈尘风暴中,他感知到壁面上有一道大约四十米直径的裂孔,这是唯一可以跨过这道壁面的位置。

但是,以"灰烬之羽号"的载重量和操作性,很难飞过这个裂孔。这条商船航速太慢,不够灵活。他需要给飞船减重,让飞船垂直向上飞,才有穿越裂孔的机会。

丹笛靠近扩声筒,想命令全船抛弃多余货物,但旋即想到,这条船上没有货物。船上全是逃难的人,且因为逃难匆忙,根本没人携带物资。如果要抛的话,只能丢弃活人。

丹笛无法接受抛弃活人。他要带所有人逃出生天——所有人,"灰烬之羽号"上的所有人。

他忽然想起,最底层的甲板上有压舱水箱,是用于压低飞船重心的配重(兼具储水供水的功能)。如果将压舱水全部抛弃,飞船重量至少能减少三成,操控更灵便。

丹笛感知着周围,计算出一条可行的路线。"全船注意,重复,全船注意!"他对着扩声筒吼着,黄铜声管道会将他的声音传到全船各个重要舱室,"这里是领航员,这里是领航员。本船即将受到冲击,并大角度爬升,请做好抗冲击准备!请做好抗冲击准备!"

通知完毕后,丹笛翻转船身的水平舵面,让飞船以接近六十度的大角度翘起,并直接擦过一块飞掠过底层甲板的楼板废墟。他将注意力提至极致,全心关注飞船的姿态角度,若是这次擦碰力道过大,飞船可能解体;若是力道过小,并不能达成效果。

"灰烬之羽号"的尾部船体擦过下坠的废墟,底部破裂,一排排水箱随之损毁,清水"哗啦"淋下,在猩红的锈尘风暴中洗出一片上下贯通的清净空间。不过几秒后,这片清净空间又被锈尘填满。

水箱放空了。

天空中血红一片,不见太阳。过多的锈尘"扎"在丹笛的感知场中,让他脑袋发痛。周围的风流也无比混乱,废墟坠落的轰响绵绵不绝。丹笛集中精神,注视着上方的裂孔。放空水箱后,飞船轻了不少,足以让他即时调整方向,穿过裂孔。

"全船注意,全船注意!"丹笛对着扩声筒吼道,"本船即将大角度爬升,注意防护!"

丹笛扬起船头,整条船以接近七十度的仰角往上飞行,刺入下坠壁面的裂孔中。丹笛感知着裂孔中的锈尘分布,继而反推裂孔的空间结构——风中锈尘过多,凡是没有锈尘的地方,一定是实体,而非空气。"灰烬之羽号"在裂孔中轻柔转身,避开障碍。此时,舰桥的观察窗中充斥着浓厚的锈尘血色,能见度为零,所有人都抱着柱子挂在地板上,屏住呼吸,等待最后的结果。

"灰烬之羽号"缓缓驶出裂孔。

丹笛松了一口气。飞出裂孔后剩下的旅程会容易不少。他控制着飞船抬升高度，向西飞行，并避开下坠的障碍。几分钟后，观察窗前的视野逐渐清晰，他们驶出了天灾的范围。

全船传来欢呼，一浪高过一浪，将整条飞船包裹。待飞船驶入平稳的风脉后，丹笛才解开安全带站起身，望向舰桥侧舷的观察窗。天灾巨大的风暴团已淹没阳谷，整枝蒲公英撕裂、下坠，折叠成废墟。数十艘移民飞船越出风暴，飞往远方；更多的飞船被倒塌的蒲公英压倒，掩埋于此。飞出的飞船们仿佛被风吹散的蒲公英种子，漂泊着飞往西方，避开天灾，寻找新的可生长蒲公英的水源地。

大迁徙开始了。

章七　灭罪之力

[**逐星旅团**] 大迁徙的第一天

主题：如果我感染了锈尘，也会获得超能力吗？

赔率：无（NaN）：无（NaN）

[**回复：**]

#1：怎么，地球上现在有锈尘了？

#2：还没有人将锈尘从红赫星带回来过，带回来估计也是灾难。

#3：我们如果感染了锈尘，不会有超能力，会死。

沉眠中，"咚咚咚"的敲门声如擂鼓般轰响，吵醒丹笛。

自从竞速比赛开始到现在的半天中，丹笛一直在应对突发事件：罪人心锈的诬陷、逃亡、鳞萝的追击、天灾迫近、驾船逃跑。他疲倦得无以复加，深眠如同泥潭，将他裹紧。

敲门声更响了。丹笛从泥潭中挣扎着清醒过来,睁开眼睛。他正睡在"灰烬之羽号"第一甲板的一间空屋中,莱恩的鼾声在对面床上轰响。几个小时前驶入稳定的风脉后,他便离开驾驶台休息起来。

"开门!"敲门声"砰砰"不断。

"……谁?"丹笛爬下床,拉开门。

门口站着星轮赌场的护卫。护卫趾扈地昂着头:"喂,你居然敢让我们老板在门口等这么久——"

"好了。"拉提斯出现在护卫身后,将他推开,"闲话少说,丹笛,我是来找你合作的。"

"合作?"丹笛稍稍清醒了些。

"一起合作,参与这次大迁徙。"拉提斯说,"船虽然飞起来了,但我们缺少物资;另外,登船的废人太多,船上秩序混乱。这条船急需秩序和管理,因此,我们星轮赌场已全面接管此船,清洗废物、管理物资、整合船上力量,为大迁徙奋斗。而您,无疑是精英中的精英,我邀请您加入我们。如果迁徙成功,在下个蒲公英城邦中,我做领主,你做大贵族!"

丹笛警惕起来:"清洗废物?什么意思?"

"当然是调整船上的人口,提升战斗力。"拉提斯说。

莱恩在一旁也已苏醒。丹笛摇摇头:"'清洗废物?''调整人口?'你到底想干什么!"

"嗯?你是不明白还是装糊涂?"拉提斯一皱眉,"当然是把废物丢下船。那些从渣滓世界挤上船的锈化鬼,既不会任何专业技能,锈化严重也干不了体力活,就是纯粹在浪费食物和水——哦,他们还会污染空气,让所有人都锈化。带着这些废物,只会让我们负担过重,死在路上。"

"这就是合作?这就是你想做的事?"丹笛微有怒气,"迁徙本就是带着所有人——无论老弱病残——一起超越灾难。你这样只是屠杀弱小。"

"仁慈不能让我们活下去。"拉提斯说。

丹笛高声说:"我不会和你合作。"

拉提斯拍了拍圆滚滚的肚皮,眉毛一扬。"我很看重你的领航技术。但是,只有技术是不够的,你需要会领导人、会分配资源、会管理舆论、会人情世故,才能完成大迁徙。丹笛,你最好的选择,就是与我合作。"

"你走吧。"丹笛摇摇头,准备关上门。

"带上来。"拉提斯伸手挡住门。

赌场护卫们拖着艾比和心锈走到丹笛面前,两人都被绳索捆住。艾比被布条堵住嘴,"呜呜"发不出声,脸上犹有泪痕。心锈仍然昏迷着,双手手腕处被细银圆环锁住,银环间横贯细长银针,刺穿手腕。

"你!"丹笛全身绷紧。

"放了他们!"莱恩从床上站起,走向拉提斯,一伸手攥住拉提斯的皮毛衣领,"放了——"

一道黑影忽然闪过,将莱恩推倒在地——是那名浑身散发冰寒之气,名为冰傀儡的拉提斯护卫。

"冰傀儡,别伤到他,他可是我们领航员的好友。"拉提斯说,"合作自然是要有诚意的,"他顿一顿,指着艾比和心锈,

"我的诚意已经准备好了,你呢?"

护卫们举起气步枪,瞄准艾比和心锈的额头。

周围有威胁的人只有冰傀儡。丹笛思考着。只要打败冰傀儡,拉提斯和那些普通护卫都不足为惧。冰傀儡拥有大约是锈骸级接近锈心级的身体强化锈尘能力,如果使用灭罪武装,丹笛相信自己能战胜冰傀儡。

而"银雕",他和莱恩各自保管了一把。他转过身,看见两把气枪分别躺在他和莱恩的床上——

忽然,一道寒气闪过。冰傀儡形如鬼魅,从床上抓起双枪。丹笛没看清冰傀儡是怎么走过去的——若不是冰傀儡身体锈化严重,在锈尘感知中留下痕迹,丹笛甚至无法察觉冰傀儡的行动。

"老板,他起了杀心。"冰傀儡说。

拉提斯耸耸肩:"太遗憾了。把他们抓走,虽然莱西差了点儿,但我们只要听话的领航员。不听话的那也只是废物。"

丹笛被绳索捆着押到一处大厅中。

大厅位于二层甲板,原本是商船的货舱,被星轮赌场的人改造成了集会议事用的小广场。大厅中站着商船上几乎所有人,大都衣着凌乱,面有焦虑。丹笛、莱恩、艾比,还有昏迷的心锈与其他十几人被捆在一串长索上,口堵布条。他们都是星轮赌场的反抗者。

在这十几人中,丹笛还看见了两位熟悉的面孔:朱亚丝和血石。在先前的混乱中,他们父女也登上了这条船。

丹笛等人被护卫推搡着带上高台。台上,拉提斯昂首俯视着台下。

"安静，安静！"赌场护卫大喊道，"拉提斯先生有话说！"

大厅逐渐安静，所有人都盯着高台。拉提斯道："就在过去的六个小时中，我，你们的领主拉提斯，带领这艘承载风神荣耀意志的飞船——'灰烬之羽号'——成功驶出天灾。这一切，要感谢领航员莱西，是他，凭杰出的驾驶技术，控制飞船，飞出阳谷。"

莱西走到台前，朝台下一鞠躬，退回拉提斯身后。

"——而这些人，"拉提斯指着被捆住的丹笛等人，"他们在飞船上作乱，滥杀平民，破坏水箱，还和罪人——和圣殿刻下罪纹的罪人——"拉提斯走到心锈身边，举起她的手，展示手背上的罪纹，"勾结！"

台下人群议论起来，听见"罪人"，所有人都露出恐惧之色。

并不是这样！丹笛想大喊出口，但布条堵嘴，他发不出声。

"我宣布，这些罪人，将被流放风中！"拉提斯说，"接下来，只要你们听从我的号令，我将带领你们，穿越天灾！建设新家园！"

"……可是，我听见当时领航员警告我们抗冲击，"台下忽然有一位小男孩说，"那声音并不是莱西啊？我看过莱西比赛，听过莱西的声音——"

站在拉提斯身后的冰傀儡忽然身形闪出，出现在小男孩面前，将小男孩提起，抓回高台上，丢在拉提斯脚下。

"一位新的叛乱者！"拉提斯大声说，"抓起来！"

赌场护卫们捆起小男孩，串进长绳。男孩的父母尖叫着冲出，也被护卫捆住。

"还有谁要叛乱，都给我跳出来！现在！马上！"拉提斯说。

无人行动。

"很好……"拉提斯冷哼一声，"很好。任何人都不能摧毁我们的团结，我们必将胜利。"

"灰烬之羽号"落入了星轮赌场的统治。丹笛等人被关入监狱——商船原本运输牲畜的笼子。很快，更多的人被关入监狱。从后关进来的人口中，丹笛听到船上现在的情况：拉提斯大规模清洗船员，锈化严重的人被监禁在中下层甲板，锈化不严重的人才能正常活动。凡是反对他的统治的，通通关入监狱。每天都会有十几人被"流放风中"——直接丢下飞船。其中，"神赐之手"血石因拒绝给拉提斯建造弩炮而被流放，他的女儿朱亚丝也被抓入监牢。

两天前，一群锈化严重的人举旗反抗拉提斯，被护卫和冰傀儡镇压，全都抛出飞船。

虽然赌场的高压统治卓有成效，但"灰烬之羽号"的状况毫无转变。水箱没水，引擎无人维护，蒲公英种子能量快耗尽，没有船载弩炮等武器，活脱脱是飞在空中的靶子。这几日中他们没被其他移民船劫掠，丹笛觉得这真的是运气不错。

每天，拉提斯都派人询问丹笛是否愿意合作。丹笛全都骂了回去。

牢笼潮湿寒冷。他周围关押着莱恩、艾比和心锈，众人除了身体虚弱，暂无生命危险。心锈依旧昏迷着，可能是身体负荷过重，从唤出锈尘之船到现在，她已昏睡了超过十天。

丹笛曾隔着牢笼观察过心锈的状态，她尚在呼吸，面色红润了许多。她的身体异于常人，这种漫长的昏睡似乎在疗愈她身体的伤病。

因为长时间在高浓度的锈尘环境中活动，丹笛自己的锈化也严重了一些。一排小锈石正从他脖颈附近的皮肤中长出，形成锈痕图案。这锈化暂时还不影响他的身体活动。在"银雕"被赌场收走后，他的感知能力弱下去许多——他和莱恩的锈尘连接依然维持着，但因距离"银雕"过远，这一平衡能力弱下去不少。

"丹笛。"莱恩坐在对面的牢笼中，虚弱地说，"也许，你应该答应他们的合作。"

"不可能。"丹笛说。

"我不是说真去合作。"莱恩说，"被关在这里只能等死，还不如假意合作，再考虑怎么干死那个胖子。"

丹笛看着莱恩，沉默着。莱恩靠着栏杆，上身披着外衣，并未系扣，露出了生长着锈石的胸口。他手臂上未戴臂铠，而是露出了虬健的肌肉——臂铠被赌场的人收缴了。

"你太固执了。"莱恩说，"这个罪人你也是死命要带，如果不带着这个罪人，我们就不会有这么多麻烦事……都怪大迁徙来得太快。"

丹笛也未曾想到大迁徙就这样匆忙地开始。这次的天灾距离上次天灾不过八年，而且天灾运行的速度也远超丹笛的预期，明明还有十天才到达阳谷的天灾几乎一瞬间加速，冲毁阳谷。

所有人都没有准备,大部分移民船只是匆匆上路,更多的船甚至没有起飞。

能登上"灰烬之羽号",他已足够幸运。

"先活下去。"丹笛说。

"不,你是不是被她迷住了?"莱恩说,"我觉得你分不清问题的轻重缓急了。"

"她?"

"那个罪人!"

"没有。"丹笛说,"就像我不想和拉提斯合作一样,我不希望任何人被抛弃在大迁徙的路上,哪怕是一位罪人。"

"然后我们就死在这破船上。"莱恩说,"她只是个罪人罢了,早点儿抛弃她,对我们都有好处。"

"先不说这事,现在应该想办法逃出监狱,打败拉提斯。"丹笛说,"你没看见那个冰傀儡吗?估计是接近锈心级的锈尘能力者,我们几个人谁打得过他?战斗上……我们需要罪人的力量。"

"……什么罪人?"忽然,心锈虚弱的声音从一旁传来,"哎……?封印之针!谁在我手腕上穿了封印之针!"

监牢内沉默着。片刻,丹笛说:"他们给你手腕穿上的。所以,这个针是什么?"

"他们?"心锈打量周围,坐起身,伸手扶住监牢的栏杆,"我们在哪儿?我睡了多久?这是在什么船里面吗?我们离开阳谷了?"

丹笛简单说明了过去几天发生的事。"是赌场的人把这个针穿过了你的手腕。"

"这是封印之针。"心锈说,"可以压制我的锈尘能力,现在我就是个废人。"

丹笛观察过心锈手腕上的封印之针。针安装在银环上,被精巧的银锁锁住,必须用钥匙打开。现在他们无法解开封印之针,也就失去了心锈强大的锈尘力量。

"哼,果然,不能指望这个罪人帮我们打架。"莱恩说。

"哎——"心锈咯咯笑着,"你说的没错,为什么要依靠我呢?我不过一个罪人,魔女追随者,身子都快被锈尘烂完了。丹笛,你都能和'银雕'共鸣了,为什么还打不过那些人?"

丹笛脸上一红:"没保管好,被冰傀儡抢走了。"

心锈噗嗤一笑,然后笑声渐大,笑得整个人扶着栏杆弯下腰,直不起身。

"你笑什么!"丹笛莫名有些羞耻。

"圣殿每年只打造一两把的灭罪武装,你居然没保管好?"心锈又哈哈哈大笑,"圣殿的那些老头子们要是听到这个消息,能气到胡子翘上天。"

丹笛连忙岔开话题:"所以,灭罪武装是什么?"

"一件武器,圣殿给特定的人定制的。"心锈说,"早年,这些武器都是用于对付罪人,嗯,就是我这种穷、凶、极、恶——"她故意拖长声音,瞪了莱恩一眼,"的人。后来,灭罪武装就成了威力强大,且通常有特殊能力的武器的统称。你手上这对'银雕',就是圣殿送给德拉克索斯的礼物。这两把手枪的特殊能力是连接各自的使用者,平衡他们的锈尘力量。据说,德拉克索斯的妻子患有重病，因此需要平衡能力来续命。"

丹笛看了看莱恩。现在这连接能力正挂在他和莱恩之间，压制他体内的锈尘阻塞。"你为什么要去抢'银雕'？"丹笛问道，迟疑一会儿，他又小声补充道，"还有，你为什么是罪人？"

"记不得了。"心锈说。

"记不得了？"

"我失去了很多记忆。从我有记忆开始，我就是罪人。"心锈平和说着，"我只想在自己被晚期锈化弄死前悄悄回到圣殿，找回记忆。但是，圣殿不断派堕风之人追杀我，类似于鳞萝那样的。在阳谷的圣殿方舟，那艘'圣树号'上，我想拆了方舟，返回圣殿。结果不太顺利，我不小心抢了德拉克索斯的灭罪武装，又被鳞萝打晕了，掉下方舟，被你救了下来。"

拆了方舟？丹笛想象着"圣树号"那浮空小山的巨大体积，身子一颤。"堕风之人又是什么？"

"专门追杀罪人的人。因为需要依赖强大的锈尘力量战斗，他们也锈化严重，所以自称堕风，即从风中堕落，拥抱锈尘的力量的堕落者。"心锈解释着。

监牢中又沉默下来。十几秒后莱恩说："所以你连自己为什么变成罪人都不知道。"

"确实如此。"心锈漫不经心地说，"身为罪人嘛……其实也很快乐。所有人都讨厌你，于是，想杀人的时候也会心安理得。我忘了我曾是谁，既然大家都认为我是罪人，那我就是吧。"

丹笛倚着牢笼栏杆，看着心锈。"争吵没用，我们得想办法逃出去。大迁徙之中，圣殿不会派人追杀心锈，她的战斗力也会对我们有帮助。事后，心锈想去想留我都不反对。"

"我看看……"心锈扫视过丹笛、莱恩和艾比，"我们需要能打架的人，需要有锈尘能力的人。我们这里除了我，只有丹笛有锈尘能力，但只是感知能力……你们没人有身体强化或是念力类的能力。"

丹笛陷入沉思。锈尘能力，或称锈尘技艺，是少数锈化的人能使用的特殊能力，他们可以用精神与空间中（以及自己身体中）的锈尘感应、连接，并施展力量。早些时候，丹笛并没有特别地关注锈尘能力。在紫石英学院的课堂上，吉迪恩说锈尘能力大致可以分为三种：感知、念力、身体强化。感知能力可以感知空间中的锈尘，甚至是观测别的信息，例如窃听声音。所有的领航员和驾驶员都是锈尘感知能力者，他们借助感知风流来驾驶飞船。念力则是凭空移动锈尘的能力，心锈和鳞萝是这方向的能力操控者。心锈可以控制锈石生长，刺穿人的身体；鳞萝则可以让锈尘凝为几乎等同于实体的绳索。身体强化方向的能力者身体能力远超凡人。冰傀儡似乎拥有这方面的能力，他行动极快，而且浑身散发寒气。

此外，锈尘能力根据掌握程度，可分成三个等级：锈尘级、锈骸级、锈心级。这三个称呼暗示了能力越强的人，身体的锈化通常越严重——锈尘级的能力者，往往只有轻微锈化；锈骸级的能力者，锈化会深入肌肉之间；锈心级的能力者，锈化甚至会深入内脏。丹笛自身就是锈骸级的感知能力者，而之前心锈和吉迪恩所展现出来的力量，已经是锈心级的水平。冰傀儡的能力估计在锈骸级接近锈心级的位置。

心锈应该能战胜冰傀儡，但现在心锈的能力被封印了。除了心锈之外，他们这里再无一人是冰傀儡的对手。

"你的意思是，我们就坐着等死？"莱恩说。

"但是，丹笛好像可以和不属于他的灭罪武装共鸣。"心锈忽然说。

"共鸣？"丹笛不解。

"灭罪武装都是私人订制的。比如，'银雕'就只有德拉克索斯和他的妻子可以使用，在别人手里就是一对普通气枪。"心锈说，"使用者和灭罪武装连接的过程，就是共鸣。而你，你能使用'银雕'，说明你可能有一种罕见的锈尘能力——能和所有的锈尘武装共鸣，使用它们的特殊能力。"

"你的意思是，我没有战斗用的锈尘能力，但可以借助灭罪武装战斗？"丹笛说。

"正确。"

"可是——"

"可是'银雕'被抢走了？"心锈微微一笑。

丹笛点头。"也没有别的灭罪武装。"

"我有啊。"心锈说。

"哈？"丹笛愕然。他仔细观察心锈，没见她携带着刀剑或是气手枪之类可称为武器的事物。

"因为不需要，也不习惯用。"心锈说，"刚好可以借你用两天——"

她扶着栏杆，一清嗓子，缓缓呕出一块七八厘米长的圆柱形锈石。心锈面色苍白了一阵，喘着气，将锈石隔着栏杆递给丹笛。

丹笛接过锈石。锈石表面裂开、剥落、化为锈尘，从指缝滑落，露出其内的包容物：一段没有安装刀刃的洁白剑柄。丹笛握住剑柄，他想了起来，这是当时心锈面对吉迪恩所使用过的武器。"这是——"

丹笛浑身一震，一股力量从剑柄之中传出，涌入他的身体，和他第一次握住"银雕"的感觉相仿。这股力量在他身体中滚荡而过，让他全身酥酥麻麻的；接着，剑柄迸射出幽蓝的光华，凝结为水蓝色的半透明刀身。整把刀长半米，奇异的刀身似乎是某种"光"凝聚而成。

"灭罪武装：裁雪。"心锈说，"能力是能让使用者的身体素质和近身格斗能力大幅度强化。这是我的共鸣武装，从我有记忆开始，我就一直带着这件武装。或许，在失忆之前，我也是一位堕风之人，不然为什么会有这种东西……？"心锈陷入沉思，须臾，又道，"我平时不怎么使用它，打架靠念力就足够了。"

你会让敌人原地自爆。丹笛想起了那些被锈石撕成碎片的圣殿武士。"所以这要怎么用？"他说。

"你已经和它共鸣了。"心锈说，"你可以用意念控制刀的收放。"

丹笛尝试着，"裁雪"的水蓝色刀身忽而消散，又重新凝聚。"然后呢？"

"然后直接砍啊。"心锈说，"这把刀除了提高你的身体素质，就没有别的能力了。不过，它并不能给你格斗技巧这种东西，它只能提高你的力量、速度、反应力。此外，还要注意消耗的体力。"

"所以,"丹笛看着牢门,"把这个牢门直接砍开——"

突然,一阵喧哗声响起,赌场护卫们拱卫着拉提斯走到监牢前。丹笛连忙将刀身散去,收起刀刃。"最后一次,丹笛,"拉提斯走到丹笛监牢门口,漫不经心道,"来不来合作?"

丹笛摇头。

"带走,全带走。"拉提斯往外走去,"带到议事大厅去,判刑,流放。让所有贱民看看这些反叛者的下场。"

丹笛被捆住双手,拖拽到议事大厅之中。和他一起被带上来的还有监牢中的其余十几人。他小心藏好"裁雪",捆缚他的护卫并未发现他带着武器。

议事大厅就是当时"审判"他们的大厅。大厅靠右舷船壳的位置锯开了大门洞,门洞外即是红赫星的高空。天空晦暗,太阳沉隐在北方的地平线下,只露些紫红的霞光,霞光中隐约可见月亮淡蓝色的轮廓。从北往南,天色逐渐从蓝紫变为深黑的夜,夜幕上群星闪闪。血红铺地,大地上全是锈尘之浪。地面偶见灰白条纹,是南方夜半球残余的冰川沟壑。

从天色来看,他们正航行在红赫星环带偏南靠近夜半球的位置。这里阳光稀少,气温较低,不适宜生物生存,地面能获取的食物很少,大迁徙的移民船通常不在这侧航行——大家更喜欢环带靠北的位置,那里靠近昼半球,气温高,食物充足。拉提斯之所以选这里作为航线,多半是为了避开别的移民船,避免战斗。"灰烬之羽号"的空战能力几乎为零。

门洞外搭着木平台，估计是拉提斯流放反对者的地方。反对者会被押到这里，宣布罪名，直接丢下船。

"'灰烬之羽号'的同胞们！"拉提斯走上高台，大声道，"我是你们的领主拉提斯。今天，我将流放一批破坏和平与团结的敌人。他们有的人，"拉提斯指着被捆住的朱亚丝，"在建造弩炮的防卫大计中偷工减料，无视同胞们的防卫需求，拖欠工期——"

议事大厅中站满了人，所有人望着拉提斯的眼神全是惊怖惶恐，如见魔鬼。"朱亚丝大姐是无辜的！七天的时间根本造不出弩炮！"下面忽然有人大喊道，"没有钢铁、没有车床，怎么造弩炮？你们害死了血石大师，还要害死朱亚丝！"

"……在此，我宣布，朱亚丝，流放风中！"拉提斯说。赌场护卫挤入人群，将乱喊乱叫的反对者拖出、踹翻、踢打。拉提斯继续道："捕风人天星，谎报风脉信息，导致飞船进入乱流，差点儿失控……"

"你都不让我坐小船去测算风场，我怎么捕风？"丹笛身旁的一位身材矮小的男孩喊道。

丹笛小心将被捆住的手移到身后，握住藏在衣袖中的裁雪刀柄，与之共鸣，小心移动刀刃，切开束缚手腕的绳索。他又悄悄靠到莱恩和朱亚丝身边，切开他们的缚绳。

"是你！"朱亚丝小声惊呼，"你——"

"欢迎参加叛乱。"丹笛小声说。在他的印象中，朱亚丝也是锈尘能力者，在之前吉迪恩的课堂上表现不错。

"我宣布，天星，流放风中！"拉提斯继续宣告罪名，"这几位,丹笛、莱恩、艾比,勾结罪人意图反叛,罪大恶极、罪不可赦!"

"哦?勾结罪人意图叛乱?"丹笛握紧"裁雪",朝拉提斯走去,"还有什么罪名要宣布吗?我正等着叛乱,很急。"

"——在此,我宣布,丹笛、莱恩、艾比,处以极刑——"拉提斯一愣,转回身,面露惊慌,"你、你什么时候——冰傀儡!护卫!"

赌场护卫冲上高台,包围丹笛。冰傀儡则一瞬闪至丹笛身前,拔出玄黑铁刀,一刀朝丹笛斩下!

"莱恩!朱亚丝!"丹笛提刀迎上冰傀儡。

"来了!"莱恩冲向赌场护卫们,为丹笛分割战场。朱亚丝跟在莱恩身旁,一拳放倒护卫,抢下一把弯刀。

丹笛上挥"裁雪",格住铁刀。与"裁雪"共鸣后,丹笛的力量、速度、反应都快许多,他能看清冰傀儡那鬼魅般迅捷的身法。周围普通人的动作在他眼中宛若慢放,只有他和冰傀儡的速度看着正常。

"嗯?灭罪武装?"冰傀儡面露讶异。他忽而右臂一振,刀锋轻轻一晃,一刀斜出,斩向丹笛左胁。

刀尖未至,寒气先及。丹笛左胁骤凉,他想侧身挥刀,挡住铁刀,但身体却不甚协调,慢了半拍。

来不及了!丹笛连忙后撤一步,堪堪避开冰傀儡的刀锋。寒刀的刀尖从他的外衣上飘过,划开长口。

就在丹笛还没缓过来时,冰傀儡的第三刀已至。丹笛慌乱后退躲开,步履歪斜,差点儿摔倒。

"你不是我的对手。"冰傀儡收刀而立,"你手上的刀似乎能让你身体变强,但你并不适应;而且,你的格斗技巧是零。总之,我劝你投降,老板需要你的导航技术。"

"你为什么要给他打工!"丹笛说。

"老板?"冰傀儡闭上眼,"在上次大迁徙,他救了我的命,我妻子的命,我孩子的命。现在,我要用我的命,护他成功。"

冰傀儡又挥刀攻来,丹笛步步后退。果如冰傀儡所说,丹笛不善格斗,纵使身体素质上能跟上冰傀儡的动作,他的行动也跟不上。

一旁的莱恩和朱亚丝陷入苦战。莱恩手握夺来的长枪,和数位卫兵纠缠成一团。纵使莱恩身材壮硕,此时也落了下风,身上伤口渐多。

朱亚丝情况稍好。她的身体因锈尘能力而得到强化,挥动弯刀势大力沉,逼得赌场护卫不断后退。

"投降。"冰傀儡踱步走来,脸上黑蓝色的奇异锈石闪着光影,"我再劝一次。"

"丹笛,用你的锈尘感知能力!"心锈的声音忽然传来。

丹笛一惊,试着展开感知能力。须臾,周围五十米中的锈尘分布印入他的感知场中,感知有些模糊。此时,"银雕"不在他和莱恩身上,两人之间连接较弱,锈尘阻塞稍微阻滞了他的感知能力。他将范围收缩到周围十米,感知终于清晰起来。在感知场中,冰傀儡体内的奇异蓝黑色锈石如同火炬一般明亮而清晰,随着他的动作,锈石也随之运动,被丹笛感知到。

与直接用视觉观察冰傀儡的动作相比,丹笛对感知冰傀儡体内的锈尘运动更加熟练。

丹笛重新举刀，刀刃漾着水蓝色的光华，流辉波荡。

冰傀儡一刀挥来。

这次，得益于感知迅速，丹笛反应快了些。他仍然无法跟上冰傀儡的动作，但不再狼狈。他感知着冰傀儡体内的锈尘，全力应对。"裁雪"让他的身体迅捷异常，往来进退如同闪电——在外人眼中，他和冰傀儡就是一团纠缠在一起急速虚影。

"砰。"攻守往来十余轮后，"裁雪"截住铁刀。丹笛快速变刀，朝冰傀儡斜挑。

冰傀儡后撤一步，这是他第一次被丹笛逼迫后退。

丹笛大步前冲，斩向冰傀儡。凭借感知能力，他清晰捕捉冰傀儡的一举一动，哪怕冰傀儡站在他身后视线不及的位置。在裁雪的帮助下，他的身体协调而柔韧，仿佛社猫，能轻易做出灵活复杂的动作，又疾如烈电，腾挪转移，挥刀进击都不过刹那。他忽然感受到了战斗的快乐，不断尝试新的动作，从冰傀儡的动作中学习格斗技巧。往来一百余回合后，外界的世界只过去了几分钟。

现在，丹笛已和冰傀儡势均力敌。

冰傀儡面有惧色，动作开始出现破绽。丹笛怒吼一声，挥刀连击，逼迫冰傀儡步步后退。冰傀儡的破绽越来越大，他试着立刀于胸口，挡开裁雪，但刀身却歪斜了几厘米。

丹笛旋刀侧进，绕开铁刀，一刀刺入冰傀儡胸口。冰傀儡"嗬嗬"怪叫着，举刀刺向丹笛。丹笛拔刀后撤，避开冰傀儡的刀锋，又一刀刺入冰傀儡腹部。

"我是没有战斗技艺，但你也不能轻视我的感知能力。"丹笛说。

冰傀儡直挺挺往后倒去，如僵死的枯木砸在地上。

丹笛收刀看向周围。冰傀儡倒下之后，拉提斯慌忙逃往高台边缘，其他护卫依然一拥而上，和莱恩与朱亚丝死斗。莱恩身上多处负伤，血浴周身，杀红了眼。

"来人，杀了他们！"拉提斯大叫道，"直接刺死这些罪犯，不用审判了！杀了丹笛！"

围着莱恩与朱亚丝的赌场护卫们分出一批人朝丹笛围来，惮于丹笛刚斩杀冰傀儡的气势，没人敢攻来。另外几位护卫则冲向那些被捆缚着的"罪犯"们，拔刀向他们砍去。艾比惊叫着缩到心锈后面，避开刀锋。

"都给我滚！"丹笛横刀冲向护卫们。突然，他身子一震，四肢的肌肉抽搐跳动，肌肉内的锈尘也纷纷活化，剧烈发痛。疲倦瞬间涌出，如同酸涩的汁液灌满他的身体。他只觉视线模糊，周围一切声响都在远去，眩晕袭来。丹笛身子一软，半跪地上。"裁雪"的共鸣随之解开，水蓝色的刀身消散无形。

这就是体力消耗过大的后果？他大口喘气，额上汗珠滚落。

"他没力量了！快杀了他！"拉提斯的声音仿佛是从极遥远的风中传来。

"丹笛！钥匙，钥匙！"丹笛听见心锈的声音。他费尽全力抬起头，看向心锈。模糊的视野中，心锈正指着自己手腕上的封印之针。一旁，赌场护卫一刀砍向艾比，心锈拖着艾比跑开，这一刀只在艾比手臂上划出一道小口。

钥匙？……什么钥匙？解开封印之针的钥匙？那个钥匙，好像在拉提斯身上？丹笛思维一片混沌。他体力耗尽，冰傀儡虽死了，但拉提斯还有许多赌场护卫和打手，想要胜利，必须依靠心锈的力量。

他必须拿到钥匙。

包围丹笛的护卫们试探着朝丹笛砍来一刀。丹笛死死握住"裁雪"，拼命激活灭罪武装。顷刻，刀身如水华般荡漾而出，那股神奇的力量又涌入身躯，让他浑身一震。

他体力不多，必须速战速决。

丹笛一刀格开护卫的攻击，站起身，朝拉提斯直冲而去。顷刻，他闪至拉提斯面前，扫视过他的身体，一刀切过拉提斯大衣右侧的口袋。

口袋破裂，掉落一大串钥匙。丹笛接住钥匙，抛掷给心锈。

这一次，他的力量彻底耗尽。随着共鸣结束，无力感再次灌满全身，他瘫软着跪倒在拉提斯面前。

拉提斯往后退步，大喊道："杀了他！他动不了了！"

护卫们举刀刺向丹笛。

丹笛无力躲闪。

我要死了？他艰难地回过头。艾比正用拉提斯的钥匙解开心锈的封印之针，莱恩护在她们面前。终于，银环开锁，艾比小心地将银针从心锈手腕中拔出。

"哎呀？"心锈一甩手腕，"听说，有人要杀我？"

锈尘凝成小盾牌，挡住即将砍到丹笛身上的铁刀。

"听说，"心锈走向拉提斯，甜甜地笑着，"还有人和我这个罪人勾结,意图叛乱?"

二十余条锈尘凝成的锈石之刺浮现周围。

"那么现在,"心锈站在拉提斯面前,"罪人已经站在你面前了,你还有什么命令?"

"来人,来人!杀死这些叛乱者!"拉提斯癫狂地大叫着。

"哎呀,就这么简单的事情吗?"心锈咯咯笑了。倏忽之间,二十余条锈石之刺纷纷射出,刺穿高台上赌场护卫们的心脏。"好了,叛乱者都死了,你还有什么想说的吗?"

莱恩走过来搀扶住丹笛。丹笛望望周围,护卫已被心锈消灭殆尽,他们胜利了。

"你不能杀我。"拉提斯肥厚的肚皮颤抖着,"你们不会统御贱民,你们完成不了大迁徙!你们——"

锈尘之刺穿透拉提斯心脏。他"嗬嗬"干叫着倒下,身下血流成泊。

"行了,我知道了。"心锈一脚踩上拉提斯的肚皮。"现在,该清扫你们这些叛徒了。"她面向高台之下,目光扫视众人。大厅上空凝聚出无数道锈尘长枪,朝着星轮赌场的人刺下。一时间大厅中哀号一片,血流飙溅。人群尖叫着想离开,但锈尘凝为樊篱,困住所有人的。

"从现在开始,他,"心锈指着丹笛,"就是你们的领航员与领导者。谁敢叛乱,格杀勿论!"

章八　逐战云间

[逐星旅团] 空中战斗竞猜

主题：[官方]"灰烬之羽号"v.s."黑棱光号"

赔率："灰烬之羽号"（1.8）："黑棱光号"（1.12）

[回复：]

#1：都没人关注这两条船吗？"灰烬之羽号"上面有个小姑娘很可爱哦！

#2：一万博彩点一比零点八全网最低不讲价出售详情超网私聊留言不回。

#3：[官方] 87133a-e 直播节点维护中。我们会尽快为大家传回"灰烬之羽号"v.s."黑棱光号"的前方信号。

移民船"灰烬之羽号"平稳向西航行着。

丹笛坐在驾驶座中，一边检查航行情况，一边思考后面的计划。舰桥的一角挂起了地图,天屏山脉上下横贯地图左侧,那是他们大迁徙路上最大的危机与难题。

他思考许久,想不出平安翻越山脉的方法。高海拔、高寒缺氧,还有和其他移民船之间的斗争,还有他不稳定的感知能力,全都致命。

"丹笛,"莱恩站在舰桥右观察窗前,"实在不行,我们可以去打劫别的船。比如,出现在我们右舷的这条。"

丹笛摇摇头,不置可否。他不愿攻击其他移民船,而且,"灰烬之羽号"内部尚未稳定,战斗力不足。心锈在议事大厅大杀四方后,躲进了一间小屋,自称要养伤,闭门不出,门锁也被厚实的锈石封住。借着心锈的余威,丹笛等人迅速接管了这艘船。但他们的控制并不稳定,因为这种控制建立在船上众人对心锈锈尘力量的恐惧之上,就和人们之前屈服于星轮赌场的淫威相似。

丹笛努力做着实事,证明自己并非拉提斯那样滥杀无辜的领导者。他首先安排人手调查清楚"灰烬之羽号"的情况。这是一艘货运商船,长三百米,高五十米,两舷间最宽处大约四十米。船内铺四层甲板,顶层的主甲板是人员居室和部分轻商品的货舱,二甲板、三甲板是贯通的大货舱,四甲板是停机坪、水舱和贮存大宗重货的舱室。引擎位于船体尾部,蒲公英种子安装槽前后共四个,位于船体的顶部,直接暴露在外,这是商船为了方便更换种子而设计的。丹笛计划将种子安装槽加上装甲盖住。暴露在外的种子过于脆弱,极容易被敌船弩炮射中而损毁。另外,四颗蒲公英种子已开始枯萎,更换、加装种子也提上日程。以本船的能耗,四颗十米直径的种子能支撑一个月,但如果航行中频繁遭遇战斗,消耗过多,支撑的时间可能更短。

"灰烬之羽号"原本停泊在阳谷的修船厂中大修。天灾到来,不少底层人挤入船中——可能有近八百多人。经过起航后的混乱和拉提斯的流放清洗后,现在船上剩五百多人,其中不少人是孩子,能干活的青壮年只有三百余人。

天灾来得紧急,登船的人都是渣滓世界的民众,没有准备任何物资。于是船上物资极度缺乏:食物、水、衣物、维修船的木材和钢材、燃料,一切都缺。人员起居也混乱无序,大部分人散居在货舱中,缺衣少食,无床无被。

之前,拉提斯按锈化程度将人群分开,锈化严重者住在三层甲板、四层甲板,普通人住在二层甲板,星轮赌场的人住在主甲板。丹笛重新调整了居住环境,让人们集中在二层甲板、三层甲板中心。这样,船体的外围结构可以保护居住区,避免外围船壳受击带来人员伤亡。船内的其他空间也被重新划分成工作区域、防卫区域、食物仓储区域,等等。丹笛决定先执行弹性规则——他们没有管理大船的经验,若是遇到不合适的规划设计,可以随时调整。

危机并未结束。虽然慑于心锈的力量,船上暂无暴乱,但缺水少食使全船人怨声不断。若不能补充食物,秩序失控与暴乱会接踵而至,摧毁"灰烬之羽号"。

在接管"灰烬之羽号"的第三天,清点完食物储备后,丹笛将移民船停泊在蒲公英城邦颂山外围。天灾在他们身后东方八十公里之外，颂山的人已撤离城邦，留下一株空荡荡的蒲公英。"灰烬之羽号"派出一批小船飞往颂山的果田与湖泊，收集清水与还未来得及被收割的刻刻果。丹笛本想进入颂山城内搜刮物资，但终究作罢——其他几条移民船也在绕着颂山盘旋，他们没有空战武器，若是和那些船只对上，凶多吉少。

"灰烬之羽号"一路向西缓行，保持和天灾相距约一百公里。这一位置在迁徙的移民船中位于末尾，离天灾最近，最危险。但丹笛没有选择。他们力量太弱，只能躲在最后，避免争端。此外，食物储备不足，他们频频降落下去打猎、采摘果实，也耽误了航行速度。好在前面若有移民船因空战坠毁，他们还能打捞一些武器物资，充实战备。

在这段相对安全的时间中，他们也完成了人员队伍的建设。船上能干活的人被分成五组：舰桥、建设队、后勤队、损管队、防卫队。舰桥是全船指挥中心，内设情报台、机械台、导航台、火控台四席，由丹笛直接管理。

建设队负责船内设施、机械的修建维护，由莱恩管理。后勤部负责仓储和物资管理，由艾比负责。损管队负责战时的损害管制（修船），由莱恩兼职管理。防卫队负责操作空战武器，由朱亚丝负责管理——她在紫石英学院时曾攻读过空战与弩炮射击相关的课程。人事部署大多顺利，除了艾比。艾比性格胆怯，锈化严重，许多人对她不服气。

但是艾比记账、处理杂务的能力极强。她本是苦婆的财务秘书，苦婆正是看重她的管理才能，才将她从渣滓世界中提拔上来。随着工作进展，艾比逐渐展示出她的能力：她能将物资统计得清清楚楚,高效分配出去,节省不少不必要的损耗。于是,后勤队对艾比不服的声音渐少,渐渐信赖她,也无人在乎她的锈化。

艾比也变得更自信。她不再怯生生的,她会质疑别人,指出他人的错误,并果决地下命令。她已不再是那个躲在苦婆身后,被他人随便辱骂成"锈化鬼"的女孩了。

基本的温饱解决后,"灰烬之羽号"的改造也提上日程。丹笛计划先修好在逃离阳谷时破损严重的舰体,然后在两舷和舰艏加装武器,给船顶的蒲公英种子装上保护罩,并在全船外壳加装装甲。船只改造由莱恩处理,作为狂热的机械技师,莱恩正带领建设队辛勤工作。

丹笛自己有更重要的事要做。

他需要培养一名新的领航员。现在全船只有他一名领航员,平时在稳定的风脉中航行并不需要他操控飞船,但一旦风场紊乱,或是需要切换风脉,他就必须亲自驾驶。这使得他不得不长时间在舰桥上待命,精神高度紧张。一旦他出现意外,飞船上也没有第二名替补领航员。

另外,他的感知能力也不稳定。他的锈尘阻塞没有治愈,锈尘连接也并不稳定。在他和莱恩情绪波动、相互争吵时,锈尘连接会弱下去,继而丹笛的感知能力也会弱下去。

糟糕的是,他们经常吵架,尤其是在是否攻击其他移民船的话题上。莱恩总是骂他"婆婆妈妈,心慈手软,不能成事"。

丹笛寻找着感知能力强、有小飞船驾驶经验、有潜力担当领航员的人。最终,他找到一位名叫蝶的少女,让她进入舰桥,在导航台工作。闲时，丹笛会指导她飞行和领航技术。假以时日，蝶也可能成长为领航员，和丹笛轮班工作。

如此，一切走上了正轨。与舰桥诸人商议后，丹笛下令提速航行，适当拉开和天灾之间的距离。

接下来，"灰烬之羽号"面临着两个主要问题。

首先是物资缺乏。食物和水能从荒野上补给，但是矿石、铸铁、零件不行。没有钢铁和加工机械零件的能力，无法建设装甲和武器。没有装甲和武器，他们就是飞行的活靶，无力参与大迁徙竞争。

在大迁徙中，所有移民船相互都是敌人，道德与法律已不复存在。移民船太多而可生存的水源地太少，他们必须相互厮杀、争夺。没有装甲和武器的船只会被淘汰。

第二个问题是西方的天屏山脉。他们需要想出翻越这道万米高冰雪牢墙的方法。

于是，这日中午，丹笛、莱恩、艾比、朱亚丝在舰桥讨论应对困难的策略。这时，右舷观察哨报告远处出现一条移民船，莱恩便建议攻击那条船，以获取物资。

"那条船是什么情况？"丹笛问道。

"和我们一样，商船改装的移民船。"坐在情报台后的艾比说，"舷上喷着的名字是'西陲风号'，船体没有装甲，破损情况比我们更严重。"

"是个机会，丹笛。"莱恩说。

"我不想攻击其他船。"丹笛摇摇头，"他们可能和我们一样，一群可怜人。"

"观察哨报告说,'西陲风号'在远离我们。"艾比说,"他们在逃跑。"

"我们不攻击他们,他们回头就会攻击我们。"莱恩说,"丹笛,当好人是活不下去的。"

丹笛沉默不语。对于红赫星人来说,在大迁徙这一特定的时期相互攻击是习以为常的传统,但丹笛无法接受。一旦想象自己击沉其他船只,而那只船上也全是无助的底层人民,他就会阵阵愧疚。

"让他们走吧。"丹笛说,"我们先讨论钢铁短缺的议题。"

舰桥中气氛僵硬了起来,丹笛感觉自己的感知能力变弱了——莱恩正在生气,削弱了他们之间的锈尘连接。

经过一番讨论后,他们决定前往石牙山谷——白川平原上的一处铁矿产地,也是曾经阳谷的铁矿供应地。三年前,石牙山谷因为被锈族攻击而废弃,现在山谷中还残存着铁矿和冶铁设备,甚至可能还有机械加工的车床。

"那么,我们去石牙山谷。"会议结束时,丹笛说,"这次行动决定我们接下来能否换上装甲和弩炮,能否跨过天屏山脉。大家一起努力。"

夜晚,丹笛带着酒和月山琴来到飞船最顶层,莱恩正坐在顶层的装甲板边缘。系好安全绳后,丹笛坐到莱恩身边,将酒壶递给莱恩。以前在旅风角时,他们常常一起偷酒来喝,一边喝酒一边更改"赤霄号"的设计图,试着修建飞船。

酒是前几日打捞地面坠毁的移民船所得,艾比没有进账,而是偷偷送给了丹笛。丹笛本想拒绝,但拗不过艾比,只能收下。月山琴则是船上的旧物，音色一般，弦也磨损严重。

莱恩喝了口酒，闷不作声。

丹笛拨弄琴弦，慢慢弹完一曲他在旅风角时常弹的小调。风拂过月山琴的共鸣腔，"呜呜"颤响。风声与弦声交织在低高两个声部，和鸣着流出叮叮咚咚的乐符。曲尽，丹笛才说："你最近建设飞船很辛苦。"

"哼。"莱恩敞开上衣，露出胸膛，"不辛苦。我总梦想着能设计建造一条属于我自己的大飞船，现在，这个机会就放在我面前。我现在很充实，无论我们能不能活着熬过这次迁徙，我都不会后悔。"

莱恩又痛饮一口。

"你需要多休息。"丹笛望着远处。四个蒲公英种子安装槽的保护罩已经安装好地基，只待覆盖用的装甲准备完毕。侧舷之上架着一台小的起重吊，用于辅助下方侧舷弩炮安装。

"丹笛。"莱恩说，"我知道你是好人，不愿意攻击别的船。但我们已经在大迁徙了，我们必须保证自己能活下去。"

丹笛按住莱恩肩膀。"别说这事了——"

"我们可以攻击'西陲风号'！"莱恩说，"拆了他们的船！我们就不缺物资了！"

"我希望我们能尽量不去主动伤害他人。"丹笛看向远处，"莱恩，我理解你——你们——的想法，但我也想试试。"

"试什么！"

"不去主动伤害别人。"丹笛说，"在保证我们自己安全的前提下。"

"哼!"莱恩狠狠将酒壶往前抛去。

酒壶滚坠风中,酒水旋洒,随风飘散,酒液在阳光下闪着红光。远处,太阳隐没在北方地平线下,大地铺满锈红,天屏山脉在西侧排开,隔断西行之路。山脉之顶白雪皑皑,一线线暗红的锈尘长条从山脉的峡谷间流出,那是被风驱动着穿越山谷的锈尘流。低矮丘陵沿着天屏山脉的余脉朝白川平原蔓延,丘陵间偶见绿色,是植物们聚集在地面风速较低的丘陵背风谷地所聚成的绿洲。

风声呼啸。空荡荡的大地上偶尔能看见一些巨大的金属废墟。无冕者学会的学者们曾提出假说,认为这些金属废墟遗迹是风与光明之神安娜所留,是神赐给最初从地球移居到红赫星的人类的居所。后来,黑暗魔女以锈尘与天灾侵蚀一切,人类居于蒲公英之中,被迫不断向西迁徙、流浪。在不知多少年的漫长岁月之后,他们沿着红赫星的晨昏线环带迁移了一圈,又回到了最初的原点,最初刚迁来红赫星的位置。

"莱恩。"丹笛说,"我们需要好好聊聊,交换想法。如果我们之间有冲突,相互生气,我们的锈尘连接会波动,我的感知能力也会——"

"你怎么不说话了?"莱恩疑惑道。

"嘘……"丹笛看见一个熟悉的身影——心锈不知何时站在了顶层甲板上,迎着长风,祭司之袍猎猎舞动,身影落寞。心锈侧过头来看见丹笛和莱恩,犹豫一会儿,转身就走。

"心锈!"丹笛喊了一声。

心锈身子一震,摇摇头,朝丹笛走来。

"我还以为你一直待在小屋里。"丹笛说。

"不,我经常在这里走动。"心锈在丹笛身旁坐下。

"可是我看你屋子的门锁一直被锈石封印着?"

"想出屋子自然有各种办法。"心锈说,"封着门锁只是让大家以为我关在屋里而已。毕竟……我是个坏人。"

丹笛沉默下去。

"不是么?"心锈咯咯一笑,"我坏透了。"

"那天在议事大厅,你确实不该杀死那么多人。"丹笛说,"他们很多都是被逼迫着加入赌场,不是坏人。"

"所以,他们不是坏人,我才是呀。"心锈微笑着。

莱恩调整着臂铠上的气压阀,冷哼一声。

"我没有开玩笑。"丹笛严肃起来,"你真的不该那样……你其实是个好人,没错吧?只是大家都因为你是罪人而恐惧你、厌恶你。就算你不干坏事,所有人都还是觉得你是坏人。所以,你就自暴自弃,干脆坏事做到底——"

"丹笛。"心锈忽然语气一寒,眼神冷冽,"你觉得你是这条小船的首领,就可以指点我?你不配。如果不是我杀了那些人,现在这船能这么稳定?我杀了他们,普通人才会恐惧你;我杀了他们,船上的人口才不会太多,不会被缺少食物拖累;我还杀了莱西,这样,船上就只有你是领航员,不会有人反叛你。反叛你的话,这船没人驾驶。莱恩说得对,你就是个滥好人。而且……"

心锈站起身。"坏事我做尽了,好事你全占了。"

丹笛默而不言。

"过几天我就会走。"心锈说,"我没必要在你们这船上待下去。"

"好了,别吵了。"莱恩忽然说,"西北方向,好像有什么东西……"

丹笛从腰间解下望远镜,往西北望去。一条移民船正朝他们靠近,没有悬挂旗帜,没有亮起信号灯——看起来,是来劫掠他们的。

"好极了,要打架。"心锈耸耸肩,"滥好人,你确实不打人,但别人还是要打你。"

丹笛坐在驾驶台上,静待舰桥上人到齐。

舰桥被莱恩改造了一圈。驾驶台位于视野开阔的主观察窗正对面,驾驶台前方两侧放置了四张工作台:导航、机械、火控与情报,每张工作台上都有和船中其他舱室连接的传声管道,用于通信指挥。

四台之中,导航台由捕风人天星主管,蝶充当副手。导航台主要负责风场勘察和航线制订。导航师天星是位身材矮小、只有十五六岁大的男孩。身为捕风人,他的本职工作就是测绘风向,标记风脉和航线。蝶坐在天星一旁,身穿着浅绿色的工装。她面容秀雅,额前垂着素淡的刘海儿,微微遮住有些失焦的眼神,刘海儿上夹着一只可爱的蝴蝶夹饰。昨天夜里她可能又在练习飞行,熬夜过晚。

机械台负责船只所有机械设备的控制,由莱恩负责。火控台负责指挥全船的防卫武器,由朱亚丝负责。情报台则负责处理所有情报信息,由艾比负责。一条普通商船的舰桥上通常只有导航、机械两席,为了应对空战,"灰烬之羽号"添上了情报和火控两席。

"什么情况?"丹笛问。

"敌船距离我船三千米,未亮旗帜,未打通信灯。"艾比说,"也未对我方通信灯做出回应。"

"根据右舷观察哨观察,敌船有铁装甲,船舷有多门弩炮——至少两门。"朱亚丝轻轻撩开额头的红发,在纸上记录数据。"因为敌船全船涂着黑漆,我建议以'黑船'为代号称呼。"

"同意。"丹笛说,"机械情况?"

"我船大部分结构已修理完毕。"莱恩说,"但弩炮还没造完,我们没有远程武器。船壳装甲只敷设了两成,集中在侧面。"

"没事,我们能造出一门弩炮才奇怪了。"丹笛苦笑一声,"空间风场情况?"

"刚才我出去飞了一圈。"天星抓了抓他头上戴着的翠绿兜帽,"周围十公里之内风场稳定。"

"现在黑船航向如何?"丹笛问。

"稍等。"艾比说。她身后好几位计算员拨弄着计算尺,计算着船身上的观察哨报来的坐标数据,几秒后,他们将抄纸递给艾比。"黑船在我船083方位,高差-200米,距离2600米,航向还在测算,但应该是在拦截我们。"

"通知全船,做好战斗准备。"丹笛说,"我们航向210西南方向,全速前进,看看能不能甩脱黑船。继续戒备对方的行动。"

"是!"所有人应道。

丹笛控制着"灰烬之羽号"转向西南航行,并将引擎推力拉至最大。船身震颤着,航速加快。

"黑船还在和我们拉近距离。"艾比说,"现在,他们距离我们1800米。"

众人倒吸一口凉气。"好快!"丹笛皱眉思考着。他望向观察窗,前方的天空空荡荡一片,无处躲避。黑船船速极快,显然船的性能远好于"灰烬之羽号",这样逃跑,不是办法。

"黑船开炮了!"艾比说。

相距快两千米,他们的弩炮有这么好的准头吗?丹笛疑惑着。"做好抗冲击准备!"他命令道,然后关小浮力输出,让整船稍往下沉,又调整舵面,转过小弯,曲绕着机动前进。

"敌船弩炮未命中。"十秒后,艾比说,"但,偏离不是很远,下次就可能命中了。"艾比又接过一张纸条,"敌船距离我船只有1000米了。"

"甩不掉了。"丹笛说,"这是我们第一次正式空战,黑船比我们性能强很多。艾比,通知全船,让损管队和防卫队做好迎战准备。如果对方想掳掠我们的物资,不希望我们的物资在坠毁后烧掉,肯定会安排小船接舷登陆。"

"好。"艾比说。

丹笛望向右观察窗。黑船飞行在北方地平线上。在这个距离上,他已能看清黑船侧舷弩炮的发射孔。

黑船再次开炮,几秒后,丹笛听见破空之声,大约数十枚弹丸朝他们射来。他操纵"灰烬之羽号"规避，但船身还是震颤了两下。

"右舷十三和二十六装甲中弹。"十几秒之后，艾比说，"有人员伤亡，正在派出损管。"

"引擎动力弱了大约两成，"莱恩观察着气压表盘，"部分辅助动力管线可能被击中了。"

丹笛手上的操纵杆变得更难拉动了——气压助力在变小。他焦急起来，过去几天中，他一直担心被其他移民船袭击。"灰烬之羽号"性能太差，还没有安装远程武器，在空战中绝对处于下风。他推演过许多次空战的情况，最好的策略就是跑。凭着他的领航技术，能甩脱大部分敌人。

但这次不行。黑船速度奇快，"灰烬之羽号"难以甩脱；更致命的是，周围风场相当稳定，只有不停息的恒定南风。缺乏变化多端的风场，丹笛的领航技术也没有发挥的空间，他无法借助复杂的风场甩脱对手。

"黑船又开炮了！"艾比喊道。

丹笛试着机动，但还是被击中了。"右舷十七、二十、二十一装甲中弹，"艾比说，"还有三处位置疑似中弹，可能是通信声管道被毁，收不回信息。"

"右主舵面失效。"莱恩语气紧张起来，"正在派人抢修。"

丹笛手指颤抖起来，他找不到战胜黑船的希望。难道，大迁徙到这里就结束了？他四肢发冷，牙关打战。众人正看着他，人人紧张，等待着他的指令。

"黑船开炮了。"艾比说着，"没有命中我们。"

"右舷损管出错，着火了。"莱恩说。

丹笛攥紧操纵杆，决定孤注一掷。"掉转船头，我们主动去跟他们接舷，拼命一搏。"

"等一下——"艾比忽然说，"前面飞来了一架……呃……单人飞船？单人帆船？不对！两架，旁边还有一条小的信使船！"

丹笛看向主观测窗。前方几千米处飞来一条米粒大小的飞船。飞船像是一片菱形的鳞片，鳞片上生出三支更为细小的鳞片，绕着主鳞片尾部旋转。三支细鳞上伸出长须，须上挂青、白、蓝三色帆翼，鼓荡风中。

三帆飞船之后还跟着一条小小的信使船，似是结对航行。

丹笛愣了愣。他很久没见过带帆的飞船了。百年前红赫星人发展出从蒲公英种子中汲取动力驱动喷气引擎的技术后，以风力驱动的帆翼使用渐少，只在古董船上才能看见。

"黑船又开炮了。"艾比说。

"继续机动——"丹笛话没说完，只见那条三帆翼飞船突然射出三道白光。其中两道掠过黑船与"灰烬之羽号"之间的空间，命中两枚黑船射向"灰烬之羽号"的炮弹。第三道白光洞穿黑船，须臾，黑船被白光洞穿的一首一尾炸出橘红大火，整条船倾坠下去。

"那是什么？"丹笛说。

"不知道。"朱亚丝站起身，死死盯着三帆小船，"没见过这种武器！"

"警戒那艘小船！"丹笛喊道。

三帆小船优雅地一转身，折向北方离去了。一旁的信使船却笔直朝"灰烬之羽号"飞来。

"信使船在打信号灯。"艾比说，"正在翻译……'我是天霜大人的信使，请允许登船'。"

"天霜？"丹笛一愣，这个名字似乎有些熟悉。

"她是龙脊的领主，'青龙之骨号'的船长。"艾比说。

丹笛想了起来。龙脊是南方的大城邦，而天霜，是和德拉克索斯齐名的大人物，是上次大迁徙中血战而出的强者。如果这条信使小船上坐着天霜的信使，那么那条奇异的三帆飞船上，莫非坐着天霜本人？

天霜为什么要帮他们击落黑船？

"给对面打信号，允许信使登船。"丹笛说，"带他来舰桥。"

"丹笛先生！"突然，艾比站起声，"停机坪说，黑船上有一条小船飞到我们这里，强行在停机坪登陆。船上只有一人，冲到舰桥来了！"

"放开我！你们这些人，和德拉克索斯一样，都是强盗！"刺耳的叫喊声炸入舰桥，舰桥众人浑身一震，放下手中的工作，看向门口。

一位身穿暗红色大袍的女子冲入舰桥，带入一股爆炸与高温的气味。丹笛嗅了一会儿，想了起来，这是火山与硫黄的味道。在很久以前随父亲前往南方时，他在冰原的热泉附近嗅到过类似的味道。女子的衣袍破损，满是灰尘与油渍，胸前还挂着一对隔热大手套。"你们这些强盗，放我走！"女子大喊道。

丹笛看看女子周围，防卫队的人只守住了女子的退路，并未捆绑或是给她戴上镣铐。"恐怕，这里没人想关押您，女士。"丹笛说。

女子愣了愣："你们……你们愿意放我走？"

"不是你自己登上我们的船的？"

"我以为你们是学会的船！"女子警惕着后退，"现在到处都乱了！没有一条移民船可以相信！"

"你想走想留随意。"丹笛说，"这里不会有人妨碍您，女士。"

"那我走了？"女子往舰桥外走去。

"请便。"丹笛收回目光，看着舰桥，"大家继续工作。"

女子离开了舰桥。接着，天霜的信使走入了舰桥，腋下夹着一卷布帛，说："我是城邦龙脊的领主、'青龙之骨号'的船长、'天下遗声'的主人天霜大人的信使。你们这里谁是船长？"

"我是。"丹笛走下驾驶台，"欢迎。"

信使朝丹笛微微一鞠躬，说："大迁徙之中，外交辞令就不多说了。刚才是天霜大人驾驶'青龙之鳞'击毁了'黑棱光号'，帮你们解了围——天霜大人已经跟踪对方很久了，这条船在过去几天中一直在屠杀别的几乎没有任何防护的移民船。"

丹笛猜测"青龙之鳞号"就是那条奇异的三帆翼小飞船。但是，天霜为什么要帮助"灰烬之羽号"？为什么要攻击黑船？在大迁徙中，不主动攻击别船都是少见的行为，而主动帮助弱者，攻击强者，那就更少见了。

大迁徙中最常见的是强者联合起来，击沉弱者，分食物资。

"为什么?"丹笛问道。

"天霜大人希望这次大迁徙中,我们改变一下以往的习惯。"信使说,"她希望我们能联合起来,合作着通过天屏山脉,而不要毫无意义地相互攻击。所以,她击沉了'黑棱光号'。"

丹笛愣住了。他未曾想过会有大领主持有这样的思想,在他的印象中,城邦的大领主都是倚仗船坚炮利的好战分子。

"可是……"丹笛一时语塞,"显然不会有人听她的。"

"我只传达天霜大人的信息。"信使将手中卷着的布帛展开,递给丹笛,"这是'风霜旗',如果您愿意响应天霜大人的号召,就挂起它,表示您不会随意攻击其他移民船,愿意和平参与大迁徙。天霜大人希望最后所有人都能挂上这面旗帜,和平着活下去。接下来,在天屏山脉骨鹿山隘口前,天霜大人会组织大家合作通过山脉。"

丹笛接过旗帜,在信使的帮助下将旗面展开。这是一面蓝色为底的长方形旗帜,其上滚动着青色的波浪线条,正中心绣着一颗白色的蒲公英种子图案。

"风霜旗表示蒲公英历经风雪冰霜而蓬勃生长的生机。"信使将旗帜重新卷起,塞入丹笛怀中,"那么,消息已经带到,我先走了。"

信使离开了。

"你们相信那位天霜的话吗?"艾比问。

丹笛摇摇头。"她不是领主吗?想法为什么有点儿幼稚?怎么可能一下子让所有人都改变观念呢?大家都习惯了相信大迁徙就是血腥的战争。"

红赫星人的大迁徙观念可以追溯到古早的传说。在传说中，风与光明之神安娜将人类从已经毁灭的故土"地球"接引到被潮汐锁定的红赫星，在夹在昼夜半球之间的环带上重建文明。而锈与黑暗之神缇娜则将锈尘散播于红赫星的大地，渗入风神的风中扩散，让大地一片血红，让锈尘侵蚀所有生物。但同时，被侵蚀而锈化的人也能与锈尘连接、共鸣，继而从魔女那儿获得种种神奇力量——这就是锈尘技艺。于是，为了庇护人类，安娜创造了蒲公英这一高上千米的巨大植物。锈尘终将沉积于地，居住在蒲公英上的人类可以规避地面高密度的锈尘的侵蚀之害。但锈之魔女缇娜也未就此放手，她创造了一团巨大的风暴"天灾"，卷起锈尘，扬到高空。天灾所过之处，所有的蒲公英都会死亡。

天灾周期性加速，摧毁蒲公英，逼迫着红赫星人开始周期性地大迁徙。每次天灾到来，红赫星人便沿着环带向西迁移，寻找下一处可以生长蒲公英的水源地。但水源地稀少，红赫星人必须在迁徙之中相互竞争少量的水源地，至死方休。

在过去的千百年时光中，也有人对大迁徙中必须血腥竞争这样的文化习惯提出过质疑，但全都被圣殿所镇压。圣殿——安娜的使者们——自称他们代表着安娜的旨意，高居天上，统治着地面的一切。

"把风霜旗挂起来。"丹笛说，"但挂着旗子不能保证别人不会攻击我们。接下来，我们先去打捞黑船，再去石牙山谷——"

"呃，丹笛先生，"艾比突然说，"之前那个登陆我们船的女人，她又飞回来了。"

"……她估计还是有什么事。"丹笛说。

几分钟后,如同火焰般炽烈的女子又卷着硫黄气味冲入舰桥。"你们真的不抓我?"

"为什么要抓你?"丹笛反问道。

"你们是好人……?大迁徙中,真的还有好人?"女子疑惑地打量舰桥,指着艾比,说:"你们舰桥上居然还有锈化这么严重的人,你们真的不是那些城邦的贵族。"

"当然不是。"莱恩说。

女子呆愣了半晌,忽然泪流而下。"我恳求你们帮忙。我是无冕者学会的学者兼秘书,现在,学会需要每一位善良人的帮助。"

章九　石牙山谷

[**逐星旅团**] 大迁徙前线

主题：[官方]"赤锈之翼号"v.s."灰烬之羽号"："灰烬之羽号"能否逃脱？

赔率：是（1.67）：否（2.44）

[回复：]

#1：德拉克索斯好像想洗劫学会，他大概对突然跑过来的小船没兴趣。我赌"灰烬之羽号"能逃掉。

#2：什么时候安排"赤锈之翼号"和"青龙之骨号"打一架？

#3：天霜肯定能打爆小德拉，小德拉连灭罪武装都丢了。

女子名叫琳，是无冕者学会的学者。无冕者学会是一个人数稀少的学者组织，之前驻扎在城邦鲸顶。据琳所说，大迁徙开始后，学会乘坐移民船"紫荆花冠号"离开鲸顶。几日前，学者们遇见了阳谷领主德拉克索斯和他的移民船"赤锈之翼号"。

"德拉克索斯派出信使说要和我们合作。"琳气愤地说,"合作的内容是,我们帮他们去找古代遗迹武器,他们保护我们。但是,我们被骗了,德拉克索斯觊觎着学会的秘密资料。在前往石牙山谷找到古代武器后,'赤锈之翼号'击毁了我们的船,学会只剩下几位大学者坚守在遗迹深处,我逃了出来,到处求援。"

琳扫视着舰桥上的人:"我希望你们能帮我。"

"我们需要闭门讨论。"丹笛说。

舰桥上的人大都反对帮助无冕者学会:帮助学会对"灰烬之羽号"没有现实利益,"赤锈之翼号"太强,"灰烬之羽号"不是对手。只有莱恩和朱亚丝支持前往石牙山谷。"我们需要学会的机械技术力量。"莱恩说,"如果能救出他们的大学者,他们多半愿意为我们提供先进技术,改造我们船上的武器。"

丹笛难以判断救出学者的风险和收益。在他的印象中,无冕者学会是个神秘组织,行动隐秘,总是在折腾一些神秘研究。市场上偶尔能见到这些研究流出来的神奇小玩意儿:自动气压计算器、弩炮上弹机、火花粉,还有蒲公英生长引导液。

"虽然我反对帮助学会,"艾比说,"但是,我们本来就计划去石牙山谷寻找钢铁资源。"

"我们必须建设弩炮。"朱亚丝说。

"但'赤锈之翼号'在石牙山谷。"莱恩补充着,"很麻烦。"

讨论半小时后,众人定下策略:先在黑船残骸上停留十二小时，快速打捞黑船上有价值的东西，然后前往石牙山谷，停留一天观察情况。丹笛将亲自驾驶"赤霄号"潜入鲸顶，尝试解救大学者们。如果有机会，就试着打捞一些资源；如果被"赤锈之翼号"攻击，就立刻撤退。

丹笛把消息告诉琳时，琳正在建设队的机械工坊里看莱恩打铁。"非常感谢。"琳有些失望，"我理解你们的选择。能帮忙去尝试解救海娜伊思他们，我已经非常满足了。"

在打捞黑船时发生了意外。那条"西陲风号"已经悬浮在黑船残骸上，打捞物资。

"我们把他们打跑。"朱亚丝说，"虽然是天霜击毁了黑船，但是是我们挨了黑船的炮。论功劳肯定是我们去打捞。"

"观察哨报告，'西陲风号'上挂着风霜旗，应该是天霜的信使去过了。"艾比说，"而且……"

"而且什么？"丹笛问。

艾比叹了口气："黑船残骸上看着不剩什么东西了。在我们开会讨论问题时，对方打捞了快两个小时。我们麻痹大意了。"

"算了。"丹笛轻轻拉下操纵杆，飞船随之转向，"先去石牙山谷。"

"灰烬之羽号"折向北方飞行，目标地石牙山谷位于他们北方大约三日航程的位置。天灾在他们右舷的东方运行着，捕风人天星驾驶小船迫近天灾测算了距离和速度，结合地图判断，距离天灾淹没石牙山谷还有六天时间——时间充裕。但丹笛担心天灾会突然加速，就像在阳谷一样——天灾几个小时就冲刺着走完了十天的路程。

平稳航行两日后，丹笛正在屋中休息。这时，床头的传声管道传来警报声，接着，艾比的声音从中传出："丹笛先生！丹笛先生！"

"我在。"丹笛凑上管道，说。

"快来舰桥。后面出现了敌船。"

"敌船？什么样的？"丹笛抓上自己那把"银雕"，挂在腰上。

"是'西陲风号'。"艾比叹了口气。

五分钟后，舰桥上人员到齐，进入战备状态。心锈也意外地出现在了舰桥一角，手里提着酒壶，倚墙发呆。舰桥众人看见心锈都面露惧色。

"我记得，你习惯一个人待着享受清闲。"丹笛走过心锈身边。

心锈摇着酒壶，懒洋洋打着哈欠："好像，我应该有来舰桥看风景的权利。而且，看着我们仁善的领航员被一条白眼狼移民船追击，不是很有趣吗？"

"……少喝点酒。"丹笛不再理会心锈。

左观察窗外的天空中，"西陲风号"正朝"灰烬之羽号"航行。"西陲风号"已不是那副破破烂烂的样子，在吞噬了黑船的物资后，全船大约七成的表面披上了黑铁装甲，两舷装着数门弩炮，航行速度也比之前迅疾。

"'西陲风号'在追我们。"艾比说，"它想攻击我们。"

"白眼狼！"莱恩愤怒地一捶桌子，"先前我们没攻击它，现在它抢走黑船的物资，又反过来攻击我们！——还有，丹笛，你也是！婆婆妈妈！太软弱！"

"别吵。"丹笛扶着额头，叹了口气。几日前，他建议不要攻击"西陲风号"，因为那时对方只不过是一艘比他们还破烂的小船。在打捞黑船残骸时，对方还挂着风霜旗，但是现在，他们已降下风霜旗，露出食人的獠牙。

丹笛不由感到荒诞与讽刺。他想保持和平，结果对面一有机会，就迫不及待地扑来。或许真如莱恩所说，他有些太过善良。想活过大迁徙，必须要心狠手辣。

"准备迎战。'西陲风号'航速如何？"丹笛想判断一下是否可以甩开对方。和面对黑船的情况相似，"灰烬之羽号"战斗力量不足，逃跑才是上策。

"它们航速比我们快。"艾比说，"我们跑不掉。"

"这一次，没有天霜来帮助我们了。"丹笛大声说，"无论如何，我们必须靠自己。"

"开炮了。"艾比说，"观察到四次火光，应该是四炮。"

"我们需要给那些白眼狼一个教训。"丹笛控制飞船机动着改变航线，但他对飞船的操控有些迟滞。锈尘阻塞变强了，他和莱恩之间的锈尘连接正在波动。他看着莱恩，莱恩满脸愤怒，看着情绪激动不已。

是因为他在生我的气，所以我们之间的锈尘连接变弱了？丹笛皱起眉。

"底层中弹。"艾比汇报着，"水箱破了两只。"

"哼……安排损管，重新调整储水位置和中心。"莱恩立刻贴上传声筒，向损管队伍下达命令。

先不管莱恩。丹笛转而思考战斗策略。难道和上次面对黑船一样,他们只能掉头去争取接舷战?

他摇了摇头。在船上可利用的武器不多的情况下,他也许可以考虑利用船外的环境。"天星,外面的风场情况如何?"丹笛问道。

"三个小时前侦察过一次,附近大约五公里范围内风流异常稳定,没有乱流,甚至有点稳定得过分了。"天星翻看着定期外出检查所留下的风场记录,"现在用肉眼观察,外面的风场依然很稳定。船长,我们航向前方甚至还有锈尘气团。"

一大团锈尘如云般飘浮在船前,宽广超过四公里,颇有遮天蔽日的气势。在红赫星的盛行狂风中,锈尘通常很难聚成云团。

"锈尘团……"丹笛思考着。

"敌船又开炮了!"艾比说。

"即将驶入锈尘团,建议改变航向。"天星又补充着。

丹笛目光扫过舰桥,最终落在倚在墙角的心锈身上。心锈正闷头喝酒,似笑非笑。忽而,他心中有了一个胆大的作战计划。

"我船保持航向,飞进锈尘团。"丹笛说,"通知全船,打开所有窗口与通风设备,让锈尘进来。所有人都戴上纱布口罩,尽量不要吸入锈尘。"

舰桥诸人愣了愣。坐在天星身边的蝶一撩刘海儿,说:"这是要借助锈尘来躲避对手?"

"不仅是躲避,而且要击败对手。"丹笛走下指挥台,"蝶,你负责领航，将船停在锈尘中，做随机移动。莱恩，你和我一起来。心锈……"

他走都心锈身边。"你也和我来？"

"找我干什么？"心锈一愣，忽而一笑，"我可只干坏事哦。"

"没错，就是干坏事。"

几分钟后，丹笛驾驶"赤霄号"飞出"灰烬之羽号"，莱恩和心锈同坐在驾驶舱中。

莱恩瞪着心锈："丹笛，我不想和这个罪人——"

"这次的行动目标是把'西陲风号'拆了。"丹笛打断莱恩的话。

"你听我说，我——什么！拆了——什么？丹笛，你疯了？"莱恩攀着丹笛的驾驶座，"我们怎么拆？撞上去？那你把我喊来做什么？"

"你难道想指望我直接把它撕了？"心锈嫣然一笑，"虽然很难，不过这里锈尘浓度这么高，想用锈石直接撕烂他们的船……也不是不可能哦？"

"不，没必要。"丹笛说，"我们靠近它，莱恩，你说对方关键的引擎和动力炉的情况，心锈，你负责把里面的主要管道用锈尘堵上。我希望你们能相互配合。"

"哼，为了我们船，我就勉强和这个罪人合作一次。"莱恩说。

心锈耸耸肩。"对不起，和我这种坏女人合作真是污了你的名声。"

莱恩不理会心锈，又说："可是，你不领航，我们的船被击沉了怎么办?"

"不会。"丹笛说,"在锈尘团里,目测根本无法发现躲着的船只。然后,我们船上通风换气后,全是锈尘,对方船上的领航员也感知不到我船的存在。相反,我能感知到对方的存在——因为他们没有开窗通风。在我的感知能力场中,那片没有锈尘的、和'西陲风号'形状相似的区域,就是'西陲风号'。除非他们也愿意开窗放入锈尘,否则,在这片锈尘团中,我们就是隐身状态,而他们则无处遁形。"

"赤霄号"飞行在浓烈的红雾中,三人陷入沉默。丹笛思索一会儿,说:"莱恩。"

"哼。怎么了?"

"你在生我的气。"丹笛说。

"和罪人同行,放走白眼狼,"莱恩用力一捶驾驶座,"你会害死我们。"

"有什么话我们可以回头讨论。"丹笛说,"有件事我必须说明。你的情绪波动,影响了锈尘连接的效果,现在我的感知能力不是很好。我希望你能先保持心态平稳,不要这么生气。等战斗结束了,我们好好聊聊。"

莱恩沉默了很久,才闷声说:"我知道了。"

丹笛感知到了"西陲风号"的位置。"敌船在前面。莱恩,给点建议。"

"堵住他们动力炉的输出回路就好。"莱恩说,"让动力炉炸掉。"

"动力炉长什么样子?"心锈说,"我来让锈尘钻进去,'摸'

船里面的结构。"

"十米的球形,有接蒲公英种子的口,有加速气体的口,有压缩气体的口,有加热、给引擎输出燃气的口……"莱恩说。

"哦,我好像摸到了。"心锈说,"一个大概二十米高的房间,中间有个……大概是铁做的吧,球形空壳。壳上有很多管道,这些管道……嗯,连到了船的各个位置。"

"就是这个。"莱恩说,"最好找那个输出到引擎的口,这个口一般有一个耐热的气压阀——"

"好了好了。"心锈不耐烦地说,"我不认识乱七八糟的阀。反正,我来结晶锈石,把这炉子上所有的管道都堵住。"

"——什么?所有管道?"莱恩猛地站起身,头撞上驾驶舱顶,"丹笛,快跑!"

"怎么了?"丹笛问。

"动力炉要炸——"

"轰!"左侧传来剧烈的爆炸声。隔着锈尘,丹笛看不清"西陲风号"的情况,但在他的感知场中,对方正在震颤,船体上裂出大洞,锈尘涌入。

"干脆把别的管道也都堵上。"心锈懒洋洋说,"这点坏事,还是不够尽兴呀。"

爆炸声接连传来。丹笛估计对方已瘫痪。"我们返航。"

返回之后,丹笛下令重新封闭窗口,以最大功率让通风系统排气,排出船中锈尘。几分钟后,"灰烬之羽号"飞出锈尘团。"左舷观测到'西陲风号'。"艾比汇报着,"它正在解体!"

舰桥上欢呼起来,众人纷纷走到左观察窗前,往外望去。

"西陲风号"正断裂崩解，化成坠落大地的无数碎片，碎片间散落着木箱、掉落的人、牲畜、淡水和扭曲的气压管道。

丹笛忽觉一阵愧疚——他亲手毁了一条移民船。虽然是这条白眼狼先出手攻击，但此时此刻，"西陲风号"上的那些老幼妇孺也坠于风中、死于风中，他们未尝不是无辜之人。

丹笛心中无比煎熬。他不愿意伤害其他船只，但经历这次战斗后，他意识到，哪怕他愿意高举风霜旗保持和平的航行，也免不了卷入争斗。

他希望所有人都能活下去，但却做不到。他不攻击别人，别人也会攻击他。最终，必有一方会船毁人亡。

"船长，"朱亚丝站在丹笛身边，"我真没想到，您居然成功把黑船击沉了。"

"不，不是我……"丹笛望向周围，收回思绪。

心锈已经从舰桥上消失了。

两天后，"灰烬之羽号"越过红垩山脉，飞临石牙山谷。

红垩山脉往北延伸出数道余脉，拱卫着石牙山谷。谷中风速缓慢，山坡上生长着离蓑树等少量绿色植物。一片明镜般的小湖铺在谷底，湖中央生长着一株造型奇异、笔直向上的枯萎蒲公英——通常，蒲公英枯萎后种子萎缩、浮力缺失，都会弯折倒塌。山谷中散落着一些营寨建筑，那是锈族蛮人的聚落。

锈族曾经也是红赫星人，但他们长期居住于地面，身体高度锈化、智商退化，变成了野兽般的蛮人，不再掌握技术与文化。

"那是信标大楼,古代遗迹。"琳站在舰桥主观察窗前,扶着玻璃,焦急外望。

"信标……大楼?"丹笛一愣。大楼是个极其陌生的词汇,指的是那些古代红赫星人制造的人工建筑物。在锈尘侵蚀大地后,红赫星人移居蒲公英中,大楼也被废弃,成为古代遗迹。

丹笛走到主观察窗前。那株湖心的枯萎蒲公英缠在一座细长高大的古代遗迹大楼上,依靠大楼的支撑,它枯萎之后才没有倒下。

"观察哨发现'赤锈之翼号'的位置。"艾比说,"停泊在信标大楼旁边,与我们相距约十千米。"

"天星,风场情况?"丹笛一面问道一面观察周围。

在他们右侧几百米远飘着一群帆气母——巨大的浮空气囊生物。帆气母们顶着十几米直径的透明气囊,下垂上百米长的触须。每条触须都略微扁平,如同风帆般在风中舒展,借风力而运动。触须上泛着绿色,那是寄宿在帆气母体内的植物。小鸟们翻飞在触须之间,帆气母们仿佛浮在空中的倒吊森林。

"根据风脉图,周围风场稳定。"天星说,"我刚才也飞出去观测了一圈,至少十二小时内,不会有大规模的风场变动。"

"我们停泊在帆气母群中隐蔽。"丹笛说,"接下来我会和琳前往鲸顶,舰桥继续保持战备值班,蝶,你负责领航。如果出了什么意外……"他看着大家。"请先行撤退,不用管我的生死。"

舰桥上气氛凝重,众人想出言劝阻,被丹笛制止。

十几分钟后,丹笛、莱恩、心锈、琳乘坐"赤霄号"驶向石牙山谷。丹笛和莱恩带上了各自的那把"银雕"。丹笛并未邀请心锈同行,但在出发前,心锈已经站在了"赤霄号"旁边。

"我希望你能留下来保护一下'灰烬之羽号'。"丹笛劝阻心锈。

"干坏事请带上我。"没有给丹笛多劝的机会,心锈直接钻进驾驶舱,"学者们可能知道一点帮我找回记忆的方法。另外,这个,你拿着。"

心锈将"裁雪"抛给丹笛。"留着保命。"

丹笛接过,钻入"赤霄号"。"赤霄号"的驾驶舱空间狭小,驾驶座后本是安置行李的小空间,可以挤着坐下两人,坐下三人非常勉强。莱恩壮硕的身体占去一半空间,琳只能和心锈肩并肩挤着。琳似乎对心锈的罪人身份毫无芥蒂,甚至有些感兴趣,抓着心锈刻着罪纹的手问个不停。

"赤霄号"飞临信标大楼。下方,红赫星永不停息的风在山谷中放慢了风速,穿过离蓑树林,使得这里成为一片生物的绿洲。树丛间穿梭着野生的社猫种群,还有两三头巨大的锈甲象——这些锈化的巨象能在毫无遮蔽的平原上顶着狂风迁徙。树林的边缘分布着七八座锈族的营寨,能看见炊烟与锈族活动的痕迹。

航行到近处,丹笛才看清信标大楼的全貌。这座古代大楼高近千米,不知用什么材料建成。和蒲公英圆润的外形不同,大楼四面笔直,棱角分明。大楼的外墙斑驳碎裂,裂纹上下贯穿,却屹立不倒。那株枯萎的蒲公英缠在大楼上,螺旋向上,一些枝茎侵入大楼内。蒲公英枯萎的花冠软趴趴垂下,遮住大楼顶部，像是遮阳的头巾。

"赤锈之翼号"正悬停在枯萎花冠上。这条阳谷最大、最强的移民船造型奇特，长五百余米，由两条相同的子船并排连接成双体结构。子船之间的连接处总共包裹着五处球壳，丹笛估计是放置蒲公英种子的位置。飞船的外装甲闪着金红间杂的光芒，光辉明亮。

"我们从'月光洞'飞进去。"琳稍稍站起身，攀住丹笛的驾驶座椅，指着前方。"那里，那里。"

硫黄的气味直冲丹笛的鼻腔。他吸吸鼻子，看向琳所指的方向。在信标大楼的西侧近楼顶的位置有一个小口，可容小型飞船通过。

"月光洞？"丹笛疑惑不解。

"那里是以前学会修建的遗迹考察营地，也是停机坪。"琳说，"飞进去后我可以关闭外门，避免被追击。"

"赤锈之翼号"观测到了"赤霄号"的出现，数艘截击小飞船从侧舷射出，朝他们飞来。丹笛拉小浮力挡位，让船下沉，朝着月光洞飞去。半分钟后，他们飞临月光洞上空，盘旋半圈后，飞入洞口。

洞口后是一片简陋的停机坪，泊着两架小飞船。船停稳后，琳立刻跳下飞船，跑到洞口前，拉动气压闸门。"吱呀、吱呀"的机械运作声响起，一扇铁门缓缓移来，封住洞口。

"我们走。"琳带领着众人往信标大楼深处走去，"大学者们被困在了最下面的安娜的宝库，我们得赶在叛徒带着敌人过去之前过去。"

"安娜的宝库?"心锈问,"安娜不是神话传说吗?"

"只是一个地下室而已,藏着很多古代的文物和遗迹。"琳解释着,"过去几年,学会研究了这个大楼很久,那个宝库也是我们的储藏室之一,或者说,是个避难所。"

丹笛屏息凝神,观察周围。这是他第一次在古代遗迹建筑中活动。他所身处的房间、廊道、门与窗户全都是方方正正的立方体,不知以何种材料建成。在他所习惯的蒲公英之内,墙壁都是蒲公英纤维生长或切削而成,房间也大多顺着蒲公英内脉管、通道的纹路而修建,以柔和的线条生长,不会长成遗迹大楼内这样方正的样子。

遗迹内可见种种丹笛未曾见过的古代遗物:纸张(写满了工工整整的古文字)、用奇怪材料制造的家具、铁制的造型诡异的机器等。攀附在外墙上的枯萎蒲公英有时会贯穿大楼内部,挤碎一连串的房间。走廊中时不时能看见战斗的痕迹:鲜血混着锈尘凝固成泊,还有倒下的学者尸体。尸体旁还有好几只偷吃腐肉的社猫在窜动。

"疯了,疯了。"琳咬紧牙关,踢走那些社猫,"就算克西斯恩特那个叛徒想投靠德拉克索斯完成他的生物炼金实验,他也不该对学会这样!所有学者都死在这里了!"

"所以,"丹笛小心问道,"现在还有多少学者活着?"

琳沉默了一会儿:"可能大部分学者都死了。在我突围时,几位大学者带着学会最核心的文件资料躲进避难所,但我不知道他们躲进去了几人。甚至,说句实话,我不知道他们有没有成功躲进安娜的宝库。可能所有人都死了,可能一切都已经完了，可能学会已经没了。"

"还有希望。"丹笛说。

"等一下——"心锈忽然拉住琳的衣袖，再伸手拦住所有人，压低声音说，"等一下，前面有人。"

丹笛也感知到了。在他的感知场中出现了两三个高强度的锈尘反应，似乎是锈化严重的人。"可能是'赤锈之翼号'的士兵。"他说。

"你们先躲进来。"心锈召唤出一片锈尘薄雾，让所有人钻入其中，躲入墙角，"这片雾可以隔绝锈尘感知，避免我们被发现。"

丹笛小心探出头。走廊拐角之外，一列人马正走来，为首的正是身披金色铠甲的德拉克索斯。德拉克索斯一旁跟着一位温婉的白袍女子，另一旁站着手持黑铁大剑的吉迪恩。吉迪恩与白袍女子之后跟着一位弓着背的老头，老头步态蹒跚，一只手拄着拐杖，另一只手则是造型诡异的触手，触手皮肤上生长着血红的锈石。

"克西斯恩特！"琳小声咒骂一声，正欲大步冲出锈尘薄雾，被丹笛和莱恩一把拉住。

"别冲动！"丹笛小声说。

"克西斯恩特，"德拉克索斯的声音从前方传来，"安娜的宝库就在下面？"

"还有大约五百米，我的领主。"弓背老头喘着气说。

"大门可以一刀砍开吗？"德拉克索斯指了指吉迪恩的大剑。

"恐怕……"克西斯恩特迟疑着，触手纠缠着下巴上稀疏的苍白胡须，"学会加固过安娜宝库，宝库大门是琳和海娜伊思设计的抗冲击装甲，里面塞了一种叫作'炸药'的上古遗物。炸药会像雷电一样爆炸。所以……最好不要直接砍大门，让老朽来破解门锁就好。"

"那就把大门砍开。"德拉克索斯大步往前走去，语气中全是不容置疑的命令腔调，"没时间等你破解。时间紧急，学会的秘密，我一定现在就要带走。"

"如您所愿，我的领主。"克西斯恩特朝着德拉克索斯一鞠躬。

"赤锈之翼号"一行人在士兵的护卫下继续向前，只有白袍女子停下了步伐，忽然转头望向丹笛等人藏身的位置。

"我们被发现了？"丹笛紧张起来。

"等等。"心锈按着丹笛肩膀，"……等等。"

"希尔尼娅？"德拉克索斯转过头来，温柔地说，"怎么了？又不舒服了吗？你的身体……要不还是我先陪你回去休息？避难所并不急于现在开启。"

"德拉，我没事。"白袍少女走上前去，牵住德拉克索斯的手，"我好像看错了。计划重要，我的身体不过风中锈尘，不值一提。"

待德拉克索斯一行人离去后，琳才带领大家继续前进。"我们要加快速度。"她大步奔跑在前面，"他们已经往避难所去了，我们抄近路！"

他们跟随琳奔跑着，向下穿越一条楼梯。北侧的窗户不再照入阳光，丹笛猜测他们已经走进大楼地下的位置。

十分钟后,琳喘着粗气,带着众人站在一扇钢铁巨门前。巨门高约十米,铁锈驳杂,巨门正上方的天花板下吊着一排排气压管道。周围躺着不少散发着臭味的尸体,全是穿着学者服装的人。

"他们都牺牲了,不过,大学者们应该进入避难所了。"琳低沉下去,"唉……这就是'安娜的宝库',趁着敌人还没到,我们赶快救人离开。"她拉动大门旁的一处刻着数字的圆盘,让上面的数字各自指向不同的方向。"密码是……"她转着圆盘,沉吟着来回几次,然后拉动圆盘旁的操纵杆,"好了。"

周围发出气压阀被顶住的"砰砰"声,气压驱动着钢铁大门徐徐转开,露出门后的世界。

"进来吧。"琳走入避难所。

门后是一间钢铁铸成的房屋,只有十几平方米见方,房屋中还有几扇小门,连着其他房间。丹笛往其他房间看了一眼,是收纳着生活物资、可以生活起居的卧室小屋。

避难所中坐着一位身穿深蓝色衣袍的女子和一位枯瘦的男人。蓝衣女子面容憔悴,一身衣裳整洁干净,不见丝毫污痕。她正背着巨大的气压罐,身旁放着造型奇特的大口径气压步枪——丹笛从未见过口径如此大的气动弹丸武器。

"海娜伊思?木桑?"琳神色逐渐黯淡,"怎么就你们两个人?……其他人呢?阿芙提亚呢?卡里克呢?铁木头三兄弟呢?"

屋中的女人和男人警惕望着大门,看见是琳进入,他们才松了一口气。"你居然回来了。"蓝衣女子说,"我和木桑都已经准备彻底封死宝库，让学会的秘密永沉于此，直到千百年之后再被人发现。"

"海娜伊思？"琳轻轻撩开额前火红的头发，捂住嘴唇，"难道其他人……"

"都牺牲了。"枯瘦的男人说。

琳身子一软，跪坐在地，轻轻啜泣着。不过十秒后，她又站起身，一抹泪痕，说："没时间难受。我们要赶快离开，只要主要文献还在，学会还能重建。这几位是我找来的救兵，丹笛、莱恩、心锈——"琳指过三人，然后又指向那位蓝衣女子，"这位是海娜伊思，机械学派大学者。"又指向枯瘦的男子，"木桑，历史学者。"

"琳，他们靠谱吗？"木桑警惕地盯着丹笛一众人，"历史上，学会曾向外界求援二十三次，其中，十七次都被援助者反叛、伤害……"

"琳是谨慎的人。"海娜伊思站起身，"而且，那位心锈姑娘，是罪人。圣殿的敌人就是我们的朋友。"

心锈一呆。"哎……？"

"罪人？有趣。"木桑站起身，提起身边的小箱子，"我没意见了。大学者，我们撤退。"

"带核心资料撤离。"海娜伊思说，"德拉克索斯想要这下面的炸药，那也只能让给他了。"

"等一下——"心锈忽然转过头，"他们来了！我感知到了！"

"快！快行动！"琳往避难所之外跑去。

丹笛跟随其后跑出，却见德拉克索斯和士兵们已站在避难所大门前，将避难所包围。

"果然，她回来了。"克西斯恩特缓步走出，拄着拐杖站定，右手变成的触手也缠上拐杖，"这下就好办了，我的领主，宝库中的一切资料，我们唾手可得。"

宝库大门外，两队人马对峙着。

丹笛盯着对面。在他的感知中，除了德拉克索斯、吉迪恩还有那位白衣女子希尔尼娅之外，那些"赤锈之翼号"的随从与士兵并没有特殊的锈尘能力。但手持刀剑与气枪的士兵有十几人，人数远多于丹笛这边。

而且，德拉克索斯和吉迪恩是两名锈心级的能力者，那名白衣女子实力不明。而他们这里，只有心锈有锈心级的锈尘念力。

丹笛攥住拳头，精神绷紧，死死盯着德拉克索斯。

德拉克索斯身披银光闪闪的铠甲，铠甲胸口以金丝雕出展翅的雄鹰图案。在铠甲腋下、胯间等甲片连接的位置层叠着鳞片状的甲叶，甲叶上亦雕饰着刻金纹饰。他的身材高大修美、面容温和，一头金发懒懒散散披在脑后，脸上永远带着若有若无的微笑，如红赫星永不下坠的太阳。

"我们又见面了，苦婆最后的学生。"德拉克索斯往前走出一步，直面丹笛，饶有兴趣地盯着丹笛腰间，又侧过目光，看向莱恩的腰间。"不过，我没想过，你居然是小偷。如果我没看错，你和你的同伴腰上的那两把手枪，应该是属于我的灭罪武装'银雕'。"

丹笛按住枪柄,往后小退一步。

"那不是你的灭罪武装。"心锈微微一笑,"它还没有和你共鸣,但已经和丹笛共鸣了;按照惯例,它属于丹笛。不过……你要是特别想要,也可以过来抢呀?"

"你是那天大闹'圣树号'的罪人。"德拉克索斯温和一笑,柔声说,"我从未听过定制的锈尘武装能和别人共鸣。"

丹笛拔出"银雕",与之共鸣,凝出锈尘弹丸,朝着地板开了一枪。"现在,你应该看见了。"

丹笛从未想过要与德拉克索斯为敌,但现在,他没有选择。

"罢了。"德拉克索斯语言中并无生气之意,"今日我在这里,并不是为了追究灭罪武装的下落。我还是想优先谈谈和无冤者学会的合作。"

"合作?"海娜伊思一步踏出,手中那把口径粗大的气步枪枪口斜指地面,"阳谷的领主,你没有合作的诚意。"

"如何没有?对于你们学会想做的事情,我可以提供全部的支持。"德拉克索斯闭上眼睛,默默思考着什么。几秒后,他睁开眼,道:"我正在赢取圣殿的信任,我想,我来做这些事情可能更容易。这些……你们也想做的事情。"

"所以,你就假意和我们合作,然后将我们包围、杀死?"海娜伊思举起气步枪,直接瞄向德拉克索斯胸口。

"德拉,小心!"希尔尼娅惊呼一声。

"没事。"德拉克索斯说。

海娜伊思接着说:"我们绝不会与你们合作。学会可以毁灭，知识可以消散，但只要人类还活在大地上，人类还在求知，我们的精神就永不会消逝。"

"海娜伊思。"克西斯恩特忽然站了出来，以触手抚平额侧的白发。"领主他有实力、有雄心实现学会的一切目标。与领主合作，是学会最好的出路。"

"闭嘴，叛徒。"海娜伊思将枪口指向克西斯恩特，"没有及时发现你的那些邪恶实验是学会的重大失误，你现在就是个怪物，不配叫人。"

"对于我给学会带来的伤害，我深感抱歉。"德拉克索斯说，"我无意于此。但天灾在即，时间过紧，只能采取一点雷霆手段——把他们全部拿下。只抓人，不准伤害学会的文献。"

"是。""赤锈之翼号"的士兵朝他们冲来。接着，吉迪恩也拔出大剑，直扑心锈，大吼道："罪人，我们俩的架还没打完！"

"丹笛，把'裁雪'给我！"心锈往后一跳，闪过吉迪恩的斩击，"他们之中也有用念力的锈尘能力者，我无法干扰空间中的锈尘运行！"

丹笛摸出"裁雪"，抛给心锈。

"准备好做我的对手了吗？"德拉克索斯拔出腰间的长剑，一步步走近丹笛。"让我看看，你配不配做苦婆老师的学生。"

丹笛从腰侧拔出枪，双手握持，与之共鸣。"乐意奉陪。"

战斗在宝库大门前同时爆发。

左侧，莱恩正怒吼着和士兵们战斗。前一段航行的闲暇中，莱恩改造了他双手的臂铠。原来这副臂铠上主要集成了各类机械工具：气压冲锤、剪、钳、尺规量具和测量表。在臂铠被鳞萝的长索射穿之后，莱恩加装了厚实的防护装甲，并将原本砸铁板用的气压冲锤改造加大，安装在臂铠前端。随着莱恩的每次挥拳，冲锤会在气压作用下向前发力，辅助攻击敌人。他每挥出一拳都会将一名士兵重重击飞，仿佛高耸的山岳一般屹立着与周围所有士兵相斗。但围着他的士兵太多，他难以顾及所有方向，逐渐落于下风。

右侧，海娜伊思保护着没有武器的木桑和琳。她那奇异的气步枪每次发出闷雷般的炸响，射出弹丸，在敌人身上炸出十几厘米大的血窟窿。传统的气步枪绝无如此威力，气压驱动射出的弹丸能洞穿人体已经非常困难，很难在人体上炸出血窟窿。但士兵们人数众多，不过多久，海娜伊思弹丸耗尽，陷入苦战。

心锈正和吉迪恩肉搏。在裁雪的加持下，心锈动作极快，挥刀只留残影。吉迪恩动作相对缓慢，他的大剑运转如山，一剑剑下去心锈都不敢硬抗，只能飘逸躲开。然而，心锈总能在吉迪恩攻击的间隙抓住机会，一刀刀切中吉迪恩身体。不一会儿，吉迪恩身上已有多处刀伤，动作更慢。

"空有蛮力是没用的。"心锈柔柔笑着，"你们中虽然有人能屏蔽我的念力力量，那又如何呢？格斗你也打不过我。"

和其他人相比，丹笛和德拉克索斯的战斗则"优雅"许多。德拉克索斯手握长剑，缓步迫近丹笛，一剑剑刺出。丹笛从容躲闪，再开枪还击。"银雕"吸收着他的体力，将附近空间中的锈尘凝聚成弹丸，再发射出去。这些弹丸在命中德拉克索斯的一瞬会自动散开，释放巨大的冲击力。

但是，德拉克索斯轻松躲开了这些弹丸。他似乎有某种奇异的锈尘能力，能提前感知到弹丸的轨迹，再悠闲地斜挑长剑，拍飞弹丸。

战斗形势迅速恶化。海娜伊思被逼得步步后退，摔倒在地。莱恩浑身浴血，已然不支。丹笛虽然还能挡住德拉克索斯的进攻，但德拉克索斯显然还有后招，而丹笛除了"银雕"，没有别的战斗方法。

他们这边唯一占了上风的是心锈，但心锈的对手吉迪恩亦是骁勇凶悍。吉迪恩血披周身，身上已被砍了二十几刀，不少伤口深可见骨，血肉外翻，仍挥着大剑不肯退却。"风与吾血常在！"他怒吼着冲向心锈，心锈忌惮巨剑之锋，只能退让。

"你们赢不了。"德拉克索斯轻轻一弹长剑之锋，"丹笛，你也赢不了。"

"琳！"海娜伊思焦急地大喊，"准备关闭宝库大门！我们先躲进去！"

"好！"琳跑至宝库大门的操纵杆前，一拉操纵杆。大门在气压的推动下开始闭合。

"大家！快点进来！先进来！"海娜伊思护送着木桑冲入避难所。

"莱恩！心锈！"丹笛大吼道。

丹笛和莱恩冲入避难所。心锈守在徐徐关闭的大门前，挡住冲来的士兵。在大门即将关合的一瞬，她闪入大门，收起水蓝色虚刃。

钢铁大门"轰"地关闭，震颤的嗡鸣声萦绕不绝，门上的灰尘簌簌而落。

"海娜伊思?"琳焦急地说,"为什么又躲进来?"

"我们打不出去,"海娜伊思掸去身上的灰尘,"最后的办法就是——依靠这个。"

海娜伊思指着避难所大门。

"门?不……"琳身子发颤,"门上的炸药?"

"没错。"海娜伊思点点头。

"等等,炸药是什么东西?"莱恩粗气连连,正坐在地上检查臂铠上的装甲损坏情况。

"一种威力巨大的古代造物。"海娜伊思说,"会爆炸,放出极强的热度和冲击力。据说,在地球的时候,我们的祖先就是在战争中使用这种东西,相互摧毁。"

避难所中安静异常,钢铁大门隔开了门外的噪声,周围只剩燃气灯燃烧的"噼啪"声与通风管道"呼呼"的送气声。"我们要怎么做?"丹笛问。

"我来引爆炸药,然后,我们直接冲出去。"海娜伊思说,"炸药向外冲击,攻击敌人,但也会炸毁大门的机械结构。我得先把门打开一点,这样门坏了后我们也能出去。不过,炸药虽然主要安装在对外的方向,但威力太大,门打开后对内估计也有冲击。你们躲进避难所的小房间中,等爆炸结束再出来。"

"就这么办。请小心。"丹笛对海娜伊思说。

丹笛等人躲入避难室的小房间中。两分钟后,避难所大门缓缓开启的声音传来,接着,剧烈的爆炸声震撼大地,滚滚而来。

热浪裹着灰尘涌入房间,巨响震得丹笛耳鸣不止,头皮发麻。"快跑!快跑!"海娜伊思的声音从爆炸的耳鸣中挤进来。

"跑!跑!"灰尘弥散,丹笛抓住旁边莱恩的手,往外冲去。"心锈?快跑!"他又抓住心锈的手,拉着她跑开。

众人冲出房间。避难所的大厅中烟尘滚滚,热气蒸腾,炙人皮肤。木桑正抱着一只大木箱艰难前进,莱恩见状连忙扛起箱子,道:"我来帮你——你这里面都是什么!好重!"

"学会的书!咳咳——"木桑哑声说,"轻点——"

丹笛随着莱恩走出避难所大门。门外,烟尘已散去不少,他看向周围,确认炸药的战果。

一片淡红色半球护盾遮住了门外的空间。护盾半透明,似乎是锈尘凝结成锈石后所形成的某种特殊状态。护盾外的一切——墙体、机关、气压管道、地板——都像是被无形巨力扫过,炸得粉碎。地面上余火层叠,难以烧尽。

护盾内却不见任何爆炸痕迹。"赤锈之翼号"的所有人都被护盾保护着,无人受伤。半球形护盾的球心位置,白衣少女希尔尼娅双手握紧在胸前,喃喃祈祷着什么。在丹笛的感知中,周围空间的所有锈尘都在指向希尔尼娅,仿佛她是整个空间的中心一般。

白衣少女希尔尼娅也身具锈尘能力,其水平接近锈心级。她的护盾,挡住了炸药的攻击。

护盾碎裂,撒落为一地锈尘。希尔尼娅身子一软,踉跄后退,呕出鲜血。

"希尔尼娅？希尔尼娅！"德拉克索斯跑至希尔尼娅身边，全然没了之前从容温和的神态。他焦急地抱住希尔尼娅的身子，说："你为什么要这么拼命？"

"德拉，我不希望大家受伤……"希尔尼娅的声音虚弱而无力。

"你们这些人……你们这些人！"德拉克索斯怒视着丹笛，面目狰狞，嘴角的肌肉不住震颤，"全都给我去死！"

德拉克索斯大吼着拔剑冲来，宛若癫狂的雄狮。

"跑，快跑！"莱恩抱着木桑的书箱冲向楼上，"回月光洞！"

丹笛殿在队伍最后，护送前面的人离开，同时拔出"银雕"，朝德拉克索斯射击。

德拉克索斯挥舞长剑，击开弹丸。突然，他一声怒吼，无数锈尘聚集在他周围，汇成赤色的浪潮，贴着走廊壁面奔涌、咆哮，直冲而来！

丹笛急忙后退，一面开枪射击。锈尘子弹刺入德拉克索斯的锈尘之浪后仿佛陷入泥潭，毫无效果。而锈尘之浪奔行迅烈，即要淹没她们所有人！

丹笛眼前一花，心锈忽然闪身出现在他面前。"丹笛！你让开！"心锈拔出"裁雪"，轻轻一甩，水蓝光刃泼洒而出，在赤红的锈浪间飘荡，"这个男人疯了！疯了！你们快跑，我来挡住他！"

"可是，心锈！你——我们——你不用——"

"我只是个坏人罢了。"心锈轻轻伸手，朝下虚按。锈尘之浪被无形之墙挡住，冻结在她面前。

"你要活下去。"她说，"你是个好人。"

"不——"

"在前面等我。"心锈说。

"丹笛！快走！"莱恩一手扛着书箱，一手拽着丹笛往前走。

"为什么！"丹笛大吼道。

"因为……"心锈转过身，直面着走来的德拉克索斯，小声喃喃道，"只有你觉得我不坏呀。"

十分钟后，丹笛等人匆忙逃入月光洞内的停机坪。琳走到洞口，打开关闭的闸门。

"走吧。"莱恩说。

"等她。"丹笛不为所动。

"她只是个罪人。"

"她救了我们。"丹笛平静地说，"等她。"

莱恩吼道："她是罪人！"

丹笛沉默着。许久，他说："不，她不是。"

两分钟后，后方楼梯中传来沉重的脚步声。德拉克索斯走入停机坪，浑身挂血，身上铠甲丢失了大半甲片，原本飘逸的金发也凌乱无比。他手中拖着昏迷的心锈，鲜血从心锈嘴角呕出，在地上擦出一行血迹。

"希尔尼娅……希尔尼娅……"德拉克索斯一步步朝丹笛走来，"你们，全都给我去死！"

"快走！"莱恩强行拖着丹笛进入驾驶舱，"琳，你来驾驶！"他把丹笛扔在驾驶座后面。

"赤霄号"和另一条小飞船飞速冲出洞口,离开信标大楼。

丹笛呆呆坐在驾驶舱之后,一言不发。

他们逃出来了。

她没有。

章十　天下遗声

[**逐星旅团**] 天屏山脉翻越挑战赛

主题：[官方][人气投票] 你更喜欢哪个女孩？（注：此投注不消耗博彩筹码。）

赔率：天霜（1.04）：希尔尼娅（7.28）

[回复：]

#1：天霜！白发！天霜！白发！

#2：[涉嫌违规，无法查看]

#3：没人觉得心锈很可爱吗？"灰烬之羽号"上面的那个。

#4：要是我是德拉就好了，希尔尼娅好温柔

#5：居然没有克西斯恩特？触手控呢？

#6：喜欢看雪的天霜。

丹笛把自己关进卧房里。

他谁也不想见。

他从未如此后悔、如此绝望。

他曾经也觉得心锈是个坏姑娘，是罪恶之人。但他逐渐意识到心锈并不坏，只是乖戾任性，行事偏激。

但那个心锈，再也回不来了。

莱恩倚靠在机械实验室门口，默默避开屋内的高温。实验室中，琳和海娜伊思正在调试着小型炼钢炉，她们给炉子加上了旋转装置，"可以让受热更均匀"，海娜伊思如此说。

莱恩一直关注着丹笛。从石牙山谷回来后，丹笛整个人一直抑郁着。丹笛在返回"灰烬之羽号"的第一天曾大闹舰桥，要求返航救回罪人心锈。莱恩和舰桥上的其他人否决了丹笛的想法，决定继续向西航行，远离"赤锈之翼号"。

返回的第二天，丹笛好像也意识到救人行动过于偏激，不再提救心锈的事。但精神低迷，一个人缩在房间中，仿佛没有鼓入新鲜空气的火炉，火苗细弱。莱恩常常看见丹笛一个人捧着他父亲的风之羽发呆。

莱恩愈发讨厌起现在的丹笛。现在的丹笛太过软弱、善良，缺乏决断与魄力。之前的"西陲风号"，这次的心锈，丹笛都没表现出足够的果决。心锈被抓走后，丹笛更加低沉。前段时间丹笛还曾说要和莱恩讨论两人之间的观念罅隙，现在，丹笛每天都躲在屋中，什么事都不干。

"莱恩！"海娜伊思手持着铁锤，正奋力捶打一小块锻铁，"用你的机械臂铠帮我捶一下！"

莱恩不情愿地走入工房，举起臂铠，对准位置，然后轻轻扣动臂铠内侧的开关。"砰砰砰"，高压气体压紧密封橡胶圈的声音连响几声，接着，气体冲入臂铠，推动冲锤向下，砸在工件上。"行了吗？"莱恩说。

"再来几下，回头我让琳试试这块材料的性质。"海娜伊思小声说。

但莱恩也没空一直关心丹笛，他的大部分时间都在辅助学者工作。学者们来到船上后和"灰烬之羽号"签订协议，约定双方在大迁徙中相互帮助。"灰烬之羽号"会保证三位学者（海娜伊思、琳、木桑）和他们携带文献的安全，而学者们要用他们的技术实力帮助"灰烬之羽号"完善武器战备。若这次大迁徙他们能顺利到达终点，生长出蒲公英，学者们可以选择在"灰烬之羽号"建立的新城邦中继续发展无冕者学会，或者是离开，再建立一个完全由学者控制的新城邦。

三位学者中，琳研究炼金，海娜伊思研究机械，木桑研究历史与占星。"灰烬之羽号"空出一片相连舱室，改建成学者们的机械实验室。机械实验室和建设队原本的冶铁、机械加工工房连在一起。平日，海娜伊思与琳驻扎在机械实验室中工作，木桑在他的小房间中整理文献，记录历史。

在石牙山谷中，因形势紧迫，"灰烬之羽号"没有收集铁矿与其他物资。后来，学者们给出了一些他们曾考察过的古代遗迹地的坐标。那些遗迹中要么有无冕者学会的探索营地，储有物资，要么有小型铁矿矿场，可以找到铁矿甚至是炼好的铁锭。

在这些遗迹地辗转十几日后，物资短缺终于缓解，莱恩带领着建设队打造弩炮和装甲，武装"灰烬之羽号"。

机械实验室开张后，建设队更忙了。海娜伊思带来了数十件无冕者学会最新的机械技术原型机，莱恩和建设队配合着修改这些原型机的图纸，将它们加工成可以使用的机器。

最先加工出来的是自动计算尺，安装在舰桥情报台之后。自动计算尺高约一米，气压驱动，内部集成着上千条只有五毫米直径的铜气压管道。这些管道以上百的单向、换向、减压阀门互联，再连接到操作表盘上。操作员只需拨动操作盘上的数字键并拉下对应的计算档位（加减乘除、三角等），机器就能自动计算出数学结果。自动计算尺大幅加速了情报台处理观察哨报来的敌船坐标的过程，原本人力需要一两分钟才能计算出敌船的距离与位置，现在只需要十几秒。

"其实，计算尺预留了输出口。"在安装自动计算尺时，海娜伊思说，"输入敌船的观察坐标，自动计算敌船的速度和航向，计算结果可以走一组气压管线传到弩炮处，我们再在弩炮位置上安装一台计算尺，根据敌船行迹计算弩炮的发射角度和力度，这样就能大幅提高命中率。"

"还能这样！"莱恩呆呆站着，身子轻轻发颤，沉迷在海娜伊思所说的美妙构思中。

机械实验室还加工出了新式的三连发弩炮"月山之矛"，气压驱动，一次发射三枚炮弹——和传统弩炮相比，直接提升了三倍的火力投射效率。但是三连发弩炮加工极难，圆形炮管直径和球形炮弹的直径误差都要控制在十微米内，保证两者能相互配合。在炮管中涂抹适量润滑油之后，炮弹可以密封住炮管内的空间，高压气体不致泄漏而损失能量。再配合海娜伊思设计的气压驱动线路，高压气体可以一次性推出三枚弹丸，攻击敌人。

机械实验室还拿出了很多小型设计：新式炼钢炉、动力炉的管线调整、全船的传声管道的优化、节省钢材但强度下降不多的栅格装甲，还有最新式单人驾驶截击小飞船"海波级"。这些截击小飞船个头只有"赤霄号"一半长，操作性略差，能装备一门小弩炮，成本低，易维修。在和艾比、朱亚丝商议后，莱恩决定建造四艘海波级截击飞船，并组建空战队伍，驾驶员的培训由蝶负责。蝶虽然不能独立驾驶大型飞船，但驾驶小飞船技术娴熟。

同时，出于私心，莱恩也将用在"海波级"的新技术试着改装到"赤霄号"上。他希望丹笛的飞船永远都能最新、最快、最强……但是，他不知道丹笛什么时候才能振作起来。

除了机械部门，琳所带领的炼金部门也产出不少成果。琳正试着研究炸药的制造方法。她将硫黄、木炭和锈尘混合在一起，由船上的锈尘能力者用念力将混合物中的锈尘压紧。这份粉末混合物被琳称作"锈尘爆粉"，点燃或受压后爆炸，只是威力远小于古代炸药。目前锈尘爆粉的质量并不稳定，而且必须要有锈尘能力者才能制造。莱恩期待着爆粉能稳定生产的那一天。

学者的到来让莱恩加倍忙碌着。各种事情将他的工期全部占满，整个建设队也随之三班倒、连轴转。饶是如此，人力和资源的稀缺还是制约了战备升级速度。"月山之矛"只制造出两台，加上原来从"西陲风号"上打捞、修复的两台弩炮，他们现在装备着四台弩炮，分列两舷。而按规划，"灰烬之羽号"至少要安装二十门"月山之矛"，守住全船所有方向。"海波级"也只建造了一艘。船壳外的栅格装甲倒是敷设完毕，让全船的防护能力提升了一个档次。此外，"灰烬之羽号"还在进行抗高寒、抗低气压的改造，以应对接下来翻越天屏山脉的艰难航程。他们还更换了移民船的种子，保持动力充沛。这是莱恩第一次指挥更换种子——因为经验不足，更换种子时浮力失衡，"灰烬之羽号"差点儿翻船颠倒。

虽然忙碌，但莱恩感觉自己过得无比充实。他梦想着建设属于自己的大型飞船，用上最新、最狂野的技术，遨游红赫星的天空。现在，这一梦想正慢慢实现。

在离开石牙山谷后的一个月中，"灰烬之羽号"提速向西航行，拉开和天灾的距离，并追上迁徙的大部队末尾，虽然战备升级、改造尚未完成，但也不再是以前那条毫无还手之力的商船。不少移民船在发现这条武装似乎不强，且高举着风霜旗的"商船"后都试着靠近、截击，想击沉"灰烬之羽号"，却全都被击退、赶跑。"灰烬之羽号"甚至还击沉了两条移民船，收获不少物资材料。在艾比的精打细算下，这些材料被逐一入库，分配给不同的建设项目。

又一个月后，"灰烬之羽号"行驶到天屏山脉前。

"莱恩？你们新的车床铸造好了吗？"实验室中，海娜伊思问道。

"精度还不够。"莱恩倚着房门,"我们加工不到你要求的精度——"

突然,实验室铃声响起。莱恩一愣,这是表示紧急通信的铃声。他走到实验室的传声管道末端,待铃声结束后,侧耳靠上管道末端的喇叭口。

"这里是舰桥,这里是舰桥。"管道中传出艾比的声音,"舰桥呼叫各部门,现在有紧急情况,请各部门负责人马上到舰桥集合。重复,请各部门负责人马上到舰桥集合。完毕。"

"有事发生了。"莱恩说。

走进舰桥时,丹笛精神有些恍惚。

他不想来舰桥,什么都不想管。自从从石牙山谷回来后,他的精神状态一直如此。

众人正站在直面舰艏方向的主观察窗前,轮流用望远镜看向前方,讨论着什么。驾驶台上,蝶站起身,说:"师父?你来领航?"

"不。"丹笛只想看看是什么情况,就返回房间,"我只是——"

"哼,"莱恩忽然从一旁走来,高声道,"这不是我们的船长丹笛吗?你居然会来舰桥?你不应该躲在屋里想你的罪人吗?"

丹笛心知莱恩对自己有怨言,但他现在精神恍惚,什么都不想思考。"你给我闭嘴。"

"别做得太过火了!"莱恩走到丹笛身边,"这两个月,我们在建设飞船、在战斗,你在干什么?"

丹笛推开莱恩:"我不用你管——"

"够了!"莱恩忽然大吼一声,伸手按着丹笛肩膀,往丹笛胸口猛地一拳,"你看看你!你记得你当时怎么说的吗!"

丹笛后倒在地,胸口火辣辣地疼。舰桥上寂静一片,所有人都看着莱恩。莱恩喘着气,胸口不住起伏,说:"你那时候还说,大迁徙是什么所有人的迁徙,你要带领所有人一起通过难关。现在?你就一个人躲在屋里?我们全船人,你不想管了?你就让蝶一直坐在那里领航?还是说,在你的心里,我们所有人都没有那个心锈重要!你那愚蠢的善良就是对一个人的善良吗!"

丹笛躺在地上,浑身发颤。他最近因为心锈的事确实过于颓丧。莱恩说的对,他不能这样下去,大迁徙路上,还有许多事等着他去完成。

"哼……"莱恩往前走一步,俯下身来,看着丹笛,犹豫一会儿,小声说,"你没事吧?我……出手重了点。"

他朝丹笛伸出手,想拉丹笛起身。"你不想起来?那算了。"

"不……没有。"丹笛握紧莱恩的手,站起身,"你说得对,是我错了,我会振作起来的。谢谢你,莱恩。"

十分钟后,振作精神的丹笛重新走入舰桥。"之前的警报是什么情况?"他问道。

"丹笛先生。"正在情报台后处理文书的艾比说,"你也快去主观察窗看看吧。"

丹笛走到主观察窗前。窗外，天屏山脉横绝南北，像一堵无边无际的巨墙挡住往西迁徙的道路。雪峰连绵不绝，狂风吹过峰顶之间，散出无穷无尽的冰雪雾气。风雪间夹杂着锈尘，锈尘与风雪共舞，流泻成奔涌、翻搅在群峰万壑中的红白浪潮。

天屏山脉高空的风雪范围极广，甚至观察窗上也时不时被一两粒雪粒击中，融为水滴。受限于绵绵无尽的冰雪雾气，山脉东麓一侧视野不佳，丹笛只在群山之间看见了一些巨大的金属造物——可能是古代的红赫星人遗迹，因地质运动被卷入群山。

"前面怎么了？"丹笛侧头看了眼挂在舰桥一角的地图，"灰烬之羽号"距离天屏山脉最外围尚有十千米。

"船长，"天星压住他的鸭舌帽，"你看一下骨鹿山隘口，仔细看。"

骨鹿山隘口是天屏山脉上海拔较低的山谷，也是计划中的翻山通道。丹笛将信将疑地举起腰间挂着的小望远镜，往前望去。在骨鹿山隘口前方，他看见一大片密密麻麻的黑点。丹笛疑惑地调节着望远镜倍数，视野逐渐放大、清晰。

上百艘红赫星人的移民船正停泊在隘口前，和平聚集在一起。

"什么？"丹笛一愣，"好多船！可是，他们不应该打起来吗？"

"我们也很奇怪。"朱亚丝说，"按照传统，移民船在大迁徙时相互敌对，这么多船怎么可能和平聚集在一起？"

丹笛又仔细看去。隘口前停泊着的船只都是移民船，有装甲精良、一看就是准备充足的移民船，也有像他们这样，明显是商船、货船临时拼凑起来的移民船——这次天灾来得太快，这类仓促上阵的移民船数量还不少。丹笛还看见不少以高大竖帆为动力的老古董帆船，以及各类造型奇特的船只。在移动望远镜的视野时，他又看见了双体船"赤锈之翼号"，呼吸不由得一滞。

心锈在上面吗？她还活着吗？丹笛抓着望远镜的手指轻轻颤抖。

他咬了咬牙关。不能再想心锈了，现在最重要的是带领全船飞越天屏山脉。

丹笛轻旋螺纹，再次放大望远镜倍数。随后，他发现了一个细节：隘口前的许多移民船船头，都挂着蓝青色的风霜旗。

"很多船挂着风霜旗。"丹笛说，"这事和天霜有关？"

"有情况——"艾比突然站起身，手上拿着一张情报台助手抄来的纸条，"有一条小船正在朝我们飞来，它打了信号灯，说他是信使……是'青龙之骨号'的船长天霜的信使。"

"果然。"丹笛说，"请信使登船。"

信使来到舰桥后朝所有人礼节性地问好，然后道："我是天霜船长的信使，在此传达天霜船长的消息：天霜船长希望所有移民船在骨鹿山隘口前聚集，暂时放下武装对抗，共同合作通过隘口。既然你们已经挂起了天霜旗，那么，之前的大迁徙中，估计也见过其他信使，知道天霜船长的想法——她希望我们能避免无谓的血战，尤其是在天屏山脉之前。总之，具体事宜，船长将在稍晚的时候邀请大家前往温迪亚商讨。"

"如果，我们不参加呢？"海娜伊思说。

"你们可以自行决定是否参加。"信使说，"如果愿意来到隘口前，请保持和平；如有任何攻击他船的行为，我们将会视为是对'青龙之骨号'的攻击，并进行反击。"

"我们考虑一下。"丹笛说。

"如果愿意参加，明天下午三时，请派最多两人来废弃城邦温迪亚。天霜船长在那里等着大家。"信使朝所有人一鞠躬，离去了。

商议之后，众人决定先前往骨鹿山隘口看看情况。骨鹿山隘口是翻越天屏山脉最快、高度最低的隘口航道，如果走别的隘口，上万米高度的极寒、缺氧与低气压绝非现在的"灰烬之羽号"所能承受。

丹笛坐在驾驶台上，深深吸了口气。他必须振作起来，应对翻越天屏山脉这一艰巨挑战。

来到隘口后，"灰烬之羽号"停泊在一众移民船的外围，丹笛和莱恩驾驶着"赤霄号"前往温迪亚。温迪亚是位于隘口外侧的一座蒲公英城邦，三年前因风雪摧毁了蒲公英外壁而废弃。"赤霄号"静默着从数十艘移民船间飞过，这些移民船或沉下锚链，或张开辅助停泊的竖帆，各自泊在固定位置，相互之间几乎没有战斗或冲突。每十条移民船中，大约有三到四条挂上了风霜旗。

莱恩问道:"她是怎么做到让这么多船不打起来的?"

"你说天霜?"丹笛问。

"对。"

丹笛想起了那时天霜驾驶着单人飞船"青龙之鳞"击毁黑船的情景。"青龙之鳞"上只射出了三道不知为何物的白光,就击毁了黑船射来的炮弹和黑船本身。"木桑学者说,天霜来自南方的大城邦龙脊,是八年前的大迁徙中的霸主级胜者。她有一件很强的灭罪武装,名叫'天下遗声'。也许,这里的船如此和平,全是因为天霜的武力。"

"哪有那么强的武力?"莱恩一挥臂铠,钳夹合住,发出清脆的撞击声。

丹笛看见几条损坏严重的移民船。它们的船壳上密布创伤,但并非是炮击所致,更像是被冰雹砸穿;此外,船上偶尔能看见一两处巨大裂口,像是被大型空中生物攻击所留。

莫非,那就是强行穿越骨鹿山隘口失败后所受的损伤?丹笛思忖着。如果这些装备精良的移民船都难以通过隘口,那么"灰烬之羽号"面临的危险只会更大。

"不知道学者们设计的高海拔船体改造弄得怎么样了。"丹笛说。

"正在重新安装各种气压阀,适应低大气压的工况。"莱恩顿了顿,"时间很紧,还有气密、加热等辅助系统需要安装。不然,就算我们飞过去了,船上的人也冻死了。"

两人陷入沉默。丹笛缓缓呼出一口气,说:"莱恩,这段时间的事情,是我的错。我们也许需要找个时间谈一下?"

"不，不用了。"莱恩拍了拍丹笛肩膀，"我相信你已经振作起来了。接下来的旅途很凶险，工作繁重，我们没时间闲聊。"

丹笛眼眶一湿。"等危险过了，我们一起喝酒。"

"一言为定。"莱恩哈哈一笑。

"赤霄号"行驶到城邦温迪亚前。温迪亚的蒲公英高约六千米，濒临枯萎，但浮力尚在，挺拔于群山之间，花冠的高度恰好与骨鹿山隘口平齐。花冠上的囊泡裂开数道大口，蒲公英种子们暴露在外。大多种子都成即将枯萎的黄绿色，以最后的一丝浮力吊住这株蒲公英。温迪亚的外壁裂着一条上下贯通近一千米的裂口，应该是那次摧毁城邦的风雪所留。

"赤霄号"飞入裂口，停泊在临时停机坪上。随后，丹笛和莱恩被人引导着走入温迪亚内部的一处广场中。

风雪从蒲公英外壁的裂隙上不断吹入，累积在蒲公英内。丹笛踏着雪走上广场，周身寒意渐浓，皮肤紧绷。他不由得拉紧衣服，将自己裹紧。一旁，原本习惯于赤裸上身的莱恩也穿上上衣，只是扣子没有完全扣上，仍然露着胸口的锈石。

广场中聚集着上百人。大多衣着光鲜亮丽，胸口挂满勋章，丹笛猜测是各船的船长、领航员级别的人物。丹笛和莱恩两位穿着常服的人走到其中，一时有些格格不入。

"哪里来的锈化鬼！"一位高个子男人擦着丹笛肩膀走过，瞪着莱恩胸口的锈石，在莱恩肩上用力一推。

"你干什么？"莱恩蓦地转身，举起臂铠，拳头紧握。

"天霜在这里，别动手。"高个子男人身边的女人冷笑着拉住男人的手,"反正锈化鬼的破船也飞不过山脉,气什么气?"

"哼!"男人冷哼着离开了。

"安静!安静!"忽然有人大声宣告,"天霜船长来了!"

广场上渐渐安静。人群分开一条道路,一连串铃铛曳曳相击的脆响移向广场中心的高台。半分钟后,铃铛的主人登上高台。

丹笛侧目望去。

那是一位身材矮小的白发少女。和红赫星人惯常穿的浅绿色衣服(代表希望、风、生命与蒲公英)不同,少女穿着一袭浅蓝色的裙袍,袍上以银线勾勒出群星纹样,仿佛南方的星空。少女披着白色长发,发梢最末尾约有十厘米却是黑色的。她的腰旁系着一只小小铃铛,摇曳有声。一把长剑悬浮在少女身后,剑尖向下,剑身纯白,泛着微弱的荧光。

这就是天霜和她的灭罪武装"天下遗声"?丹笛愣了愣。难道,震住在场所有移民船的人物,就是这么一位看起来无比柔弱娇小的姑娘?

天霜转过身,直面台下众人。她面容清冷,脸上全无表情,双眼下视,视线没有焦点,仿佛在她面前是一处无底的深渊,她正注视着深渊的无限远处。

"感谢大家接受我的邀请,来到温迪亚。"天霜语气平和,不带一丝一毫情感波动,"我是曾经的城邦龙脊的领主,移民船'青龙之骨号'的船长,灭罪武装'天下遗声'的拥有者,天霜。"

沉默。

"……她好像不是人。"莱恩忽然小声说。

"不是人?"丹笛问道。

"应该叫不像人。她像机械。"莱恩说,"尤其是像海娜伊思设计的那台自动计算尺。冷冰冰的,从不出错,没有感情。你看她说感谢的时候,一点感谢的语气都没有。"

"将大家邀请到这里,是有一个提议想与大家商讨。"天霜说,"骨鹿山隘口是我们所有移民船这次大迁徙——"

"别废话了!"人群中忽然有人大喊道,"有什么事快说!老子船坚炮利,凭什么要听你的在这里保持和平?"

"天下遗声"的剑锋轻轻颤了颤,又恢复平和。天霜依然视线下视,缓缓说:"如果有异议,欢迎离开。如果想留下来听,请保持基本的礼仪。否则,你将被视为我的敌人。"

"我就不明白,这里这么多大老爷们儿,怎么都害怕这个小丫头?"那人继续大喊道,"在外面,大家忌惮'青龙之骨号'也就算了,在这里,谁还怕你?"

"请安静。"天霜的语气依然平稳而无波动,"否则,您将被视为我的敌人。"

"要过这个隘口,把那些废物移民船全都干趴不就没有船挤了!把我们这么多人喊在这里,又有什么用?难道你要带那些废物贱民翻越——"

忽然,一柄白色的长剑出现在闹事男子的上空。这柄剑仿佛从虚空中凝成,泛着半透明的光泽,外貌与飘浮在天霜身后的"天下遗声"一致。半透明的长剑坠落、刺下,闹事男子一声惨叫,爆溅出一摊血花。

人群骚乱起来，片刻又平息下去。

天空中浮现出一柄又一柄半透明长剑。"我不喜欢争斗。"天霜的语气中罕见地出现了情绪——厌倦、不耐烦与嫌弃，"我知道大家或是因为好奇，或是因为恐惧'天下遗声'的力量而聚集于此。你们都一心想着要在大迁徙中活下去，想着摧毁别人的移民船，想着争抢水源地，没人在乎我想说什么。但我希望大家还是能认真听我一言。我们在大地上被天灾追逐、不断迁徙，已有至少数百年的历史。在这过程之中，每一个城邦都会放出一条以上的移民船——为了争夺水源地。而水源地的数量有限，于是，我们便在迁徙的路上大打出手。"

天霜停顿了一会儿，说："这是我们的传统、习惯与风俗。但是，这一次，我建议大家稍稍改变习惯。前方，天屏山脉阻隔了我们的道路，只有骨鹿山隘口可以通过。但骨鹿山隘口高度仍然超过了八千米，狭窄、危险、风速乱而快、冰雪横行、锈尘四溢、凶兽出没，这是我们先祖在历次大迁徙中未曾经过的艰险关卡。前面已经有不少移民船试着冲击隘口，或是坠毁其中，或是重伤返航。

"骨鹿山隘口过于狭小，迫使着我们所有的船挤在一起，如果我们依然按照以前的风俗习惯，见面就拼个你死我活，那么，很大的可能是，我们谁都无法通过隘口。"

人群议论起来。

天霜继续说："想必在之前两个月的迁徙旅途中，已经有很多人遇见了我的信使，并接受了风霜旗。凡是举起这面旗帜的船，都表明自身愿意参加一次和平的大迁徙，不会主动攻击别

的船。在这里,我不会,也没有能力,强迫所有船来接纳这面旗帜。现在,面对你们所有人,我想提出的倡议是:

"我希望大家能在通过隘口的这段旅程上保持和平,停止相互攻击,尽量相互合作,一齐通过隘口。除此以外,如果大家愿意在通过隘口之后的大迁徙旅途中继续保持和平,也可以带走一面风霜旗。凡是举旗者,都是可以信赖的、一同和平航行的伙伴。"

广场上议论声渐大。天霜在高台上踱着步,铃铛叮叮。忽然,一个高大的身影一闪而上,走上高台。天霜的护卫们立刻警惕地围了上去。

那个身影是德拉克索斯。

"许久不见。"天霜挥手示意护卫们放松戒备,"阳谷的领主。"

德拉克索斯穿着一身绸缎紫衣,胸前绣着金线,缀挂一排勋章。他朝天霜稍稍鞠躬,然后朝台下说:"我支持天霜的提议。我们确实不能在这片危险的山脉前内耗,否则,谁也过不去。"

人群躁动。丹笛也皱起眉,心中惊异。他没有想到,德拉克索斯居然会支持天霜的提议——德拉克索斯为什么要支持天霜这样利他主义的提议?这对德拉克索斯自己有什么好处?

待众人安静后,天霜说:"感谢'赤锈之翼号'的支持。诸位,我并不指望经过我这一番讲话后,大家会相互帮助。我只希望大家在渡过隘口之时,互不攻击、互不伤害。如果我们仍要在这里坚持争斗,很可能,正如我和'赤锈之翼号'所想、所说,我们没有一人可以通过隘口。风神的荣光、安娜的子民,我们,会全军覆没于此。"

广场上寂静下来。

"而且,为什么我们不能和平迁徙呢?为什么不能相互分享水源地呢?我们相互斗争,真的有什么意义吗?传统?习惯?……神明的要求?可是……"天霜平和地说着:

"神真的在乎吗?"

"神不在乎。"希尔尼娅说。

苏醒之时,心锈正在漫长而仿佛无尽的梦境中游历。玄黑的山与海、金属房间、无尽的群星、冰冷的石头牢房,梦的碎片分分合合,被无意识的狂风吹聚纷飞,挤压着她的精神。

"安娜将我们迁移至红赫星,缇娜制造出锈尘,往风中掺入罪恶,并引导天灾摧毁我们。"希尔尼娅的声音细弱而遥远。

心锈缓缓睁开眼。她正躺在温暖柔和的被窝中,头顶挂着白纱床帐。

"磐石时代,祖先们想建造巨大、坚固的蒲公英抵抗天灾,坚守其中。但蒲公英还是被天灾摧毁,甚至一些祖先变成了锈族;花冠时代,祖先们集中力量,建造了两千米长的巨大移民船'安娜之光',想带着所有人一同离开。最终,因内部分裂,移民船坠毁,再次失败。"希尔尼娅说。

心锈以手肘撑起身体,坐起来。她的手腕刺痛不断,低头一看，两支封印之针分别刺穿左右手腕，锁在套腕圆环上。

我深陷囹圄了，心锈心想。

"最终，大迁徙时代来了。我们吸取磐石时代和花冠时代的教训，不再坚守蒲公英中对抗天灾，不再建造大船带走所有人。我们建造小船，相互敌对，以竞争来提高迁移移民的成功概率。"希尔尼娅说。

心锈望向四周。这是一间大房，装饰奢华，家具都是昂贵的天星木制成，木纹上斑驳着微量锈尘映出的血色纹路。一道血红的帘帐横贯屋内，将屋子分割成两半。她下意识地将锈尘感知能力穿过帘帐，刺探帘帐外屋子另一半的情况，却撞上了一道无形的屏障——这股屏障似乎是某种锈尘能力所生成，可以隔绝两侧的锈尘连接。

心锈一愣。

"由此可见，残酷的大迁徙并不是圣殿所说的'风神对我们的要求'，这很可能只是圣殿的一面之词。神明真的在乎我们怎么迁徙，怎么生存吗？恐怕……"

心锈以感知能力试探屏障，发现屏障来源于房间中心。在那里，希尔尼娅一身白裙，端坐在木桌旁，手捧着一册厚实笔记。木桌上摆着一套茶具，温热的茶汽蒸腾在空中。茶杯一旁，放着"裁雪"。

"神不在乎。"希尔尼娅合上笔记，"忽然很想认识一下这本日记的作者，那位名叫木桑的无冕者学会大学者，他似乎知道很多秘密……你醒了。"

寒意如针，刺着心锈的皮肤。"是你？我这是在……'赤锈之翼号'上？"

"欢迎来到'赤锈之翼号'。"希尔尼娅温柔一笑，"要来点热茶吗？"

风声萧萧，隐隐回荡在屋中。心锈望着窗外，船外雪山高耸，风雪飘摇，遮蔽视野。"我昏迷了很久？"她问。

"一个月。"希尔尼娅放下日记本，伸手在桌上摸索着，举起茶杯，慢饮一口。"现在，我们到天屏山脉脚下了。德拉一直很担心你的情况，不过，我猜你的昏迷只是因为消耗力量过多，不会伤害你的身体？"

"德拉？德拉克索斯？"心锈一惊。忽然想起了自己昏迷之前的情况：在信标大楼中，为了保护丹笛他们，她留下来独自对抗德拉克索斯。但因之前和吉迪恩战斗时使用裁雪提升身体能力，体力消耗过多，她终究没能胜过德拉克索斯，被击晕过去。"丹笛呢？他们呢？'灰烬之羽号'呢？"

"哦，原来你们的船叫'灰烬之羽号'？"希尔尼娅柔和一笑，"真是个轻盈的名字。那条船现在情况应该挺好，前几天德拉还在停泊在隘口前的移民船中看见了它。虽然，接下来越过隘口的路对它很难。"

"你居然不害怕我。"心锈举起右手，露出罪纹。

"圣殿说你有罪，你就一定是坏人吗？"希尔尼娅反问道，"而且，我们，我和德拉，想和你合作。"

"我不和你们合作。"心锈说。

希尔尼娅道："我希望我们能一起对抗圣殿。"

"没兴趣。"

"奇怪了,"希尔尼娅疑惑着侧头望向心锈的方向,"罪人不应该都是圣殿的敌人吗?"

心锈盯着希尔尼娅,她这才发现,希尔尼娅目光散漫无神。"你是盲人?"

希尔尼娅点点头。"不过,锈尘能力弥补了一些视觉,不影响生活。比如,"她举起桌上的笔记本,"无冕者学会的记录用的墨水中渗入了锈尘,我就能感知到文字的形状。"

"你们要对抗圣殿做什么?"心锈问。

"这是个很漫长的故事。"

"我虽然是罪人,但我失去了很多记忆。"心锈说,"我对对抗圣殿没有兴趣,我只想拿回属于自己的记忆。"

忽然,帘帐之外传来开门声,心锈听见德拉克索斯的声音从帘帐外的另外一半房间中传来:"欢迎您,雷山大祭司。"

"雷山!"心锈一惊,"你们,要把我卖给圣殿!"

"不,别害怕。"希尔尼娅温和地说,"我的能力可以隔开外面的锈尘能力对里面的探测,大祭司不会发现你,我们聊天的声音也不会传出去。我们不会把你卖给圣殿,只要……你和我们合作。如果你没有任何价值,我们确实会考虑把你交给圣殿,换取他们的信任。"

心锈抓紧被子,惊疑不定。

"你居然和天霜同流合污。"雷山雄浑的声音从帘帐外传入。他似乎正在和德拉克索斯聊天。

"如果我没有理解错,"德拉克索斯说,"圣殿想要一次'大场面'。"

"然后你就和天霜合作?"雷山声音中隐有怒意,"所有人一起和平大迁徙?这样能有什么大场面!而且,天霜的行动超过了圣殿所默认的底线。让所有的船和平聚集,保护弱者越过隘口?她疯了。你支持他,你也疯了!大迁徙是强者的战争!上一次大迁徙,风神过于偏爱天霜,让她膨胀了!"

"她确实幼稚。"德拉克索斯附和着,"幼稚不能让我们活下去,只有流血与争斗才可以。"

"那你还支持他!"雷山吼道。

"天霜想让所有人都能活下去。"帘帐内,希尔尼娅说。"我和德拉也是。"

"那你们还杀了那么多学会的人!"心锈说。

"这可不像是杀人如麻的罪人会说的话。"希尔尼娅双手捂住茶杯,"……冬天到了,冷了。"

"我并不支持天霜的想法。"帘帐外,德拉克索斯说,"我只是假装支持她。这样的话,我们可以制造一次'大场面',你们想要的大场面。"

"哼……"雷山的怒气逐渐平复,"你的计划是什么?"

"等所有的船移动到石柱森林的风洼地后,我会主动攻击天霜,摧毁天霜,摧毁这个脆弱的和平联盟,摧毁这些背叛安娜的叛徒。"德拉克索斯说,"只是,你们说石柱森林会在一周后出现风洼地,这个情报可靠吗?"

帘帐内,心锈坐在床沿。"所以?"

希尔尼娅不急不慢喝了口热茶,却没有说话。

帘帐外传来雷山的声音:"哼,姑且相信你一次。风洼地是一定会出现的,你大可放心。除了天霜,我还有一事。上次圣殿赐予你的灭罪武装被罪人抢走,圣殿对此表示歉意。但我们也很难快速给你再定制一件和你完全适配的灭罪武装。但是……"

"但是?"德拉克索斯问道。

"圣殿有一件灭罪武装,名为'苍穹之握'。"雷山说道,"这件武装和你不算是完全适配,每次使用都会对你的身体造成不可逆的损伤。"

"无妨。"德拉克索斯平和地说,"为了我的人民,我可以死去。"

雷山说:"很好。正好,'苍穹之握'的能力可以压制'天下遗声'。"

"一条船只能救下几百人。"帘帐内,希尔尼娅对心锈说,"大迁徙让太多的无辜之人死去。而圣殿高高在上,对这一切不管不顾。"

"我只想救下我这船上的几百人。"帘帐外,德拉克索斯说,"我希望能让船上更多的人升格。天霜破坏了大迁徙的规矩,违逆圣殿,我自然会去解决她。"

"圣殿等着你的好消息。"雷山说。

"我和德拉在怀疑,"帘帐内,希尔尼娅道,"真的有神明存在吗?会不会如同无冕者学会的研究所怀疑的那样,神明不存在,或者,神明根本不关心我们,或者大迁徙只是圣殿的阴谋?"

"解决天霜之后,我会追击所有挂着风霜旗的天霜追随者。

弱者不配活下去，只有强者能翻越天屏山脉。"德拉克索斯说，"一切都将如您所愿。毕竟，我和希尔尼娅都是光明与风之神的虔诚信徒。我们……尊敬神明。"

希尔尼娅说："现在，我和德拉都是风与光明之神的怀疑者，在考虑……摧毁神明。"

章十一　万仞峰峡

[逐星旅团] 天屏山脉翻越挑战赛

主题：[官方] 德拉克索斯即将对阵天霜，谁会胜出？

赔率：德拉克索斯（1.29）：天霜（1.42）

[回复：]

#1：那么多天霜的粉丝，怎么她赔率高？可以给她远程支援装备吗？我好怕她死掉。

#2：小德拉也很帅啊，而且很强！你们没看过数据贴吗？里面有他的锈尘能力的数学解析，天霜不可能是对手。

#3：天霜可以输，但是不能死！否则，退钱！退钱！

#4：期待风洼地大混战！

"灰烬之羽号"停泊在骨鹿山隘口前，和其他移民船一齐列队穿越隘口。

在一周前的"温迪亚会议"上，天霜召集所有移民船，提议和平穿越隘口。最终，在德拉克索斯的支持下，和平协议草拟成功。协议约定，在骨鹿山隘口前停泊的这段时间中，各移民船之间保持和平，禁止相互攻击。在穿越隘口时，逐一列队通过，翻越山脉。这样，可以避免在狭窄、环境恶劣的隘口山谷之中争斗，导致谁都无法通过山脉。

除了和平协议，天霜还在推行风霜旗，号召人们在翻越天屏山脉后的大迁徙旅途中继续保持和平。但这一提议应者寥寥，只有两成数量的移民船挂起风霜旗，大多是实力较弱小的船只。

丹笛这几日陷在思考中，无数想法一下又一下地涌起、落下。他会想起心锈，想起她身上是如何善良与邪恶同时共存。会想起自己和莱恩的争吵——要不要主动攻击其他移民船。会想起天霜这幼稚的和平计划，这个计划能成功吗？他迷茫着，不知自己是谁、想成为什么样的人、想干些什么事。过去，他总是说自己要成为领航员，要保护周围的所有人；然而这段时间真正起飞、航行之后，他才意识到，他心中真正所想、真正所欲，似乎并非这么简单。

丹笛希望所有人都能在艰难的大迁徙中活下去，所有船上的人，还有心锈这样无船之人，无论男女老少，病弱或是强壮。因此在第一次遇见"西陲风号"时，他并未主动攻击；而遇到琳之后，他也愿意帮助琳，救回学者。

然而，他应该做什么？他力量微弱，什么都干不了。他回避了争斗，但对方回头就攻击了"灰烬之羽号"。这让丹笛一度精神煎熬，怀疑自己是不是应该主动攻击。他有些赞同莱恩的想法，在大迁徙中应该主动攻击其他移民船，以图自保。但，这不是解决问题的根本方法。这只能保护自身，不能保护所有人。

如果想保护所有人，实现真正的长久和平，需要别的方法。

比如，这次天霜的提议。

丹笛承认天霜的提议有些幼稚；但他支持天霜，而且期待和平提议会有好结果。若是这次他们能和平穿越隘口，大家或许能意识到大迁徙中不必激烈争斗，更长久的和平就能实现，大迁徙中也不会死去那么多无辜之人。

到目前为止，隘口附近仍保持着和平，临时和平协议暂时有效。"青龙之骨号"飘浮在所有船上方，监视一切。一旦有船只做出越轨行为，"青龙之骨号"的弩炮会立刻攻击那艘船只。

丹笛用望远镜观察过那些弩炮，那是字面意义上的古典弩炮，以木材拼成的弹性材料和绳索组成弹性结构，发射大号的箭矢。事实上，当代红赫星人所说的"弩炮"已经是百年前技术改良的产物，以钢铁圆管为炮管，气压驱动，推动弹丸射出。有时大家也将这种气动力炮称为"气弩炮"，但还是更习惯称之为弩炮。

"青龙之骨号"的古典弩炮发射的是一道光箭。经多次观察，丹笛确认"光箭"实际上是霜天的灭罪武装"天下遗声"的能力所凝结出来的半透明光剑。光剑在射出之后被某种力量牵引着不断修正轨迹，最终命中捣乱的移民船——往往是一剑射中动力炉或是浮力种子这样致命的位置，使之坠毁。

之前天霜攻击黑船所射的白光，可能就是"天下遗声"制造的光剑。

光剑射出几次后，隘口附近不再有船只捣乱。这是大迁徙有史以下的首次，这么多移民船和平聚集在一起。

"灰烬之羽号"继续为翻越隘口而准备着。丹笛驾驶"赤霄号"前往隘口侦察了一番。骨鹿山隘口虽是天屏山脉海拔最低的山谷，但海拔仍超过八千米。隘口内是宽数百米，长近二十千米的狭长山谷，最窄处只有一百米宽，宽体的移民船甚至可能无法通行。峡谷内温度低至零下四十度——接近于夜半球极寒区的温度，空气稀薄，风速极快。飞行了不过十分钟，丹笛就因缺氧而意识昏沉，连忙退了出来。

若不是"赤霄号"刚做过密封加压处理，他可能已经死在了隘口中。

低气压也给移民船的设备带来威胁。参考用的大气压下降后，许多气压驱动设备无法正常工作。此外，隘口内更多的危险则是直接的：能见度低，急速飞行的冰雪、锈尘，甚至还有被风卷起来的石块、船只残骸，还有蒲公英种子。

其他船只穿越隘口的情况也非常糟糕。过去一周，有二十几条船尝试进入隘口，其中十几条受损严重，被迫返航，有六条刚进入隘口没多久就撞山散架，随狂风喷射出漫天残骸。剩下的几条船深入隘口，不知是坠毁在隘口深处，还是顺利穿越了隘口。

"灰烬之羽号"进行着周密的准备。所有人都被动员起来，按照建设队和机械实验室分配的任务改造，强化船体。任务繁重的艾比和莱恩已经三天三夜没合眼。莱恩尚能坚持，艾比因锈化严重，直接晕倒在情报台上。仅休息十小时后，艾比又返回情报台，核对物资账单，统筹工程进度。

按照海娜伊思的设计，"灰烬之羽号"的改造主要是提高气密性，加装加压装置，保证船舱内气压足够高，不会在低气压环境中全船缺氧。引擎也改造了各条进出气管道，改善它们在稀薄空气下的表现。"不指望它能输出和原来在两千米高的位置飞行一样的功率，"那时，海娜伊思说，"但至少要有常规出力的一半，不然遇到山谷里超高速的顶头风，我们飞都飞不动。"

"我有一个问题，"丹笛问道，"你们怎么会对飞船气密加压有这么多研究？你们经常在极高空飞行？"

"学会曾经有一名老学者，"海娜伊思说，"他的梦想是向上飞行，进入太空与群星之间，测试蒲公英种子的浮力是否在极高空存在、浮力的来源是什么。为了这些，他研究了许多飞船气密性的问题，确保他的实验飞船能在两万米、三万米的高空工作。"

"两三万米！"正在一旁检查自动计算尺的莱恩一惊，"然后呢？"

"然后？他飞得太高，失踪了。"海娜伊思平静地说，"我们找不到他的下落，但他的研究记录学会全都留着，用在了飞船的气密性改造上。他还发现，蒲公英种子的浮力在离开地面太远后会逐渐变小——也就是说，种子的浮力不是自有的，而是种子和大地之间的某种相互作用。"

除了气密加压改造，建设队还加班加点建设了三艘"海波级"截击机。现在，他们能出动一支截击机小分队了。在隘口那样的狭窄地形中，若是发生战斗，大船转身不便，侧舷弩炮用处不大,而截击飞船能灵活轻便地穿梭、攻击敌船。也同样因此,弩炮的建设也暂缓了——"灰烬之羽号"还是只有四门弩炮。但是,琳制造出了第一批性能不稳定的锈尘爆粉,填在炮弹中,他们有了大约十枚会爆炸的炮弹。

情况也并非事事顺利。船上爆发了一阵小规模的叛乱——以最近建设气密系统工作强度过大为由。十几名叛乱分子劫持了正在食堂吃饭的琳和木桑两位学者,半小时后,叛乱被防卫队镇压。叛乱的首领是两位十六岁的孩子,他们的父母曾是星轮赌场的扈从。在丹笛等人夺取控制权那天,两位孩子的父母被心锈以锈石长枪刺死,他们由此怀恨。

对于可能的叛乱,舰桥众人决定成立宣传办公室,由组织管理经验丰富的琳负责,主要进行政策宣传,稳定船员情绪。

终于,一周后,"灰烬之羽号"准备飞越骨鹿山隘口。按照临时和平协议,各移民船将排队穿过隘口,前后船间保持五百米以上的间隔。隘口中风雪弥漫,能见度极差,五百米距离能保证各船哪怕意外靠近,也来得及减速,避免相撞。

丹笛坐在驾驶台后,拉紧安全带。"各部门注意,"他拉动响彻全船的气铃,对传声筒说,"各部门注意,这里是舰桥,我是领航员丹笛。本船预定在一小时后进入骨鹿山隘口,请各部门做好准备。普通人请待在居室中,做好保暖工作。接下来的路非常危险,风与大家同在。为了'灰烬之羽号',"他顿一顿,"我们一起努力!"

天空昏暗。太阳的光芒被天屏山脉的山体与风雪遮蔽,只在高天染过一抹橙色的天光。动力炉预热,各系统检查完毕,丹笛控制着"灰烬之羽号"缓缓飞出，切入预备穿越隘口的移民船队列之中。

突然，一条装饰华丽的巨船从侧面挤来，强行塞入航道中。加塞的同时，巨船舷侧的信号灯还在闪个不停。十几秒后，艾比接过纸张说："呃，旁边的船给我们打信号……"

"直接说吧。"丹笛平静听着。

艾比一字一顿道："'垃圾滚开'。"

"好猖狂！"莱恩大骂道，"不应该是排好队一个个走吗？"

狂风啸叫，冰雪翻飞。冰雹"砰砰"砸在观察窗上，视野正逐渐变差。"让他们先走。"丹笛说。那艘巨船的装甲虽然华丽，但似乎没做什么抗低气压的处理，然而，华丽在险恶的环境中毫无作用。

想先去送死就去吧。丹笛默默想着。他不想和这条船起冲突，更不希望因起冲突被天霜射来光剑制裁。

几分钟后，"灰烬之羽号"加速爬升，朝隘口前进。

"莱恩，注意全船机械情况。"丹笛说，"准备加压、制热。"

莱恩点点头。"现在一切正常。"

丹笛看着火控台："朱亚丝，虽然接下来的航行不一定有战斗，但还请做好准备。预热弩炮，一旦有人攻击我们，随时准备反击。"

"弩炮状态良好，船长。"朱亚丝点点头。

"天星，你来监控地图和航向。"丹笛说，"待会儿我会将注意力放在控制飞船上，可能顾不到航行路线是否正确。"

"明白。"天星正坐在导航台后，在一叠隘口地形图上标注着。

丹笛提升浮力挡位,同时偏转船侧水平方向的舵面,向上航行。

"全船注意!我船正在接近八千米高度。"艾比说,"重复,我船正在接近八千米高度,各舱室继续加压。如有异常,请联系损管组修理!"

"灰烬之羽号"飞临骨鹿山隘口的入口。高度上升后,丹笛手下的操纵杆的反馈力已和往常的触感不同——低气压下气压传动系统的工况出现了改变,操控助力变小了。他试着适应这些改变,驾驭着飞船在凌乱的雪风之间保持平衡。周围的风速场变化无定,涡流极多,这是他人生中遇见的最复杂、最危险的风场。

"灰烬之羽号"震颤着,颠簸不断,甚至会在接近低气压涡旋时被风场拖着大幅摇摆。丹笛稳住了飞船的姿态,除了轻微失衡,并无倾覆解体之虞。

前方,两列高峰之间出现一道细峡,那就是骨鹿山隘口。越靠近峡谷,风雪狂烈越盛,雪粒与细冰雹敲击船体的声响绵绵无尽。风雪盖过舰桥前、左、右三侧的观察窗,视野迅速恶化。

"全船各观察哨来报,"艾比说,"能见度极差,无法搜寻有效信息。"

"保持搜索,注意安全。"丹笛说。昏暗的视野对锈尘能力并无影响,借助浮散风中、无处不在的锈尘,他能感知到外界的环境,不至撞到山崖上。最近一两个月的高强度领航,让他的锈尘感知能力提升了不少，现在感知的范围更大、感知精度更加细腻敏锐。而且，和莱恩和解后，他们之间的锈尘连接状态良好，压制着他胸口的锈尘阻塞，让他的锈尘感知能力不会波动下降。

"灰烬之羽号"稍稍减速，驶入隘口。

从视野模糊的观察窗向外望去，外界昏黑冥冥，黑色的山岩、白色的飞雪、红色的锈尘混合一团，不辨彼此。暝暗之中，峡谷两侧竦峙乱石。冰川或堆挂在乱石之间，或浮抱碛石沉积山谷，或如吐舌般伸出崖顶。峡谷中风速极快，风向虽然恒定着吹向尾部，但横切风时不时骤然产生，左右推摆船身，使"灰烬之羽号"轻微蹭上山崖上的冰挂。

忽然，丹笛看见行驶在他们前方的那条华丽巨船船身一歪，失控着砸向一处冰雪悬崖。巨船船体折断，冰雪飞溅，无数残骸零件被风吹起，在狂风中下上沉浮，迎面砸来！

"注意防撞击！"丹笛大喊道。峡谷空间狭小，无法规避这些铺天盖地飞来的残骸，只能迎面撞上。

"乒乒乓乓"，撞击声持续数秒。"损失情况！"丹笛大喊。

"正面第三号装甲受损，正在维修。"艾比汇总着信息，"其他装甲只有轻微刮擦。"

丹笛松了口气。"灰烬之羽号"飞过巨船坠毁的位置，他侧头望去，巨船的动力炉还在运行，冒出热气，融化周围的积雪。残骸间洒满遇难者的尸体，只有少数几人还活着，他们挣扎着向动力炉跑去，动作越来越僵，然后倒下，冻成冰雕。

丹笛浑身一颤，心情低沉。这一船人，因为没有做好船只的抗寒、抗低气压改造而死在这儿了。

突然，丹笛感知到后方一百多米远处有一条移民船，正快速接近。"我们后面有一条船。"他说，"艾比，让观察哨试试能不能看清后面。"

半分钟后，艾比说："观察哨回报，后面的移民船挂着风霜旗，给我们打了信号，要我们加速航行，说后面有危险。"艾比停顿一会儿，倾听着传声管道，"后船说，后面发生了战斗。"

"给他们的回复已收到。"丹笛说，"继续监视后面的方向，我们加速。"

"他们要求和我们拉近距离，协同防御。"艾比说，"观察哨看见了他们的船舷，他们的船名是'银花号'，战备水平看起来比我们要差。"

"允许他们靠近。"丹笛说，"朱亚丝，让弩炮位做好准备，如果'银花号'攻击我们，我们立刻还击。"

从锈尘感知能力的探测来看，附近的峡谷宽度超过两百米，空间相对宽敞，可以容纳"银花号"飞近一些。两分钟后，"银花号"飞至和"灰烬之羽号"相距只有五十米的位置，同时，丹笛感觉到后面出现了另一条船。

"船尾观察哨报告，"艾比说，"后面出现一条敌船，正朝'银花号'和我们炮击。"

丹笛感知到对方正在机动回避，而后方的敌船正飞速冲来。"朱亚丝，"丹笛操控着"灰烬之羽号"绕过孤立于山谷中的一根石柱，同时减速，"命令右舷做好射击准备。"

"正在跟踪敌船位置。"朱亚丝说。

气温正逐渐下降，丹笛的指尖因冰冷而轻颤着。他感知着后方敌船的情况，它正加速行驶到"灰烬之羽号"右上方，朝"灰烬之羽号"迫来。

丹笛握着操纵盘朝左旋转。"灰烬之羽号"左倾十五度，右舷转向上方，直面那艘压迫过来的移民船。

两船的弩炮同时开炮。"灰烬之羽号"右舷的两门弩炮——一门老旧的单发炮和一门新式"月山之矛"三联装炮——同步发射，四枚炮弹直射敌船，撕裂装甲，继而爆炸，燃起火光。敌船的炮弹却因下射角不足，擦着"灰烬之羽号"上方掠过，只命中了一发。

"成功命中敌船！"朱亚丝说，"装了锈尘爆粉的新式炮弹成功爆炸，战果不错。"

"一号蒲公英种子保护装甲受损，图纸室被炮弹击中，损管队已出动。"艾比说，"总体而言，不算严重。"

"继续攻击！"丹笛说。船外风雪愈盛，他只能以感知能力捕捉空战的情况。"灰烬之羽号"再次开炮，这次有两发脱靶，另外两枚射中敌船船底、爆炸、撕开裂口。敌船船底水箱裂开，清水如瀑，洒入风中，旋即凝冻为冰霰，卷入风雪。

敌船飘摇着逐渐失控，一头栽落，砸入山谷底部。

"敌船已坠毁。"艾比说。

舰桥上欢呼起来，填入锈尘爆粉的新式炮弹威力巨大，但所有人都未曾想到胜利如此轻松。只可惜锈尘爆粉制造困难，单是需要锈尘能力者使用念力压制粉末这一点，就限制了它的产量。

"继续航行。"丹笛说,"'银花号'情况怎么样?"

"目前正常。"艾比说。

"给他们打信号灯,邀请他们协作航行。"丹笛说。

接下来的三小时中,"灰烬之羽号"和"银花号"合作着一路向前,穿越风雪。偶尔,他们遇到了其他移民船的主动挑衅与攻击,"灰烬之羽号"逐一反击、击沉了那些船只。但自身也随之受损,锈尘爆粉的炮弹也耗尽。

"前方就是石柱森林。"天星汇报着航线位置,"一片开阔地,也是隘口里海拔最低的地方,可以趁此机会修船。"

"等等,等等——"艾比忽然说,"观察哨报告说,前面停了好多船。"

"船长!"天星跳了起来,"你感觉到没!"

"感觉到什么——"丹笛一惊,接着,他感知到了前方空旷地区风场的异常。

那是一片风洼地,是狂暴之风的旋涡,船的坟墓。

在事先研究航线时,丹笛留意过石柱森林。

石柱森林是一片空旷谷地,位于骨鹿山隘口中部,海拔八千米左右,是隘口内海拔最低的位置,也是最为宽阔的位置。隘口在此豁然开朗,拓宽成伏于群山间的巨碗,直径约有两千米。巨碗的底部密密麻麻生长着笔直的石柱,高几百米不等。石柱大多直径五六十米,间隔两三百米,大致以正六边形的网格排开,可能是巨大的周期晶体矿物被地质风化、破坏后所形成。

从观察窗上的冰雪缝隙下望,远远可见这些石柱。柱顶覆盖着六边形的冰雪,风裹着锈尘和飞雪弥漫柱间。

在丹笛的感知中,石柱森林上方出现了一片风洼地。他刚好能感知触及风洼地的边缘。

风洼地是一种特殊的大范围风流形态,多发于山地,来源于狂风和地形的相互作用。正如水有旋涡一般,风洼地是庞大而稳定的风的旋涡。在红赫星上,风洼地和风脉相似,能稳定而长时间存在。风洼地会将周围的一切卷入其中,吹、压到旋涡中心,挤成碎片。

丹笛从没见过风洼地。白川平原地形空旷平阔,他又只在蒲公英城邦所在的高空飞行,遇到风洼地的概率微乎其微。

"之前侦察时,这里有风洼地吗?"丹笛控制"灰烬之羽号"减速,飞入石柱森林的边缘。

"没有。"天星摇摇头,快速翻查了几遍日志,"我确定没有,风洼地是新出现的。"

"通知各观察哨,做好警戒。"丹笛思考着对策,"莱恩,现在海拔降低了一些,可以安排一些修理工作。"

"损管队会尽力工作。"莱恩说。

丹笛从视野狭小的观察窗往外看去。之前进入隘口的移民船们正分散泊在风洼地边缘之外,无人冒进。风洼地中风力快而强劲,突入其中多半没有好结果。

"情况不妙。"丹笛说。如果只有自己一条船,他们可以尝试穿越风洼地。但现在这么多船聚在一起,组团穿越会比单独穿越困难。组团穿越时,除了应对风洼地,还要和其他船保持合适的距离，避免碰撞，以及警惕那些潜在好战分子的攻击。一旦有船只因碰撞或攻击而坠毁，剩下的船不得不相互躲避。在风洼地强劲的风场中，这种躲避极可能造成连环大碰撞，让所有移民船全军覆没。

"'青龙之骨号'派出了信使，"艾比说，"在各个船之间传递什么消息。"

丹笛点点头："等信使过来。"

几分钟后，信使走入舰桥："天霜船长希望大家去'青龙之骨号'商议对策。"

"知道了。"丹笛送走信使，对舰桥诸人说，"现在情况太危险，我独自去就好。"

半小时后，丹笛返回舰桥，带回了会议商讨的结论。在商讨中，最开始众船纷争不能决断，最终是德拉克索斯提出建议：所有船在风洼地边缘排成一字长蛇阵，逐一飞越、穿过风洼地。

"可是，"莱恩问道，"风洼地边缘的空间窄、风雪大、视野差，一条条排队经过，万一有好战分子攻击其他船，根本没有躲闪的空间。"

丹笛点点头。风洼地边缘的空间狭小，容不下太多船只。如果爆发战斗，规避攻击的船只大概率被迫要驶入风洼地，这是极其危险的行为。"会议上，德拉克索斯提出了一个建议。"丹笛说，"他和天霜会镇守在队伍的首尾两侧，确认没有人会随意开战。"

"首尾两侧？"艾比摇摇头，"那中间呢？中间有船暴动，

'青龙之骨号'和'赤锈之翼号'也顾不上。"

"是的。"丹笛说,"有人提出质疑,但现在时间太紧急,最终,大家还是同意了这个方案。总之,保持战备,我们准备飞越风洼地。"

"德拉克索斯会这么热心地帮助天霜,总感觉很奇怪。"朱亚丝说。

"只能走一步看一步。"丹笛点点头,"最坏的打算……就是在风洼地中混战一场。"

两小时后,"灰烬之羽号"和其他移民船一道,排入了穿越风洼地的队列中。在风洼地边缘,移民船们贴着风洼地排成一列圆弧,"赤锈之翼号"镇守在头部,"青龙之骨号"镇守在尾部。

"放一条'海波级'当瞭望哨,侦查队列的情况。"丹笛说。"灰烬之羽号"排在队列中部,视野受到染着风雪与锈尘的风洼地旋涡阻挡,看不清远处。飞到远处的"海波级"可以补偿一些缺失的侦察能力。

"正在安排。"艾比说,"等一下……等一下!"

"怎么了?"丹笛皱起眉。

"观察哨说,前面的队列里面打起来了!"艾比焦急地说,"很混乱!"

丹笛一惊,往前望去。主观察窗上积盖冰雪、视野狭窄,他只能隐约看见前面的船只正纷纷掉头,四处乱飞,相互攻击。不少船只被迫飞入风洼地,被狂风吹卷着沉向旋涡中心。

"什么情况!"丹笛说,"朱亚丝,让炮位做好准备!骚乱要传过来了!"

混乱仿佛连环爆炸一样传来。很快,前方的几条移民船也纷纷掉转船头,四处航行,抢占空战中的优势位置。

"放出去的'海波级'给我们打信号灯了。"艾比说,"在最前面,'赤锈之翼号'在无差别地攻击后面的移民船,然后乱战就从队列首部向后传了过来,现在整个队列都乱了。"

"德拉克索斯……"丹笛愤怒的一拍驾驶席,"他背叛了我们,他压根儿就没想着和平航行,他一定是故意让我们排成一条长队,这样,他只要在队首发动攻击,整条队伍就会自动溃败……"丹笛攥紧拳头,看向舰桥众人,"最坏的情况来了,我们准备迎战。"

短短几分钟,风洼地边缘彻底失控。

天霜带来的短暂和平挡不住各移民船之间骨子里的不信任。在"赤锈之翼号"率先打破和平朝邻船攻击后,各移民船间剑拔弩张,相互攻击,混战成一片。

丹笛领航着"灰烬之羽号"穿过战场。苍穹暝漠,风洼地吹卷出巨大的螺旋旋涡,吸入雪粒与锈尘,汇为红白混杂的雾气。红雾纠缠到旋涡中心,被狂风压成近乎实体般的浅红色。不少移民船正被迫飞入风洼地,和狂风旋涡抗争。在"灰烬之羽号"右侧,一条移民船被风撕裂船体,裂成两半,向下沉去。

"让瞭望的'海波级'回来。"丹笛说。

"好。"艾比点点头,"左舷观察哨说,'青龙之骨号'正从队尾赶来,朝'赤锈之翼号'飞去。"

很快，两条本次大迁徙中最强大的战舰迫近、相互对峙着。两船相距千米时，"赤锈之翼号"朝"青龙之骨号"开炮。炮弹落在"青龙之骨号"侧舷上，"砰"地炸出硕大的橘红火光，黑烟腾起，飘漫过"青龙之骨号"的半边船体。

那是什么！丹笛心中一惊，他从未见过威力如此巨大的炮弹。"灰烬之羽号"使用的锈尘爆粉炮弹，威力只有"赤锈之翼号"这枚炮弹的三分之一。

难道，是德拉克索斯从石牙山谷中找到的古代炸药？丹笛心想。

远处，"青龙之骨号"开炮反击，弩炮射出炮弹，荡开烟尘，命中"赤锈之翼号"的装甲板。

大迁徙以来最激烈的移民船空战开始了。

"青龙之骨号"和"赤锈之翼号"在几百米的距离上舷对舷相互炮击。"赤锈之翼号"敞开停机坪，数十架截击飞船拱卫着德拉克索斯的重炮飞船"红罡"簇拥而出，杀向"青龙之骨号"。"青龙之骨号"的两舷裂开一连串鱼鳃似的盖板，截击飞船弹射飞出，扑向空中。天霜所驾驶的奇特三帆翼飞船"青龙之鳞号"也解挂探出，舒张开帆翼，迎向德拉克索斯驾驶的"红罡号"。小飞船们交错着相互攻击、截击、重炮、支援，各类船只往来翻飞，眼花缭乱。

其他的移民船避开了"青龙之骨号"和"赤锈之翼号"，乱战四周。人人自危，都抢先占据攻击位置，朝邻近的船射击——只要抢得先机，击毁身旁的船，那么自己活下去的概率就会大大提升。

四五十条移民船扭在风洼地中，炮声混在风声，硝烟弥于雪尘。不断有船只被炮弹击中、坠落。残骸纵横飞舞，碰撞弹跳，最终交织成盛大的红黑烟火，被风洼地拖着螺旋下沉，淋洒向石柱森林，化为浇灌森林的铁血雨幕。不少战败、受损的移民船被迫钻进风洼地中，继而被风卷向旋涡中心，撕成碎片，"砰"地散架解体。解体后的碎片与残骸倏然下泄，压舱水凝为冰霜瀑布，蒲公英种子则挂着少许船体往上飘去。

浓烟弥散，苍天晦暗，仿佛南半球的永夜。"灰烬之羽号"艰难地航行在战场上，丹笛只能尽量避开战局焦灼的地方，贴着风洼地边缘四处躲避。饶是如此，他们也前后和四五条移民船交上了火，处处负伤。

远处，"青龙之骨号"与"赤锈之翼号"仍在激烈交火。在炸药的攻击下，"青龙之骨号"燃着熊熊大火，船外装甲片片崩解、脱落。而"赤锈之翼号"中了天霜好几发"天下遗声"的光剑，船体上多出几个贯穿大洞。两船之间的空中，德拉克索斯和天霜分别驾驶着"红垩号"和"青龙之鳞号"，带领着两方的截击飞船缠斗。双方的重炮小艇都在试图抵近对方的母船，又被对方的截击机拦下。三架造型奇特、头顶细针的飞船从"赤锈之翼号"上飞出，扑向"青龙之骨号"的截击机，交错飞过之时，细针刺穿截击机上安装的小蒲公英种子，"青龙之骨号"的截击机失去动力，往下坠落。

在大迁徙开始前，丹笛曾在阳谷的港口见过这种头顶细针的截击飞船，这些飞船被人称为"影蝎级"。当时，他并不清楚这些飞船的用途；现在，他意识到这是专门攻击敌船种子的特种飞船,它们的细针能高速穿刺敌船无装甲保护的种子,使敌船失去浮力与动力。

"青龙之鳞号"的三片三帆翼倏而离体,每片帆翼上挂着一枚光剑。天霜正借着控制光剑来操作帆翼飞行,她一人由此控制着四架飞行器,穿飞空中。而德拉克索斯的"红垩号"则朴实无华,全船披着"神赐之手"血石所打造的装甲,闷头飞向"青龙之骨号",血红色的装甲几乎抗下了所有的攻击。

"青龙之鳞号"的三片帆翼在空中回转,朝着"红垩号"直刺而去,主船体也射出光剑。就在光剑飞临的一瞬,"红垩号"爆出一阵辉光,接着,光剑崩解,溃散成微尘。

那是什么!丹笛一惊,德拉克索斯还有可以压制"天下遗声"的秘密武器?

"红垩号"狠狠撞上"青龙之鳞"。"青龙之鳞"的一船三帆因而失控,被卷入风洼地,抛入石柱森林。这架传奇飞船拖着帆翼下坠,失控,撞在石柱上碎裂,仿佛折翼之鸟,沉入深渊。

烈火曳着青蓝色的帆翼从丹笛面前滑落。

天霜失败了。

"灰烬之羽号"的舰桥上气氛紧张,仿佛外界的冰雪已渗入房间的每个角落,冰寒彻骨。

"快速汇报一下情况。"丹笛说,"我们必须想办法闯过风洼地。"

"船长,普通弩炮弹药快耗尽了,锈尘爆粉炮弹已经耗尽。左舷剩余一门'月山之矛',右舷剩余一门普通弩炮。"朱亚丝说，"火力不足。此外，刚才有两条小船登陆了我船，被防卫队击败了。"

"大部分舱室结构完好，但船壳装甲受损严重。"莱恩说，"多处漏气，我们放弃了很多漏气严重的舱室，太冷，无法维修。动力还剩七成，各舵面操控正常。"

"右舷第二观察哨被摧毁，其他观察哨正常。"艾比说。

丹笛迅速思考着穿过风洼地的飞行方案。"莱恩，让损管队放弃不重要的舱室的维修，放弃外层装甲的维修。重点保护剩下的炮位、观察哨、动力炉和控制管线，以及我们船最重要的中心居民区。必要时可以放弃仓库、压舱淡水和其他物资。"

现在船外环境恶劣，高寒、低氧、低气压，维修船外的装甲板纯粹是让损管队员送死，强行修也很难修好。丹笛决定放弃装甲的维修，哪怕这会导致防御力下降。

莱恩咬咬牙关："我知道。"

"朱亚丝，让防卫队分一半的人帮助损管队。"丹笛说。

"明白。"朱亚丝点点头。

"艾比，监视信息流，重要的上报，不重要的让下面直接处理。"

艾比说："好。"

"天星，帮我监控风洼地的风流，找到可以穿越风洼地的航线。"

"我尽力。船长……"天星焦虑地按按了按头顶的鸭舌帽，"这样的航线，大概率不存在。"

丹笛点点头。"我知道。最后，蝶？"

"师父?"蝶抬起头。

"你准备带领海波小队出击。如果待会儿情况危险……"丹笛犹豫了一下。

"师父,我不怕死。"蝶坚定地点点头,起身走出舰桥,"我去停机坪,随时都可以作战。"

走到舰桥门口,蝶的步伐缓了下来,转过身,看着驾驶台。她穿着浅绿的驾驶服,衣袖和裤腿微微有些宽大——因为刻苦练习飞行,蝶磨破了好几套合身的驾驶服,找不到合身的新驾驶服。

蝶伸手摸了摸刘海儿上的蝴蝶发饰,颤抖着放下手,张张嘴欲言复止,最终只是朝丹笛稍稍躬身,转身大步走了。

丹笛目送着蝶离开。

很可能这是他和蝶的最后一次见面,在外界混乱的空战环境中,四条海波级截击船只是炮灰。

但蝶还是去了,没有犹豫。

右侧,一条船舷上漆着"风轴号"船名的移民船正在靠近。对方的体型比"灰烬之羽号"小一圈,但舷侧可见五门炮位,火力更猛。

"朱亚丝,让右舷炮位自由射击。"丹笛说,"我们先行规避——"

"后面,后面——"艾比忽然高声道,"船尾观察哨报告,'青龙之骨号',已经坠毁,'赤锈之翼号'正在朝我们飞来!"

"保持观察,确认'赤锈之翼号'的目标是我们,还是它只是暂时朝我们的方向航行。"丹笛控制着"灰烬之羽号"躲避"风轴号"的炮击。

"风轴号"侧舷的弩炮开火了,三枚炮弹直线飞来,在风雪中扫出一道白迹。一枚炮弹射空,一枚炮弹直中右舷,另一枚炮弹擦过"灰烬之羽号"的顶层装甲,弹飞出去。丹笛只觉座位颤动,周围传来船体结构被撕裂的轰响。

"灰烬之羽号"也射出一发炮弹,命中船艏,在装甲板上砸出大坑。

"右舷第三甲板六七八舱室损坏。"片刻后,艾比收到损坏情况汇报,"正在关闭这些舱室,撤出人员。另外……"

艾比倾听着传声管道,十几秒后说:"'赤锈之翼号'确认正在朝我们飞来。它的截击机群距离我们还有大约五百米——'赤锈之翼号'开炮了——"

"好极了。"丹笛咬紧牙关。

几秒后,数十枚炮弹掠过"灰烬之羽号"右侧,命中"风轴号"。"风轴号"装甲板上爆出大团火花,黑烟滚滚,往下沉去。

"'赤锈之翼号'装备了炸药炮弹。"丹笛说,"那是一种古代遗迹武器,威力很大,命中后会爆炸、着火。莱恩,让损管队加强救火。然后……"

丹笛深吸一口气:"看起来,德拉克索斯目标就是我们。"

"'赤锈之翼号'的截击机正在靠近我们。"艾比说。

"生死存亡,在此一战。"丹笛说,"艾比,让蝶出动。"

混战开始时,心锈正躺在被窝中,思考着自己的来路与去路。

她失去了太多记忆。偶尔，她能在梦境中窥见一些一闪而过的画面，但梦醒后，这些碎片般的画面也随风逝去，无法回忆起分毫。梦境遗留下的，只剩一些强烈而不知原因的情感：同情、热爱、仇恨、无缘由的泪水、忽然的甜蜜以及彻骨生寒的恐惧。

她本以为这又是自己被囚禁的普通一日，但周围传来炮击声。几分钟后，她从窗外看见正在坠毁的"青龙之骨号"。

德拉克索斯履行了他对圣殿大祭司雷山的承诺，对天霜动手了。

心锈坐起身，小心摸出藏在枕下的一把小小的水果刀——这是女仆们送餐时，她找机会悄悄藏起来的。

她想逃走。她想返回"灰烬之羽号"。她曾漂泊四方，但不知为何，那条弱小的移民船让她产生了家的感觉。虽然那船上很多人都讨厌她，但也有几人——丹笛、琳、海娜伊思、蝶，还有那位锈化严重的姑娘艾比——不讨厌他，甚至对她很好。

如果要逃走，心锈需要解开手腕上的封印之针，解封自己的锈尘力量。现在的混乱，是逃走的最好机会。

"心锈？"希尔尼娅掀开帘帐，走入房间，一群扈从跟在她身后，"德拉开始战斗了，这里靠近船舷，太危险。你和我一起撤离到船的中心位置去吧？"

"战斗？"心锈将水果刀藏在身后，缓缓走向希尔尼娅。

"风洼地到了。"希尔尼娅走向心锈，拉起她的手，"我们履行对圣殿的约定——"

"对不起。"心锈小声说。她一拉希尔尼娅手腕，将身高高出自己的希尔尼娅拉扯着摔倒，然后弯腰锁住希尔尼娅的脖子，举起水果刀，对准脖颈侧面。

扈从们大惊着想要冲上来。"你们谁都不准动！"心锈大喊一声，稍稍转动水果刀，露出手背上的罪纹，"我现在心情不太好，想在你们希尔尼娅夫人的脖子上切几刀，看看她的气管还嫩不嫩。"

"罪人，放开夫人！"扈从们小心逼近。

"夫人的德拉可是很怜爱夫人哦。"心锈咯咯一笑，将刀尖轻轻刺入希尔尼娅的皮肤些许，"夫人的气管上要是被我雕刻个小蝴蝶的图案，你猜，你们的尸体上会不会被领主大人雕刻个大蝴蝶？"

"心锈，你想要什么？"希尔尼娅平和地说。

"钥匙。把解开封印之针的钥匙拿来，我就放了你们的夫人。"心锈说。

扈从们犹豫着。

空战中的"赤锈之翼号"震颤不止，时而摇摆倾斜。"你们最好快点。"心锈说，"要是我没站稳手歪了，那到时候看见的就不是夫人脖子里的气管，而是血管了。"

心锈锢锁住希尔尼娅脖颈的左手稍稍收回，五指抚过希尔尼娅脖子上细腻的皮肤。

希尔尼娅身子一颤，说："不准去拿钥匙！直接抓住她！我可以死在这里，她对德拉的计划很重要！"

"来抓我呀？"心锈笑了笑，"反正领主大人不会杀我，但，夫人死了……他可能会杀了你们所有人哦？"

扈从们面面相觑，相互交谈一会儿，有一人飞快跑开，几分钟后，带着钥匙回到房间中。

"不要给她！"希尔尼娅声音严肃。

"夫人……"一位扈从小心把钥匙递来，"您要有点闪失，我们……"

心锈观察着钥匙，确定它和封印之针环上的钥匙孔相匹配。她接过钥匙，以左手臂弯用力勒住希尔尼娅脖子，再将钥匙插入左手的手环中，轻轻一转。

咔哒，锁环解开。

"放开夫人！"扈从们大喊道。

心锈收回水果刀，松开希尔尼娅，往后一闪，迅速拔出穿刺过左手手腕的封印之针。"夫人的气管我以后再看！"

她大步冲向帘帐，边跑边解开右手的封印。扈从们正在追来，士兵也出现在前方，咆哮着冲来。

"咔嗒"，右手锁环解开。心锈拔出封印之针，然后凝出锈石，堵住手腕上流血的细小伤口。

士兵们拔刀扑向她。

"没人能——"心锈将周围的锈尘凝成锈石长刺。长刺迅烈射出，洞穿士兵。

她面前瞬时多出五具尸体。

"阻止我回家。"她跨过尸体，往前走去。忽然，她想到了什么，走到舷窗旁，往外看去。

"赤锈之翼号"正飞行在一处宽大的碗状山谷中，山谷下耸立着大片石柱森林。森林之上，锈尘与风雪弥散风中，勾勒出了旋涡型的风流轨迹。

"这就是风洼地吗……"心锈抚过冰冷的窗户，喃喃着。

在前方，心锈看见一条装甲残破的移民船，是"灰烬之羽号"。"赤锈之翼号"的船舷传来一阵轰鸣，数十门弩炮一齐发射，炮弹划过风雪，命中并撕开"灰烬之羽号"的装甲。

心锈心中一凉，仔细望去。"灰烬之羽号"已遍体鳞伤，随时都会散架、解体。四条小飞船正从船底射出，朝着"赤锈之翼号"飞来，仿佛扑火的纤弱流萤。

章十二　飞越雪冰

[逐星旅团]天屏山脉翻越挑战赛

主题：[官方]本次大迁徙的黑马"灰烬之羽号"能成功翻越天屏山脉吗？

赔率：能（2.87）：不能（1.13）

[回复：]

#1：关于"灰烬之羽号"这条船的博彩分析，可以参考本体育老师的笔记哦！基于香农信息熵和群体无意识的占卜预测！

#2：虽然风洼地的混战很刺激，但是为什么天霜死了？

#3：你们准备装死吗？为什么天霜会死！

蝶操控着"海波级"截击飞船一号船飞出停机坪，一头扎入狂乱的风雪中。刚飞出去不久，驾驶舱盖上就密布风雪，视野模糊。蝶只能凭感知能力感知风场与地形，飞向"赤锈之翼号"。

此时，她就像是陷在黑夜中的盲人——虽然，她从未见过红赫星南方真正的黑夜，但在阳谷的底层，黑夜无处不在。作为一名乐手，母亲只能抱着残破而调音不准的月山琴四处找活，换得微薄的钱财。她们买不起燃气，无法点亮屋中的小灯，燃起哪怕是一丝丝细弱的火苗。蝶贪恋磐石市场稳定的公共灯光，更贪恋蒲公英外面永不下落的太阳。

追逐着光明，蝶成了一名小飞船驾驶员。她试着去参加那些底层城区的飞船竞速"黑赛"，赢取名次和奖金，试着在小屋点亮属于自己和母亲的小小火焰。在用奖金换来的光明中，母亲给她缝制了一只代表平安的布娃娃。

她一直把这只布娃娃挂在飞船的座舱盖下，直到现在——布娃娃正挂在她面前，轻轻摇摆。

但钱所能换来的光明终究不如太阳稳定。几年前，星轮赌场找到她，想收买她成为赌场的飞行员，将她包装成莱西那样的大明星——只要她按照赌场的安排在比赛中作弊，帮助赌场操控博彩。

蝶拒绝了。

坏事接踵而来。母亲在弹琴时被人殴打到骨折，月山琴也被打烂。在接下来的比赛中，蝶也常常被其他飞船攻击。竞速黑赛之中，没人在乎飞船之间的相互攻击，这些血腥行径被视为比赛的看点。为了给母亲治伤，她不得不参加更多的黑赛。最终，在一次比赛中，她的飞船坠毁在锈尘大地上。

蝶拖着她的布娃娃走回阳谷，捡回一条命。但她与母亲屋中的燃气灯，再也无法燃起。她开始给上层人打零工、做奴仆，分拣那些渣滓世界中的渣滓垃圾，只为治好母亲越来越糟的锈化。直到天灾到来，她才带着母亲抢到一条小飞船，飞入"灰烬之羽号"。好景不长，"灰烬之羽号"被星轮赌场统治，赌场要求她加入赌场，成为驾驶员。蝶拒绝了。

她的母亲被赌场判成罪犯，扔下移民船。她也被抓进监狱。

终结这一切的，是新船长丹笛和那位罪人心锈。星轮赌场被推翻，"灰烬之羽号"向西航行。随后，蝶加入舰桥，向丹笛学习领航技术。蝶的命运被丹笛改变了——以前，她只是追逐飞行的底层贱民，而现在，她是正式的领航员，在为数百人的生存而战斗。丹笛仿佛成了她新的太阳，而她，一直在追逐太阳的光芒前进。

她默默发誓：她要保护这艘船，无论付出什么样的代价。

"灰烬之羽号"是她的家。

在师父组建截击机队伍时，蝶立刻报名参加。她负责着队伍的选拔、培训和操练。她希望自己和队友们能有朝一日翱翔在"灰烬之羽号"周围，亲手保护他们的家。但她没想到，这一天来得如此快。

四条"海波级"刚建好，队友们的飞行技术才堪堪及格，就陷入风洼地的混战，又被攻击，被逼入绝境。

当师父说出需要她带领小队出击时，她已意识到问题的严重。以二者的力量对比，四条小船完全无法改变什么，他们只是拖延时间的炮灰。

"师父，没关系的。"蝶抚摸着挂在头顶的布娃娃，喃喃道，"我可以死在这里。"

只要"灰烬之羽号"能活着就好。

在蝶的锈尘感知场中，另外三架"海波级"正在后方伴飞。他们唯一的远程通信手段——信号灯——在风雪里完全无法使用。接下来的战斗中，他们不会有任何配合，只能单打独斗。

她感知到对手那些截击机了，最近的一艘距离一百米。她飞过敌方的截击机群，拼死往前冲刺。她打算吸引这些截击机群的注意力，避免他们攻击"灰烬之羽号"。

其他"海波级"随她一同冲刺。几秒后，其中两架被敌方的截击机命中，从她的感知场中解体、消失。

蝶感知到了"赤锈之翼号"。她旋转操纵盘，让飞机贴着表面飞行，同时以感知能力"摸索"过"赤锈之翼号"，确认自己的位置。

数十架截击机盘旋在蝶的感知场中，朝她开炮。蝶控制着一号船飞掠穿过，同时偏转船头位置的小型弩炮、发射。

炮弹被高压气体推射出，在狂风和重力的作用下划过弧线，命中一架敌机。蝶还没高兴多久，自己身后仅剩的一名队友已中弹，一头砸在"赤锈之翼号"外装甲上。

只剩她一人了。

蝶伸手摸了摸刘海儿上夹着的蝴蝶发饰，她又想起了"灰烬之羽号"和丹笛。"为了'灰烬之羽号'。"她攥紧蝴蝶，"为了师父。"

"海波级"加速冲出。

"赤锈之翼号"再次开炮。炮弹们高速飞掠过蝶的锈尘感知领域，扑向远方的"灰烬之羽号"。一枚炮弹命中"灰烬之羽号"，砸开它的顶部装甲。提供浮力与动力的四枚种子之中的一枚随之脱出，飘飞向上，浮向高空。

"右舷最后的弩炮损坏。"艾比说，"2号种子安装台被击毁，种子丢失。"

"灰烬之羽号"摇晃起来。丹笛不得不偏转主舵面，平衡失去一颗种子带来的浮力失衡。"抛弃底舱的物资，抛掉所有淡水。"他命令着。失去一颗种子意味着失去了额外的储备浮力，失去了四分之一的动力。他们只能抛弃物资、降低船重，提高机动能力，哪怕这些物资是他们千辛万苦搜集而来。

"是。"艾比的声音在轻轻发颤。她深吸一口气，命令道："抛掉底舱物资，抛掉淡水。"

舰桥上气氛无比压抑、冰冷。除了艾比汇报信息和莱恩下令损管的声音，无人说话。"灰烬之羽号"受击越来越多，船上各类控制管道逐渐停止工作。这些管道负责传播信息和高压气体动力，一旦损坏过多，损管维修会非常艰难——维修时本就仰赖这些管道提供的动力驱动机械工具，管道损坏，损管队员们只能采用最原始的手段修理它们。

气温正在下降——空气加热与加压装置失灵了。莱恩正在和损管队沟通修船的情况，艾比也在焦急地汇总损害信息，希望能分清轻重缓急，抢先修理最危重的损害。朱亚丝和天星相对清闲——身为导航的天星干不了太多事，而全船只剩下一门弩炮后，朱亚丝也基本无事可干。

整条船正在失控。

寒冷在舰桥中蔓延，丹笛活动着手指，指节上冰冷更重。他握住黄铜的操纵杆，一股深彻骨髓的寒意直窜掌心。船上其他位置估计也好不到哪里去，在管线中断失灵后，加压和保温系统停止工作，使各个舱室低温缺氧。

就算"赤锈之翼号"不攻击，"灰烬之羽号"也快被冻死了。

整个风洼地战场仍然混乱而危急。从船周围观察哨所报告，丹笛得知附近的移民船已坠毁过半，剩下的或是在试着穿越风洼地，或是仍在火并。没有船靠近——因为所有船都发现，"赤锈之翼号"的目标就是"灰烬之羽号"，没人愿意撞在这条现场最强力的船的枪口上。

一艘移民船在"灰烬之羽号"上空被"赤锈之翼号"射中、解体，无数掉落物混着风雪被吹落到"灰烬之羽号"顶层装甲上。"砰砰"声不绝于耳，一具小女孩尸体砸在舰桥主观察窗上，她手上抓着的布娃娃滚动半圈，和女孩的尸体一齐被密集的风雪冻结、粘牢在观察窗之外。

丹笛心中一紧，绝望感升腾而起。他担忧着"灰烬之羽号"的安危，更因为天霜的失败而消沉。他本以为这次和平穿越骨鹿山隘口的行动能成功，所有人都能活下去，却没想到德拉克索斯背叛了一切。他想让所有人都能和平着活下去，但如果天霜都做不到让大家和平，以他的力量，他又能改变什么？大迁徙一切如旧，所有人依旧在相互残杀、攻击。甚至，在风洼地上，惨烈的厮杀比以往历史上的大迁徙更加残酷。

他只能努力保护"灰烬之羽号",让这条船活下去。

"左舷观察哨报告,"艾比焦急地说,"已经观察到我船小队战果……"

整个舰桥的人都侧头听来。

艾比抓着情报纸的手指轻轻颤抖。"三条'海波级'已坠毁，还有一条生死未明。"

前面是动力室。

心锈杀红了眼。

她从武器保管室中抢回"裁雪"，握在手中，但不展开光刃。对付船上的这些普通敌人用不着灭罪武装。她只需用念力诱发敌人体内的锈尘集中、结晶、生长，穿刺内脏与身体，就能毁灭这些普通人。

锈石撕裂身躯，仿佛血红的鲜花，璀璨晶莹。

鲜花朵朵绽放。心锈缓步血泊之中，朝动力室前进。

最初，她计划去停机坪，绑架一位驾驶员，乘小飞船逃回"灰烬之羽号"。但方才看见那一番空战后，她改变了想法。

"灰烬之羽号"难以匹敌"赤锈之翼号"。如果她想保护"灰烬之羽号"，就必须从"赤锈之翼号"内部破坏这条船。

她决定前往动力室，拆掉动力源。"赤锈之翼号"失去动力后虽不一定会坠毁，但至少无法前进、追击。

又有几位士兵朝心锈冲来。

士兵们在靠近她的一瞬全被锈石撕开，化为破碎的血肉，喷溅四周。热血于寒冷中氤氲成雾气，飘荡空中，与血腥气息交织着。

心锈一步步踏过血泊，视线盯着动力室大门，未曾移动。

士兵四散逃窜。动力室门前只剩下一位身材瘦高、头发棕红的男人。男人手中提着一把巨剑，剑锋斜指地面，在摇晃不已的飞船中也毫无颤动。

"刚把天霜的尸体从山谷里捞起来交给触手老头，我就被喊了过来，真的是没有一丝一毫消停。"男人举起大剑，直指心锈额头，"罪人，你的路到此为止了。风会吹散一切罪恶。"

"吉迪恩。"心锈柔和一笑，朝着剑尖走去，步伐毫不放慢，"你听见漫天的锈尘了吗？罪恶就在风中。"

她一挥"裁雪"，展开刀刃。在船上被囚禁的时间中，她多次听过吉迪恩的名号。这位年轻的伯爵是锈心级锈尘能力者，他的身体被锈尘强化至不可思议的地步，力量、速度和反应力都已超越人类的极限。在心锈的感知中，吉迪恩体内的锈尘极其奇怪，它们像是混沌成一团的流体，随他的肌肉运动而游移。心锈无法操控这些锈尘——她的意识无法连接上这些锈尘。

"受死！"吉迪恩横过大剑，朝心锈冲来。

心锈闪身避开，一刀刺向吉迪恩的手臂。吉迪恩巨剑抡起，闪开刀锋，然后顺势劈砍砸下——

忽然，心锈感觉到有什么巨大物体正从船外朝他们冲来。她往后一闪躲开。吉迪恩似乎也注意到了，但他收回巨剑的动作慢了一拍。

"轰！"一条小飞船击穿船舷装甲，砸入走廊，带入漫天风雪与寒气。吉迪恩被飞船擦到，身子往后飞出，砸在墙壁上，晕了过去。

"海波级"一号船飘飞在漫天风雪中。

驾驶舱内黑暗无光，一如蝶所习惯的阳谷底层城区。仅有些微黯淡天光从座舱盖上冰雪积层薄弱的位置漫射进入。海波级并未对黑夜航行有所准备（比如加装燃气灯），仪表盘淹没在黑暗中，看不清晰。蝶只能以本能驾驶飞船。

好在她习惯这种驾驶方式。以前参加黑赛时，比赛提供的飞船常常破旧残缺，仪表盘指针要么不转、要么不准，操纵盘的力反馈也极其奇怪。不对其他参赛飞船做些手脚，那些内定冠军很难按照赌场的运作脱颖而出。

蝶驾驶着"海波级"绕着"赤锈之翼号"飞行，躲避敌方截击机的追击。她贴着左舷飞过，将所有炮弹倾泻到左舷的弩炮炮位中——"海波级"的弩炮威力较小，不能摧毁这些弩炮，但至少能给这艘大船带来一些麻烦。

狂风咆哮，"海波级"在癫狂的风中震动不止。"赤锈之翼号"的数艘截击飞船从后包抄过来，朝蝶射击。蝶全力机动，仍避之不及，机体右翼面被炮弹砸中，控制右翼舵面的操纵杆随之失去力反馈——右翼舵面被摧毁了。

"风与'灰烬之羽号'同在。"蝶注视着挂在面前的布娃娃。

她没时间了。在生命的最后一刻，她还能给"灰烬之羽号"做些事情。

她控制着飞船绕过"赤锈之翼号"的左船体，飞入这艘双体船的两船体之间。在这里,忌惮于开炮误伤船体,敌方截击机应该不会莽撞开炮。蝶以感知能力检视着船内空间——通常而言,这类"贵族船"会有空气过滤系统滤去锈尘,但在持续的乱战中,"赤锈之翼号"损伤不少,锈尘已混入船内空气,蝶可以感知这些锈尘,并摸索其内部结构。

很快,她找到了动力室——位于两船间的连接处。摧毁里面的动力炉,对方就会失去驱动引擎与舵面的动力。

蝶拉起船头,调整方向。虽然"海波级"只有十米的体型,不一定能彻底摧毁动力炉,但只要撞进去,至少也能延缓追击的能力。

她拉高推力挡,朝着动力炉加速冲去!

突然,侧面飞来一架拦截她的截击机。蝶侧滚绕开,但航线已经偏斜。她试着减速回绕,重新再来一次撞击,但已来不及。

一瞬间,"海波级"斜撞在动力室外侧二十米的走廊上,船体扎入"赤锈之翼号"内部。驾驶舱溃散破裂,无数木板与钢铁的破片在惯性之下朝着蝶迎面而来,宛若千把刀剑迎面刺脸——

忽然,血红的锈尘凝成锈石之盾,在她面前展开。刀剑刺上锈石盾,穿凿出龟裂纹路,但盾牌抗住了所有攻击,并未碎裂。

在剧烈的冲击下,蝶的胸部和小腹被安全带重击着勒住。她眼前一黑,胸骨被压扁下去,无法呼吸。寒风从残破的飞船裂隙中射入,十几秒后,她才缓过气来。

锈尘盾牌已消失。她解开安全带，从一道宽大的裂隙爬出驾驶舱。海波级的舰艏撞进走廊，在前方两侧站着一名女子，还躺着一名昏迷的男子。蝶并不认识男子，而那名女子，是师父的好友，"灰烬之羽号"上的那位神秘罪人心锈。

"我决定先飞入风洼地。"丹笛思考许久，然后说。

"灰烬之羽号"正被追击，但他们却缺乏反击手段，只是被动挨打。继续这么在风洼地边缘逃窜，还不如冒死进入风洼地内部，再谋一战。而且，风洼地内风速极快，小飞船难以航行，"赤锈之翼号"不能放出截击机群。

舰桥众人简单交换意见，无人反对。丹笛打开驾驶台上传声管道的盖板，大声说："舰桥呼叫全船，舰桥呼叫全船。我是领航员丹笛，我船正在被'赤锈之翼号'追击，接下来，我们会冒险进入风洼地内部，请各位置做好准备，密封舱室，暂时放弃不重要的舱室，撤往核心舱室中。具体工作由损管队长莱恩指挥。"

丹笛偏转舵面，"灰烬之羽号"划过一道圆弧，飞向风洼地。失去一颗种子后，航行姿态有些歪斜，摇摇晃晃着切入了风旋涡的边缘。

艾比说："'赤锈之翼号'跟在我们身后，也飞进了风洼地。风洼地中锈尘太多，视野不佳，接下来观察哨能报告的信息会更少。"

"收到。"丹笛思考着战斗策略。正常来说，被卷入风洼地后的飞行方式是全速沿着风洼地的半径方向向外飞，这样可以避免被吸入风旋涡中心。然而，若是如此行动，"赤锈之翼号"也可以选择沿半径方向向外飞，两船会在风的旋涡中低速飞行，保持着位置相对固定的状态——"灰烬之羽号"就成了活靶子。如果想避免被击中，最好顺风高速飞行。但是，顺风飞行会渐渐滑入风洼地的中心，难以逃离。

"我们先沿着风场顺风加速飞行。"丹笛做出选择，"避免被敌船击中。"

"我们不能再承受攻击了。"艾比说，"我们损失了三成的舱室，丢了一颗种子，一百余人伤亡，大部分外围设备都失去了功能。"

"灰烬之羽号"在旋涡状的风场中高速绕飞。"赤锈之翼号"尾随在后方，以舰艏弩炮攻击。但由于风洼地中视野不佳，两船速度极快，且急速的风流影响了常规的炮射风场校准，这些炮弹无一命中。

至少在空战这方面，风洼地暂时保护了"灰烬之羽号"。接下来的问题是，怎么战胜对手。

飞行五分钟后，两船都在慢慢滑向风洼地的中心。突然，"赤锈之翼号"开始向外逆风飞行，试着离开风洼地。

丹笛一惊。此时他陷入了两难之中，他们若是同样向外逆风飞行，船速变慢，就会被攻击；若是继续顺风飞行，则迟早会旋入风洼地的中心坠毁，对手只需要待在风洼地边缘，看着"灰烬之羽号"慢慢毁灭即可。

"船长！"天星大喊道，"我们不能再深入了！"

"船艏的装甲被风撕裂了。"艾比汇报着，"左侧结构损毁，左水箱掉落。我们扛不住这么大的风力！"

丹笛看着驾驶台上的风速计，指针已经偏到了最右侧的红区之外，船外风速超过了两百米每秒。

"船长！"天星焦急地说，"快做决定！"

丹笛心中焦虑愈盛。一切的结果仿佛在"赤锈之翼号"追来时就已注定。他被迫进入风洼地，被迫顺风飞行，被逼近风洼地中心，无处可逃。

"等一下……"艾比忽然说，"右舷观察哨来报，'赤锈之翼号'忽然发生了一次剧烈爆炸！虽然不知道发生了什么，总之，他们……他们的船也失控了！"

"朱亚丝！"丹笛精神一振，"我们左舷的炮还能用吗！"

"炮位已经被毁了，不过炮还在。"朱亚丝说，"如果一定要发射，炮击小队大概只有三十秒的时间去开炮。超过这个时间，他们可能会缺氧或冻死。"

"我们无路可退。"丹笛说，"趁着对方出了问题，我们给他来下狠的。"

目睹那条飞船撞进走廊时，心锈最初以为这是"赤锈之翼号"自己的截击飞船。片刻，她突然反应过来，这条飞船是当时从"灰烬之羽号"飞出的四条小飞船之一。

于是，她唤出锈尘之盾，护住飞船内的驾驶员。风雪与严寒从被小飞船撞开的破洞中涌出，冰花沿着地面的血泊蔓延开，凝固为血红冰层。走廊上的花瓶随撞击倒下，鲜花冷凝、凋落为冰花瓣。破洞之外，风雪漫天飞舞，"赤锈之翼号"正飞行在风洼地中，锈尘与雪粒染出的红白色狂暴风流勾勒出沉往中心的风旋涡的样貌。

半分钟后，一位清秀潇洒的少女从飞船驾驶舱中爬出，跳到地上，在冰层上站稳。"心锈……呃，大师？"少女疑惑地说。

"你喊我什么？"心锈莞尔一笑。失忆之后这几年，这是第一次有人喊她"大师"。"你是谁？"

"我叫蝶，是丹笛师父的徒弟，'灰烬之羽号'的预备领航员和截击机小队队长。"蝶的声音因为极度的寒冷哆嗦起来，"上次您和师父……和师父去石牙山谷之后没有返回，没想到在这里又遇见了您。"

心锈有印象了，这少女是和捕风人天星一起坐在舰桥导航台后的姑娘。"废话少说。"她拉起蝶的手，小心地在冰封的走廊上行走，"这里太冷，会死人。我们先进去把动力室拆了。然后，刚好，你能帮我开飞船。"

"开飞船？"蝶疑惑地说。

"我们去这条破船的停机坪抢一条小船，回到'灰烬之羽号'。"

蝶迟疑着："可是，船上守备严密……"

"严密？"心锈走到动力室门前，一挥裁雪，斩断大门的锁。"一路杀过去就好了哦。"

"啊！"蝶抱住心锈，轻轻哭了起来，"我还以为我再也回不了家了……"

心锈一呆，身子僵了僵。

很久没人拥抱过她了。

她温柔地抱住蝶,在蝶的后背轻轻拍了拍。"别哭,我们会回家的。"

她们进入动力室。动力室的门后守着一排惶恐不安的士兵,大门洞开,极寒的风气吹入,这些士兵纷纷后退,无人上前。

"挡住那个罪人!挡住那个罪人!"士兵们的小队长大喊道。

"我不叫罪人哦。"心锈嫣然一笑,轻轻一跺脚,"请叫我——心、锈、大、师!"

锈尘凝为实质般的浪花,往四周翻涌。士兵们惨叫着被撞飞出去,一个个倒地不醒。

她大踏步走向动力炉。"赤锈之翼号"的动力炉呈球形,足足有二十米高,外披钢铁蒙皮,四周有十余根管道伸出,通向全船各处。最粗的管道连向了蒲公英的种子的方向,从种子中汲取能量。

"你站远点。"心锈视线环视周围,士兵和动力室的工人们正惶恐逃开。她展开念力,引导锈尘进入动力炉内部,凝出锈石,将所有的细管道全部堵上——这是当时她和丹笛、莱恩一起炸毁"西陲风号"所采用的手段。

那时的场景,恍如昨日。心锈小小地走神起来。

"咦,大师,你把动力炉的管道都堵上了?"蝶说,"估计这玩意儿一会儿就炸了。"

"罪人……你,不得好死……"忽然,吉迪恩的声音从后面传来。心锈回头望去,吉迪恩浑身上下的皮肤冻得通红,配着他红色的头发,他全身都是诡异的大片紫红色。深度冻伤似乎未对他的身体造成影响,他体内的怪异锈尘依然流转不息,强化着他的身体。

"我们走,不和他纠缠。"心锈拉着蝶往房间另一侧跑去,同时凝出若干锈尘之箭,射向吉迪恩,拖慢他的行动。若是平时,她很乐意拔出裁雪,和吉迪恩酣畅大战一场。但现在,她要保护蝶,而且一心只想着返回"灰烬之羽号"。

"风神不会放过你的罪恶!"吉迪恩挥剑斩开锈尘之箭,大步追来。

"停机坪在六层甲板。"心锈拉着蝶往飞船深处跑去,"应该是这个方向——"

突然,她们身后一声剧烈的爆炸,全船震颤,热浪汹汹滚滚,沿着廊道涌来。"小心!"心锈将锈尘凝成护盾,挡住热浪。

更剧烈的爆炸一轮轮传来,"赤锈之翼号"的船体呻吟着,断裂声不绝于耳。一道几米宽的裂隙在动力室生长,撕裂内部船体,隔绝心锈和蝶往前行走的路。

"没办法了。"心锈拉住蝶的手,"跟紧我。"

心锈将锈尘凝结成锈石小船,拉着蝶坐入其中,往下飞去。在蝶的惊呼声之中,她们穿过裂隙,直接一路冲撞着砸在六层甲板上。心锈拉着蝶翻出锈尘之船,奔入停机坪。"挑艘船!"心锈大喊道。

"——那个,它正要起飞,我们可以直接用!"蝶指着一条飞船。

心锈召唤出锈尘长枪,刺穿那艘飞船周围的敌人,带着蝶爬入飞船,闭关驾驶舱。"好了,该回家了。记得给丹笛他们打信号灯,不然我们会被当成敌人的。"

"该回家了。"蝶一拉动力挡,飞船呼啸着冲出停机坪,飞入风雪。

"灰烬之羽号",舰桥。

燃气灯火光昏暗,在天花板下明灭飘摇,随时都会熄灭。

艾比汇报着观察哨的情报:"赤锈之翼号"航速大幅下降,船身上出现细长的裂隙,但还没有解体。丹笛估计它的动力系统可能出现了什么故障,只有功率孱弱的备用动力可以使用。

丹笛控制着"灰烬之羽号"朝风洼地之外的方向飞去,在逆风中缓慢飞行,和"赤锈之翼号"保持着同步的航向。他稍稍侧转船身,让左舷对准对方。"朱亚丝,左舷开炮!"

"左舷二号炮位,这里是火控台。"朱亚丝按住长发,对传声筒说。"敌船已进入射界,自行攻击。"

半分钟后,炮声响起。"正在观察战果。"艾比说,"炮弹命中敌人,但没有什么大的伤害。"

丹笛叹了口气。这点炮弹的威力果然无法击沉对方。"战果有限。"他说,"趁'赤锈之翼号'失能这个机会,我们准备离开。"

"船艉观察哨来报,"艾比的声音已有些沙哑,"'赤锈之翼号'也在离开,他们可能失去主动力,不能攻击我们了。"

"正好。"丹笛说,"下次有机会再和他们较量较量。"

"等等,观察哨说……"艾比连忙补充道,"一条小飞船飞出'赤锈之翼号',朝我们飞来,在打信号灯,信息是……"

艾比愣住了。

"是什么？德拉克索斯的信使吗？"丹笛问道。

艾比忽然捂住嘴轻轻哭了起来，说："'这里是蝶和心锈大师，我们回家了'。"

刚飞离不久，飞船的观察窗又被风雪遮蔽。好在心锈能操控船外的锈尘时不时抹去窗上的冰雪，蝶的视野才足够清晰。窗外，"灰烬之羽号"正和"赤锈之翼号"相背离开，爬升在风洼地的半径方向上。

"他们有回应吗？"心锈问。

"暂时没有，可能观察哨被摧毁了没看见。"蝶再次点亮信号灯，输入信号码。发信完成后，她操控着飞船加速前冲，朝着"灰烬之羽号"飞去。然而，飞船的速度却怎么都无法提高，仿佛被一股无形的力量拉扯住了。

"心锈大师……"蝶展开感知能力，感知着周围的风场情况，"我们好像陷入了风洼地。"

"风洼地？"

"就是风的旋涡与陷阱。"蝶说，"凭我们这条船的动力，可能飞不出去。"

"没事，"心锈拍了拍蝶的肩膀。"丹笛会来接我们的。他会的。"

"我们应该去救她们。"丹笛说。

"不行，"莱恩站起身，"我们全船的机械系统损失过多，种子只有三颗，动力炉的输出只剩三成。如果我们返回去一点点，就可能就被风洼地吸进去,出不来了!"

"她们救了我们。"丹笛平静地说,"'赤锈之翼号'那么强的船,不可能平白无故出现那么大的裂痕,还失去了主要动力。"

"你要为船上更多的人考虑!"莱恩说,"就当她们……牺牲了好了。丹笛,别再犯错了。我们在大迁徙,不能优柔寡断。"

舰桥上陷入沉默。丹笛感觉到自己的锈尘感知能力在变弱——他和莱恩之间的锈尘连接正在波动。莱恩正在生气,气他不能果决地下决定。

丹笛身子颤抖着,只要他下狠心不去管心锈和蝶,"灰烬之羽号"就能顺利离开隘口,跨过大迁徙最艰难的一段旅程。在石柱森林这段航程中折损了太多的移民船,接下来在天屏山脉之西寻找水源地的竞争会轻松不少,他们大概率能找到水源地,顺利完成大迁徙,所有人都能活下来。

而他,丹笛,也成为传奇领航员,被众人所传颂、歌唱、记忆。

如果去救蝶和心锈,他们可能无法离开风洼地,所有人都会死。

丹笛挣扎着。他不愿意放弃蝶和心锈,是她们救下了"灰烬之羽号"。但理性告诉他,此时只有选择放弃,才能让更多人活下来。莱恩说的是对的,他不能优柔寡断。

丹笛叹了口气:"我们这里刚好五人,"他看向艾比、朱亚丝、莱恩、天星,"投票决定吧。举右手表示同意返航去接蝶和心锈,举左手表示拒绝去返航,直接离开……一切,都是命运。"

风雪呼啸,船身不断震颤着。丹笛深吸一口气,说:"那么,开始吧。"

艾比立刻举起了右手。几秒后,朱亚丝举起左手。

丹笛沉默着举起右手,手指蜷缩着轻轻颤抖。终于,他坚定信心,伸直手指。

天星看看周围,说:"我是捕风人,观测风场然后带领大家避开危险是我的职责。虽然……我很喜欢蝶小姑娘。但是,人总有一死。如果我在外面,我不会抱怨;如果可以,我也愿意代替她们死在外面。我没办法,抱歉。"

他颤抖着举起左手。

"不,怎么就我一个人没表态了?你们怎么就二比二了?"莱恩双手捂脸,"这不就是让我一个人来选择吗?我……我……"

"我们丢了一颗种子,再回去接她们,不可能有动力飞出去。"莱恩浑身发颤,他轻轻抬起左手,迟疑不决。他看着舰桥,又看看窗外漫天的飞雪,左手颤抖起来,又猛地挥起右手,高高举起,"但是!……罢了,我不想她们死。没想到,最后我也会优柔寡断。"

"那么,三比二。"丹笛说,"我船会减速后退,去接她们。"

丹笛减弱动力,"灰烬之羽号"在风洼地的吸力下缓缓后退,靠近挣扎在狂风中的小飞船。

"观察哨已发送信号灯,引导她们返回停机坪。"艾比说。

片刻,丹笛的锈尘感知场中感觉到了小飞船的存在,那条飞船在风中挣扎着,仿佛一片枯叶,正艰难地靠近。

"快一点！丹笛先生，快一点！"艾比大喊道，"我船左舷全装甲都被狂风毁了！"

"丹笛，动力正在快速损失。"莱恩平静地说，"动力炉出力只剩下两成，一半舵面失控了。"

我知道，丹笛心想。他正用剩下还可操作的所有舵面全力施为，配合着小飞船的航线，方便小飞船逆风飞入停机坪。半分钟后，小飞船终于飞入了停机坪，稳稳当当降落。

"她们进来了。"丹笛松了一口气，"我们离开。莱恩，动力炉有多少输出就来多少，不管动力炉会不会炸。同时，通知全船损管，尽量修船。"

"好。"莱恩立刻将命令传达下去。

丹笛将动力挡推到最大，调整舵面，让"灰烬之羽号"沿着风洼地半径方向向外飞行。船体不住颤抖，仿佛朽迈的老人在喘息。然而，船速却提不上来，整条船依然在风中缓缓后退。

"动力不足！动力不足！"莱恩大喊道，"损管正在抢修，但是气压太低，很多回路都失效了！"

"船底装甲脱落。"艾比说，"水箱也在脱落，正在安排最底层甲板的人往上撤。"

汗珠从丹笛额头上滴落。飞行速度越来越慢，风洼地正拉扯着这艘残弱的移民船，将它拉向无尽的深渊之中。

大自然的伟力之前，"灰烬之羽号"如同枯叶，任凭狂风拉扯。

"我们回来了！"忽然，心锈的声音从舰桥门口传来，心锈拉着蝶冲入舰桥。

"我们已经飞不出去了。"丹笛惨笑一声,"不过,见到你们真高兴。"

"不。"心锈慢步走到正前方的主观察窗前,操控着窗外的锈尘擦拭掉观察窗上的冰雪与杂物——女孩的尸体、布娃娃、木板、铜管道——全都滑落下去。在进入隘口的这几个小时来,丹笛第一次看见了窗外的世界:群峰雄奇,直指天空,高天之上泛着橘红色的云霞,风与雪横飞在外。

"还有我。"心锈站在窗前,双手在胸前握紧,轻轻低下头。"我是堕落的罪人,如果这世上还有未竟的悲欢,这世上还有苦难,还有罪与邪恶,魔女缇娜……请听见我的呼唤——"

一阵磅礴的力量从心锈身体中涌出,横扫周围。这股力量压迫过丹笛的锈尘感知场,压制住他对空间中其他锈尘的感知——此时的心锈,仿佛一轮灼眼的太阳,遮蔽了丹笛看见周围其他锈尘痕迹的能力。丹笛仿佛站在红赫星昼半球的顶点,橙白色的太阳高悬头顶,照耀周围沸腾的海波。

心锈的身体飘浮起来,长发与衣摆无风飘舞。舰桥上所有锈尘都随着这股力量的流溢而活化、颤动、共鸣,发出若有若无的吟唱。力量扫过"灰烬之羽号"外围,窜入风中,与风中的锈尘相结合,强行改变风的流向。

周围的风开始向后流动,推着"灰烬之羽号"强行向正前方飞行。

"心锈!"丹笛大喊着。这样强行使用力量,她恐怕会殒身于此!

心锈的力量无穷无尽。周围的风速逐渐变快,十几秒后,

"灰烬之羽号"飞离了风洼地的范围，心锈也身子一软，摔落地面。

丹笛锈尘感知场中那轮耀眼的太阳消失了。"心锈！"他大喊着冲向前去。

心锈半跪在地面上，呕出大团鲜血，鲜血之中混着几厘米大小的锈石。她萎靡着倒在自己的血泊中，颤抖着抬起手，指着血泊中的一颗锈石。

倏忽之间，锈石变化为血红的晶蝶，翩飞回绕。

她虚弱地说："我回家了。"

章十三　峡谷与遗迹

[**逐星旅团**] 天屏山脉翻越挑战赛

主题：[官方] 主要人物生存竞猜

赔率：天霜（NaN），德拉克索斯（1.12），罗贝斯特（1.48），希尔尼娅（1.80）……丹笛（2.91），莱恩（3.49），心锈（2.13）……

[**回复：**]

#124：退钱！退钱！

#125：讲句公道话，我们不能插手红赫星的事。天霜的死只是个意外，你们没必要天天带旅团的节奏。

#126：啧啧，死的反正不是楼上喜爱的角色是吧？

#127：喂官方吃锈尘！

#128：[官方] 我们将对天霜意外身亡事件进行调查，感谢大家的关注。具体情况可以查看最新通知。

"丹笛先生?这里是舰桥情报台。"

驶离骨鹿山隘口一个月后,丹笛坐在屋中,手捧父亲的风之羽,思绪呆滞。艾比又呼唤他几声后,他才侧耳贴上传声筒,沉默了几秒,平静思绪。

"我在。"他说。

"敌船出现,请来舰桥领航。"艾比说,"蝶有点对付不了。"

"我知道了。"

丹笛低头看着风之羽。风之羽通常采自血乌鸦身上,这种鸟类生活在帆气母的触须间,极难抓捕。血乌鸦的羽毛也弥足珍贵,成为领航员的象征。因为年代久远,丹笛手上这枚父亲的风之羽的羽绒已不再是明亮鲜艳的血红,而褪为晦暗紫红,羽绒边缘漫着霉渍,羽毛上以金线织成的安娜纹章也氧化泛黑。

大迁徙开始时,他高傲地把风之羽挂在脖子上,自以为是优秀的领航员。然后在"白尾号"上,他差点儿害死大家。于是他取下了风之羽,直到现在。

那么现在,我是合格的领航员了吗?丹笛询问自己。

在过去的一个月中,他反复思考着这个问题,莱恩也怂恿他把风之羽重新挂上脖子,但他没有挂上。就算他带领"灰烬之羽号"撑过了大迁徙,成为众人称颂的领航员,但这真的是他想要的结果吗?

丹笛想起了天霜,想起了那些坠毁在风洼地混战中的移民船。在风洼地,他看见了太多惨烈的死亡。无辜者的惨死刺痛着他的心,他意识到自己心中有着一股强烈的冲动,他不仅想保护自己这一船上的人,还希望所有参与大迁徙的无辜的人也能在残酷的大迁徙中活下来。但他又做不了什么，连天霜的和平迁徙计划都失败了，他又能做什么？

丹笛只能收拢心情，全身心投入"灰烬之羽号"的航行和建设工作。现在，"灰烬之羽号"成功飞出骨鹿山隘口，跨过这次大迁徙中最大的难关。但他们也损失惨重——在风洼地一战中，全船死亡五十余人，伤者上百。船上所有设施都有损伤，连提供动力的蒲公英种子都萎靡、濒死。

按照红赫星人的传统，他们火化了同伴的尸骨，将骨灰扬于风间，祈求同伴的魂灵与风神的意志永在。

"灰烬之羽号"在天屏山脉的西侧修整两周，寻找到一株野生蒲公英，摘取三枚种子备用。建设队维修着船体结构、修理、加装装甲，继续铸造新武器。大迁徙还未结束，他们虽然熬过了最困难的隘口，但之后险阻犹在，战备必须继续。

按照历史记录，天灾最多会移动三千公里，在天灾停止移动前，大迁徙就不算结束，人们无法定居。现在，从地图上看，天灾才移动了一千千米，正在翻越天屏山脉。

大迁徙大约还剩一半旅程。

修整的时日中，丹笛曾拉着莱恩来到船顶交谈。这是他们大迁徙以来第一次能闲下来对坐、饮酒、谈天说地。那时，他们说到了在旅风角的时光，说到了各自对大迁徙的看法和分歧。那时，丹笛喝了口闷酒，说出了自己的想法——他想解决红赫星人大迁徙太过残酷的问题，像天霜那样。"我是不是很幼稚？"他对莱恩说。

莱恩说："不，我懂你。"他从丹笛手中接过酒，看着远处地平线上的野生蒲公英,"幼稚?是有点。这个目标确实幼稚,但只要方法不幼稚就行了。丹笛,我赞同你,我们必须停止这样的大迁徙……但不是用天霜那样呼吁、劝说的方法,那种方法不治本。只要攻击别人就能获得利益,谁愿意停手保持和平呢?天霜的和平计划从博弈上来说就失败了。也就是说,我们需要新的方法。"

莱恩仰头喝了口酒。"新的,实现和平的方法。"

"什么方法?"丹笛问道。

莱恩耸耸肩。"不知道。但是,现在不是尝试追寻和平的时候,现在应该先完成大迁徙……丹笛,我们要活下去,才能追求和平。先熬过去,这次大迁徙结束后,我们再去追求和平之道,我们,一起。"

莱恩搂住了丹笛的肩膀,将酒递回。

"你说得对。"丹笛举酒,饮尽,"先活下去,然后,我们一起。"

两周后,"灰烬之羽号"继续向西航行。海娜伊思将学会设计的一种货运小飞船的图纸绘出,稍稍修改,定型为便宜、皮实的货运小船"野蜂级"。丹笛试驾过几次,驾驶体验极差,就像是一圈透风的木板裹上蒲公英种子,再拖上大大的货箱。但它实在是太便宜,太方便生产了,建设队两天就能生产出一架。

"灰烬之羽号"扩充出八架"野蜂级"的货运队。这些小飞船往返于"灰烬之羽号"和大地,在大地上采集各种资源——露天的铁矿石、刻刻果、木材、清水——运回"灰烬之羽号",昼夜不停。"灰烬之羽号"现在只缺乏橡胶和油脂,前者用于制造密封气压管道的胶圈，后者用于齿轮组、气压缸的润滑。资源充沛后，限制建设队生产各种机械的主要瓶颈只剩人力。资源易得，人才难寻。

敌袭未曾停过。他们在过去的一个月间遭遇了别的移民船八次，其中六次交火，击沉了两艘船。丹笛变得更加果决，他不会主动攻击敌人，但一旦对面主动侵犯，他会尽全力指挥"灰烬之羽号"击沉敌船，甚至追击逃跑的敌人。

虽然行程磕磕绊绊，但建设进度并未放缓。"灰烬之羽号"重建了两条"海波级"截击机，又多造了两门三联装炮，分设两舷。海娜伊思的自动弹道计算机也装在了炮位旁，试射效果良好。琳所负责的锈尘爆粉生产虽然产量有限，但这一个月下来，也造出了近三十枚炮弹。

除非情况紧急，丹笛大部分时候都不在驾驶台——他让蝶登上驾驶台，锻炼领航、驾驶大型飞船的能力。不被驾驶台束缚后，丹笛一部分时间在导航台和天星工作，勘察地形、风场和行驶线路，一部分时间和莱恩一起操心全船的修理建设，和机械实验室的学者们讨论问题，将学会的先进技术转化为各类机械工具与武器。最后，丹笛剩下的时间要么在房间中沉思，要么跟着心锈在船上闲逛。

在逃离风洼地的最后一刻，心锈解放全身力量，将"灰烬之羽号"拉出旋涡。这一次，心锈并没有重伤，也没有昏迷。

她的锈尘力量直接溃散、消退了。

她变成了普通人。

在失去了锈尘力量的保护与平衡后，心锈体内过量的锈石迅速增殖，让她进入了晚期锈化状态。她的生命恍若风中残烛，细弱、渺小，一缕细风就能吹灭。丹笛用感知能力检查了心锈的身体，她的体表没有任何锈石，锈石全都集中在她的内脏之中。那些锈石错综交织，穿刺过心肝肠胃。丹笛无法想象这是一种什么样的痛苦——呼吸、吞咽，甚至每一次心跳，都要忍受锈石穿刺、滑移的疼痛。

丹笛终于知道她为什么名叫心锈了，这完全就是字面意思：心脏被锈石刺穿、侵蚀。

丹笛本以为失去了力量的心锈会沉沦、消沉，但心锈好像换了一个人。她悄悄找来治疗锈痕的膏药（这种膏药都是江湖游医骗人的把戏，用处不大）贴在手背上，遮住罪纹；和他人交流时也不再称自己是罪人，反而变得温柔害羞，有点像以前的艾比。

心锈在试着回归普通人的生活，她试着扭转众人对她的恐惧，努力融入"灰烬之羽号"——以普通人的身份，而非力量强大、心狠手辣的罪人。

有天晚上，丹笛在厨房遇到了心锈——她正在煮茶。"你好像变了一个人。"他说。

"反正我都快死了。"心锈微微一笑，"你要喝点茶吗？"

"等大迁徙结束，我带你去治疗锈化。"丹笛说，"圣殿应该有处理锈化的办法。"

"你要全糖、半糖、还是无糖？"心锈往滚沸的茶中加入牛奶——这点牛奶是在一条贵族移民船的残骸中打捞回来的。奶牛这种贵族生物，寻常人根本养不起。普通人养的奶牛会因锈化而在奶水中掺杂锈尘,非常难喝。而贵族在蒲公英高层饲养奶牛,环境清洁,远离锈尘,牛奶保留着旧地球的风味。

"不,我是认真的。"丹笛说,"而且,你也要去圣殿找回记忆,不是吗?"

"我确实想找回记忆。"心锈搅动着茶匙的手指缓缓停了下来。她盯着旋转减慢的奶茶液面,叹了口气,"不过,我现在觉得,人最重要的是当下。无数的当下不断变成过去,也就变成了记忆。珍惜当下,在当下努力取得生命的意义与快乐,比追求早已逝去的记忆要重要。"

"我们不想你……"丹笛声音轻下去,"死了。我不想你死了。"

"再说,"心锈再次搅动茶匙,"找回记忆又如何?圣殿为什么要封锁我的记忆?我是罪人,又有灭罪武装,恐怕,在很久以前,我也是鳞萝那样的堕风之人,是圣殿的走狗。我可能知道了圣殿的某些见不得人的秘密,才被圣殿封杀了记忆。找回这些记忆又有什么好处呢?让我再次知道圣殿的什么罪恶秘密?但以我的力量,我能解决这些罪恶吗?不行。知道了这些记忆,只是徒增烦恼——所以,喂!你要无糖、半糖,还是全糖?"

丹笛一时不知该怎么劝阻心锈。他沉默站着,望着茶壶上氤氲的热气。"我们对不起你。"他说,"我更对不起你。如果之前,我们能更强一点,你也不用……牺牲,也不会让锈化变得不可控……"

"如果真的为我考虑,"心锈朝他眨眨眼,"那就在这段时间多陪我玩玩。我的生命快到尽头,但至少,我还能坚持到我们找到水源地，还能陪你们再走一段旅程。这段旅程呐，可能是我人生中最有趣的经历。还有——既然你不说，"心锈将整罐白糖"哗哗哗"倒入杯中，"那就给你做超、超、超、超级全糖咯。"

她抱着茶杯走到丹笛面前，把茶杯塞给丹笛。"别想那些乱七八糟的事。我看你最近总是闷闷不乐。其实，你已经是合格的领航员了，大胆戴上风之羽吧。"

丹笛接过茶杯，茶杯中满满当当全是糖，茶水在糖块的缝隙间晃来晃去。"不。从领航技术上说，我也许是。但我现在有了更远大的想法，我希望我不仅能保护这一船人，我希望所有的红赫星人都能在大迁徙中免受灾厄与死亡。"

丹笛顿了顿，然后坚定地说："我想带领所有人摆脱残酷的大迁徙，进入和平时代。"

心锈噗嗤笑了。

"哎——"丹笛忽而羞赧起来，"我……我好像有点太幼稚狂妄了。你就当听了个笑话吧。"

"不，没有。"心锈柔和地说，"我相信你会成为领航员——成为带领所有红赫星人的领航员，而不仅是带领一条船。"

丹笛愣了愣，而后笑着举杯喝了口奶茶。"很甜。"

时间悠悠而去。冬季到来，天气寒冷，北方的太阳在视野中也略小了一圈。于是在这一天，就在丹笛在私人卧房中沉思时，艾比将他喊回舰桥——敌船出现了。

丹笛来到舰桥时，蝶正坐在驾驶台上，神色紧张。

"丹笛先生。"艾比说，"你看右观察窗，敌船有点奇怪。"

"奇怪？"丹笛走到右观察窗前，举起望远镜。

"灰烬之羽号"航行在一条大峡谷中。这条大峡谷位于天屏山脉之西的平原上，东西延伸，宽一千米多，深一千到两千米。这条航线是天星选定的，因为航行在峡谷中可以避免被其他移民船侦察到。一团稀疏锈尘飘在他们右舷不远处，被风脉拉扯成淡红色的长条。一条形制古老的风帆飞船航行在锈尘团中，飞船下方吊着巨大的鲜红色风帆，醒目异常。

丹笛皱着眉："红色的船？"

"对，这条红船跟着我们飞了很久了，但并没有攻击我们。"艾比说。

丹笛并未见过太多的帆船，现代的红赫星飞船很少以风帆作为动力。在他的印象中，古代帆船的帆大多是白色、灰色这样的素色，或是染成淡绿与绿色，这是红赫星人喜欢的象征着蒲公英与生命的颜色。红色的帆非常少见。虽然红赫星人并不忌讳红色，但红色确实象征着许多负面意义：侵蚀、衰败、死亡、战争。

以及，锈尘。

"它出现多久了？"丹笛问。

"十几分钟。"艾比说。

"保持观测。"丹笛走入驾驶台，接替蝶进行驾驶。"让炮位进入战备状态……对了，艾比。"

"丹笛先生？"艾比抬起头。

"问一下木桑，他是否知道这种红帆船是什么由头。"丹笛说。木桑作为无冕者学会的历史学者，在这方面应该经验丰富。

"不用问了,我知道。"倚墙靠在舰桥一角的心锈忽然说,"那种红船是圣殿的。"

"圣殿的?"正在控制全船机械设备的莱恩抬起头。

"圣殿执行任务的船只。"心锈说,"什么任务就不知道了,但不排除是监视我们,或者是向我们暗示什么。"

红船跟随着"灰烬之羽号"飞行了一会儿,随即远去,消失在大峡谷的云雾中。丹笛望着红船消失的方向,皱眉不语。"继续警戒。"他说。

"灰烬之羽号"飞进一片湿漉漉的云汽。天屏山脉的东西方向延伸的高大余脉延伸到大峡谷的北侧,风被余脉所阻拦,昼半球的水汽聚集于山脉的南麓,沿着山坡汇流成河,一路南下,泻入大峡谷中。这条大峡谷中也因此罕见地多云、多雨,锈尘浓度低——甚至,在丹笛的锈尘感知能力之中,周围几乎就是空白。

峡谷北侧的山崖上多见瀑布,崖壁和崖底生长着翠绿的植物,谷底密布湖泊。湿润的气息不断渗入,周围虫鸣鸟叫绵绵不绝。丹笛有些不习惯,在蒲公英附近的平旷大地上,看不见这么多绿色,也不会有这么多虫子与鸟——狂风会摧毁这一切。

随着"灰烬之羽号"向大峡谷深处航行,两侧的山崖上出现不少洞穴,洞穴间夹杂着被埋入岩壁的大型金属构件,这些构件一些生了锈,一些却闪闪发亮,光洁如新。航行深入,周围的金属遗迹也越来越多,以至于到了最后,似乎满山都是巨大的金属建筑残骸。

"等一下!"艾比忽然喊了一声,"这个下面,是不是……水源地?船底的观察哨说,下面的湖泊的样子,很像是水源地。"

众人面面相觑。能让蒲公英生长的水源地条件苛刻：充沛的地下水。然而，地下水在红赫星非常罕见。"停船，我们下去看一下。"丹笛说。

丹笛、蝶和天星乘坐"赤霄号"离开"灰烬之羽号"，下降、靠近地面。峡谷底部湿润温热，一片平湖汇聚于峡谷中央，湖面约有千米宽广，碧波粼粼，荇草摇摆水中。"赤霄号"从湖面上飞掠而过，引擎的喷气吹出一线线扩开的波纹。和平原上的湖泊不同，峡谷底部的这片湖泊浪浅水清；而平原上的湖泊在南风的吹动下，湖浪往往大而急，且呈东西向一浪浪排成平行的浪纹。

"赤霄号"在湖水上方几米处巡行。丹笛、蝶和天星以锈尘感知能力追踪着水中的锈尘，根据锈尘的流动感知湖泊深处的情况。在湖泊的深处，水流没有延伸到地下深处——这里不是水源地。

丹笛有些失望，但转念一想，这片峡谷底的湖泊离天灾还不够远，天灾极可能淹没这里。就算是水源地，这里也难以种下蒲公英，建设新家园。

"船长？蝶小姐？"天星忽然说，"你们看北边，北边的水下面好像有什么？"

"什么？"丹笛控制着"赤霄号"向北航行。三人之中，天星的锈尘感知能力的范围最广，在当下这个位置，丹笛并未感觉到北方水下有什么异常。十几秒后，丹笛才逐渐感觉到那里似乎有着什么。

那是一片房间似的空间聚合体。小大房间层叠累积，门与走廊贯穿其中，奇怪而巨大的穹顶又盖在一片地下大空洞之上。丹笛只能感应出那片空间聚合体的形状，无法确认那究竟是什么。

"赤霄号"航行到湖泊北岸，丹笛感知场中的地下空间也越来越庞大、深入。这片神秘的空间仿佛在地面与湖泊之下无穷无尽——

"前面！"蝶忽然说，"看前面！"

前方，雾气稍稍散去。在峡谷北侧山崖上，无数的高大金属构件嵌在山崖的崖壁中。这些构件大多被岩石挤压、扭曲，看不出原来的形状。但依着构件的大致外形，丹笛判断这些都曾经是钢铁的房屋，且它们曾一间间垒在一起。

这是一片巨大的古代遗迹。在丹笛的感知场中，山崖中的遗迹和水下的遗迹在山与大地下连成一体。

"我们遇见遗迹了。"丹笛说。

"等一下，那边的湖岸边是不是有什么？"天星说，"我感觉到了。"

往湖岸稍微飞近后，丹笛感知到那边湖岸上的情况，猛地一惊。

"好像是船。"丹笛说，"是两条移民船！我们快回去。"

"神明可能不存在。"德拉克索斯轻柔地朗诵着。

希尔尼娅坐在会客厅内屋中，伸手在桌上摸索着端起茶杯。"你又在看那本笔记了。"

"这位叫木桑的学者，写了许多惊世骇俗的证据、论据与推断。"德拉克索斯说。

希尔尼娅闭上眼睛,捧着热茶杯。会客厅依然保持着一个月前的样子,帘帐隔开内外,内屋放着那张罪人心锈睡过的床,尚未撤去。"德拉,你待会儿说话小心点,别在雷山面前说漏嘴了。雷山……这个大祭司我看不透。"

"自然不会。"德拉克索斯说。

希尔尼娅思考着接下来的行动,她和德拉能顺利活下去吗?他们能完成"升格",登上圣殿吗?在圣殿上,他们能看见真相吗?如果知道了真相,他们又能做出什么改变吗?

红赫星人如此残酷、血腥的大迁徙内斗,有可能停止吗?

"领主,雷山大祭司到了。"帘帐外,侍从喊道。

"我先出去了。"德拉克索斯轻轻拍了拍希尔尼娅肩膀。

希尔尼娅柔声说:"小心。"

帘帐外传来雷山沉重的脚步声。"德拉克索斯!"雷山大骂道,"圣殿在石柱森林里找了一个月了!什么都没有!你在骗我!"

"夫人泡的茶。"德拉克索斯说,"时节寒冷,大祭司请先品尝一下。"

"哼!"帘帐外传来了木椅摇动的声音,似乎是雷山坐入了椅子中。希尔尼娅并不敢将锈尘感能力探出帘帐,万一被雷山发现这种不尊敬的刺探行为,会给谈话带来麻烦。

"茶不错。"雷山说。

"您可以多喝点。"德拉克索斯说。

"但问题没解决。"

帘帐外陷入短时间的沉默。"我不会骗您。"德拉克索斯说道,"我还希望夫人能升格,她的身体太弱了。"

"哼!"雷山冷哼一声,"难道,天霜的尸体在你的船上?"

"她和'青龙之鳞号'一同坠毁在风洼地下面。"德拉克索斯说。

"圣殿已经找了一个月,我们就差把石柱森林所有地皮挖一米出来看看了。"雷山说,"没有。没有尸体。"

"可能是在沉船的时候炸毁了。"德拉克索斯说,"她不过一个小女孩,又不是铜筋铁骨,被炸得四分五裂也不算什么。"

沉默。

几秒后,雷山才说:"……哼,本来这些事情不该跟你说的。她的尸体不会被炸毁。"

"不会被炸毁?"

"上次大迁徙的时候,圣殿改造了她的身体,作为送给她的礼物。"雷山说,"所以,她的尸体肯定还在。"

"那可能在坠落时被风吹出了石柱森林。"德拉克索斯说,"不可能在我这,我要她的尸体干什么?"

"那我就再相信你一次。"雷山说,"圣殿会继续寻找天霜的尸体,如果还没有结果……我们会代表风神来搜查你和你的船。"

德拉克索斯说:"风与我的忠诚同在。"

"……哼。说正事。"雷山说,"西边,有三条船违抗了风神的旨意,他们联合着和平航行,举着堕风叛神之人天霜的风霜旗,而不相互争斗、竞夺水源地。"

"我会去摧毁他们。"

"有一个人会跟你一起去。"雷山说,"她要去回收一位罪人。"

一位黑袍少女走入房间，锈尘如索，缠在她皎白的小腿上，擦过小腿上如针的锈石鳞片。"堕风之人鳞萝，奉命前来。"

"灰烬之羽号"飘浮在湖面上百米高的空中，安静地缓速航行。

"位置在湖泊北岸，"丹笛坐在驾驶台中，"一共有两条移民船，一条在地面上，一条浮在半空。我猜是其中一条把另一条击沉到了地面上。"

"全船注意，"艾比下达命令，"我船遇到可疑移民船，立刻进入战备状态。"

"然后我们就被发现了。"蝶补充着，"浮在半空的移民船派出了小船来侦察我们。"

"他们跟来了吗？"朱亚丝一撩赤红长发。

"至少我们返回时，没有。现在天星在船外巡航警戒，扩大我们的侦察范围。"丹笛说，"我们先保持静默航行——"

"等一下，丹笛先生。"艾比突然打断丹笛，"停机坪消息：天星回来了，他说，我们北方大约七百米远，有一条移民船正在靠近我们。"

"我们掉转方向，左舷对敌，先看看对方是什么来历。"丹笛说，"朱亚丝，让炮位做好准备，但没有命令前，不得开炮。"

"灰烬之羽号"右转九十度。湖泊之上水汽蒸腾，四周茫茫然一片，看不清晰远处，瀑布泻落峡谷的轰响"嗡嗡"弥散在舰桥内。

"左舷观察哨报告，北方发现移民船，正向我们靠近，航速较慢。"艾比说。

观察哨配有望远镜，瞭视距离大于舰桥目视。十几秒后，丹笛才从左观察窗中看见了那条移民船。北方，雾气中浮现一圈黝黑的船头轮廓，一支细长的铸铁撞角刺破、排开雾气，船头逐渐清晰。这是一条体型较小的移民船，船头的装甲板损坏大半，装甲下的木船壳蒙着黑灰灼痕。

"弩炮已瞄准，我们要开炮吗？"朱亚丝扫视过舰桥。

"先等等。"丹笛摇摇头。

"对面的弩炮瞄准了我们。"艾比说，"但没开炮。"

新出现的这条移民船缓缓摆正船身，侧对"灰烬之羽号"。接着，丹笛看见对方挂着天霜的风霜旗，船身也看着有点熟悉。

"对方在给我们打信号灯和旗语。"艾比说，"他们自称是'银花号'，希望和我们会谈。"

丹笛想了起来，这是在骨鹿山隘口中和"灰烬之羽号"一起合作航行的那条船。"继续保持警戒，但给他们回信息，我们可以谈谈。"丹笛思索一会儿，又说，"把我们的风霜旗也挂上，'银花号'看着对我们没有敌意。"

半小时后，丹笛驾驶着一条简陋的小货船飞到两船之间，船上还坐着艾比与莱恩。"银花号"的船长也驾驶一条小船靠来，两船的核心人员在货船货舱中简短会谈了一番，丹笛才知道了对方的情况。

在过去一个月中，"银花号"一直和另一条移民船"真理号"结伴航行，相互帮助。但"真理号"在风洼地中损毁严重，一直处于散架边缘。四天前,"真理号"的动力炉彻底宕机,"银花号"便护送"真理号"进入大峡谷,停泊在地面上,试着修好动力炉。峡谷内水雾多而锈尘少,地形隐蔽,适合于躲藏。

"我看你们也挂起了风霜旗,而且没有开炮,""银花号"的船长帕尔马说,"我想我们之间有合作的空间。"

"你是说相互帮助,一起航行?"丹笛问道。

"建立一个和平的联盟,相互帮助,甚至以后共建一个蒲公英城邦。"帕尔马说。

"但是,圣殿肯定严禁我们结成联盟。"莱恩说,"如果被发现,我们会被圣殿,或者是圣殿的走狗攻击。"

"至少,我们可以保持停火、互不攻击。"帕尔马说,"没必要在峡谷里血战不休。"

丹笛和莱恩、艾比交换着眼神,随后说:"我们需要讨论一下。"

返回舰桥后,丹笛和舰桥众人讨论结盟事宜。从纯粹的利益和理性角度考虑,丹笛认为此时最好和"银花号"协商互不攻击,然后"灰烬之羽号"就此离开峡谷,继续西行。匆忙之间和"银花号"还有"真理号"——一条动力炉损毁的废船——结盟,对"灰烬之羽号"没有益处。

但丹笛想得更远。他如果想带领所有红赫星人摆脱残酷的大迁徙,就需要盟友、需要伙伴。"银花号"是一条靠谱的移民船。在先前飞越隘口时,他们事实上已结盟合作过。

"我决定结盟。"最终,丹笛陈述理由,力排众议,说服了舰桥上的所有人。

三艘船结成了临时的联盟。"灰烬之羽号"也停泊在峡谷湖泊北岸,帮助"真理号"修理动力炉,同时和对方两船交换物资,换得一批缺乏的橡胶与油脂。借此空闲时间,"灰烬之羽号"建设着因缺橡胶而进度停滞的气压管线,并更换了一批老旧、生出裂痕的橡胶圈。

所有人都忙了起来。丹笛统筹全局,训练蝶的领航技能,并和蝶一起训练新的飞船驾驶员。艾比则忙着管理物资和文书事务,但她偶尔会走神。一日晚上,丹笛询问艾比是否有心事,艾比却红着脸搪塞过去了。第二天夜里,艾比捧着一壶奶茶来到舰桥中,将茶杯沏满,放在驾驶台上。

"这是?"正在驾驶台前写飞行教程的丹笛惊讶地抬起头。

"奶茶。"艾比红着脸说,"我……我也放了很多糖。"

"哎?可是……我不用——"

"我看心锈给你煮了茶……我想……我,我也得煮一点……"

"师父,'海波级'修好了——"蝶忽然走进了舰桥。

"我——我先走了——"艾比急忙放下茶壶,红着脸跑出了舰桥,只剩下丹笛和蝶面面相觑。

"真理号"的动力炉损毁得很彻底,重建动力炉需要锻造一批高精度的零件。接下来的日子,为了加快修理速度,"真理号"一直在安排人手进入湖岸旁的古代遗迹中搜索,试着找到能用的零件器具。

"遗迹里有锈族的痕迹。"在一次会议上,帕尔马解释着情况,"是个古代的大城市,能找到很多资源,就是锈族有点危险。"

"我会去下面看看。"研究历史的学者木桑说。

除了木桑外,心锈也跟着遗迹探索队进入遗迹。有一次探索队返回时丹笛遇见了心锈,心锈身上满是泥浆。"你为什么也要跟着去?"丹笛放下手中的建设计划书。

"我有一些关于圣殿的记忆,对古代遗迹比他们要熟悉一点。"心锈说。

"但是——"

"行了。"心锈莞尔一笑,"我想帮他们,帮'灰烬之羽号'……更想帮你。别说了,我去给你煮杯茶。"

平和的生活持续了不过一周。结成联盟之后的第八日,正当丹笛跟着莱恩在机械实验室中忙碌时,木桑忽然冲进实验室,大喊道:"船长!心锈姑娘她……她在白沙城遗迹里被锈族攻击了,伤得很重!"

希尔尼娅跟着德拉克索斯走入"赤锈之翼号"深处。在一间密室前,德拉克索斯扭转着门前的密码盘,开启密室之门。"希望这个老头能给我们一点惊喜。"他说。

"如果他没有进展呢?"希尔尼娅说。

"只能继续拖下去。"德拉克索斯走入密室。

门后的密室有二十余平方米。每次进入这间屋子,希尔尼娅都庆幸自己是盲人,看不见屋中景象。在她的锈尘感知中,天花板下吊着许多人类的残肢,地上铺着滑腻的肉块与脏器。她拉住的德拉克索斯的手,跟他走入屋中,生怕自己踩到了什么奇怪的血肉。

"克西斯恩特。"德拉克索斯走到房间中央。

房间中央放着一张床，床旁站着无冕者学会的老学者克西斯恩特。希尔尼娅克制住了想用锈尘感知能力"抚摸"老学者那条触手手臂的想法，只大概感知老学者身体周围的情况。

克西斯恩特站在床边，佝偻着身子。床上躺着一位小女孩——天霜——的尸体。

"我的领主！"克西斯恩特激动地大喊，"感谢您把这具年轻、鲜美的肉体交给我！你看看这皮肤、这内脏、这肌肉……我已经发现了！我发现了！"

希尔尼娅感觉到克西斯恩特的触手在天霜的尸体上摸索。随着触手的移动，天霜的腹腔被打开，她的感知场随空气中的锈尘进入腹腔，感觉到里面团聚的内脏的形状。她惊呼一声，往后退了一小步，又踩上了什么肉块。

德拉克索斯低吼一声："克西斯恩特！"

"啊，啊！"克西斯恩特怪叫一声，"抱歉，我的领主，忘了夫人还在这里了。"

"没事。"希尔尼娅说。

德拉克索斯说："继续。"

"天霜的身体确实和我们正常人不一样。"克西斯恩特说，"她体内锈尘很多，但并未侵蚀她的身体。这些锈尘和平地待在身体中，和她的肌肉、血液共存，不会结晶、不会增殖，甚至，会将体外进入她身体的新锈尘同化成这种'和平'状态。我暂时把这种特殊的锈尘叫作'良性锈尘'。我曾把一块锈石插进她的肝脏，锈石会消失，变成了她体内的良性锈尘。而且，良性锈尘还能维持她的身体组织的强度，肌肉和骨头都很难被切开。而且，良性锈尘能让她的身体不腐烂，我到现在都没有使用防腐剂。而且，良性锈尘好像能增强她的肌肉力量。而且……"

"说重点。"德拉克索斯说。

"而且……啊啊。"克西斯恩特用触手抚过胡须，"我的领主，结论和重点是，这种良性锈尘很可能是圣殿的医疗技术。只要有这种良性锈尘，就能抵抗我们普通的恶性锈尘的侵蚀。不过，我现在试着给自己体内注入过这种良性锈尘，没什么效果。而且……"

"停。"德拉克索斯再次打断克西斯恩特，"总之，圣殿是能治疗锈化的，是吗？"

克西斯恩特挠了头发："我的领主，如果要这么理解，好像也没错。从天霜的尸体来说，圣殿有这个技术，但不知道难度如何。如果难度不高，那么，只要圣殿愿意……我们红赫星人，应该不会被锈尘所折磨。"

"我明白了。"德拉克索斯转过身往外走去，"你继续研究，要快。再过几天，我们就得把天霜的尸体处理掉了。"

希尔尼娅随着德拉克索斯走出房间。"德拉。"她抚着耳后的长发，"果然和学者们想的一样。"

"圣殿知道治疗锈化的方法。"德拉克索斯说，"但他们从不说，他们只是高居天上，看着我们被锈化折磨、被天灾和锈尘追逐、在大迁徙中相互残杀。就像是……在看斗兽一样。而我们，就是那可怜的野兽。"

章十四　行走于荒古传说之间

[**逐星旅团**] 天屏山脉翻越挑战赛
主题：不想再看见天霜的节奏了，烦死了
赔率：无（NaN）：无（NaN）
[回复：]
#1：我觉得心锈比天霜更吸引人。谁知道心锈的来历？
#2：半个月前有个帖子，里面跟踪了红赫星人十万个直播摄像头的数据流，追踪心锈的历史活动。最后那个楼主说，心锈可能是从"玄武岩号"上面下来的。现在，那个帖子已经被旅团官方封了，我猜……
#3：Re#2：你是说，心锈是旅团的人？

丹笛快步跑进"灰烬之羽号"的医疗室。
心锈昏迷在小床上，腹部扎着一圈白绷带，伤口渗血，血中混着细碎的锈石。锈石正在她体内疯狂增殖，它们结晶着刺穿皮肤，在她的手臂和脸上长出一簇簇一厘米长的尖刺。

床旁的小桌上放着凶器：一把锈族的骨刀。

"她怎么样了！"丹笛焦急问道。

"啊！"船医吓了一跳，"船长，她……"

"快说！"

"晚期锈化，被刀捅在肝脏上，肝里面的锈石全碎了……"

丹笛颓然坐在心锈床头，听木桑叙述探险队在遗迹中的遭遇。在这次探险中，探险队找到了修理"真理号"动力炉的重要零件，但遭到了居住在遗迹内的锈族部落的攻击。锈族部落中的一位能力者——木桑称她为"巫师"——攻击了探索队，心锈为了保护同伴而受伤。

"要怎么才能治好她？"沉默很久之后，丹笛询问着船医。

"治不好，除非有圣殿的万能药'安娜之泪'……"船医摇了摇头。

"船长，我们还有机会治好心锈姑娘，白沙城里有古代的医疗设备。"木桑突然说，"心锈姑娘给我们提供了很多帮助，我也不希望她倒在这里。"

"古代医疗设备？"丹笛精神一振。

"是一台自动化的医疗……舱？或者叫柜子？"木桑说，"我从附近散落的文字记录中知道的，那个设备能治疗锈化的——祖先们管锈化叫作'缇娜感染'。"

"缇娜感染？"丹笛一愣，"缇娜不是黑暗女神……魔女……的名字吗？"

"但他们把锈尘叫作缇娜。"木桑说,"我甚至自己去试了一下,设备是有效果的。"

"什么,你还敢自己试一下?万一出了问题……"丹笛担忧地看着木桑。

"没事。"木桑摇摇头,"我是学者。每年因遗迹死掉的学者总会有十几个,很正常,不用担心我。我试了那个医疗舱,然后体内的锈化变轻了。"

丹笛展开感知能力,木桑体内的锈石确实比以前要少。"那么,这个真的能治疗心锈吗?"

"值得一试。"木桑说,"船长,我们也没有别的办法了。"

"等她伤势稍微好点,我就带她去治疗。"丹笛攥紧拳头,"木桑学者,我需要你的帮助。"

"我会带路的。"

三天后,丹笛背着心锈走入遗迹古城白沙。据木桑说,这座名为白沙的城市可能是祖先来到红赫星后建立的第一座城市。

他们从峡谷北山崖上的一处洞口进入遗迹。木桑身形瘦高,皮肤干蜡,形如枯木,提着燃气灯走在最前面,一面走一面介绍着遗迹的情况。

在丹笛的印象中,木桑一直沉默寡言,独自躲在屋中整理文书。丹笛偶尔几次看见木桑,都是在机械实验室中,木桑大多在和另外两位学者聊天——讨论学会的往事。但一看见丹笛,木桑就闭口不再说话。但现在,领路的木桑显得无比健谈,他对周围的一切非常熟悉,仿佛他就是古代人似的。

丹笛跟着木桑穿过一扇铁门,走入一座埋在地下的建筑。

在古代，白沙城似乎是修建在地面上，后来被地质运动撕裂，一半挤压、埋在山崖中，一半沉到地下与水底。建筑内的情形和那时石牙山谷的信标大楼内相似，但古物的数量多出许多。"塑料""屏幕""通电之脑"，木桑指认着一些古物的名字，丹笛全然不知这些是什么。

四周寂静，唯剩细微的水滴声与弱风流转的幽响。大楼走廊被地下水淹没了一层，光照之下，水中游着几尾半透明的小鱼，小鱼未生鱼眼，对光照也没反应。片刻，木桑带着丹笛走出大楼，来到白沙城内部。

一道黯淡的光从上方照下，照亮下面这片巨大的大厅状洞穴。丹笛往上望去，光源是直通地表的一道狭长裂口，阳光从裂口折转着传入地下。洞穴大厅的直径可能有几千米——光过于黯淡，丹笛无法判断黑暗中洞穴大厅的边界究竟在何处。大厅中密布着倾颓、倒塌的金属建筑，大多十几米高。建筑们簇护着大厅中心伫立的一座高塔，塔高数百米，直刺穹顶，仿佛无声高立的黑色墓碑。

不知为什么，丹笛想起了他只在画图册上见过的墓碑，那是古人标记亡者的符号。

上方传来几声鸟鸣。三五飞鸟似是被手提燃气灯的亮光所惊，在洞顶裂口的天光下惊飞，片刻后飞入黑暗崖壁上，栖息安静下去。

静默。丹笛站在荒古的遗迹前，屏息无言。

丹笛稍稍调小燃气灯，适应着黑暗中的视觉。逐渐，他看清了远方洞穴大厅的轮廓——大厅顶部是一圈钢铁骨架织成的穹顶，骨架之间还挂着残破的透明膜状薄片。他忽然猜想，这座遗迹城市似乎是在废弃之后遭遇了地质运动。大地剪切、交错，形成峡谷，一部分城市被沉入地下与湖底，一部分被岩层卷入这个洞穴。但这片穹顶抗住了岩层移动的力量，并护住了下方这片城市废墟。

如果真是如此，这片穹顶的结构强度远超丹笛想象。

"丹笛，你放下我。"心锈忽然苏醒，在丹笛耳边轻声说，"我没有虚弱到走不动路。"

在短暂的几日养伤后，心锈的声音听起来恢复了一些元气。"没事。"丹笛说。心锈正趴在丹笛背上，她身上密密麻麻生长出来的小锈石隔着衣服刺着丹笛后背，一阵阵疼。

心锈收紧手臂，环抱住丹笛的脖子。"我……我身上的锈石都像刺猬一样啦，你不疼吗？"

"你还见过刺猬呢？"丹笛笑了笑，"我只在画册上见过。"

"圣殿上有很多地球的生物，我都见过。"心锈说，"我现在是不是很丑？不过无所谓了，反正是个罪人……长得漂亮的罪人才奇怪。"

"丑。"丹笛说。

"哼！"心锈一歪脸颊。她脸上的锈石刺中丹笛脖子，疼得丹笛嗷嗷一叫。

"不过，我不在乎。"丹笛说，"你永远是你，和你像不像刺猬没关系。"

"哼哼！"

"我们往前走，去遗迹的最中心。"木桑走在前面，简单说明周围的地形。据他所说,这片穹顶大厅中大概是昔日白沙城的地上部分,有横纵两条主干道——花了几分钟,丹笛才理解什么是主干道。蒲公英中从来没有道路,只有沿着蒲公英天然形成的上下贯通的脉络所拓展、修建的垂直管道。

白沙城沿两条相互垂直的干道在地面上铺开,两条干道的焦点就是那座高塔,也是木桑所说的医院与医疗设备的所在地。高塔外的其他建筑大多矮小,只有两三层高,且外形相似,像是以什么魔法复制而成。这些建筑大都倾斜倒塌,只有少数巍然挺立。建筑间偶尔能看见锈族生存的痕迹:倒塌的营寨、冷却的篝火堆,还有散落地面的兽骨和刻刻果的果皮。几只社猫正在篝火旁偷吃锈族剩下的食物,看见丹笛走来,纷纷跑开了。

"为什么没看见锈族?"丹笛问着。

"他们主要在白沙城另一侧活动。"木桑说,"我们这边见得少,无须过多担心。"

一些巨大的锈石块散落在建筑与街道间,刺穿这些钢铁建筑。这些锈石大都有十几米长,呈六棱长晶造型,体型惊人。

"这些普通楼房里面基本没什么古物。"木桑又说,"我都一间间看过去了,这座城市不是突然废弃的,而是有计划的撤离。"

"为什么会有这么大的锈石?"丹笛问道。

木桑侧头看着那些巨锈石。"锈尘太多且没有风的地面就会结晶形成这种大锈石。地表狂风很多,大锈石会被吹崩,不能稳定存在。"

丹笛背着心锈走到一颗巨大锈石下。锈石表面还刻着古人所写的文字，可惜他读不懂。

"'我们要撤离了。移民计划失败了。缇娜太多，地球化改造部控制不住。但我真的很喜欢这里，地球有什么好呢？那里又乱又复杂，天天泡在营养液中在网络上给老板干活也没个尽头。如果可以，我愿意在这里永远住下去。红赫星就是我的家。'"木桑走近锈石，念道。

"你认识古文字？"丹笛说。

"学者的必修。"

"所以，移民计划失败了？可是，我们不是……神明把我们从地狱一样的故乡地球迁来……"丹笛疑惑不解。

"真实的历史和被讲述的历史永远不一样。"木桑说，"如果能在这里待下去，我应该能还原出很多历史的真相吧……"

木桑突然不说话了。

"大学者，怎么了？"

"如果天灾淹没这里，我就再也回不到这片遗迹了。"木桑伤感起来，"我在想，干脆我留在这里算了。"

"留在这里？"

"你们坐'灰烬之羽号'离开，我留在这里考古，做研究。几百年后，如果你们还会大迁徙，还会路过这里，那么可以找到我的尸骨与研究成果，可以知道这里发生了什么。"木桑声音颤抖，"我决定了。"

"可是……"

"我知道天灾到了我就会死。"木桑说，"死就死吧。我们出去后，我会和海娜伊思和琳说明这件事情，让他们在学会的记录中记上这一笔,几百年后,学会再来到这里,自然会来寻找我的痕迹。"

"这是他的心愿。"心锈小声说。

"我明白了。"丹笛仰头望着眼前的巨大锈石,"'灰烬之羽号'支持您的研究,我代表全船表达对您的敬意。"

"我们继续走。"木桑往前走去,"去高塔。"

高塔雄立在白沙城正中心两条主干道垂直交叉的位置。从下往上,塔的宽度渐渐收细,高处形若细针。塔尖距离穹顶上的透光裂口只有约二三十米远,裂口照下的黯淡之光照亮塔顶,残破的玻璃与钢铁反射着白光,白光之间斑杂着鲜嫩的绿色,似乎是裂口流下的雨水所浇灌出来的植物。这座高塔没有蒲公英那般高度,但一想到这是祖先动手修建的建筑,丹笛不由得心生敬畏。他不知道祖先们是如何亲手修出几百米高的建筑,他们是一点点铸造、垒起,还是有机器可以使用、帮忙?

"这座高塔是白沙城的核心。"木桑带着丹笛与心锈走到高塔之下,"里面可能有别的功能,但有一部分是诊所。"

"诊所在哪个位置?"心锈虚弱地问着。

"一百多层。"木桑说。

"要爬上去?"丹笛一惊。

"里面有垂直运输的机器,和我们在管道中使用的缆绳梯差不多。"

"等一下……后面怎么有亮光?"心锈忽然说。

"亮光?"丹笛转过身。在他们走来的路上亮着数十点燃气灯的橘黄色灯光,光线弱小,在无尽的黑暗中看不清来人究竟是谁。"有人来找我们？'灰烬之羽号'出事了？"他紧张起来。

燃气灯逐渐迫近。"又见面了，圣殿的罪人。"黑暗中传来鳞萝的声音。鳞萝和数十名圣殿的武士们走到了丹笛面前。

鳞萝的锈尘长索从黑暗中爬行出来，围向三人。她的黑袍下伸出一条皎白的腿，点在地面上，腿上无数细小的锈石鳞片颤抖、流动着。一条锈尘长索从袍下探出，缠上小腿，一圈圈汇聚在她的赤足上，变成一双锈石之鞋。鳞萝以锈石之鞋轻轻点着地面，咯咯笑道："罪人，我听说你失去了锈尘能力？那么，这一次你还能逃掉吗？"

蝶捧着药碗，看着面前的小火炉，默默发呆。

她很享受这几天的生活。平淡，没有危险，周围亦是平时难得一见的峡谷湖泊。她见惯了红褐色的锈尘地面，峡谷内生机勃勃的翠绿世界神秘而有趣。只是在几天前维修海波级时，她的右胸被一发小口径弩炮击中。好在炮管气压低，喷出的弹丸速度不快，她只受了轻伤。蝶被迫躲在屋中养伤。"好好躺着，不能乱动，按时换药、喝药，特别注意不能开飞船。"船医对她说。

蝶悄悄在屋里研究煮奶茶。前几日，她发现心锈和艾比都在给丹笛师父煮奶茶，心中忽然有了微妙的嫉妒。于是，她和艾比打招呼，以养伤为理由领了一些茶叶和牛奶，想找机会也给丹笛捧上一杯奶茶。但她并不擅长厨艺，折腾半天，茶的味道总是发涩。尝试几天后，她才找到煮茶的窍门，奶茶的味道也渐渐好了起来。

希望这壶茶味道能更好。蝶抱着药碗喝了一口,盯着快要煮好茶的小壶。药汁苦涩,绕在齿舌之间,像是从蒲公英花冠上绕行的细风,余余而不绝。

"轰!"突然,地面巨震,蝶惊叫一声,药碗摔在地上,温热的汁液散开,热气蒸浮。爆炸动静极大,整个地面都仿佛跳起了十几厘米,巨响传来,震得蝶有些耳鸣。奶茶壶也跳动一下,歪斜着架在炉上,幸未倾倒。

"什么情况?"蝶紧张起来。锈尘爆粉爆炸了?动力炉爆炸了?她站起身,准备去舰桥看看。犹豫一会儿,她提起茶壶,如果丹笛在舰桥而且事情不紧急的话,刚好可以请他喝上一杯。

"轰!轰!"爆炸接连传来,蝶意识到出事了。她大步跑进舰桥。"怎么了?师父呢?天星?什么情况!难道'银花号'和'真理号'在攻击我们?"

"被攻击了,但不是旁边的两条船。我正把人喊过来。"天星坐在艾比所坐的情报台上,朝传声筒喊话。

"'赤锈之翼号',是'赤锈之翼号'!"莱恩急匆匆冲进舰桥,"在北边!"

蝶跑到舰桥的右观测窗,往外看去。天空阴暗,云雾密布在峡谷之间,大雨酝酿。一条巨大的双体战舰出没在云气中,左舷一排炮孔瞄来,指向泊在峡谷底部的"灰烬之羽号""银花号"和"真理号"。

"敌袭!"顾不得思考为什么"赤锈之翼号"会出现在这里,蝶大喊道,"师父呢?"

"赤锈之翼号"再次开炮。数枚炮弹落在"灰烬之羽号"周围，轰然爆炸，飞溅起泥土与水花。

艾比匆忙跑进舰桥，随后朱亚丝冲了进来。"丹笛先生呢？"艾比坐回情报台，"你们先各就各位！"

"不知道。"莱恩说，"昨天丹笛好像说今天有什么事来着，但我喝多了，有点忘了。"

"你怎么又喝酒！"艾比瞪了莱恩一眼，"我来问问——"

艾比凑上传声筒，一分钟后，她面色凝重，说："机械实验室说，丹笛先生不在船上。他、心锈小姐还有木桑进入遗迹城市去给心锈治病了。"

蝶身体一震，提着茶壶的手轻轻发抖。一旦师父不在，船上唯一的领航员就是她；但她还不熟练，没有在险恶的战斗环境下领航的经验。"我们派人去找师父？赶快把他找回来？"她有些胆怯地说。

更多炮弹砸来。巨响淹没了蝶的声音，窗外，湖水沸腾，爆炸的热浪卷着死鱼飞起，灌木草丛中烧出火光，飞鸟群起，无数小动物"吱吱"尖叫着逃出，一尾大蟒蛇随在后面，在泥地上拖出波浪线般的泥痕。蝶从未见过威力如此巨大的炮弹——这炮弹的威力，比"灰烬之羽号"那装了锈尘爆粉的炮弹还要强好几倍。

一枚炮弹砸在"银花号"的顶部，几乎三分之一的顶部装甲直接被撕裂，燃起火焰。"银花号"和刚刚修理完动力炉的"真理号"正飘浮起来，进入飞行状态。

"右舷中弹！我们右舷的装甲已经毁掉一半了！"艾比说，"对方火力太猛，我们等不了丹笛先生了，必须现在就飞起来战斗!"

舰桥上所有人看向蝶。

"不,我不行……"蝶往后退步。

"顶部装甲中弹!"艾比接收着来自全船各部分的受损情报,"中弹的部分都着火了,损管队有点处理不过来,我们没有应对这种会爆炸的炸弹的经验!"

蝶的心中一痛。"灰烬之羽号"是她的家,她不能看着自己的家被毁。无论如何,她都必须站起来了。

她颤抖着坐上驾驶座,放下茶壶,系紧安全带。口中药汁的苦味还未散去,上下牙关打着站。如果她失败了,"灰烬之羽号"就会毁掉。

原来,师父这几个月坐在这里,就是这种心情吗?蝶深吸一口气。她想起丹笛师父和她说过,在师父最早驾驶一条叫"白尾号"的大船时,也差点儿把船开翻了。

师父也会出错。蝶闭上眼睛。但师父现在做得很好。

我只要努力做好自己。她睁开眼,扫视过舰桥。

"这里是领航员蝶,全船注意,我船遭到敌袭。请各部门进入战备岗位。保持和'银花号''真理号'的联络,准备协同战斗。那么——'灰烬之羽号',起航!"

章十五　苍穹之底，大地之顶

[逐星旅团] 大迁徙的后半程

主题：[官方]"赤锈之翼号" v.s. "灰烬之羽号"

赔率："赤锈之翼号"（1.02）："灰烬之羽号"（9.75）

[回复：]

#1："赤锈之翼号"真的必赢，这是福利盘。

#2：天霜就没人管了？

#3：没有心锈的粉丝吗？官方不能给"灰烬之羽号"发点装备吗？

#4：对红赫星历史感兴趣的伙伴，可以关注我写的关于锈族如何在磐石时代诞生的帖子。

"跑，快跑！你们打不过她！"心锈在丹笛背上喊道。

"进去。"丹笛往高塔内跑去，"木桑，带路！"

丹笛跑入高塔大门。大门后是空旷的大厅，大厅中央立着一株枯萎的巨树，四周散落废弃的洁白桌台，再无其他东西。巨树、桌台、地面上密布着厚厚的灰尘，只有几行凌乱的脚印踏过，脚印中既有圆而小的走兽脚印，也有人类脚印——应该是锈族留下的。

"跑，慢慢跑。"鳞萝笑着走来，圣殿武士们跟在她身后，"这里不是蒲公英里的市场，没那么多杂乱气味，你们尽管跑。"

丹笛一手托住背在背上的心锈，一手拔出"银雕"，转身朝鳞萝射击。

"银雕"凝出锈尘弹丸，飞向鳞萝。鳞萝一步步踏出，锈尘长索忽而变细，在她面前穿飞交错，织成经纬网格，纵横抽紧，化为布匹。弹丸命中布匹，布匹收紧、颤动，弹丸附带的无形巨力被分散着导向四周，吹起地上的灰尘，浮为尘雾。

"'银雕'居然还在你手上？你果然是有什么特殊锈尘能力，可以控制不属于你的灭罪武装。不过，"鳞萝一挥手，锈尘布匹重新散为长索，朝丹笛围来，"上次你是偷袭才能打败我，这次我早有预料，'银雕'又有何用？"

"别打她，先跑。"心锈说，"不行就把我放下来……堕风之人只是来抓我的。"

"别乱说。"丹笛收起枪。

"我只是一个坏透了的罪人。"心锈说。

"我不管。我不知道什么罪人，我只知道，你是心锈。"

锈尘长索穷追不舍，但并未加速冲来，而是悠闲游动，仿佛是在戏耍、消耗他们的体力。"往这走，"木桑说，"这里面绕路，可以把敌人甩掉。但是，高塔已是那个锈族部落的活动范围，绕得太久，容易惹到锈族蛮子。"

"不。"丹笛停下脚步，"追我们的是圣殿的堕风之人鳞萝，她能追踪嗅觉，我们走到哪她都能找到，最多只是能多躲一会儿。"

"那怎么办？"木桑问。

"直接去诊所，然后，我看看我能不能对付她。"丹笛说出。

"那去'电梯'。"木桑换了一条路，快跑起来。

"跑呀，你们跑呀！"鳞萝依然缓步走着，并未追来，"体力消耗越快，死得越快哦？"

"电梯？"丹笛问道。

"一种古代人的铁箱子，可以拉着我们去高塔的高层。这个铁箱子可能是气压动力的……不过我没看到气压管道。"木桑说。

木桑小步快跑，在高塔内拐来拐去。丹笛很快迷失了方向——要凭着锈尘感知能力感知周围的空间结构，他才能理解自己现在在哪里。锈尘长索依然穷追不舍，时不时刺向他们。丹笛和木桑不得不全力奔跑，躲避刺击。长索每一次刺击都会击穿钢铁的地面或墙壁，留下小洞。很快，丹笛汗湿衣服，气喘吁吁——他的身体素质并不差，但背着心锈快速奔跑还是吃不消。

他们冲入一条走廊，地板上堆着熄灭的篝火，灰堆中尚有余烬，一侧散落着残破兽骨与木棍。"有锈族蛮子。"木桑警惕地说，"就在附近。"

"顾不得了，躲鳞萝要紧。"丹笛背着心锈往前跑去，没跑多远，他就迎面撞上了一队锈族蛮人——

那是五位浑身赤红的锈族人，体表密布锈石，腰上只系一圈破布或兽皮的围裆，仿佛是以体表的锈石为衣袍。领头的是一位身材细长的女性，全身锈石反射着红与幽蓝的奇异光芒。丹笛从这名奇异锈族女子身上感知到了诡异而强大的力量。

"'巫女'！"木桑惊呼一声。

"小心。"心锈在丹笛耳边焦急地说。

丹笛听木桑和心锈提起过"巫女"，那是一位锈族中罕见的能力者，力量强大。丹笛立刻一折方向，走上另一条走廊。后方，锈族蛮子们号叫一声，朝他追来。

"这边！"木桑跑到丹笛前面，"跟我走！"

丹笛手持"银雕"，寻机会攻击那些锈族。鳞萝的锈尘长索也正追着他飞来，但不一会儿，锈尘长索的飞行速度慢了下来。

"就在这里！"木桑走到走廊尽头的一扇铁门前，用力一拍门旁的一块金属板。片刻，金属板亮起光芒，显示"3"。铁门向两侧滑开，但丹笛没听见气压驱动的"砰砰"声。

"快进来！"木桑大喊着走进铁门，用力拍着铁屋子内部门旁的金属板上的按钮。

丹笛一闪身跟入。铁门后是间小房间，四壁都是光滑如镜的钢铁。门外走廊上，鳞萝带着圣殿武士们正在和锈族的队伍对峙。一瞥之间，丹笛感觉鳞萝状态有些奇怪——鳞萝在看见巫女之后，呆滞站着，也不操控锈尘。

铁门缓缓闭合，他们暂时安全了。

"我们去一百二十三层。"木桑伸出手指,在金属板上划出神秘的符号,铁屋子颤动着往上爬升,"希望圣殿的人和锈族多纠缠一会儿。"

"这么多年了,遗迹中的设备居然还能使用……"丹笛摸了摸被木桑称作电梯的铁屋子的墙壁。墙壁光滑如同镜面,只有少量划痕。丹笛相信,以"灰烬之羽号"的技术,肯定无法将一块铁板研磨抛光到如此光滑的程度。

"祖先的技术能力比我们高很多。"木桑靠着墙,说,"电梯这种设备可以带着我们直线上升,去建筑的高层。"

"和我们的管道升降梯一样。"

"不,比我们的升降梯强。"木桑摇摇头,"从这里升到一百多层,大约四百米高,电梯只需要两分钟。我们的升降梯……恐怕提升不动这种钢铁的屋子。"

"上去之后治疗需要多久?"丹笛问。

"十分钟。"木桑说,"考虑到敌人不一定知道怎么使用电梯,会在大楼里迷路,我们的时间应该比较充裕。"

丹笛说:"既然堕风之人出现了,那么,'灰烬之羽号'很可能也受到了攻击。情况危急,我们行动必须要快。"

电梯停了下来,铁门滑开。丹笛背着心锈,跟随木桑走出,铁门又自动闭合。他们正站在高塔高层的一间厅室中,四周墙上开着巨大窗户,可以俯视整个白沙城。厅室延伸出四条走廊,走廊顶上嵌着一些光滑的白色方块,照射出淡淡的白光。丹笛没有看见燃气管道的痕迹,不知道这些白光是怎么燃烧点亮的。

"已经这么多年了,这里面还有'电'在运作……"木桑摇了摇头，往深处走去。

"电？"

"祖先们使用的神秘力量。就像我们用气压驱动机械，用燃气驱动火焰，他们用电驱动一切。"木桑说。

四周寂静荒凉，唯有细弱风声隐约回绕，丹笛清晰地听见自己的心跳，还有贴着他后背的心锈的心跳。心锈的心跳沙哑粗糙，像一团锈石在摩擦、震颤。

他们头顶的楼层多有垮塌，钢骨架孤独伫立，本来敷设于骨架间的墙板断裂、崩落、堆叠在上下楼层之间。隔着垮塌形成的空隙往上望去，洞穴大厅穹顶上的裂口已隐约可见。天光下照，为荒凉清寂的塔顶染晕出黯淡光辉。钢骨架间挂着如帘幕般的绿萝，墙板上亦爬行出一道道苍翠苔痕。时不时可见水潭积蓄在地面凹陷中，应是裂口渗入的雨水所致。

空气中弥散着怪异的臭味。"……有点臭。"丹笛吸吸鼻子。

"这是臭氧。"心锈忽然道。

"臭氧？"

"我以前在圣殿闻到过这种味道。"心锈说，"他们说这个是臭氧。"

"圣殿很可能是我们祖先分化出来的。"木桑忽然说。

"圣殿不是风神的使者吗？"丹笛疑惑不解。

木桑干笑几声："平常说这种话会被视为大逆不道。但现在，我可以大声说：风神真的存在吗？"

"不，风神当然存在……"丹笛全身一震。

木桑哑着嗓子笑了几声，继续前行。丹笛跟着他爬楼向上，走入顶层的一间小屋。屋中,几羽飞鸟突然翻翅飞起,"嘎嘎"叫着飞远了。丹笛抬头看去,小屋顶盖已经塌陷,屋顶外不远处是高塔最高端的一座桁架铁塔。铁塔上方就是洞穴大厅最顶端的裂口,裂口中可以望见蓝白的天空。

永不停息的风声隔着裂口遥遥传来。

"其实,我前几天第一次爬到这里时,"木桑说,"我还在想塔顶的最高处是什么,结果没想到,这里居然是一间诊所。"

"这里就是那间诊所?"丹笛放下心锈,观察周围。

诊所小屋面积只有十几平方米,天花板歪斜着倒塌下来,遮住一半地面。和遗迹中其他的房间清净无物的情况不同,诊所中杂物极多,可能在白沙城废弃之时,屋子的主人还没收拾好东西撤退。屋中放着一张床、一张办公桌、一台靠在墙角的一人高的奇怪机器。绿萝爬满倾斜的天花板,地板上积着一潭绿苔丛生的浅水,水底的绿苔之间沉淀着锈尘,屋中的钢铁结构也因雨水侵蚀而多生铁锈。

锈红与苍绿在这间屋中驳杂一团,全然不见其他遗迹房屋中的死板清冷。在那团绿萝之间,丹笛甚至看见了鸟巢和不知名小兽跑动的痕迹。

"这就是治疗舱。"木桑走到那台立在屋角的一人高的仪器旁,在仪器边上的操作面板上滑动、输入着什么。仪器是一只竖立的长箱,盖子开在正面,上面嵌着大块透明玻璃。玻璃内是可容一人的空腔,腔壁银白,壁面刻着淡蓝色的笔直纹路。治疗舱的白铁外壳锈蚀严重,但舱内光洁如新——可能是长时间密闭未开启的原因。

"这个要怎么治疗？"丹笛问。

"让心锈姑娘站在里面，启动机器就行。"木桑指着桌子，"前面这个屋子的主人留下了一些笔记，上面记载了机器的用法。机器启动后里面的人会昏迷麻醉，被机器治疗锈化，整个时间需要十分钟。"

"只能试试了。"心锈说。

木桑在操作台上按了按，"吱呀"一声，治疗舱门卡顿着滑开。"待会进去后会被治疗舱里面的液体淹没。"木桑说，"但别担心，在淹没之前你就晕过去了。"

"淹没？"心锈一愣。

"我也不知道，我睡过去之前整个治疗舱都在灌水，醒来后舱里水没了，但我肺里面全是水。"木桑挠着头发，"我猜这也是古代人的神秘技术，能在里面呼吸，能治疗身体的水。"

心锈摇摇头，平静地走入治疗舱。木桑轻点操作台，治疗舱缓缓盖上，舱内喷出一股蒸汽，心锈沉睡下去。半分钟后，淡黄色的液体从治疗舱底部的注入口涌出，慢慢将心锈淹没。沉睡着的心锈咳了几声，吐出若干气泡，并无窒息的神色。

"她真不会淹死吗？"丹笛焦虑地问。

"至少我活着走出来了。"木桑说，"我们只能等。希望下面堕风之人和锈族能多纠缠一会儿，给我一些时间。"

丹笛走到办公桌前。桌上散列着一叠纸，纸上密密麻麻全是手写字迹。他轻轻拾起一张，这纸似乎是特殊材料制成，放置了这么多年不见霉坏。

纸上的古文字丹笛一个都不认识。但字迹结尾的落款他认了出来，是"安娜"。这个词在今古文字中的写法一致。

"安娜？风神？"丹笛一愣，"这些纸上写着什么？"

木桑走过来瞄了一眼。"'4月12日10:34，患者左手小臂缇娜感染严重，加注地塞米松抗休克，剂量遵系统建议。准备截左手小臂，改义体化。——安娜。'"

丹笛一惊："这……这是什么？"

"好像是医疗记录。"木桑叹了口气，"安娜……是这位医生的名字。"

"不，这不可能。为什么医生会叫安娜？我们的祖先不可能用神明的名字自称！"

木桑摇摇头，欲言又止。

忽然，头顶的大地裂口之中飘来大雨，"沙沙"作响，淋洒在倾斜天花板的绿萝上，再汇聚成股，"哗哗"流下，如流泉一般泻入地板上的浅水潭中。

"风与我们的历史同在。"木桑说，"但风中的讲述并不可信，唯有这些实物记录的，才是历史的真实。也许，我们的神明……"

木桑忽然不说话了，呆呆直视前方，身体发抖。

丹笛转身看去，一条锈尘长索正探头滑入小屋，随后，门后探出一条长着锈石鳞片的皎白小腿。鳞萝走出门后，小脸通红，额上渗着细汗。"我从没想过，我会再见到银丝姐姐。"她声音阴郁，"所以，你们可不可以马上死一下呢？"

雨下大了。

蝶稳坐驾驶座，握着操纵盘。观察窗外水汽弥漫，万物模糊。大雨冲洗掉空中的锈尘，她的锈尘感知能力损失不少，对外界风场的感知弱了许多。好在大峡谷中风场柔和缓慢，不用担心风场紊乱，倾覆飞船。

蝶一推浮力挡，"灰烬之羽号"缓缓飘起。从起飞状态看，因为停泊过久，似乎没做配重平衡。"机械台，"蝶看了一眼莱恩，"调整一下水箱的水，压一部分到舰艏来，我船配重不平。"

"收到。"莱恩将命令传达下去。

"情报台，现在情况如何？"

艾比说："右舷装甲损失严重——"

又一发炮弹命中右舷，艾比被震得跌落了座位。蝶的座位震颤着，驾驶台上的茶壶摇晃起来，洒出一泼奶茶。她一推动力挡，让"灰烬之羽号"先向前航行，避免全船变成僵死不动的靶子。

"右舷装甲损失超过八成，船壳和表层舱室着火。"艾比爬上座位，虚弱地说，"三门右舷炮只剩一门，损管队正在想办法灭火。好在下大雨了，火势不大。我船以外，'银花号'和'真理号'已经飞起来，飞到了我们上空。"

"火控台。"蝶迅速思考着对策，"我船准备以左舷对敌，让左舷三个炮位进入战备状态。"

"收到。"朱亚丝一撩火红长发，握笔计算着，"根据观察，敌船的射击间隔大约是三分钟。他们的炮弹有遗迹炸药，但弩炮的加压速度没我们的炮快。我们还有机会。"

上次完成改造后，各个炮位都加装了自动弹道计算尺，可以根据观察哨算出的敌船坐标快速计算射击诸元。虽然在峡谷内的短距离空战上高精度瞄准的优势不是很大，但蝶还是希望"灰烬之羽号"的炮击能给"赤锈之翼号"一个教训。

"灰烬之羽号"在湖面上回转半圈，以左舷对敌。"赤锈之翼号"慢速移动着，完全没有纠缠或是做出规避动作的意思。

"已经进入射界了！"朱亚丝说。

"开炮！"蝶大喊一声。

两船同时开炮。炮弹飞行错过，"灰烬之羽号"的七枚炮弹全都命中，在敌船上炸开小小的火花。"赤锈之翼号"的十几枚炮弹分别向"灰烬之羽号"和"真理号"飞来。两枚炮弹击中"灰烬之羽号"，船身震颤，爆炸声轰轰传来。

"左舷……左舷大约40%的装甲损毁了，第三号炮位被毁，到处都有伤亡报告。"艾比焦急地说，"他们的炸药火力太强……然后，观察哨说，'真理号'也中弹了。"

上空，"银花号"也开炮了。蝶看见一线炮弹撕裂水雾，砸在"赤锈之翼号"装甲板上，击碎了几片小小的装甲，铁片掉落，砸向湖面。这点小伤，对于对手来说只是挠痒。

"损管队有点忙不过来了！"莱恩说。

"我船命中敌船，但战果有限。"朱亚丝紧咬着牙关，"我们命中率很高，但对面火力这么猛，我们撑不下去。"

所有人都朝蝶看来。蝶死死握着操作盘，正面作战显然不敌，眼下唯一的选择只有撤退。但师父丹笛和心锈大师还在遗迹里，"灰烬之羽号"一撤退，丹笛和心锈就再没机会返回了。

他们会死在大地上。

但是……蝶咬紧牙关。如果坚持在这停留,"灰烬之羽号"会被摧毁。船上所有人都会死。

舰桥上压抑得可怕。就连平时最忙碌的艾比也呆呆坐着,没有整理身后如雪片般递来的情报。

如果丹笛师父坐在这里,他会怎么选?蝶内心挣扎着。师父应该会选能让大多数人更好地活下去。

她盯着驾驶台上的茶壶。如果撤退,那么丹笛再也喝不到她泡的这壶茶了。

"我们……"蝶声音颤抖,"撤退。"

无人反对。莱恩攥紧拳头,双目瞪圆;艾比捂着嘴,泪珠一颗颗滚落。

"'灰烬之羽号'必须前进。"蝶一推动力挡,"给'银花号''真理号'发送信息,我们撤退。"

大雨瓢泼。

丹笛独立雨下,拔出心锈之前交给他的"裁雪"。水蓝色的刀刃摇曳着聚在刀柄前,宛若凝固的水波。

"大学者,你躲到后面去。"丹笛盯紧鳞萝,用感知能力监视她的锈尘长索的动向,"这里我来应对。"

鳞萝赤足踩入浅水潭,步于雨下,脚趾在潭底青苔上蹭着。"身归魔女,心奉风神。在此,堕风之人鳞萝,要将罪人心锈缉拿归返圣殿,谁要挡我,全都会死。"

"来试试!"丹笛往前一踏步,主动出击,一刀刺向鳞萝胸口。

"有几分罪人挥刀的感觉!"鳞萝笑着后退,数道锈尘长索卷来,密织成网,拦住去路。

丹笛硬生生停下步伐,收回裁雪。他如果再往前冲,很可能鳞萝会将锈尘长索之网收紧,将他缠住、束锁起来。

"怎么不钻进网里呢?"鳞萝咯咯笑着。数条锈尘长索绕到丹笛身后,朝他疾刺,"和银丝姐姐一样,钻进来呀!"

在能力提升下,丹笛的身体力量与反应速度远超常人。奔行急速的锈尘长索在他的感知场中慢得如同缓缓飘落的羽毛。他一闪身从长索之间穿插闪过,大步踏朝鳞萝冲去。

水花飞溅,湛蓝的刀风映着漫天飞雨,折射出无穷无尽的幽蓝光华。刹那,长索破空之声簌簌响起,锈尘长索再次密织成网,拦住丹笛的去路。

丹笛又停下脚步,收回裁雪。

"你这样还没心锈厉害呢。"鳞萝轻轻拍去自己肩上的雨珠,"罪人心锈除了会用'裁雪'的能力打架,她还有强大的锈尘念力。你呢?就靠武器吗?虽然我的反应速度和身体没你快,但在锈尘的网前面,你伤不到我。"

"闭嘴。"丹笛再次攻向鳞萝,又被她的锈尘长索编织的网所阻拦。鳞萝的反应速度并没有丹笛快,但她只需要在周身及时张开锈尘之网,丹笛的攻击即告失效。他不能冲进网中刺击鳞萝,一旦被网包裹、锁紧、无法动弹,强化了的身体也毫无意义,他必输无疑。

雨声沥沥。锈尘的幽香散在周围,和雨水蒸腾起的青草气息混合着。浅水潭中的苔痕已被丹笛踩得乱七八糟,留下一行行脚印摩擦的痕迹,唯有水底的锈尘似乎是结晶在地面上,未曾磨损。

他轻轻喘着气,大量消耗体力的副作用已经发作了。

"收回我刚才的话,你不仅没心锈厉害,甚至还没银丝厉害。"鳞萝笑了起来。

银丝是谁?丹笛心中疑惑。他思考着战斗策略,左手悄悄拔出"银雕"。或许,远距离的气枪攻击能有奇效。

丹笛举枪朝鳞萝射去。

"哎?这里有个破绽哦!"鳞萝眼中忽然放光,她一面用锈尘绳索织成布面,挡住弹丸,同时分出一道绳索,朝着心锈的治疗舱奔去。

"哼。"丹笛早已将这束偷袭的锈尘长索的轨迹看清。在锈尘感知和"裁雪"提升反应能力的双重作用下,锈尘长索的任何细微动作都不会被他错过。

丹笛往旁边斜步跨出,一脚踩在水潭中,挥刀,斩向偷袭而来的锈尘长索。

突然,浅水潭底部的锈尘突然活化,化为长索,缠上丹笛的脚踝!

糟了!丹笛抽出脚踝,但速度仍是慢了一拍。长索迅速缠上小腿,将他拖倒在地。更多的锈尘长索从水潭底部的锈尘中活化伸出,捆紧他的四肢,束缚固定。

浅水潭底部的锈尘早已全在鳞萝的掌控之中,但丹笛没有发现。

"哎呀?你咋踩进陷阱了?"鳞萝笑着说。攻向治疗舱的锈尘长索慢悠悠一转折,飞射而来,刺穿丹笛腹部。

丹笛眼前一黑,剧痛贯穿腹部,拖拉、撕裂着脏器,热血渗出伤口。他想挣脱束缚自己的锈尘长索,但长索力道极大,任凭他如何扭动四肢,都无法挣脱。长索的束缚反而越来越紧,让他窒息着说不出话。

大雨淋落,雨水漫过他腹部的创口,疼痛愈盛。

"丹笛船长!"木桑在后面焦急地大喊。

"你……偷袭!"丹笛说。他终于意识到,在方才的战斗中,除了和他纠缠,鳞萝还悄悄控制了浅水潭底部的锈尘。在他脚踏入水潭的预定位置之时,这些锈尘就会活化、激发、缠上他的脚。

鳞萝的反应速度没有丹笛快,但借助陷阱,她将反应速度的差距缩到最小——她不需要控制长索追上丹笛,她只需要等待丹笛自己踩上陷阱。

"你可能是优秀领航员,但不是战士,连及格的战士都不是。"鳞萝笑着走向治疗舱,"优秀的战士不会被我这样的诡计所击败,比如,这位罪人。"

鳞萝站在治疗舱前。"这么老的遗迹造物,是神话时代的?我看看,这里写着'治疗已完成'?"

丹笛挣扎着歪过头。治疗舱中淡黄色的液体排空,心锈正站在舱中,呕出肺中的治疗液,但仍昏迷着。她体表那些刺穿皮肤的锈石已消散不少——这台古代机器的治疗是有效果的。

"你不准动她！"丹笛喊道。他握紧"裁雪"，试着挣脱长索束缚。忽然，一阵虚弱无力的感觉漫过他的身躯，他与"裁雪"的共鸣断掉了。

他体力消耗过多，无法维持共鸣。

"闭嘴。"鳞萝说。

捆着丹笛的长索再次收紧，缠得他骨节崩响，筋肉紧绷，喘不过气，腹部的创口汩汩往外挤出血流。在这挤压下，内脏似乎都要从伤口挤出。

"唔……'开启治疗舱'？确认，确认。"鳞萝微微一笑，在治疗舱的操作面板上轻点。

治疗舱门"砰"地往外一弹，一阵白雾从弹开的缝隙间涌出。鳞萝搭上手，推开舱门。

心锈安静立在舱中，圣殿那套黑白的祭祀服湿漉漉地贴在她身上，衣服表面突着数十小小的凸起，全是她体表的锈石。

"终于可以回圣殿复命了，我不会变成银丝姐姐的。"鳞萝缓缓踏上治疗舱，面对心锈站着，然后伸手轻轻抚过心锈脸颊。"抓了你这么多年，你还是输了。"

"看起来，你也不是什么优秀的战士。"心锈忽然睁开眼，微微一笑，侧身按住鳞萝，将她挤入治疗舱中，自己则趁机移步舱外。就在鳞萝还未反应过来之时，心锈猛地拉回舱门，将鳞萝关锁舱中。"木桑学者！启动这个机器！"

"你这个罪人！放我出去！"鳞萝拍打着玻璃舱盖。几尾锈尘长索正在她周围聚集、凝结，刺向玻璃舱盖。很快，玻璃上出现裂纹。

木桑连忙跑到操作台前,轻点几下。治疗舱启动,一阵白雾喷出,鳞萝昏迷了过去。

"我还没输呢。"心锈眨眨眼。

章十六　我们都曾听见风神的歌唱

[**逐星旅团**] 大迁徙的后半程
主题：[官方] 天霜意外身亡事件的补偿办法
赔率：无（NaN）：无（NaN）
[**回复：**]
#1：[官方] ……我们将对天霜的死亡进行重新调查……
#2：[官方] 对于有部分顾客宣称将前往红赫星携带锈尘返回地球一事，我们在此郑重警告：锈尘是危险的微纳机器，引入地球将导致环境灾害，您将依法承担此行为的责任。

大雨逐渐小了。

鳞萝昏迷后，她所操控的锈尘绳索崩散为尘，从丹笛周身滑落。丹笛捂着腹部的伤口倚坐地上，轻轻喘息着。

"别动。"心锈半跪下来，从裙摆上撕下布条。"我来给你简单包扎一下。我的衣服刚才泡在治疗舱里面，沾着的是有治疗效果的水，也许对你的伤口有好处。"

疲倦与失血带来绵绵不绝的晕眩与痛苦，丹笛只能点点头，背靠歪斜塌在地上的天花板，放开捂住肚子的手。

"伤口里的锈石只能回去处理。"心锈说，"或者，如果堕风之人身上有圣殿的伤药'安娜之泪'，也可以用。圣殿的药效果很好。"

听见心锈的话语，丹笛的思绪忽然飘远。他想起好几年前在旅风角，镇上有人曾经为了治好孩子的伤情而去向圣殿的小祭司祈求"安娜之泪"，最终贿赂祭司到家财荡尽，只换来了一瓶利尿的假药。他的孩子在痛苦地尿出了肾脏中的小锈石后，血崩不止，失血而死。丹笛曾听很多人提到过"安娜之泪"，这一药品真的存在吗？他又想起了苦婆。苦婆那时送给他的暂时压制锈尘阻塞、让他恢复锈尘感知能力的神秘药剂，也是来自圣殿。他不知道苦婆现在如何；大概，应该在那天"灰烬之羽号"起航的时候，死在了倒塌的阳谷之中吧……

丹笛一愣，他忽然觉察到，他的锈尘感知能力变弱了——他和莱恩之间的锈尘连接似乎失效，无法再压制他胸口的锈尘阻塞。这意味着，他和莱恩之间距离隔得太远。难道，"灰烬之羽号"遭到攻击，被迫起飞了？还是莱恩离开"灰烬之羽号"，因为事务而走远了？

"唔——"剧痛打断丹笛混乱的思绪。心锈正用一块从她下裙裁下的布料扎紧丹笛的伤口，木桑在旁边搭手帮忙。

疼痛让丹笛的理智恢复了些。他看向治疗舱，鳞萝正泡在淡黄色的液体中，仿佛沉睡在美梦中的小女孩。"木桑学者？"他问道，"鳞萝从治疗舱出来以后，会怎么样？"

木桑闷声系紧绷带。"从原理上说，她的锈化程度会减轻不少。随着锈化的减轻……啊这方面不是我的专业，我不研究生物炼金。不过，我猜，她的锈尘能力应该会弱不少。这种念力型的锈尘能力弱下来之后……"

"弱下来之后，基本就没啥战斗能力了。"心锈补充着。

"那我们直接离开，不管她。"丹笛缓缓站起身，"赶快返回，我感觉到我和莱恩的锈尘连接断了，'灰烬之羽号'可能出事了。外面也不知道是什么情况，鳞萝追着我们到了这里，说明圣殿肯定知道我们和'银花号''真理号'结盟了……他们说不定会攻击'灰烬之羽号'。而且，鳞萝不是还带了护卫吗？那些护卫也会追过来。"

"那些护卫大概被她甩下不管了。"心锈说，"不过……"

"不过？"丹笛看着心锈。

"堕风之人都是可怜之人。"心锈说，"我们把失去力量的她丢在这里，圣殿大概会把她'废弃'掉吧……毕竟，没了力量，她就没有利用的价值了。"

"废弃？"

"当成普通罪人，杀掉，或者丢掉。"心锈身子一颤，"我们还是等她出来吧。木桑学者，这个治疗舱能治疗丹笛的伤口吗？"

木桑摇摇头。"我不知道怎么设置这台机器的功能。我能用这台机器能治疗锈化，是因为机器在几百年前最后使用时设定在了治疗锈化的功能上。而且,它能不能治疗普通外伤,我不清楚。"

"没事。"丹笛说。

几分钟后,治疗舱完成治疗,淡黄色的液体缓缓排空。舱门之后,鳞萝脸上的锈石鳞片小了不少,从鳞片退化为细小的刺出皮肤的红针。

心锈走上前去,看着操作板,点下开启舱门的指令。

舱门弹出。心锈缓慢拉开舱门。

"小心。"丹笛单手撑地,站起身,走到心锈身边。行走时牵动到腹部的伤口,他的步伐一顿一顿歪斜着。

鳞萝扶着舱门,咳嗽着吐出治疗液。黑袍湿漉漉裹在她身上,发丝贴着她的面颊,缠在细针一样的锈石之间,淡黄色的液体沿着发丝与细针滴落。"你们这些叛神之人,"鳞萝怪叫着,"全都给我去死!"

锈尘缓慢汇在鳞萝周围,结成松松垮垮不成型的长索,软趴趴朝心锈飘来。心锈抓住绳索,用力一握,将手中那一截绳索所蕴的锈尘握成粉末。"果然,你的锈化好了不少,和我一样。"心锈说。

"什么?不——你们——"鳞萝呆呆站着,试着操控周围的锈尘,但她唤出的长索全是柔软的丝线,绵绵弱弱毫无力量,不见以前的刚劲迅捷。"你们对我干了什么!"

"治好了你的严重锈化。"丹笛说。

"治好了……"鳞萝脚下一软,跪在浅水潭中,"我的锈化?"

"是。"

"我的锈尘能力……"鳞萝面容呆滞苍白，嘴唇发颤，惊慌无比。她伸手摸着自己的脸颊，抚过那些锈石鳞片退化而成的细针。"鳞片……鳞片全都……"

她手指一弯，从酒窝处抠着拔出一枚细针，颤抖着手移到眼前。"变成了针？"

鳞萝尖叫起来，泪水流下。她死命抓过脸上的锈石细针，用指甲将它们全都抠挖拔出。细针拔带出鳞萝脸上的纤毫血肉，鲜血渗出，雨泪同混，潸然下注，滴落在她的黑袍上，和袍上的治疗液混成黄红相融的浊流。

雨缓缓变小，只剩下细细雨丝，柔柔吹下。

"杀了我吧。"鳞萝松开手，攥在掌心的锈石细针纷纷撒落。她的语气冰冷、平静而空洞，仿佛对万事万物都失去了信念与热情。

"你走吧。"心锈说。

"走？"鳞萝凄然一笑，"你在同情我？是你害我没了力量！你难道不知道失去了力量，圣殿就会……就会抛弃我……我对他们来说，就是没用的废人。他们只会把我流放……"

说到流放时，鳞萝的身子剧烈颤抖起来。"流放……就是把我丢了……不，我不要。你们没看见银丝吗！她以前也是堕风之人，后来没了力量，被流放了，就变成了这样的鬼样子！变成了锈族！如果不是流放……圣殿甚至可能把我活剐了大卸八块，拿去做研究！还不如你们现在就杀了我，给我一个痛快……求求你们，"鳞萝跪着爬到心锈身边，扯住心锈的裙摆，

"给我一个痛快!"

"银丝?你是说那个锈族的能力者?"木桑惊愕地说,"她以前是堕风之人?"

"没错,我没了力量,可能也会变成那样。"鳞萝牙关打战。

"送她解脱算了。"丹笛说。鳞萝虽看着可怜,但之前在磐石市场,她杀了无数无辜民众,差点儿杀了他和心锈。对付这种恶人不必手软。而且,鳞萝知道"灰烬之羽号"和他们的行踪,放她走有隐患。

"……算了。"心锈叹了口气,"她……也只是个可怜之人,和我一样。我能活下来,她何必去死?"

"你想看着我被圣殿折磨!"鳞萝惶恐地盯着心锈。

"我只是不想看着你死。"心锈俯下身,轻轻拍了拍鳞萝肩膀,"现在的你就是过去的我;现在的我,也可能是未来的你。我都能活得好好的,你在担心什么?"

"但我是罪人……"鳞萝声音细弱下去,"活下去?我如果不去做圣殿的狗,成为堕风之人,哪里会要我?罪人只会被人讨厌、被追杀。这一点从我小时候觉醒力量杀人无数之时,就已经命中注定。如果不是雷山大祭司把我从刑场上踢进狗笼,我……我早就以罪人的身份死掉了。"

"杀人无数?"心锈摇摇头,"你小时候为什么要杀人?"

"他们……他们……"鳞萝咬紧牙关,泪水又滚滚流出,"那些该死的贵族老爷,他们在玩博彩,赌我的母亲能不能在火烤到通红的铁板上跳舞一个小时……妈妈、妈妈被活活烤死了……"

丹笛身子一震，沉默下去。心锈叹了口气，搂住鳞萝的身子。"所以，你有罪吗？"

"我……不知道……"鳞萝说，"我后来杀了太多的人，就算原来没罪，后来也，后来也……"

"风永不停息，我们都曾听见安娜的歌唱，你和我，和我们，有什么差别呢？你所犯的罪，那是堕风之人犯的罪行，不是现在的鳞萝。"心锈说，"那时的你，是圣殿的走狗。现在的你，只是一位叫鳞萝的女孩。"

鳞萝"哇"地抱住心锈，哭了起来。

"如果觉得没有其他地方可以收留你，那么，来'灰烬之羽号'吧。"心锈说。

丹笛愣了愣，他没想到心锈会这样提议。忽然间他和心锈好像换了性格——过去的他多半会心疼鳞萝，愿意收留她；而过去的心锈，则多半杀人不眨眼，会直接将鳞萝杀了。在经历了大迁徙中的一系列事件后，他和心锈都变了。

"去你们的船？"鳞萝惨笑着，"不，你们不会接受我的。"

"他们已经接受我了。"心锈说，"唔，至少一部分人接受了。"

鳞萝沉默不言。她的面色时而扭曲，时而平静、时而挣扎着面目狰狞、时而冷如寒冰。她似乎在挣扎着求死还是活下去，最终，几分钟后，她似乎冷静了下来，说："你们让我活下来，是想要利用我的力量？但是，我没力量了。"

"不，"心锈拉着鳞萝站起身。"我们又不是圣殿，要你的力量干什么？"

"嗯……"鳞萝低下头,神色忧虑。

"赶快走吧。"丹笛说。

"船长。"木桑忽然说,"你们撤退。我决定要留下来做研究。如果有机会,请给我送点食物、墨水、纸笔。然后,告诉海娜伊思和琳,让她们记录下我的事迹,我会在这里留下研究记录……希望下一次人类在大迁徙中路过这里,能知道更多的历史真相。"

丹笛看着木桑,沉默着走上前去,拥抱住他,拍了拍这位沉默寡言的大学者的后背。随后,丹笛后退小步,说:"我一定办到。"

"走上面离开吧。"鳞萝说,"下面的入口,已经被炸掉了。"

"被炸掉了?"丹笛一愣。

"……为了防止你们逃走。炸掉那个入口,你们在遗迹城中就跑不掉了。"鳞萝脸上面露愧疚之色,"啊,还有……"

她从衣服的口袋中摸出一小瓶翠绿的药剂。"这是'安娜之泪'。"她把药剂瓶递给丹笛,"刚才伤到了你……唔……对不起。"

他们修整了小会。木桑扎下营,开始整理文物文献。心锈给丹笛解开包扎,将药抹在伤口上,重新包扎。几分钟后,伤口缓慢愈合。和木桑道别之后,他们三人爬上小屋的天花板,往高塔最高处的钢铁塔顶爬去。

暴露在洞穴大厅顶端的裂口雨水之下,钢铁之塔锈蚀严重,不少铁制的桁架腐蚀断裂,轻轻一踩即变成几片坠落的锈铁。他们小心攀爬,十几分钟后才爬到塔顶。

塔顶距离裂口还有二十米的高差。裂口下垂着粗壮的藤萝，藤萝底部距离塔顶也有五米距离。

"我们需要绳子才能爬上去。"丹笛说，"得回去找找。"

"不，我来。"鳞萝忽然往前出，"我的锈尘力量还没有完全消失……我……我还有用。"

鳞萝凝聚着周围飘浮的锈尘，缓慢聚成长索，往上飘浮，缠上藤萝。她的锈尘力量虽然还在，但已变得无比弱小，凝聚锈尘的速度极慢，锈尘长索的移动速度也缓慢万分。

片刻，鳞萝凝聚出第二条平行的长索。她将两条长索往上延伸到裂口处，缠住藤萝，又在长索之间凝出几十条短索，平行着连接两条长索，做成绳梯。

"可以往上爬了。"鳞萝紧张地走上前去，拉了拉血红色的绳梯，"强度应该是够的。"

"你先吧。"丹笛对心锈说。

心锈小心爬上绳梯，慢慢爬到裂口之上。在治疗之后，她的身体状况似乎恢复了些，不再是最初那副病恹恹的濒死模样。随后，丹笛也爬上绳梯，来到裂口外。

"我登顶了！"丹笛对着下面的鳞萝大喊着，"到你了！"

鳞萝爬上绳梯，逐级踩着慢慢往上。在她即将到顶之时，丹笛向她伸出手，想拉她一把。

突然，缠着藤萝的锈石绳梯最上部忽而消散成锈尘，断裂开来！

鳞萝踩着绳梯，尖叫着往下坠去。

"小心！"丹笛往前一扑，趴在地上伸长手，堪堪抓住最后一节绳梯，也拽住了挂在绳梯上鳞萝。

丹笛只感觉脑袋一晕，绳梯下坠的冲力拉着他整个人趴在地上往下一压，腹部刚刚愈合的伤口立刻传来剧痛。他死死抓着绳梯不松手，看着鳞萝，喊道："你快点……快点往上爬！"

绳梯晃了晃去，鳞萝惊叫着抱缩在绳梯上，不敢移动。随着绳梯晃动，丹笛手上的下拉的力也越来越大，他已握不紧绳梯。一旦他松手，鳞萝就会跌落下去，摔成重伤。

"丹笛！"心锈在一旁喊道，"我来帮你！"

"别过来！"丹笛说，"这里没有位置了，你过来我们可能会一起掉下去。"

鳞萝正颤抖着身子往上爬最后五格绳梯。大雨后地面湿淋淋的，丹笛的身子正随下拉的力慢慢滑向裂口之中。绳梯晃动，他手臂上的痛楚愈来愈强烈，使用"裁雪"后的疲倦、腹部的伤共同摧残着他的意志。他只能咬住牙关，死死坚持。

"你放手吧。"鳞萝忽然说。

"你快爬！"

"我爬上去你也会滑下来的，来不及了！"鳞萝沮丧地说，"我只是个罪人，松手，让我死在这里。就算我跟着你们，我也没力量了，你们用不上我的。"

"你乱说什么！"心锈忽然在一旁大喊道，"什么叫'我们用不上你？'，你把我们当成圣殿那样的人吗？你活着就是被别人奴役当杀人工具吗？你就不能为了自己而活吗？"

鳞萝愣住了。

大地的裂口之下，藤萝青翠，五彩的花朵盛放在藤萝之间，血红的绳梯一晃一晃。鳞萝抱紧绳梯，往上望着。她脸上的锈石鳞针被拔出后所流出的血痕仍未散去，遮在半边脸上，雨丝点染，洇成凄嫣的赤血纹路。

只要我一松手，她就死了。丹笛忽然想。她是个罪人，货真价实的罪人，她在磐石市场杀了无数平民……只要松手，她就死了。

丹笛忽然不知该不该救下鳞萝。鳞萝身负罪恶无数，但她亦是受害之人，是被圣殿所压迫驱使。他如果救下鳞萝，是不是对那些在磐石市场惨死的人，对那些其他死在鳞萝手下的人不公平？可是，此时的鳞萝不过是一位已经悔罪的女孩，杀了她，丹笛内心愧疚。

他想救下身边的所有人。也许这一想法有些幼稚与天真，但他觉得，这是正确的。

"没事，我坚持得住。"丹笛喘着气说，"你先别爬，晃动会把我拉下去！你用锈尘能力！延长一下绳梯！缠上这些树枝！"

鳞萝愣了愣。"好……好！"她抱着绳梯不再移动，重新凝出锈尘长索，将绳梯续接上去。丹笛咬牙坚持着，他的手臂肌肉正疯狂颤动，整个肘关节仿佛要被拉开，而握住绳梯的指节也颤动不止，濒临脱力。他闭上眼，眉头紧锁，死死对抗着手臂上的痛楚。

"好了！"鳞萝说。

丹笛手上一轻。他睁开眼，锈石绳梯已经重新接好，鳞萝爬上了裂口。

丹笛一翻身躺在地上，大口喘气。

"对不起。"鳞萝说,"我……谢谢。"

"丹笛!"心锈大喊道,"快看!'灰烬之羽号'!'灰烬之羽号'怎么已经飞起来了!"

在蝶的记忆中,"灰烬之羽号"的舰桥上从未如此压抑过。

所有人都沉寂不言,除了艾比。艾比声音低沉,机械般汇报着各类信息:"赤锈之翼号"的位置,"银花号"和"真理号"的情况,"灰烬之羽号"的受损情况,还有损管进度。被威力巨大的炮弹打击后,"灰烬之羽号"各个位置都受损严重,动力、控制气压管线、燃料、平衡重心的水箱、弩炮、舵面,都有残损。观察窗外,动力还没修好的"真理号"慢悠悠飞着,船头的风霜旗已烧成了蓝黑之色。一旁的"银花号"也全身冒着黑烟,濒临极限。

"'赤锈之翼号'在给我们三条船打信号灯。"艾比说,"'只要我们停止联盟,他就停止攻击'。"

蝶操控着"灰烬之羽号"航行到峡谷上,直面"赤锈之翼号"。她手中操纵杆的反馈已有些失常——控制管线受损后,输入到舵面气压缸上的气压不足,不能有效控制舵面偏转。

"我们需要放弃联盟吗?"艾比询问着。

舰桥中没人说话。死寂十几秒后,艾比说:"'赤锈之翼号'开炮了。"

"我感觉到了,马上规避。"蝶控制"灰烬之羽号"在水平方向上曲绕前进。炮弹飞入她的锈尘感知场中,大都擦着"灰烬之羽号"飞去,只有一枚,直直朝着她冲来——

这枚炮弹在向舰桥飞来！蝶的心瞬间提到了嗓子眼儿。她刚想大喊出来，炮弹已砸落她右侧十几米远处。"轰"的一声，舰桥右舷的观察窗瞬间密布裂纹，"砰"地碎裂、被气浪冲垮。爆炸的余浪涌进舰桥，席卷一切。冲击让蝶一时晕眩，座椅上的安全带锁住了她，避免她飞脱座位。等烟尘稍稍散去，蝶才看清舰桥上的情况：情报台已被冲垮，自动计算尺倒塌，艾比整个人被压在计算尺下；莱恩被气浪炸飞，摔倒在舰桥中间。远离右侧窗口的天星和朱亚丝情况稍好，都只是被气浪冲得身子一歪。舰桥右侧之外，烈焰熊熊，燃烧着船顶装甲板，火焰在小雨中没有扩散，但飘出很多呛人的烟尘，涌入舰桥。

"快点把艾比小姐救出来！"蝶喊道。她无法离开驾驶台，她现在必须要保证正常航行。

"我来。"莱恩站起身，走到信息台前，扛起自动计算尺，把艾比从下面解救出来，"艾比？还好，只是擦伤，计算尺被桌子撑住了，没有伤到骨头。"

"我没事……"艾比攀着桌子站起身。

"我来安排损管。"莱恩帮助艾比简单清理着情报台，"传声管道还能用，先将就着用吧。"

艾比点点头，在破损的情报台之旁坐下，监听全船的信息。

"'赤锈之翼号'又开炮了——"

完了。蝶心中涌过绝望，控制着"灰烬之羽号"加速规避。如果这次再中一枚炮弹，"灰烬之羽号"可能就直接沉了。

突然，"真理号"从后方挤来，插在"灰烬之羽号"和"赤锈之翼号"之间，挡住炮弹。三团火光在"真理号"的船体上喷射而出，木板残片纷纷坠落。"真理号"滚滚冒着黑烟，无力地滑向大地。

"它……它替我们挨了一炮……"艾比声音在颤抖。

"让左舷炮位准备，我们反击！"蝶控制着飞船稍稍侧身。

"等一下——右舷观察哨说，地面上有三个人在向我们招手，好像是丹笛先生……什么？确认是丹笛先生！"

"我来看看！"莱恩大步冲到破损的右舷观察窗前。"是丹笛和心锈！他们身边还站着个人，看不清是谁。"

"派船出去，把他们接回来。"蝶精神一振，"我们还有驾驶员吗？"

"我来问问……"艾比对着传声筒询问着。"我们的其他驾驶员都受伤了，无法出动。"

"我去吧。"天星站起身，"反正现在也不需要导航。"

跳出"赤霄号"，丹笛马不停蹄朝舰桥跑去。

他从未见过"灰烬之羽号"这么狼狈。哪怕在风洼地和"赤锈之翼号"决战时，受损也没有这么严重。靠近船壳的舱室几乎都被炮弹炸烂，装甲全无，四壁透风，舵面和武器全靠损管才维持着最基础的运作。船舱和廊道内哀号处处可闻，船医已忙碌不过来。爆炸带来的余焰依旧在全船各个角落燃烧着，好在船壳上的大火已经熄灭——峡谷中的小雨救了"灰烬之羽号"的命。

在前往舰桥的路上，鳞萝解释着"赤锈之翼号"为什么会出现在这里。"圣殿想让德拉克索斯摧毁你们这个不被允许的联盟，我只是同行来抓捕罪人的。"

"哼。"丹笛冷哼一声。按照传统，代表神明意志的圣殿在大迁徙中永远保持着中立，永不干涉各个城邦、各个移民船的迁徙行为。但现在，圣殿已拉下架子，直接命令德拉克索斯行动了。

进入舰桥时，丹笛又被舰桥的景象惊呆了。

舰桥右侧仿佛被巨兽一爪拍过，观察窗碎裂、望远镜折断、自动计算尺倒塌，砸毁了艾比的情报台——艾比只能倚靠着自动计算尺，借着剩下的一小点桌面工作。钉在右侧墙上的地图烧毁过半，笔、纸张、墨水散落得满地都是。烈火灼过的碳痕从右观察窗处延伸出来，像是黑色的藤蔓在地面上生长。

"丹笛！"莱恩大喊一声，"我还以为你回不来了！"

"丹笛先生！"艾比哭着喊了出来。

"没事，没事，冷静。"丹笛举起手，示意众人平静下来。"基本情况我已经听天星说明了。蝶，你继续驾驶。"

"他们的火炮太强。"朱亚丝说，"船长，在火力对射中，我们不是对手，哪怕算上盟友的两条船……还有，'真理号'替我们挡了炮弹，已经沉在了地面上。"

"圣殿给了他们新式的弹丸，里面塞了叫作炸药的古代遗物。"鳞萝从丹笛身后走出，怯生生地说。

"你怎么在这里！"莱恩忽然站起来，指着鳞萝，"你不是那个魔鬼吗！"

鳞萝尖叫一声，缩到了丹笛身后。"我……我一定能帮你们打架！"

"她……说来话长。"丹笛说。

"不,丹笛,她怎么和你们在一起?"莱恩说,"几个月前在那个什么市场里,她杀了那么多人!她差点儿把我们都杀了!"

"莱恩,冷静一下,现在先考虑战胜'赤锈之翼号',她的事回头再说。"丹笛说,"炸药……之前在风洼地他们也用过,但威力没这么大。他们的炸药炮弹可能吸收了圣殿的技术,变得更强了。现在正面对敌不是办法。"

"丹笛先生,'赤锈之翼号'一直在给我们发信号灯,要求我们解除联盟,他就停止攻击。"艾比说。

"我们坚持不住了。"莱恩补充道。

丹笛望着窗外。漫天雨丝中,"银花号"正和"赤锈之翼号"战斗,"真理号"已滑落坠地,船体裂开一条大缝。"他们为什么替我们挨炮?"丹笛小声问道。

众人面面相觑,无人回答。几秒后,心锈才说:"是我们,我和木桑,帮他们找到了修动力炉的关键零件。他们想报恩。"

"那就简单了。"丹笛望向众人,"举起我们的风霜旗,我们会战斗到底,为了朋友、为了盟友、为了这个世界……我们,不能后退!"

"但是,我们要怎么才能赢?"莱恩问道。

众人面面相觑。突然,鳞萝小声说:"'赤锈之翼号',它……有个弱点。"

舰桥上安静起来,所有人都回头盯着鳞萝。"弱点?"心锈问道。

"炸药是圣殿交给德拉克索斯的。"鳞萝说,"在我和大祭司登上'赤锈之翼号'时,他们把炸药全都安放在了左侧那个船体末尾的位置,就在引擎喷口上方。因为我发时在那个房间转了一圈,往下看就是引擎喷口。"

"所以呢?"丹笛问。

"如果我们能引爆这些炸药,比如,击中那个房间,应该能让它爆炸。"鳞萝语气中有些不确定。

"艾比?联系机械实验室,询问琳和海娜伊思,问问鳞萝说的情况是否会发生。"丹笛皱起眉,"我们对炸药的性质并不了解。"

片刻,艾比说:"琳问我们,那个房间里有多少炸药?"

"一吨。"鳞萝说。

"如果能引爆这些炸药,"艾比说,"琳认为大概可以掀掉一半船体。"

"弩炮炮击可以引爆吗?"丹笛问。

艾比小声问了一句,随后回答说:"可以。"

"我立刻就去。"丹笛说。

"我去,我熟悉'赤锈之翼号',我可以去——"鳞萝说。

"你怎么去?你会驾驶飞船吗?"丹笛拦住鳞萝。

"不,我去。"蝶忽然说,"丹笛师父,太危险了,我去,大家还需要你。"

"蝶,你留下来继续领航。"丹笛说,"正是因为危险,必须由驾驶技术更好的我去才能保证成功。你留在舰桥,带领大家继续前进。如果我回不来了,你就要扛起领航的责任。"

丹笛停顿一小会儿,说:"蝶,你已经是合格的领航员了。"

"师父……我知道了。"蝶咬着嘴唇,坚定地看着丹笛,"风与我们同在。"

"风与大家同在。"丹笛往舰桥外走去。

几分钟后,丹笛驾驶"赤霄号"脱离停机坪,朝"赤锈之翼号"驶去。

大地苍茫。北方的天空漫过橘黄的云霞,太阳低垂地面之上,万古不变。天空的彩色近乎深蓝,幽广深邃。南方,天空黑暗,星星依稀可见,月亮挂在地平线上,光影模糊。大地赤红一片,唯有云气弥漫的大峡谷中泼洒着生机勃发的翠色。大峡谷的更南处可见一线线白色的冰川,蔓延到夜半球远处。冰川和峡谷间分布着几处植物密集的绿洲,绿洲旁隐约能看见锈族的城寨。

丹笛深吸一口气。自从在"灰烬之羽号"上领航以来,他已经很久没有独自飞行。大部分时间之中,他都坐在驾驶台上,控制着"灰烬之羽号";唯一几次驾驶"赤霄号"出来,都是带着乘客因公务而航行。

丹笛将感知能力延伸到极远,享受着狂风托起自己这一尾小小飞船的酣畅快感。风流呼啸,他倾听风声,仿佛听见苍穹与大地在他耳边低语,四肢百骸放松下去。

风与他同在。

丹笛笑了起来。他全身充盈着力量,"赤霄号"就是他身体的延伸。舵面、引擎、浮力种子,还有从种子中抽取能量的小小动力炉,全都在他的掌控之中。随着心念运转,"赤霄号"在风中灵活而自由地运动着,仿佛轻飞之鸟。

他猛地加速,朝着"赤锈之翼号"直冲而去。对方也放出一众小飞船:十几架截击飞船、两条登陆船、两条重炮船。三分之一的截击飞船护送着登陆船和重炮船冲向"银花号",另外三分之一护送着三条"影蝎级"扑过来,另外三分之一的截击飞船拦向了"赤霄号"。

丹笛一转操控盘,"赤霄号"滚转两圈,从一众拦截机中穿过,将它们甩在身后。拦截机们绕弯掉头,追击过来。

丹笛往侧面瞄了一眼,确认自己和"赤锈之翼号"的相对位置。他此时心态无比轻松,仿佛是在闲日中开着飞船兜风一般。"赤霄号"飞入"赤锈之翼号"两个船体间的空隙中,绕着连接两个船体的球形结构翻飞几圈,一会儿冲天而起,一会儿又往下垂直掉落,恍若飘叶。借着风流的力量,他在"赤锈之翼号"上空来回旋舞,飘荡游移,闪过了所有截击机的攻击。

"呼——"丹笛长舒一口气,贴着对方的左船体往船尾方向急飞。方才一通眼花缭乱的机动翻飞甩脱了不少截击机,现在不剩几架敌机在追踪他了。趁此闲时,他还往后望了一眼,"灰烬之羽号"和"银花号"已陷入苦战,"赤锈之翼号"的炮击、重炮船的抵近炮击让结盟的两船难以抵挡。一条登陆船在截击机群的掩护下攀上了"银花号"的侧舷,"银花号"的船内估计已爆发战斗。在"灰烬之羽号"周围,"海波级"飞船正和"赤锈之翼号"放飞的截击机群缠斗。"海波级"的数量只有三条,远少于截击机群;但借助着"灰烬之羽号"的近防火力,堪堪能和敌方飞船作战。一条敌方炮船炸开了"灰烬之羽号"的顶层装甲板,接着,一条"影蝎级"飞船向下刺去,飞船尾部翘曲着前伸的细针刺穿了"灰烬之羽号"顶部安装的一枚种子。

"灰烬之羽号"浮力骤降,缓缓下沉。

糟了。丹笛心想。我必须快点行动。

"赤霄号"疾若雷电,飞掠而过,在"赤锈之翼号"尾部展开翼面上的减速板,倏尔减速,飘飞向下。丹笛轻轻转过操控盘,"赤霄号"螺旋下坠,绕开引擎喷出的高速热气,继而拉平直飞。

丹笛看见鳞萝所说的仓库了。那间仓库位于引擎正上方,稍稍突出于船尾。丹笛减速、回转,朝着炸药仓库直飞过去。这是他攻击仓库的最佳机会。"赤霄号"的弩炮加装在船头,只能朝前射击,他必须要保持对仓库的直线冲刺。

趁着截击机们还没追来,现在是最后的机会。

"赤霄号"飞速逼近仓库,丹笛小心控制着飞行方向,瞄准仓库,保证自己能一发命中。同一瞬间,数架截击机从上方飞出,往下一沉,朝他飞来。

截击机们抓住丹笛保持直飞的机会,开炮。

"呼……"丹笛放松精神。刹那间,他捕捉到了所有飞入他的锈尘感知场的炮弹的飞行轨迹:一共有六发炮弹,大致从左、右、上三个方向飞来,其中有两发可能和自己的航线相交。

丹笛操控"赤霄号"往右侧滚转一小圈,两发炮弹擦着他左侧飞过,另外四枚在更远处飘过了。

丹笛立刻滚回原来的航线。此时,他距离仓库只有三四十米。他集中精神,微调方向,抵抗着从"赤锈之翼号"船尾吹出的涡流带来的扰动，直瞄仓库。

他解开火力保险，按下发射按钮。

"砰"地一震，一枚装满锈尘爆粉的弹丸被高压气体喷出，朝着仓库直飞而去。丹笛昂起"赤霄号"，朝左飞去。在锈尘感知中，弹丸命中了仓库，锈尘爆开，炸裂了仓库的外墙。

停顿了零点几秒后，第二次更剧烈的爆炸声从后方传来，一阵猛烈的热浪推着"赤霄号"往外飞去，火红的热焰卷过天空，几秒后又消散开去，只剩下灰蒙蒙的烟尘。直飞几秒冲出烟尘后，丹笛控制着"赤霄号"稍稍转向，欣赏爆炸的结果。

"赤锈之翼号"的船尾裂开口子，撕开百米多长，贯穿船体。烈焰如潮般涌动在裂口中，吞噬一切。天风凛冽，火焰在风中暴涨，木结构的船体随之烧焦、碳化，木壳之间的铁骨架被烧得通红，在烈焰的烟雾中隐约可见。

很快，有身上着火的人从"赤锈之翼号"上跳下，掉向大地。

丹笛收回视线。"赤锈之翼号"已被摧毁了，剩下的只是战场扫尾工作，清扫那些截击飞船。

"呼……"丹笛长呼一气，准备返航。突然，"赤锈之翼号"中放飞出四架运输小船，朝着"灰烬之羽号"飞去。三架截击飞船伴飞在运输船一旁，其中有德拉克索斯的座驾"红垩号"。在这批船队之后，"赤锈之翼号"熊熊燃烧着，下降、坠毁。

"这是……"丹笛张开减速板，偏转航向，朝着"赤锈之翼号"放飞的船队飞去。毫无疑问，"赤锈之翼号"已经覆灭，但这批七条船的船队正朝"灰烬之羽号"飞去——他们要登陆、攻占"灰烬之羽号"。

"灰烬之羽号"内部的防卫队未必是"赤锈之翼号"士兵的对手,更不是德拉克索斯的对手。在心锈失去力量后,船上没有一人可以挡住德拉克索斯。如果让这些人登陆,后果不堪设想。

丹笛必须在空中截住这批船。

在"灰烬之羽号"附近的空域战场上,少量先前飞出的敌方截击机也已发现"赤锈之翼号"号被摧毁,撤退回来保护这三条运输船。丹笛时间不多,他必须在敌方船队壮大前,尽量击沉这些运输船。

"赤霄号"朝着敌方船队急掠而去。四艘运输船拖累了航行速度,"赤霄号"很快截到了敌方船队外围。丹笛微调航线,让船顺风飘行,飞速朝一条运输船刺去、开火,再一拉船头,侧滚飞入另一条顺风的航线中。

锈尘爆粉炮弹命中运输船,撕裂脆弱的船壳,炸开大洞。运输船船身一歪,从爆炸撕开的大洞处折断成两截,坠向地面。

敌方的两架截击飞船发现了丹笛,减速朝他飞来。德拉克索斯所驾驶的"红玺号"继续护卫着剩下三条运输船逼近。

两架敌方截击机冲来,机头弩炮朝"赤霄号"砰砰射出炮弹。丹笛紧急机动着躲过,同时观察对手的飞行技术——这两架截击机的飞行员技术稍逊于他,但差距并不大。丹笛难以轻易解决战斗,若是这么纠缠下去,"赤锈之翼号"的运输船就要登陆了。

丹笛决定放弃自身的防护,直取那些运输船。他一个大回旋乘风飘回，朝一条运输船刺去。这一动作让出了空战的优势位置，对方两架截击机紧追在他后方，朝他开炮，弹炮接连飞来，封住他的航线。

丹笛顾不得身后炮弹的攻击了。他强行保持航线，朝前方的运输船开炮。锈尘爆粉炮弹轻易命中了行动迟缓、装甲薄弱的运输船，将其击沉。同时，敌方的炮弹也命中"赤霄号"，击断了右翼。

"赤霄号"失去了一半多的飞行机动能力。丹笛咬紧牙关，尽量以仅剩的左移主舵面和尾翼来控制方向。他稍稍飞远些，又绕圈折回，扑向最后一条运输船。

这一次，德拉克索斯驾驶的"红罡号"也改变航向，朝"赤霄号"逼迫来，保护最后一条运输船。"红罡号"赤红的鳞甲在风中片片抖动，反射、闪耀着阳光，仿佛硕大的血红蜥蜴在摇振鳞甲，耀武扬威。"红罡号"是一条重甲炮船，航速并不快，但在德拉克索斯的驾驶下，这条笨重的炮船灵活得仿佛在荒野上腾窜的社猫，在风中飘滑，风流就是它所跳跃凭依的灌木丛。"红罡号"敏捷地堵住"赤霄号"冲向运输船的道路，朝"赤霄号"炮击，并和追击的另外两条截击飞船配合着攻击、驱走"赤霄号"。

"糟了。"丹笛只能一推动力挡，从炮弹织成的网中翻飞冲出。德拉克索斯的驾驶技术与他不相上下，"赤霄号"右翼受损，很难有机会再攻击那条运输船了。

又有几条截击飞船从战场上飞来，护住运输船。这下，丹笛失去了攻击运输船的最后机会，只能眼睁睁看着仅剩的最后一条运输船冒着火力靠上"灰烬之羽号"船舷，让船上之人接舷登陆。接着，"红垩号"也靠上船舷，德拉克索斯扶着希尔尼娅跳上"灰烬之羽号"，失去驾驶员的"红垩号"则飘浮着被风吹远了。

丹笛立刻折换方向，冲回"灰烬之羽号"。

章十七　谁握苍穹

[**逐星旅团**] 大迁徙的后半程

主题：[官方]"赤锈之翼号" v.s. "灰烬之羽号"（已封盘）

赔率："赤锈之翼号"（3.2）："灰烬之羽号"（1.05）

[**回复：**]

#55：我的筹码！"赤锈之翼号"居然输了！

#56：心锈！心锈！

#57：谁知道希尔尼娅现在什么情况？

登陆在停机坪后，丹笛跳出"赤霄号"。一位防卫队员连忙冲来，大声报告："船长！第二甲板来报，敌运输船与我船接舷后有五十几人登陆，正朝舰桥前进。"

丹笛朝舰桥跑去："让防卫队稍稍拖时间，不要硬拼，我马上赶去舰桥。"

船内的各廊道舱室都陷入混乱，火灾烧起浓烟，桌椅、机床、锻铁撒落一地。木板壁面残损严重，露出埋设在墙内的气压管道。因为爆炸与火焰而损坏的阀门"嘶嘶"喷气，冲射着浓烟滚涌。处处都是受伤者的呻吟，丹笛不忍看这些伤者。

"敌人就在前面！"一位大腿受伤躺在地上的防卫队员大喊着，"船长快去！别管我们！"

越靠近舰桥，战斗越激烈。廊道上堆积着"灰烬之羽号"的防卫队员和"赤锈之翼号"士兵的尸体，其中防卫队员的尸体更多——"赤锈之翼号"的士兵们战斗训练更专业，而防卫队员大多只在过去几个月中仓促训练过，甚至，这是他们大部分人第一次实战。

但防卫队员们没有后退。他们和敌人拼到最后一刻，同归于尽。甚至，丹笛看见了吉迪恩的尸体，他死于十几名防卫队员的拼死堵截，黑铁大剑插在墙壁上，鲜血从剑刃上滴落。

丹笛行走在尸体与血泊间，身子颤抖。

"船长……"一位重伤的防卫队员虚弱地抬起手指，"快，快去……敌人就在前面……"

"船医马上就来。"丹笛俯身握住这位防卫队员的手，"坚持住。"

"别管我……"防卫队员抽出手，继续指向前方，"您快去……"

"好，我知道，我知道。"丹笛咬紧牙关，"风与你同在。"

他站起身，大步向前。

德拉克索斯在负隅顽抗。他心中怒火熊熊燃烧。终于，丹

笛走入舰桥。

舰桥已落入德拉克索斯的掌控。德拉克索斯站在舰桥中心，身旁站着一身白裙的希尔尼娅。七名士兵们举着气步枪，让舰桥上的一众人——莱恩、朱亚丝、心锈、鳞萝、天星、艾比——站到墙角去，只有蝶依然坐在驾驶台中。莱恩正举着"银雕"，瞄准德拉克索斯，对峙着。

"你放开他们！"蝶大声喊着，"否则我就控制这条船砸向地面！我们一起死！"

"你不会的。"德拉克索斯转过身。他穿着雕刻着黄金雄鹰图案的铠甲，手握一柄长枪。"我看得出来，你爱这条船，你爱这条船上的所有人，你不会干出这种事的——你们的船长丹笛回来了。"

丹笛沉默着走到德拉克索斯面前。

"师父！"蝶惊喜地喊道。

"丹笛，苦婆最后的学生。"德拉克索斯平和地说，"我没想过我们会在这样的情况下见面。如果不是你，不是这条船，本来不会有这么多事。"

"圣殿的走狗。"丹笛从腰带后取下裁雪，握紧于手。"圣殿到底要给你什么好处？你为什么要替他们干事？"

"我想从圣殿得到的东西，你永远无法理解。"德拉克索斯举起长枪，直指丹笛。这柄长枪枪杆银白，枪尖的锋刃像是以青蓝色的玉石削刻、雕琢而成，泛着温润的青蓝光华。枪尖的刃面上流淌着纹路，仿佛高天之上的流云。"我们在这里争斗，对于藏在高处的圣殿、神明来说，可能就像是两只碗中的蚂蚁在打架。'赤锈之翼号'已经没了，为了希尔尼娅，为了红赫星，我必须继续战斗。'灰烬之羽号'归我了。"

"不可理喻。"丹笛攥紧"裁雪"，水蓝的刀刃倏尔凝成。他身体发颤，怒意如潮，鼓荡在四肢之间，冲刷着血脉，刺激着周身热血直冲头顶。"'赤锈之翼号'沉了，你已经输了！"

"那可未必！"德拉克索斯一挥长枪，纵声长笑。此时他的身上已经溅染血污，一头金发也凌乱起来，不复之前那副温和、阳光的模样，"我给你们两个选择——"

"我选择你的灭亡！"丹笛冷哼一声。

"……罢了。"德拉克索斯长啸着一挥手中之枪，朝丹笛刺来。

你低估了我的能力。丹笛暗暗忖着。"裁雪"提升了他的力量、速度与反应，虽然之前一连串的战斗耗去了他不少体力，但德拉克索斯这过于直接、简单的枪刺，他还是能躲过去的。

丹笛躲过枪尖。绕步向前，一刀砍向德拉克索斯胸口。

"有几下子！"德拉克索斯大喝一声，锈尘忽然凝成红浪，挡在胸前。丹笛一刀斩下，柔柔地仿佛切在棉花之上，无法刺穿红浪。

两人都迅速往后一跃，拉开距离。

"那不是你的灭罪武装。"德拉克索斯说，"果然，你有控制其他人的灭罪武装的能力。"

丹笛观察着德拉克索斯。锈尘汇聚成的红色波浪，一圈圈浮动在德拉克索斯身旁几米范围内。波浪似是某种锈尘念力所造，但和鳞萝、心锈的能力不同，锈尘波浪更像液体，而非结晶成的固体。上次在信标大楼中,德拉克索斯就使用了这一能力追杀丹笛等人。最终是心锈留下来,才挡住德拉克索斯,避免所有人被追杀殆尽。

我该怎么对付他?丹笛思考着。"你不是战士",他想起鳞萝对他的评价。单单使用"裁雪"蛮干,或者配合"银雕"射击,肯定无法战胜德拉克索斯。他需要更多的计谋与策略。

还有,德拉克索斯手握的那把长枪,似乎也是灭罪武装。丹笛眉头紧锁。他还不知道这把枪有什么样的能力。那时在风洼地中,德拉克索斯可以战胜手握"天下遗声"的天霜,圣殿交给他的这件新武器多半有特异之处。

"我看出来了,那把短刀可以强化你的肉体。"德拉克索斯说,"它应该是那位罪人的。你除了这把短刀,还剩一把'银雕'。但'银雕'只能强有力地远程射击,在舰桥上,我不觉得你有使用它的条件。"

"所以,你想说什么?"丹笛说。

"陈述你已经输了的客观事实而已。"德拉克索斯温柔一笑,"虽然有些波折,死了很多人,但最后,我还是能达成我的目标。"

"你到底想干什么!"丹笛难以压抑心中怒气,一步前冲,攻向德拉克索斯。

"升格。"德拉克索斯一枪格开裁雪,"我需要圣殿的信任。"

丹笛一愣。升格,他极少听见这个词。传说中升格是圣殿给凡人的"恩赐",赐予那些有功于世界与神明的人,让他们升入高居天上的圣殿中享受荣华,不再遭受大地上的天灾与锈化的苦难。

丹笛从未看见谁真的升格过,他一直认为这只是缥缈无迹的传说。

"原来,你只是想让自己升格?"丹笛愤怒愈盛,"你那一船的无辜的人,就这么被你抛弃掉了?"

"听起来我很自私。"德拉克索斯一挥长枪,或挥或刺,枪落如雨,"不,你想错了。"

丹笛在枪刺间躲闪,时不时挥刀反击,全被德拉克索斯所操纵的锈尘红浪挡住。德拉克索斯挥枪的动作跟不上丹笛的速度,但锈尘红浪却跟得上。丹笛的攻击毫无效果,但德拉克索斯的长枪也伤不到他分毫。

"我才是这世界上最无私的人。"德拉克索斯忽然一挥长枪,"你只有这点能耐,那该结束了。"

德拉克索斯握紧长枪,玉石枪尖绽出耀眼的光芒。随着枪尖挥动,光芒泼洒而出,包覆上丹笛的身体。在丹笛强化的感知中,这光芒正缓缓爬上他的身躯,向他右手握着的"裁雪"处蔓延——

糟了。丹笛往旁闪身,这光芒却如影随形,无法甩脱。光芒缠上裁雪,渗入刀柄。瞬间,共鸣断开,光刃消散,疲倦无力的感觉将他淹没,他对周围世界的感知也回归正常,不复敏锐。

丹笛愣愣地一刀挥下,没有刀刃的"裁雪"划了个空。

德拉克索斯提枪,横扫。"原形毕露。"

共鸣消失后,丹笛反应速度大幅下降。长枪的运动仿佛瞬间变快,他只看见一道虚影,匆忙后退,却避之不及。长枪在他胸口划开一道伤痕,热血流出,黏湿衣裳。

丹笛大口呼气。胸口的伤不深,他还能继续战斗。只是……他试着和"裁雪"共鸣,却没有任何反应。他又握住腰后的"银雕",没有反应。

"不用试了。"德拉克索斯大步走来。"灭罪武装'苍穹之握',这把长枪没有别的效果,只是能暂时封印别人的灭罪武装与锈尘能力。如果没有这把枪,我还真不一定打得过天霜。'天下遗声'毕竟是最强的灭罪武装之一。"

丹笛往后退了一步。"那时候在骨鹿山隘口前面,也是你害得那么多船惊慌着混战,无数人都死在了风洼地。"

"是。"德拉克索斯说,"那也是圣殿的命令。我也并不想害死那么多人,但有时候,为了升格,我没有选择。"

丹笛冷哼一声:"这就是你,'全世界最无私的人'。"

"你以为我升格是为了自己?"德拉克索斯挥舞着长枪,"不。不是。我只是想去圣殿看看真相。"

"真相?"

"啊。"德拉克索斯沉默小会儿,"神明的真相。神明真的存在吗?不,很可能神明并不存在,圣殿也不是什么神的使者。我们红赫星人,我们与我们的祖先,这么多年的大迁徙,其实只是在给圣殿的那些人添些乐子而已。如果风神真的存在,圣殿的力量那么强大,他们为什么不帮助我们迁徙、对抗天灾、找到水源地?为什么,他们要刺激我们内斗?圣殿为什么要杀死天霜?因为天霜想让我们团结起来,让我们不再互相残杀!

圣殿为什么要我去杀死天霜？因为他们不好亲自出手！他们高高在上，他们俯视着我们，我们只是他们的玩具。而我，要登上圣殿，看见真相。然后，再试着去摧毁这一切。只有这样，我们红赫星人才能真的自由。"

丹笛头脑一懵。他只想过要让所有红赫星人和平完成大迁徙，但从未想过神明与圣殿为什么要求他们在大迁徙中惨烈竞争。这是为了什么？为什么他们要相互竞争、相互残杀？在口口相传的历史中，红赫星人曾经历了三个时代：磐石王朝、花冠王朝与现在的大迁徙时代。在磐石王朝，所有人居住在一株巨大的蒲公英中。在天灾到来时，人们试着加固蒲公英，让它变得像磐石一样坚固，以对抗天灾。但磐石终究挡不住大自然的伟力，被天灾所摧毁。有一部分红赫星人流落地面，演化成了锈族。花冠王朝，人们生活在巨大的浅海海湾中，为对抗天灾，所有人集合着建造了巨大的母舰——这艘传奇飞船有上千米长，能带着所有城邦的所有人一起逃难。但因为内部的矛盾与叛乱，圣母舰坠毁，花冠王朝覆灭。最终，来到了大迁徙的时代，人们各自逃难，几百人一条船向西乱飞，在天上相互竞争，只为了争夺数量不多的水源地……

这么多年，没人提出异议，反对大迁徙；在圣殿的宣传与传统的力量下，所有人都习惯了残杀，习惯了血腥的大迁徙。

"就算你想看见真相，"丹笛愤怒地说，"但那么多人，还是因为你的所作所为而死了！"

"我不在乎。圣殿也不在乎。"德拉克索斯说，"为了更多人的利益，有些时候，我们必须心狠手辣。"

"我不会让你得逞。"丹笛说,"我要保护这条船,我要保护船上的所有人。我承认你说的真相很重要,我也希望我们能结束这一切,结束充满罪恶的大迁徙竞争,但不是采取你这样的方式。如果想让所有人都活下去的前提是要杀死很多人,我不赞同。"

"算了,最后的通牒,"德拉克索斯忽然往前一刺长枪,"我给你两个选择。"

丹笛急忙后退。德拉克索斯步步紧逼,出枪越来越快。终于,体力耗尽的丹笛避之不及,"苍穹之握"冰冷的玉石枪尖刺中他的腹部,刺裂右肾,击碎盆骨,接着从后腰穿出。

"丹笛!"舰桥众人尖叫起来。

完了,完了……丹笛身子发颤,低头看着腰上喷血的伤口。

"第一个选择,"德拉克索斯往前一推"苍穹之握",逼着丹笛后退,"你们加入我,变成我的手下,和我一起战斗,和我一起去窥视圣殿的秘密,一起为了红赫星的和平而战斗。"

丹笛握紧"苍穹之握"的枪柄,抵住枪上的力道,避免枪尖撕裂,扩大伤口。

"第二个选择,"德拉克索斯手上一用力,逼迫着丹笛后倒在地,接着,长枪刺穿地板,将丹笛钉在地面上,"你们全都死在这里。好了,选择吧。"

丹笛脑袋一片空白,呆呆坐着,看着腹部不断涌血的创口。我输了。绝望占据了他全部思考。我输了,而且我们所有人都会死。

"把他们全杀了。"德拉克索斯看着丹笛,松开长枪,冷哼一声，朝士兵们一挥手，"然后，跟我去扫平这条船。从现在开始，这条船就是我们的'赤锈之翼号'。"

士兵们举刀朝缩在舰桥一角的众人冲去。艾比尖叫着躲开，朱亚丝往前迎上，但没有武器的她直接被士兵们一刀砍倒。

丹笛心跳加速。他没有选择了，只能投降，不然……莱恩、心锈、艾比、朱亚丝、天星，还有鳞萝，还有这条船上剩余的几百人，都会死于德拉克索斯的屠杀。他只能投降，臣服于德拉克索斯，来保护这条船上的所有人……

丹笛痛苦地闭上眼睛，举起手，"我……阳谷的领主，我——"

"丹笛！"莱恩忽然发出震天的怒吼，"别听他的鬼话！"

莱恩举起臂铠，咆哮着冲向士兵，如同踏步震地的锈甲象般冲来，高举臂铠，撞开士兵们。接着，莱恩气势如虹，直冲德拉克索斯。

"蠢夫。"德拉克索斯召唤出红浪，想挡住莱恩——

"你才蠢！"莱恩却忽然一折方向，又朝站在一旁的希尔尼娅冲去。方才对德拉克索斯的攻击只是一记虚招。莱恩猛地勒住希尔尼娅的脖子，用臂铠的气锤瞄准她的脑袋。"放下武器！不然我就杀了这个白衣服娘们！"

希尔尼娅尖叫一声，"德拉！不用管我！"

"你敢——"德拉克索斯忽然暴怒起来，红浪如潮，冲向莱恩！

"我说了，放下武器！"莱恩拍出气锤，撞上希尔尼娅头颅。同一瞬间，锈尘红浪杀到莱恩身边，凝聚成尖锥，刺向莱恩。

尖锥刺穿莱恩胸口,莱恩身体往后一顿,松开希尔尼娅。他低头看着胸口的创口,锈尘红浪正在创口中扭曲、穿刺,搅烂他的肋骨与心肺。

受气锤一击后,希尔尼娅也软绵绵倒下来,似是脖子断了。德拉克索斯痛苦地号叫起来,朝莱恩一指,更多的锈尘红浪扑上莱恩的身体,穿刺他的骨肉。"你给我去死!"德拉克索斯大声厉号着,"你竟敢伤害希尔尼娅!"

"莱恩!"丹笛全身一震,从浑噩的恐惧中惊醒。他本能地站起身,但身体被钉在地上,起身动作一滞,撕裂开腰部的创口,碎骨和热血又喷涌出来,在他胯下汇为血泊。"莱恩——"

莱恩整个人已几乎被锈尘红浪撕碎。"丹笛,不能投降……"莱恩最后的声音断断续续传来,"你的梦想……所有人的和平!不能……像他一样独裁,牺牲少数人!"

莱恩重伤的肺破裂在外,被锈尘染成血红,说话声漏着气越来越弱。终于,寂静。

"莱恩?"丹笛心中一片茫茫然,"莱恩!"

莱恩死了。

他最好的兄弟,死了。

丹笛死死握住刺穿自己的长枪。

迷茫。接着,迷茫中燃起火苗。火苗腾起,越燃越炽烈。愤怒。愤怒投入烈火,升腾起灼心的烈焰,升腾起一幕幕往事。丹笛看见自己和莱恩在城邦吉拉克斯的幼年生活,他们一起玩耍、闹腾,在铁匠铺里折腾风箱,莱恩胸口被热铁烫到,后来长出了锈石;他们一起在旅风角的小赌场调戏赌场老板养的社猫，把社猫脊柱上的锈石掰断了，被老板训斥着赔了好多钱。他和莱恩在机械车间中点灯熬夜，规划着"赤霄号"的设计方案。他和莱恩一起打造了第一条"赤霄号"原型飞船，但在航行时因为设计出错而坠毁。他和莱恩一起在旅风角的最高平台上喝酒，他喝醉了，弹着月山琴，大吼着"天灾去死"！天灾到来，他和莱恩一起踏上旅途，迁移到旅风角，一起成长，一起偷偷喝酒，一起研究飞船与飞行……画面逐渐模糊，丹笛想伸手抓住这些画面，但握紧之后，手心中只有那把长枪。

"莱恩……"丹笛死死握紧"苍穹之握"，"莱恩。"

他心中只剩下一个念头。

复仇。

他沉默着，猛力一拔长枪，让枪头脱离木地板。长枪在他的腹腔中游移，但他感觉不到任何疼痛。

他握紧长枪，拔出腹腔，带出一摊血肉、碎骨与小锈石。

他站起来，步履摇晃。

他举枪，刺向德拉克索斯。

德拉克索斯正跪在地上，抱着脖子折断、身子瘫软的希尔尼娅，轻轻抚摸她的脸。

"他……敌人……"希尔尼娅眼珠转向丹笛走来的方向。

"我会想办法治好你……我会去找圣殿。"德拉克索斯温柔看着希尔尼娅，目不斜视，"没事的。"

德拉克索斯召唤出锈尘红浪，扑向丹笛。

丹笛朝着红浪奋力刺出。他只想复仇，无论死生。

红浪朝他拥抱而来。

突然,"苍穹之握"轻轻一颤,一股苍古的力量在其中苏醒,流入丹笛体内——他正在和这把灭罪武装共鸣。在德拉克索斯松开这把枪后,枪的能力失效,丹笛的共鸣能力恢复,并反作用在"苍穹之握"上。

丹笛催动着"苍穹之握"发动能力。枪尖漫出光芒,流射溢出,浇在锈尘红浪上。红浪仿佛火焰熄灭般失控。

红浪散落,长枪疾刺。锋锐的枪刺穿了德拉克索斯的盔甲,穿透他的腹部。

"德拉!德拉!"希尔尼娅惊叫着。

"唔……"德拉克索斯惊愕地看着自己腹部的创口,然后紧紧抱住希尔尼娅,倒在地上,"我……我……"

丹笛身子发软,支撑不住。他松开长枪,半跪在地上,捂住腹部的伤口。

"我们,做对了吗……"德拉克索斯声音逐渐弱下去。"希尔……尼娅……"

三日后。

丹笛坐在椅子上,参加莱恩的葬礼。他腹部的伤口尚未痊愈。鳞萝拿出了最后一瓶"安娜之泪",治好了大出血与外伤,但盆骨与肾脏的损伤,永远都好不了了。

葬礼在大峡谷悬崖上举行。一切从简,默哀之后,丹笛慢慢将莱恩的骨灰撒入风中。

灰与红的骨灰随风飘撒。

风永不停息,岁月永不停止。但,在莱恩亡故之后,丹笛失去了和莱恩的锈尘连接,自己胸口的锈尘阻塞也无法控制,他的感知能力又退了回来,感知不到大范围的风流了。

风不停止,但他的感觉已经停止了。

丹笛举起一壶酒,喝上一口,又洒到风中。他回忆着自己和莱恩的经历,思考了很多。红赫星的命运,圣殿的存在,他接下来的目标与计划……他思绪翻滚。德拉克索斯真的做错了什么吗?未必。德拉克索斯也想让红赫星人进入和平年代,但他的行动太过偏激,为了达成目的牺牲了太多人。丹笛看清了接下来的路和方向:他要带领红赫星人结束残酷的大迁徙,走向和平,从圣殿那知晓真相。这条路一定很难,但他不会后退。

万古之风与他同在,与莱恩同在。

"灰烬之羽号"逐步恢复了秩序。"赤锈之翼号"一众人的尸体全部被抛下飞船,重伤瘫痪的希尔尼娅则被监禁。希尔尼娅恳求着将德拉克索斯的尸体火化,心锈也替希尔尼娅说了几句好话,丹笛便同意了。

此役"灰烬之羽号"损失惨重,船体结构严重损毁,且死亡了将近一百人——大部分是牺牲的防卫队员。丹笛带着伤和舰桥诸人一齐工作:损管、维修由朱亚丝负责,抚恤与安抚民众由琳负责,艾比负责协调,蝶负责在这两天把控好航行事宜,天星负责和"银花号""真理号"保持合作互助。众人曾劝丹笛休息养伤,但丹笛拒绝了。他需要投入工作来麻痹失去挚友的痛楚;此外,他还需要抓紧时间培训蝶,将自己所有关乎领航和飞行的经验传递给她。他失去了感知能力,只能靠蝶领航。

丹笛曾想再压制自己的锈尘阻塞，但心锈失去了力量，无法再帮助他建立依托着"银雕"的锈尘连接。

"灰烬之羽号""银花号"和"真理号"在打捞完"赤锈之翼号"的残骸后，继续向西航行，边航行边修理维护。两天后，丹笛正在舰桥上和蝶规划再培养一到两名领航员的计划。这时，艾比忽然说："等一下！观察哨说，外面好像有什么！"

丹笛往主观察窗望去。窗外，数条之前曾跟踪过他们的红帆船正飘浮在远处，朝"灰烬之羽号"航行过来。"对面有几条船？"

"我问问。"艾比说，"各观察哨，观察周围空域，汇报结果，完毕。"

半分钟后，艾比说："我船周围一圈出现了总共十二条红帆船，距离我们都是四千米，它们将我们包围了。"

"是圣殿的人。"心锈说。

"他们……他们来抓我了……"鳞萝身子颤抖着，"果然，那时候还是死了好。"

"给他们打信号灯，问他们想干什么。"丹笛说，"蝶，保持航向，不要妄动。"

"好，正在通信。"艾比回复着。

"心锈，这些红帆船会是来干什么的？"丹笛问。

"可能是摧毁我们。"心锈说，"现在，我们就是异端。"

丹笛站起身，坐在火控台前——朱亚丝在下面帮助建设队修复弩炮位。如果圣殿在此时攻击，他们基本没有任何反抗的可能性。圣殿掌握着种种神明力量，全盛的"灰烬之羽号"恐怕都不是对手。

如果爆发空战,"灰烬之羽号"必输无疑。

"对方回应信号灯了。"艾比说,"他们想派人登上我们的船。"

丹笛愣了愣,和舰桥诸人交换眼神之后,他说:"允许登船。"

"呃,丹笛先生,"艾比挠了挠头,"他们已经把摆渡小船放出来了,没管我们允不允许。"

"我……我要躲一下……"鳞萝语气中满是恐惧。

"我的房间在楼下253室。"丹笛把门钥匙递给鳞萝,"别动里面的东西就行。"

十分钟后,一位身形高大的圣殿祭司带着数位侍从走入舰桥。"我是雷山祭司。"他望着坐在驾驶台上的蝶,声音低沉,"你们这里谁是管事的?你?"

"啊!"蝶惊叫着。"我不是……"

"我是船长。"丹笛从火控台上站起身。

"原来你就是丹笛。"雷山缓缓走向丹笛,"击沉了'赤锈之翼号',很好。"

丹笛仔细看着面前的男人。雷山比他整整高出一头,身材宽大,一身黑衣之上缀着少量的白色,衣饰与心锈、鳞萝常穿的衣服风格相似。雷山双眼蒙着黑布,似是瞎了眼睛。但丹笛又觉得雷山目光炯炯,一直在盯着他看。片刻,丹笛察觉到了空间中锈尘的异常,随着雷山注目位置的改变,空间中的锈尘就会往那里聚集。雷山正在使用锈尘感知能力和轻微的念力替代双眼的视力。

"在敌船攻击我船时,摧毁敌船,保护人民,这是大迁徙中的生存法则。"丹笛说,"所以,大祭司来到这里,就是想看看我们和'赤锈之翼号'的战果?"

"哼。"雷山扫视周围,空间中的锈尘随着他的目光而流动、转移。最终,他的视线停在了心锈身上。"罪人心锈也在你的船上,很好。"

"想抓我回去?"心锈倚着观察窗站着,盈盈一笑,"随意,我现在只是一介废人,您想抓就抓。"

"你的力量没了,锈化也治好了。"雷山说,"果然,你们去了遗迹之城。不然没医生能治你这种严重的锈化。鳞萝没能杀死你们,失踪了;'赤锈之翼号'没能摧毁你们……你们比我想象中要强,或者,运气比我想象中好。"

"你要来毁灭我们?"丹笛冷笑一声,"鳞萝是你们派来的,'赤锈之翼号'是你们派来的,这次,轮到你们亲自下场了?"

"大迁徙中不允许存在船只联盟,所以,你必然被我们摧毁。"雷山说,"不过,计划有变。"

丹笛忍不住笑了起来,"果然,你们圣殿是不是藏着什么秘密?德拉克索斯说的都是对的?"

雷山在舰桥之中踱着步,一振黑袍。"德拉克索斯说了什么?"

丹笛缓缓呼出一口气,轻声说:"神明不存在。"

"听见如此大逆不道的话,"雷山面色阴沉,如笼寒霜,"我可以直接处死你们所有人。"

"你们隐藏了很多秘密。"丹笛说。

"如果你想知道真相,那就来圣殿吧。"雷山说,"圣殿有话对你说。"

"看起来我没法拒绝。"丹笛看看包围着"灰烬之羽号"的红船。

"知道就好。"

章十八　枯萎的七日之花

[逐星旅团] 大迁徙的后半程

主题：有谁知道为什么这几天没有直播"灰烬之羽号"了吗？

赔率：无（NaN）：无（NaN）

[回复：]

#1：[警告] 涉嫌违规，此主题无法被浏览。

最终，只有丹笛和心锈前往圣殿。

离开前，希尔尼娅要求见丹笛和心锈一面。希尔尼娅瘫在病房的床上，说："我已经快死了。我想，您和德拉应该有着相同的目标，想追求和平，结束大迁徙，想知晓圣殿的秘密。"

丹笛看着希尔尼娅。这位柔弱的女人奄奄一息，颈椎断掉后，她的生命已不可逆转地滑向消亡。"但我不会为了目标害死无辜的人。"他说。

"为了大众的利益而牺牲一小部分人是否值得，只是无趣的善恶伦理之争。我不想与您争论这样浪费时间的问题。"希尔尼娅说，"圣殿来找你们，多半是想置你们于死地。而我，能帮助你们。"

"帮助我们？"心锈问。

"德拉想摧毁神明，但我们的力量与神明相差过多……你就不好奇，他要依靠什么来对抗圣殿吗？"

"当然好奇。"丹笛曾思考过这个问题，他认为德拉克索斯可能会藏有什么秘密武器。

"是我。"希尔尼娅叹了口气，"我的锈尘能力能掌控空间。只要我登上圣殿，牺牲自己，足以炸毁圣殿。"

丹笛说："所以，你要帮我们对抗圣殿？牺牲你自己？"

"不，我只想继续德拉未完成的事情。"希尔尼娅说，"你们登上圣殿后，一定会用到我的力量的……只有摧毁了圣殿，我们才能真的自由。"

"我们没法带你登上圣殿。"

"我会把自己的力量封存起来。"希尔尼娅说，"这世上本就没有什么好人、坏人，我只想毁灭圣殿，让红赫星人从病态的大迁徙中解脱。"

半天后，希尔尼娅逝去。她的全部锈尘力量都灌入了她手中的一颗小小锈石，这颗球形锈石中闪耀着纯白的光芒，灿烂耀眼。

"将她的尸体火化，和德拉克索斯的骨灰混在一起，撒在风中。"丹笛说。

临行之前,丹笛和舰桥诸人商议了后续行动计划——计划假定他和心锈都无法返回,会死在圣殿上。丹笛还和琳与海娜伊思说明了木桑学者的情况,安排人给木桑送去食物,并希望学者们将他的事迹记录下来。

也许,几百年后,当他们的后代绕着红赫星的环带完成十几次大迁徙,再来到这片峡谷之时,那时的无冕者学会能从木桑留下的研究记录中找到有用的东西。

众人在舰桥上举行了简单的告别晚宴。没有繁复的仪式,没有哭哭啼啼,丹笛只是与众人逐一饮酒,珍重,道别。甚至连被人嫌弃的鳞萝也混在舰桥角落,和他碰了一杯酒。

第二天,丹笛和心锈乘坐红帆船前往圣殿。登船前,丹笛将父亲的风之羽取出,挂在胸前。

现在,他配得上这枚象征着荣誉、责任与正义的领航员之羽了。

"船上没人。"雷山指引他们登船,自己却不登上舷梯,"这条船会在风神的指引下直接将你们接到圣殿。"

红帆船中果如雷山所言,空荡荡不见一人。船内装饰古老,全是百年之前喷气引擎尚未发达时的帆船的风格样式,家具、设备齐全,新鲜的食物装满仓库,但就是不见一个活人。

"他们就喜欢搞些神神道道的东西。"心锈耸耸肩,不以为意。

丹笛随心锈走入舰桥。红帆船正急速向东自动航行,航行速度比他见过的任何移民船都快,甚至只略慢于"赤霄号"这样的高速灵活型小飞船。

这就是圣殿的技术力量？丹笛沉默不语。圣殿这是在宣示他们深不可测的实力？

几分钟后，天灾出现在视野中。这团裹挟着巨量锈尘的风暴足足有近百公里宽，横断整个环带，急速旋转着向西移动。红帆船风帆张紧，朝天灾直线飞去。

"我们要撞上去了？"丹笛说。

"不会。"心锈找了张椅子坐下，斜倚着椅背。

即将飞入天灾时，红帆船忽而仰升，往上飞至万米高的天灾上方。丹笛吸吸鼻子，飞行到这个高度后，舰桥上气压与气温并未下降，甚至玻璃上也没有因为外界的低温而凝结水汽，遮蔽视线。红帆船的气密、保温能力极强，它只是外表上看着是古老帆船而已，内在的建设技术超过了"灰烬之羽号"至少两百年。

明明有这么强的技术，圣殿为什么不普及给所有人？丹笛愈发怀疑德拉克索斯说的都是真的。圣殿并没有为地面上的红赫星人考虑，他们只是高居天上，冷冷观察着一切，欣赏着残忍血腥的大迁徙。

忽然，丹笛看见一座倒悬的山峰。

下方，天灾滚滚旋转着，红色的锈尘云气旋紧，织出十几公里宽的风暴之眼。这座倒悬的山峰，就飘浮在风暴眼的正上方。

"那就是圣殿了……我好像有点印象。"心锈扶着额头，眉头紧锁。

山峰呈倒立的三角形，下方逐渐变细，变成直指风暴眼的长针。山峰外表是玄黑的岩石，不见它物。

原来圣殿竟藏在天灾上方？丹笛若有所思。历史上许多人试着在天空上寻找圣殿的痕迹，却从无结果。天灾是红赫星人的禁区，就算有人制造出能抵抗天灾的飞船，也不会尝试去穿越天灾，寻找圣殿。这样做风险太大。但是谁能想到，自诩象征、代表着风神的圣殿，居然会藏在天灾之上？

天灾与锈尘毕竟是黑暗魔女缇娜的象征。

赤帆船继续飞高，航至倒立山峰上方。山峰的"顶部"是一片大约四公里宽广的湖泊，平平的峰顶如同宽碗，捧起湖泊。湖泊中心围着一座小岛，岛上雄立一座约百米高的灰石城堡。红帆船飘行湖面之上，湖水湛蓝，平静而无波。丹笛望着湖水，红帆船在其中的倒影清晰可见，宛若镜面。这座倒立山峰的顶部似乎存在着什么力量，隔绝了红赫星万古不停的长风。

红帆船在湖中小岛的沙滩上停稳，收起船底的帆，放平桅杆，降落到地面，放出舷梯。丹笛从舷梯上走下，踩上沙滩，望向周围。

苍穹高邈。北侧，白日浮于地面，天空赤紫。南方，黑夜沉积在天空底部，群星隐隐，孤月独行。而在他头顶，就是这一半光明一半黑暗的天空分界之线。周围风速极慢，丹笛一时有些不适应。他看看周围，沙滩之前是一片葱郁的灌木丛林，一条小径延伸其中，通向小岛中心的灰石城堡。

"所以我们应该怎么走？"丹笛说，"这里你有印象吗？"

心锈轻轻拢着发丝："没有。"

他们沿小径一路向前，穿过沙滩，走入平野。平野上辟着片片花田，群鸟栖飞其中，虫鸣鸟叫不绝于耳，花香郁郁，逐微风而四散。灰石城堡立在岛中心小山的山头，山坡上花田叠叠而上，乱花盛放，鲜茂的红绿之彩铺满山坡，摇摆微风中，仿佛彩色的波澜。丹笛从未见过如此众多的鲜花与田野，这种图景，他只在描绘旧地球生活的插画上见过。

片刻，他们走到了城堡脚下。城堡以灰石砌成，一圈墙垣围着三座高塔。沿着小径走到城堡门口后，一只黑猫朝着他们喵喵叫着，引他们往城堡中走去。

"……猫？"丹笛愣了一会儿，才确认这是古代生物猫，而不是红赫星的社猫——这只黑猫的脊柱上没有长满锈石。

"大概是要我们跟着它走。"心锈跟着黑猫进入城堡。

黑猫带着三人在城堡中行走，时不时回头喵喵两声，确认三人是否跟上。城堡中的陈设器物都相当古老，和红赫星人所惯用的完全不同。这里没有防坠落的安全绳，没有植物纤维质感的墙壁，没有到处可见的气压管道与风车。丹笛仿佛回到了古代，回到了地球之上。

最终，黑猫将三人带到一间灰石大厅中。大厅高四十余米，数十根石柱撑起厅室，巨大的圆形穹顶上嵌着彩色玻璃，阳光折射照下，滤出七彩的晕光。

大厅正中央放着一面水池。池水浅平，无澜如镜。

黑猫驻足不动。

心锈全身一震，呆呆看着水池。

"心锈？"丹笛也走上前去，"你——"

"你先不要过来。"心锈忽然伸手拦住丹笛,盯着水池,一动不动,"我看见了……"

"你看见了?什么?"丹笛停下脚步。在他的视野中,水池里什么都没有。

"命运的倒影。"心锈身子发颤,"走,你快走。让我一个人在这里静静……我一个人……"

黑猫朝着丹笛喵喵叫着,往大厅外走去。

"心锈……?"丹笛疑惑着。

"走。"心锈低头看着水池,"跟着黑猫走,不要做任何出格的事情。圣殿的力量比你们想象中还要强,不信……你摸摸口袋。"

丹笛身后摸向口袋。那枚他放在口袋中,凝聚着希尔尼娅力量的锈石,不知什么时候已经消失不见了。

丹笛被黑猫带回了休息室中。

他从未想到会是如此结果。丹笛本以为会遇见什么圣殿的首领,会被人胁迫,甚至会被杀死。但是,他什么都没遇见。

只有一只黑猫,一片水池。

然后,心锈赶走了他。

心锈在水池中看见了什么,丹笛并不知道。

他什么都做不了,只能等待。他仿佛变成了舞台下的看客,看着舞台上的命运的戏剧不断前进,然而,这戏剧演的就是他,他却不能参与其中。

一天后,心锈回来了。她穿着一袭白色的纱裙,头上戴着宽檐草帽,草帽上缀着洁白的古代鲜花。"我们出去逛逛。"

"不,不是……"丹笛忽然手足无措。出去逛逛?逛什么?他们现在不是在和圣殿谈判吗?

"放松。"心锈牵起丹笛的手,微微一笑,"逛逛,真的就是逛逛。"

心锈拉着丹笛来到了湖边的沙滩上,吹着和淡的湖风,缓缓涉波而行。"古代的时候,我们在地球上,就是这么在海边行走的。"

"心锈?"丹笛说,"你在水池中看见了什么?你见到圣殿的人了?"

心锈踩着一双木拖鞋,背手迎着湖风,从拖鞋中抽出脚,在沙滩上踩出浅浅的脚印。"人生难得如此放松,我们就慢慢走走,不好吗?"

"不,现在哪有时间放松?'灰烬之羽号'还在下面等我们!"丹笛说。

"平静才是人生中最难得的东西。"心锈温和地笑了笑,"你放心,'灰烬之羽号'会很安全,至少在这几天。你不妨将这几天看作人生的一次暂停,你现在已经不在红赫星上了,你在这座岛上,在这片湖泊上,你的生命已经从无休止的大迁徙中抽离出来了……"

心锈走到丹笛面前,伸手摘下他脖子上戴着的风之羽,藏到身后。"别戴了,这几天风之羽我来保管。忘了这些吧,享受一下平静。那些人生的苦痛与烦恼,等这几天过了再说。"

接下来,无论丹笛说什么、问什么,心锈都缄默不答。她仿佛春日野游的少女,带着丹笛在沙滩上闲步,在花田中采花编织花环,在城堡中饮茶煮酒,在山坡林间搭弓打猎,在泥地上挖坑烤小野猪,在城堡回廊中欣赏古代的艺术画作,在城堡最顶的塔楼中南望群星,在湖上泛舟钓鱼,在书房中朗诵古人的诗集。

起初,丹笛焦虑不堪。他忧虑着自己和心锈的性命,忧虑着"灰烬之羽号"的未来。他不知心锈是什么情况?她疯了?还是她恢复记忆了,知道了圣殿的秘密?还是圣殿和她说了什么?可是无论他如何旁敲侧击,心锈全都不回答。

在被迫闲下来的几日中,丹笛也在思考红赫星人的命运和自己的命运。最初,他只是希望所有人都能活下去,然而,他被"西陲风号"背叛,被迫击沉了"西陲风号";随后,他希望天霜的和平计划能成功,甚至幻想过从此以后这一计划能延续,但德拉克索斯在风洼地摧毁了一切。最终,他意识到单纯联合起所有红赫星人,号召大家和平着航行、不要过度竞争,没有意义——问题的根源并没有解决,圣殿依然存在,圣殿会逼迫着所有人参与血腥的大迁徙,原因不明。从这一层面而言,德拉克索斯是对的,必须进入圣殿,知道圣殿的目标、秘密和真相。但是丹笛不赞同德拉克索斯的理念,丹笛不希望牺牲无辜的人。

现在,丹笛知道路在何处。他选择直面圣殿,直面这一逼迫红赫星人血腥争斗的矛盾源头。

闲暇几日的最后,丹笛蓦地发现,心锈确实只是在享受生活,享受这几天中短暂的平静。她仿佛是想在盛大乐曲的休止符前画下绵绵长长的余音,在最终时刻的到来之前留下美好的回忆。

丹笛不再焦虑,他跟着心锈一起享受最后的生活。在圣殿的这座湖中岛上,他和心锈学习着古代地球人的生活方式,学着钓鱼,学着烤肉,学着朗诵那些听不懂的诗歌——"置莲怀袖中,莲心彻底红……"他享受着平静,这是自上一次大迁徙来到旅风角后,他从未享受过的,彻彻底底的平静与宁和。在过去的八年中,他一直在为了领航而劳累,而现在,他终于闲了下来,什么都不用想,只是享受生活本身。

丹笛沉迷着编织花环——在红赫星,根本没有这么多的鲜花。在花野中,他拨弄着月山琴,弹奏古老的歌曲,从恋人的月下幽会到颂神的宏大赞歌。心锈躺在花丛之侧,懒洋洋哼着小调。

丹笛沉迷着吹蒲公英——旧地球的蒲公英。他第一次知道,"蒲公英"这一名字,在旧地球指的是一种野花般的小草。小草的花冠上长满白绒毛,轻轻一吹,绒毛漫天飞舞。而祖先们正是用旧地球的蒲公英命名了红赫星的蒲公英——红赫星蒲公英的种子就像旧地球的蒲公英绒毛一样,会在成熟后漫天飞扬。

他沉迷着泛舟钓鱼——在红赫星上,他从未吃过鱼;钓鱼更是不敢想象。地面上锈尘密布,稍稍吸入一些锈尘,就可能加重身体的锈化。而且,钓上来的鱼大概率鱼肉中全都是小锈石,吃不得。

他沉迷着烤猪肉——在红赫星,人们几乎不吃肉。只有住在蒲公英高层的那些贵族们,才有机会在高层少锈尘的环境中饲养一些肉畜。哪怕如此，贵族们的肉也需要厨师专门处理，剔掉里面的小锈石。而现在，丹笛将野猪肉切成小块，串过木扦，慢慢看着它们在火上烤到金黄滴油，再撒上盐和香料。虽然，"你这烤得也太柴了！"心锈总是如此说。

整整七日，无人打扰。岛上只有他们两人，只有近乎永恒的平静。每个夜晚入睡时，丹笛总希望自己能永远停留在这种生活中。

这种生活仿佛幻梦，他永远也不想醒来。

终于，第七日晚上，心锈草帽上缀着的古代鲜花已脱水、干瘪。"他们只给了我一朵花的时间。"心锈捧着草帽，小心抚过那朵干枯的鲜花。"现在，我该走了。走之前，我们还有最后一次晚宴。"

在城堡大厅中，丹笛和心锈坐在长桌一头。长桌上一盘盘陈列着丹笛一辈子没见过的丰盛菜肴，从珍奇水果到滴淋蜜汁的烤肉，应有尽有。

两人低头望着光洁的餐盘，无人握起餐具。

"七天前，我的记忆恢复了。"心锈说。

"我猜到了。"丹笛点点头，"所以，你遇到了什么？"

心锈放下草帽，摘下上面干枯的鲜花。"丹笛，你听我慢慢说。他们给了我一朵花的时间，可以回答你的问题。每回答一个问题，会根据回答的信息量多少掉落一些花瓣。花瓣凋零，就是结束之时。"

"他们？是圣殿吗？"

心锈捧着鲜花，说："你这算是在询问问题吗？"

丹笛精神一震。他盯着心锈手中的鲜花，迟疑着点点头。"是。"

"他们在看着我们，他们操控着鲜花的掉落，他们不会让我说出太多的信息。"心锈说，"他们，是圣殿。"

鲜花凋落一片花瓣，还剩十几片托在萼上。

丹笛思考了一会儿。他想问的问题太多：什么是天灾？什么是圣殿？什么是锈化？怎么解决红赫星的问题？千言万语，千头万绪，纷繁心头，他最终还是叹了口气，问道："你怎么了？你这几天……怎么了？"

"你确定要问这种没什么意义的问题？"心锈担忧地看着他。

"我……确定。"丹笛攥紧拳头。"我担心你。"

"我恢复了记忆。我曾经算是圣殿的人，最后因为意外而被封印了记忆，流浪到大地上。"心锈说，"总之，我很好，你不用担心我。"

花瓣又掉落了一片。

心锈看着鲜花，不愿再多说。"别说我了，花瓣有限，用在有用的问题上。"

"那么，"丹笛严肃道，"圣殿是什么？"

心锈叹了口气。

"心锈……"丹笛轻轻伸手，捧住心锈的手掌，"这个问题不能问吗？"

"我如果说出全部真相，恐怕说不了几分钟，他们就会让花瓣掉完。"心锈说，"圣殿不会让你知道他们的秘密。"

"那我换个问题——"

"但是，"心锈说，"我可以讲个故事。这个故事和圣殿无关，一点关系都没有。"

"故事……"丹笛有些疑惑。

"我要讲述的故事无比漫长。"心锈说，"这个故事关乎勇气、孤独、死亡、背叛与堕落。我要讲述的故事无比久远，它能追溯到漫长遥远的古代时光。"

"在很久很久的五百年前……大地上生活着一群社猫。"心锈谨慎地盯着鲜花，缓缓说。

鲜花没有凋落。

心锈舒了口气，继续道："他们生活在避风山谷中，食物充沛，气候安和，不用担心灾厄。大部分社猫都认为居住在山谷中是幸福的事情。然而，一部分社猫却不这么想。他们认为，长时间居住在这片山谷中，会让族人变得娇气、弱小，不能对抗环境的变化。他们决定往山谷外探索。

"探索者们离开了山谷。但山谷外狂风永不停息，红褐色的大地上只有少量的忍风植物可以食用。探索者们走不了太远，探索屡屡失败。而在社猫的故乡山谷中，巫师们发明了一种名为'网络'——"

突然，鲜花零落下三四片花瓣，坠在心锈指尖。她神色一惊，闭口不言，紧张地盯着鲜花。

鲜花没有继续枯萎，但只剩大约一半的花瓣了。

心锈犹豫了一会儿，继续说："……社猫巫师们发明了一种梦境法术，名为……嗯……'元梦'。元梦可以让山谷中的社猫们意识相互连接，联入统一的梦境中。在元梦中，社猫们饮酒、欢唱、舞蹈、醉生梦死，不想醒来。于是，大部分社猫都不再想往山谷外探索，他们一心沉迷在梦境中，不愿醒来。"

丹笛眉头紧锁，思绪翻涌。心锈想说什么？社猫是指人类吗？元梦又是什么？这些，和他、和红赫星人，又有什么关系？

"但有一些社猫，他们天生热衷探索，不愿意困死在旧山谷中，困死在元梦中。他们想出门看见更大的世界，探索更大的世界。他们成立了……嗯，'叛梦旅团'，离开山谷，朝远方前进。走了很久，叛梦旅团缺衣少食，即将因辎重不足而崩溃。就在这时，旅团的侦察员找到一处可以生存的新山谷……"

"然后呢？"丹笛轻声问。

"叛梦旅团走入了这处新山谷。但是，情况和他们想象中不同。山谷里没有果子、没有杜杜鼠，食物极少——因为，先前的侦察员在饥饿中神志失常，错误估计了山谷内的食物数量。叛梦旅团陷在了贫瘠的山谷中，他们无路可退，即将死在这里。

"但是，旅团中有一位聪明的社猫巫师。巫师安抚大家的心情，同时想出了两种方法，来解决问题。

"首先，巫师猫使用法术让大部分旅团的成员陷入沉睡，避免消耗食物。第二，巫师猫发明了一种魔法种子，他给种子编入了神奇的法术，可以生长出能改造贫瘠山谷自然环境的植物。于是，巫师猫将魔法种子种植在贫瘠的山谷中。他希望在大家沉睡的过程中，魔法种子能在山谷中铺开新植物，让山谷变成和故乡的旧山谷一样宜居的地方。

"但是，巫师猫……他失败了。"心锈说，"他的巫术不够强大、不够准确。他制造的这些种子并没有按照预期的设想工作。种子变成了一种毒物,开始感染山谷中还没有沉睡的社猫们。被感染后,社猫的身体被侵蚀,获得了特别的巫术能力,却又因种子侵蚀而濒临死亡。"

丹笛忽然觉得心锈所说的场景有些眼熟。"这不是……锈化吗?"

心锈没有回答,而是继续说:"巫师猫尝试了很多方法,却始终无法制服失控的魔法种子。最终,他只能让所有人继续沉眠下去……旅团的殖民远征失败了。

"很多很多年之后,巫师猫再次醒来时,发现山谷中已经繁衍出了新的社猫部落。这些新社猫是当年没有完全沉睡的社猫们的后代。这些社猫们被魔法种子寄生,已经习惯了被种子侵蚀而短命的身体。同时,山谷中食物依然匮乏,新社猫们只能相互斗争,争夺食物。"

心锈顿了顿,思考了小会儿,说:"同时,在故乡的旧山谷,元梦的规模越来越大。梦境蔓延到了新山谷,使得新山谷中沉睡着的旅团的社猫们也接入了元梦。一次偶然的机会,巫师猫将新山谷中的新社猫部落血腥争斗的场景传入了元梦中,这些原始、血腥、刺激的生存竞争被旧山谷的社猫们所喜爱。于是……"

心锈轻轻抚摸着枯花。

"于是,巫师猫开始追踪记录新社猫部落的斗争,传入元梦中。故乡山谷们的社猫们看见这些斗争场景,变得欣喜、癫狂,并为此赌博、下注——常常赌注哪只被种子侵蚀的社猫能胜利,能活下去。于是，巫师猫从赌博中抽成，有了经济收入，他想利用山谷中这些新社猫的生存斗争挣取足够多的钱，购置物资和队伍，安排人从故乡山谷出发，来到新山谷，救出沉睡的叛梦旅团……而这些新社猫，就被巫师猫这样牺牲了。巫师猫不在乎这些新社猫的痛苦与死活。

"但是，贪婪蒙蔽了巫师猫的双眼。巫师猫在元梦中获得了他想要的一切，他逐渐忘记了旅团，他将山谷中的新社猫的生存斗争当成了他敛财的工具，他已经不再是以前那只向往着离开山谷、探索未知的社猫了。他沉湎在元梦中，被他曾反对的东西打败了……而我，曾经就是一只旅团的社猫，我讨厌巫师猫，被他击倒，封印了记忆，丢在大地上。"

"故事的开始与终结无穷无尽，我想讲述的东西也到了尽头。"心锈轻轻嗓子，给自己倒了一杯茶，喝了一口。

鲜花凋落。现在，花萼上只剩最后两片花瓣了。

"虽然故事很粗暴，但看起来，他们至少没有让花瓣全掉完。"心锈说。

丹笛心有所想，小心地问："故乡山谷是地球……新的山谷是红赫星，种子是锈尘，新社猫部落……是我们。是吗？"

"这只是一个故事。"

又一片花瓣坠落，花萼上只剩最后一片花瓣。

"我只能问一个问题了？"丹笛看着鲜花。

心锈点点头。

"那么，他们——圣殿——把你和我带到这里？究竟是想干什么？为什么要让我向你问问题？为什么要用花瓣限制问题的数量?"

"你的问题真多。"心锈笑了,"圣殿不能让你知道太多的信息,否则,你就只能去死;但他们还想利用你……而且,看着你问我问题,也是故乡山谷的旧社猫的赌博娱乐的一部分。"

"利用我?"

"你就像是一只有趣的新社猫,很多旧社猫都在关注你……就像是关注天霜和德拉克索斯一样。"心锈说,"然后,圣殿给了你两个选择:第一,你可以选择让圣殿删除掉你们的一些记忆,然后重新回到地面去。你们会忘了这一切,继续原来的生活。圣殿说,他们会全力支持'灰烬之羽号'的大迁徙,就像他们支持德拉克索斯一样。他们说,'灰烬之羽号'会活过这次大迁徙,建立起繁荣的城邦,成为荣耀与典范,成为后人口口传颂的传说。

"第二,如果你拒绝,圣殿就会毁灭你,毁灭'灰烬之羽号'。"

"圣殿是想让我们继续保持大迁徙……也就是说,圣殿就是……"丹笛看着心锈,"巫师猫?"

最后一片花瓣掉落了。

心锈叹了口气。"时间到了,我快消失了。你做选择吧。"

"等一下!"丹笛望着屋顶的天花板,"我知道你,你们,在盯着我。不管你是圣殿,还是什么巫师猫,还是什么安娜之神,还是魔女。我还有最后一个问题……最后一个。"

没有回应,但心锈还坐在他面前,没有消失。

"我想知道,"丹笛看着心锈,"我们还能相见吗?……怎才能再相见?"

心锈笑了。"如果想见我,你得先活下去,先变强。去苍穹之底吧,那里是圣殿的正下方,天灾的中心。那里会赐给你力量,但也会让你严重锈化。记住,越深的地方,力量越强,代价越高……好了,超额的问题回答完了,选择吧。"

丹笛没有犹豫,说:"我选择保留记忆,哪怕是被毁灭。"

"果然。"心锈温柔一笑,站起身,从口袋中摸出风之羽,挂上丹笛的脖子。"船长,你该出发了。最后,我来请你喝点茶——要全糖、半糖,还是无糖?"

丹笛一愣:"不,心锈,你——"

"你不说的话,那么,超、超、超、超级全糖咯?"还没等丹笛确认,心锈就抱起糖罐子,将糖块"哗哗哗"全都倒进茶杯中。

心锈手中的古代鲜花彻底干枯了。

"这是我能给你的最后礼物。"心锈将茶碗推到丹笛面前。"我们,终将重逢。"

她的身影逐渐化为无数闪亮的碎屑,被传送离开。丹笛望着面前的奶茶碗,在一粒粒的糖块之间,埋着一截刀柄——是裁雪。

"这七天,我很快乐。"心锈的声音逐渐散去。

"这七天,我也很快乐。"

章十九　万古之风的低语

[逐星旅团] 大迁徙的后半程

主题：[官方] 因技术原因，红赫星赌场直播将暂停72小时

赔率：无（NaN）：无（NaN）

[回复：]

此主题无法评论。

丹笛握紧"裁雪"，站在苍穹之底的上方。

心锈离开之后，一群武装机器人将丹笛包围。在之前和心锈共度的七日中，丹笛在城堡的图书馆中知道了"机器人"的概念——可以自主运动的古代机械傀儡。

在机器人准备将他押走时，丹笛拔出"裁雪"，展开刀锋。

他还能反抗，他不接受毁灭。

似是被心锈修改过，"裁雪"的刀锋变长许多，从短刀变成

了足足有一米长的长刀，刀锋璀璨，水蓝色的光华凝成近乎水流的感觉，仿佛随时可能流溢而出。一刀斩出，刀锋将机器人切成两半，毫无滞涩，像是切开了一片软豆腐。

丹笛挥刀前冲，进入圣殿的地下深处，直接向下。无论遇到什么敌人、打不开的门、无法前进的道路，他都强行砍开。

他要趁自己体力还在，赶快到达苍穹之底。那里，是心锈所说的能获得力量的地方。他需要力量来拯救自己，拯救"灰烬之羽号"，拯救红赫星。

他到达了圣殿最底部——倒立山峰的尖底。正下方，天灾的风暴眼徐徐旋转着，一条细长的钢铁圆柱形长筒正悬浮在尖底正下方、天灾风暴的中心轴线上。长筒上下不知多长，直径约有数百米。

风声咆哮，锈尘如潮。风暴眼的一圈壁面上分出了上百道锈尘的细线，螺旋着缠上这座钢铁圆筒，像是连接圆筒与天灾的赤红血管。

这就是苍穹之底？丹笛凝神下望。

无数的飞行机器人从他上空飞出、袭来。

"最后的旅程。"丹笛往下一跃，朝苍穹之底坠去。

进入穹苍之底的一瞬，丹笛立刻感觉到了巨大的威压。这里就是世界所有锈尘的中心。

风神安娜的圣殿之底，就是魔女缇娜的力量之源。

钢铁圆筒的壁面上有四道向内突起的圆环，将这个圆筒分成五层。按心锈的说法，进入的层数越深，获得的力量也越强，付出的代价也越大。

丹笛往下飘去。

深入第一层十几秒后,下坠逐渐停止。一股无形的浮力将他托起,他突然可以控制身体在苍穹之底中运动,任意上下。但越往下去,周围的威压越强,身体逐渐感觉到痛楚。

飞行机器人正钻入苍穹之底,向他射出炮弹。

丹笛躲开炮弹,飞速向下沉去,进入第二层。周围浮现出一圈红雾,他身体中的锈石突然有了反应,活化起来,增殖、扩增。隐隐约约的痛楚传遍他的全身,他忍不住呻吟了一声。不一会儿,他突然的胸口一阵温热,胸口内的锈尘正在活动,冲破郁积在胸口的锈尘阻塞。他的感知能力恢复了,而且,红雾似乎还赋予了他额外的锈尘念力。

丹笛试着控制周围的锈尘。红雾中的锈尘随他意识所想,凝聚成了一块小小的石头。

就在他兴奋没几秒时,无数小弹丸射穿红雾,击碎了这块小小石头,擦着他身体飞过。

我还要向下。丹笛心中想着。在这里,他获得的力量还不够强。他要前往第三层,甚至第四层。

他继续向下,沉入红雾浓烈如同实质的苍穹之底第三层。丹笛身上的痛楚猛地增大——周围的红雾仿佛都在刺入他的身体,想与他体内的锈石碰头。他体内的锈石也跃跃欲试,在腠理之间穿插着,撑开他的肌肉缝隙,刺入内脏。

心锈曾在这里受过这种痛苦吗?他忽然想到。她是怎么熬过来的?

腹部的剧痛就打断了丹笛的思绪。他腹部的锈石正绞杀着内脏，穿刺肠道，刺破皮肤，带着鲜血生长出来。更多的锈石刺穿了他的体表皮肤，就在这短短几分钟之内，他就进入了锈化晚期的状态。

他呻吟着抵抗这股痛楚。随着痛楚加深，他对周围锈尘的感知愈发敏锐。为了分散注意，他试着操控周围的锈尘，却发现自己已经和心锈、德拉克索斯相似，能对周围大范围的锈尘随心所欲地操控。

突然，数架飞行机器人朝他扑来。丹笛大吼一声，控制着锈尘一面凝聚成浮空的盾牌挡住机器人射出的弹丸，一面凝出锈尘的长矛，朝机器人射去。长矛命中了两台机器人，刺穿他们的金属躯壳，机器人随后下坠，落入红雾深处。

更多的机器人呼啸而来！

"来吧！"丹笛一声长啸。他从未感受过如此强劲的锈尘能力在身体中运行，他忍不住长啸着挥洒力量，甚至身体中锈石增殖的痛苦也因为感觉上变弱了许多。他用念力凝聚出数十面锈石盾牌与几支长矛，一面挡住弹丸，一面用长矛刺击那些机器人。同时，丹笛一挥"裁雪"，身形飘忽，将剩余的机器人全数斩落。

但飞行机器人实在是太多了。成百上千，成千上万，无穷无尽，绵绵不绝。丹笛压力巨大——他无法挡住所有的弹丸，无法用锈石长矛准确命中所有目标，无法一刀刀斩尽所有机器人。不断有弹丸擦着他飞过，有机器人撞碎盾牌。丹笛身上被弹丸命中、负伤，鲜血裹着锈尘从伤口中喷出。

机器人还在变多。

乏力感和锈化不断加深的痛楚将丹笛拖入黑暗的深渊。他动作越来越慢,无法跟上战斗的节奏。一念间,他甚至想到了放弃。只要他死在了这里,所有的一切都和他无关了。

他还不能停下。丹笛咬紧牙关。心锈还在等他,"灰烬之羽号"还在等他。莱恩不能白白死去。

他不能停下。

他轻轻握住挂在胸口的风之羽。

他要去第四层。

"灰烬之羽号",舰桥。

"代理船长!紧急情况!周围的红帆船,都开始掉转船头了!"情报台前,艾比大喊道,"正在汇总……各观察哨都在回报中……周围十二条船,全部一致掉转船头,向我们靠近。"

蝶望向前方。主观察窗外能看见三条红帆船的身影,正朝着"灰烬之羽号"逼近过来。"拉警报,和'银花号''真理号'联系,告诉他们,很荣幸我们能一起战斗。"蝶说,"最后的时刻来了。"

看起来,丹笛师父和心锈大师回不来了。蝶默默想着。

她靠近传声筒,清清嗓子,说:"全船请注意,全船请注意。这里是代理船长蝶,无论你现在在哪里,请立刻返回战备岗位。敌方红帆船正在向我们迫近。我知道我们势单力薄,我们弱不禁风,但是……"

她想了想,继续说:

"为了生存,我们奋战至此,我们从不害怕什么。现在,我们不仅仅是为了生存而战斗,我们更是为了自由与这个星球上所有的人的生存而战斗。我们会倒下,会被人遗忘,几百年后,几千年后,没人知道我们曾在这里反抗过圣殿。但是,此时,此刻,你、我、你们、我们——"蝶哽咽一会儿,"我们团结一心。风会记录大地上的一切,万古之风与我们同在!为了'灰烬之羽号'!"

她将传声筒盖上。传声筒旁的驾驶台上还放着她的奶茶壶,但丹笛师父永远也喝不上了。

丹笛沉入苍穹之底的第四层。

红雾浓郁似液体。他仿佛浸泡在红色深海之中,放眼四望,周围只有锈尘的红。

红海将他裹紧,让他窒息。锈尘之液随他的呼吸灌入肺部,凝成锈石,刺穿着肺。锈石疯长,挤压肌肉与五脏六腑。锈石们仿佛想将他的肉身完全替代,他们交错着膨胀,把他的肌肉与内脏挤压在极小的缝隙中。丹笛无法形容他身体中的痛苦——他的身体正在"消失",锈石正在替代他的身体。

他低头看着自己的身体。锈石刺穿了皮肤,让他的体表全是锈石。他试着运动身体,传来的也不是肌肉运动的感觉,而是锈石之间被念力相互牵引着在移动。

他的精神也接入了周围浓烈的锈尘之中。倏忽间,他仿佛和天灾变成了同一体,借着天灾连接上了整个星球的所有锈尘。锈尘间的通信全都从他的心头流过,他如遭雷亟,呆愕着失去了一切的思考能力。

他感觉到了天屏山脉上的雪，积雪永不化去，连带着冰雪中所冻结的锈尘也不再运动。他感觉到蔓延到昼半球大海中的锈尘，锈尘随着洋流循环到整个大海，海中游荡着千米长的神秘巨鲸。在昼半球之顶，大海因高温而沸腾，水汽蒸腾，雷暴纵横。他感觉到飘散在夜半球冰层上的锈尘，冰层永冻，只有一些热泉汩汩，冒出地面。他感觉到那些奔流在环带上的锈尘，这些锈尘运行在峡谷与平原之间，运行在蒲公英之间，运行在所有生物的身体之中。他感觉到了生命的脉动，小至一尾毫虫，大到锈化的巨象，这些生命的一呼一吸、一举一动、一啄一饮，万物生灵的嘈嘈低语与悲欢离合，全都收纳、流淌在他的心念之中。他不仅听见了现在的一切，还听见了历史中的一切，听见了所有被锈尘记录的声音，听见了磐石王朝的伟业，花冠王朝的巨大母舰"安娜之光"的坠毁，听见了无数大迁徙中的往事，听见天霜如何在上次大迁徙中拿到了"天下遗声"，立志于重塑和平世界，听见了德拉克索斯和希尔尼娅的在星夜下幽会，讨论世界与神明的真相，讨论着如何避免大迁徙的苦难屡屡发生，听见了他的父亲罗吉尔特和苦婆学习飞行技术，被她又打又骂，听见心锈在大地上流浪，路过一个又一个城邦，被圣殿追杀……

锈尘在大地之上脉动。风裹着锈尘从夜半球吹到昼半球，又在昼半球之顶升至高空，逆吹着返回夜半球，再从寒极沉降到地面上，完成循环。这一圈圈万古之风的循环就仿佛是红赫星的呼吸，在这一呼一吸之间，丹笛沉浸在庞杂到无限的信息流中，倾听着万物的低语，忘记了自己……

时间的流逝无穷无尽，不知快慢。

终于，丹笛在庞杂的历史信息流中看见一位少年。少年出生在一个小小的城邦吉拉克斯，在这里，少年结识了第一位朋友，一位壮硕的孩子莱恩。少年跟着父亲完成大迁徙，来到一个名为旅风角的新世界。在旅风角，少年和莱恩一起修建飞船，一起飞行，一起为少年的锈尘阻塞想办法。漫长的时光流逝，少年变成青年，天灾突然而至，青年踏上旅程，结识了神秘的少女心锈，并登上了一条弱得不能再弱的移民船"灰烬之羽号"。青年想尽办法，和这条船共同前进，克服路上的一切困难，只为了找到一处可以生存的水源地。在经历一连串残酷战斗后，青年忽而成长，想带领所有红赫星人摆脱血腥的大迁徙。然而，在最终的关头，青年却被圣殿抓走了……

历史的脉动到此为止。丹笛不再能听见到这位青年的故事。接下了发生了什么？他忽然无比烦躁，他渴望知道后续，他关心着青年的生命与事业。青年的行动，似乎是打破红赫星人万古之风的脉动循环的一次小小可能。

烦躁让丹笛思绪越来越混乱。他将自己从信息的洪流中抽离出来，试着只去关注青年的历史，但仍然无法听见更多关于这位青年的故事。终于，他从洪流中抽出，猛然醒悟。

这位青年就是他。

历史将由他创造。

从信息的洪流中苏醒后，与世界连接的感觉正从丹笛的身体中退去。

他仍浮在苍穹之底的第四层，身体已几乎全是锈石组成，全身上下不见丝毫人类的皮肤，仿佛披着锈石铠甲的怪物。他握紧裁雪，往上望去。

视线虽无法穿透红雾，但丹笛的感知已经与周围的所有锈尘连在一起。飞行机器人们还在朝他冲来，无穷无尽。他一声长啸，飞身向上，冲入第三层中，朝红雾中虚握。锈尘随他的意志而运动，凝聚成无数巨爪，迎向飞行机器人们，将它们尽数锢握住。

丹笛用力握拳。无数巨爪也随之握紧，将飞行机器人捏成钢铁渣滓。

"该回家了。"丹笛发出奇异而沙哑的声音。

他向上飞去。此时，飞行已不再是苍穹之底中的特殊效果，而是他自身的能力。他和周围所有锈尘相连，对它们施加念力，这股强大念力的反作用力则能让他飘浮。他所拥有的力量已不仅是他弱小的生物躯体中的力量，他连接着锈尘，连接着庞大的天灾。天灾这股自然伟力的能量，可以从锈尘的连接中传至他的体内。

丹笛冲破红雾，飞出苍穹之底。更多的飞行机器人从圣殿倒立山峰的底面斜坡上弹射而出，铺天盖地，仿佛泽地之中滋生的群聚蚊虫，朝丹笛飞聚来。

丹笛将心念向天灾风暴之中蔓延，意识与庞杂的天灾混合着。片刻，他的意识仿佛抽离了身体，变成了高大的巨人，站在风暴眼之中。随着他心念运转，锈尘从风暴眼的壁面上抽出，缠绕在他周围，凝聚成近千米长的血红手臂。

丹笛怒号着一挥手臂，五指锋锐成爪，划破天宇，激起罡风无数，撕裂密布的飞行机器人之群。机器人被冲击泼向两侧，坠落如雨。

丹笛缓缓呼吸，抬起巨爪，攀上圣殿之山的底坡。爪尖刺入山体，向两侧用力，将山体撕裂。磅礴的力量如潮水般从天灾涌入丹笛体内，又汇入锈石巨手，导入爪尖，注入山体。倒立的山峰从两爪间裂开一道细缝，缝隙逐渐生长、变宽、延伸到山峰最上方，将山体裂为两半。

无数缝隙沿着巨缝蔓延、爬满山体，撕裂山体内的金属地下建筑。圣殿裂成了无数山体岩块与金属团，向下坠落。山顶的平湖、小岛、花田、灰石城堡也混在坠落物之中，陨落大地。

圣殿消失了。

"该回去了。"丹笛向西飞行，俯视大地。虽然与锈尘的连接正不断退去，但他依然和周围极大范围内的锈尘相连，大地上的一切都被他倾听，收于心底。借着对周围的锈尘施加念力的反作用力，丹笛高速向西飞去，越过天灾，降下高度，直扑大峡谷。

两分钟后，他看见了"灰烬之羽号""银花号"和"真理号"。

三条船正在和十二条圣殿的红帆船缠斗着。红帆船们像是社猫在戏耍老鼠一般，将三条船围在空中，却不直接将它们击沉，而是一下下开炮，把三船慢慢打成筛子。

这是在虐杀。丹笛心中冷笑。他飞速朝着"灰烬之羽号"

靠近，同时，将周围大地上的锈尘凝聚成百米长的十二支锈石长矛，随他一同飞行。接着，他令长矛分散加速，向红帆船刺去。

长矛洞穿帆船，将它们射落，钉在地面上。

"我回来了。"丹笛降落到"灰烬之羽号"的顶层，在这里，舰桥已被毁坏一半，暴露在外。

他踩着废墟走入舰桥。

"红帆船……红帆船们全被摧毁了！"艾比大声喊道。

"谁！"朱亚丝正坐在破敝的火控台前。

"丹笛先生？是丹笛先生？他带着丹笛先生的风之羽！"艾比惊叫道。

"是我。"丹笛身上的锈石过多，早已不是原来的样子，"我回来了。"

他走入舰桥中央，扫视周围，所有人都还在，都还活着。

"大迁徙已经不重要了。接下来，我们还有很多事要做——我们要联合所有的红赫星人，超越大迁徙。万古之风与我们同在。"丹笛仰望着破损的舰桥之外的天空。

"'灰烬之羽号'，继续前进。"